魅丽文化

时光与你，别来无恙

巫山 / 著

孔學堂書局

图书在版编目（CIP）数据

时光与你，别来无恙／巫山著. —贵阳：孔学堂书局，2021.5

ISBN 978-7-80770-275-7

Ⅰ.①时…Ⅱ.①巫…Ⅲ.①长篇小说－中国－当代
Ⅳ.①I247.5

中国版本图书馆CIP数据核字（2021）第083133号

时光与你，别来无恙 巫山 著
SHIGUANG YU NI, BIELAIWUYANG

责任编辑：黄　艳　胡国浚
责任校对：胡　馨
责任印制：张　莹

出　　品：贵州日报当代融媒体集团
出版发行：孔学堂书局
地　　址：贵阳市云岩区宝山北路372号
　　　　　贵阳市花溪区孔学堂中华文化国际研修园1号楼
印　　制：湖南凌宇纸品有限公司
开　　本：880mm×1230mm 1/32
字　　数：367千字
印　　张：11.5
版　　次：2021年5月第1版
印　　次：2021年5月第1次
书　　号：ISBN 978-7-80770-275-7
定　　价：46.80元

目录

1

目录

序

愿你一世清高，三月春天不老

　　山山来找我给这本书写序时说，她很激动，因为她出了这么多书，都从没邀请别人来写过序。我也挺激动的，不仅为她的信任感到荣幸，更因为这也是我第一次给别人作序。

　　两个"第一次"叠加起来，便弥足珍贵了。

　　认识她多年，一路从网聊到见面。我们曾在繁华的人民广场约会了好几回，虽然一次炸鸡都没吃，但总能聊得忘记了时间。于我而言，有这样一个高产且能保持高质量写作的朋友，既有压力也有动力。

　　纵然山山虐我千百遍，但我一直待她的书如初恋。趁机表白一下，我一直是她的粉丝，因为她笔下的故事永远都有一种发人深省、直击人心的力量。比起市面上的大多数言情小说，我更希望看到有"魂"的作品。而山山的每一本书，都从未让我失望。

　　这种"魂"体现在《时光与你，别来无恙》这本书里，便是姜颜和程逢等一众青年男女在追梦路上挥洒热血的执着与坚持。相比偶像剧式的浪漫爱情，我更倾心于在互相扶持与成就中积淀而成的爱情，因为它更能深入人心。

　　故事讲述的是，两个都曾跌落谷底、陷入迷茫的年轻人，通过互相影响和鼓励，最终离自己的梦想越来越近。在这个过程里，两个人的相依相伴便是这世间情爱最美好的模样。值得一提的是，这本书的男女主角是姐弟恋，我一直对这种设定有所偏爱，譬如多年前李钟硕主演的《听见你的声音》，当时可是赚足了我大把的眼泪。

　　这种少年感极强的男主角，相信一定也能俘获你的心。

　　如果再细读这本书，你便会看到热血和励志背后的残酷与无奈，这也是一直以来山山会在故事里渗透的现实性。小时候，我们习惯了非黑即白，邪不胜正，努力了就一定有回报⋯⋯可当我们渐渐走入社会，就会发现原来生活并不是那么简单。譬如有人在事业巅峰期被最亲近的人背叛，譬如有人拼尽全力想要证明自己可结果还是不尽如人意，譬如有人最后不得不舍弃漫漫科研路而选择从商，又譬如那些曾一起奋力追梦的伙伴终究有几个迷失在了路上……

当我们看惯了诸如一无是处的笨女孩也能收获品学兼优的帅气学长，临考前才恍然大悟开始抱佛脚也能金榜题名的理想故事后，很容易就会模糊掉青春原本的样子。

我不知道你的青春是什么样的，但在这个世界上，大多数人都会在青春期经历一场场蜕变与革新。正如这本书里的少男少女们，他们无时无刻不在做抗争，无论是与家人、老师、同学，还是与自己。也许这些抗争并不一定能达成所愿，但这般年轻气盛的过程便是我眼中青春的原貌。

生活本就没有那么多一帆风顺，每个人都需要有正视挫折的勇气和克服苦难的决心，最终无论成败，都能继续带着初心一路前行。

这本书让我印象最深刻的，便是女主角程逢重返舞台后回应质疑时说的几句话："梦想最美的时刻不是找到它和实现它，而是凝视它的过程，这个过程能够让人看到很多东西，譬如勇气、坚持和不忘初心。"

写这篇序的时候，我恰好在听歌曲《年轻气盛》。里面有句歌词写在此时很是应景："愿你一世清高／两鬓斑白艳阳照／三月春天不老／伸手摘星／疯一疯闹一闹／温顺尚早……"

我想，当你打开这本书时，一定也能悄然喜欢上山山笔下那些字里行间的青春热血和一往情深吧。

苏画弦

二〇一八年七月十八日

上 卷
少年的心事

第一章

初见

晚上九点，距离临南大学大一新生下晚自习还有半小时。北校门对面往右两百米有一家综合性休闲书吧，刚刚打烊。

萧晓成哈出一口白气，时间一到便立刻大喊道："雪冬、雪冬，快点！"

雪冬匆忙将门落锁，来不及看锁芯是不是插进销孔就朝萧晓成小跑过去："好冷啊，才十一月就穿棉衣了。"

"那你还磨蹭，不早点下班。"

"小点声啦，今天程姐在。"

"哇！女神不是去巴黎了吗？拿到奖了吗？"

"必须的！我听宝玲姐说那个奖本就属于程姐，之前是小人作祟才没赶上。这不，今年大赛组委会的评审轮番打电话给她，请她务必参加，结果可想而知。下午她刚回来，也没通知任何人，说累了，改天聚，就上楼休息了。"雪冬颇为骄傲地挺了下胸脯，随即意识到什么，拧住萧晓成的耳朵，"诶，谁是你女神？萧晓成，你要造反是不是！"

"疼！姑奶奶你轻点，拧坏了可怎么办？"

两人闹着穿过校门，就在这时一个身穿蓝白相间校服的男生擦肩而过。男生身材高挑，低着头大步流星，一阵风似的走向街头。

同一时间，对街乌黑的巷子里忽然蹿出几个虎背熊腰的社会青年，也朝同一个方向走去。

雪冬冷不丁打了个寒战："大一的？"

今晚体育馆有红十字会主题宣讲，要求全体新生穿校服到场。萧晓成是红十字会的干事，也才提前十分钟离场。

"应该是吧，不过活动还没结束，这是逃了？"

萧晓成转过头，昏黄的路灯勾勒出一个单薄模糊的背影，很快消失在转角。

忽然身侧有人拉他的衣袖，萧晓成猛一回头，只见十几个穿着校服的学生冲了过来。

为首的男孩染一头黄发，下巴朝天，凶神恶煞地问："看见一个帅哥过去了吗？"

"帅……帅哥？"

"就是穿着校服，黑头发，长得老帅了！"

雪冬赶紧指了个方向："没看到脸，不过刚刚有个男生往那边去了。"

廉若绅吐了口痰，二话不说挥一挥手，身后一帮人紧跟上前。

姜颠被对面店铺门前的霓虹灯闪得晃了下眼，脚踝一扭撞上墙壁。他半咬住唇，低头拭去嘴角的血迹。

陆别看向墙檐的阴影处，那里是一双沉静无波的眼睛，被长长的睫毛层层包裹，漆黑得让人发慌。

他往后踉跄了一步："凶……凶什么？你以为你今天还能跑得掉？"

就在这时一声暴喝从巷口传来："陆憋憋，敢动我兄弟，你找死吗？"

姜颠抬头，霓虹灯被一团黑影挡住了。巷口很深，月光清亮，隐约勾勒出廉若绅蓬松卷头、五大三粗的轮廓。

不远处下课铃声响起，临南大学的巡校保安骑着摩托，手持扩音器正由远及近。

"巡校保安是有顺风耳吗？这还没开始就要结束了？这破学校管得真宽！阿颠，咱们分开走，待会儿寝室见！"

姜颠应了声"好"，谁知刚跑出巷口一个不察踩到地上的水管，扭伤了脚踝，肩膀撞上墙头，也惹来一阵钝痛。保安就在身后不远处，他下意识想躲，扶着墙跌跌撞撞往前走，忽然按住一扇玻璃门。

锁芯没有完全插合，轻轻一推门就开了，姜颠犹豫三秒钟，闪身进门，落锁，藏进黑暗中。

巡逻的校保安走到门口望了望，见里面已经歇业，思索了一阵回到摩托车旁，吹着警哨渐渐走远。

黑暗的书吧里，安静得只剩下姜颠的粗喘。

不知过去多久，他的意识越来越浅，朦胧中似乎睡着了，隐隐约约听见音乐声才猛然惊醒。他捂着肩头的伤口起身，循声往里走，沿着酒水吧台一直往前，到顶头看到一个通向二楼的楼梯。

二楼有昏黄色的灯光泻下，姜颠脚步一顿，踩上台阶。

这个书吧是在新生入学时开张的，平时生意很好，他之前来过一趟。

那天之前，廉若绅一直在他耳边念叨："你相信我，那个老板姐姐真的是盛世美颜！你知道那种感觉吗？啧……说不出来，反正我看过她之后，就觉着咱们学校的女生都是庸脂俗粉了，跟没长开的喇叭花似的！"

李子坤眉飞色舞道："喇叭花挺漂亮的呀！"

"去，别捣乱！我说真的，阿颠，哥今天必须带你去开开眼，让你见识一下什么叫作殿堂级的女神！"

于是一帮刚离开高中校园不久、对于成人世界充满好奇的血气方刚的男孩子一窝蜂涌到书吧，结果不巧，看店的兼职小妹说老板去了巴黎，还没回来。

经过楼梯转角，二楼的光渐渐明亮，音乐声也愈发清晰。姜颠放轻脚步，朝走廊尽头走去。一路经过好几个房间，里面全都铺满了镜子，看起来像是舞蹈教室。

也许还在发烧，也许是伤口疼痛，也许有一些特别的揣测，总之姜颠满脸热汗，异常疲惫，精神却处于清醒与无意识的一线间，完美地协调出一种诡异的冷静。

这时，他又想起那天。廉若绅没见到心心念念的女神，难掩失望，追着小妹问："去巴黎做什么？"

"这是我们程姐的隐私，不能告诉你哦。"

廉若绅挑眉，眼睛一瞪："你不说，我就让兄弟们天天堵在你门口，信不信？"

一群大男孩配合着大笑。

他们都穿着常服，附近还有几个专科大学，看不出哪个学校哪个年级，总之小妹没见过这番阵仗，吓得眼泪汪汪："就……就是去领奖的，一个世界级舞蹈大赛。"

"女神跳舞的？"

"嗯。"小妹抽噎着，"就是那种很性感的现代爵士舞。"

"有多性感？"廉若绅眼睛放光。

小妹眼泪还挂在睫毛上，脸却羞得通红。

姜颠走到最里间的教室门口，微微侧头。

宽敞的教室只亮了一盏大灯，投在地板上形成一个圆形的光圈，圈中站着一个女人，穿一条黑色缎绒裙，裙摆很大，旋转起来如同一柄撑开的黑伞，底下是一双缠着红丝带的软底鞋。手臂和脚踝暴露在外，皮肤白皙，像一支发光的黑玫瑰。

她抬起手抚过后颈，臂膀内侧的文身在肌肤的纹理中舒展开来，仿若一张逐渐展开的黑胶唱片，颜色深沉地烙印在肤底。转过圈，露后腰的缎绒裙下隐隐约约冒出一截花枝的茎，花苞也许藏在裙下，只能瞧见细细长长的根茎，好像吐着红信子的小青蛇，妖冶灵活。

伴随着音乐节奏变得急促，她的动作也逐渐加快，双腿斜叉上身往下压，手臂贴着腿从上往下游走，到脚踝骤然停住，猛地抬头。

姜颠浑身一颤。

然而只有一瞬，她就从刚才快节奏的动作中放缓了肢体，仿佛全身的力气正在抽离。

她踮起脚尖轻轻地旋转，手臂抱胸弯腰，渐渐如一片落叶蜷缩在光圈下。

她的目光迷离而懒散，空洞地望着一处，其中苍白如同黑胶唱片放到尾声，只余下针脚摩挲后发烫的一缕淡烟。

整支舞曲动感而劲爆，演绎者却拼命在其中寻找沉缓的节奏，以传达强烈的压抑，可她那天生舞者的体态又十分柔软性感，空气中充斥着一股燥热的气息，让人忍不住跟着轻轻颤抖，呼吸加重。

过了宿舍楼锁门时间，姜颠没有取车，一路跑过三条街，一直到了家里，关上家门，脑子里仍乱哄哄的。他闭上眼睛，不停地回想起刚才的画面。

他烦躁地揉了把头发，打开淋浴洗澡。

这一晚他睁着眼直到天亮。

临南大学有一个特殊专业，被纳入社会工作系，里面汇聚了一些对社会有"特殊"贡献的学生，譬如廉若绅，中学时见义勇为救了两个落水的男孩，为此险些付出生命，尔后以体育特长生的身份被破格录取。

　　大一新生要面临的第一道关口是十二月下旬的英语四级考试，对于凭实力考入临南的学生而言自然不成问题，可对于这个特殊班级而言，这无疑是一座难以攀越的大山，为此今年新招入校的英语老师，在隐形指标的压力面前纷纷扔掉了这个"烫手山芋"。系办主任无可奈何，最终抓阄定乾坤，钦点裴小芸担任该班的英语老师，同时她也是这个班的班主任。

　　好在这个班的同学自入学以来还算配合，上课虽不听讲，但也没折腾出什么麻烦，当然除了廉若绅这个刺头。

　　耐着性子把课上完，离下课还有五分钟，裴小芸清了清嗓子，通知学生晚自习会有一场英语考试。果不其然，学生顿时全都鬼哭狼嚎起来，嚷嚷着："又要考试啊，我到底上的是大学还是高中？"

　　裴小芸撩头发的手缓缓落下，朝学生们歪头一笑，活像一团怎么打都会弹回来的软棉花。她走到呼呼大睡的廉若绅面前，敲敲桌角："廉若绅，下课后到我办公室来一趟。"

　　铃声一响，她立刻抱起书本逃之夭夭。

　　廉若绅拖拉了五分钟才出现在办公室，一副还没睡醒的样子，打着哈欠晃着腿，整个人吊儿郎当。余光中瞥见裴小芸拿着刚洗净的苹果走过来，他立刻打起精神，恭恭敬敬地喊了一声："裴老师。"

　　裴小芸把苹果藏到身后，到他面前坐下，先来了一个漫长的开场白，然后才小心翼翼地问道："听保安说昨晚活动还没结束就在校外看到你了？你们几个又出去胡闹……"

　　廉若绅不说话，一双又大又黑的眼睛滴溜溜地转，盯着她的脸。

　　裴小芸气质温柔，说话慢声细语，教训起人来非但毫无威信，还挺赏心悦目。他第一次看到她的时候，她正和几个英语老师并肩穿过热气蒸腾的红色塑胶跑道，人群中她转过头来，朝着军训的新生们微微一笑，好像一株开在盛夏的绿荷，软糯香甜，芬芳扑鼻。

　　后来上她的课，他确定自己的感觉没有错，于是廉若绅扯开嗓子，软软地撒了个娇："裴老师，你可别听那些老师冤枉我，他们就是对我有偏见，你瞧我，我像是不听你话的臭小子吗？"

教学楼前，两个好兄弟正在等他。

廉若绅咬着一根棒棒糖哼着歌跳下台阶，耳朵上还挂着一只耳机。

李子坤说："绅哥心情不错啊，裴老师喊你去办公室做什么？"

"补作业。"

"就补作业？"

"你们懂什么？知识分子得到了重视，别提多高兴了！"

陈方瞧他一脸得意的贼样，朝李子坤递过去一个埋汰的眼神，廉若绅没注意他们的小动作，捧着作业本乐呵呵地亲了口，塞进书包。

廉若绅一回宿舍就蹿到姜颠旁边："阿颠，昨天晚上你怎么没回来？这都快中午了，别睡了。"

见姜颠没反应，廉若绅又推了他一下，正好按住他肩膀的伤口。

姜颠下意识反弹起身，发出一声闷哼。

"怎么，受伤了？"

"没事。"

姜颠揉揉肩膀，走到阳台上。

他们不是一个班的，寝室分配时多出个人，于是姜颠就被安排到廉若绅的宿舍，正好临北门靠街，视野最佳。从阳台往外看，街道两侧种满了法国梧桐，白天车流人流稀稀拉拉，一到晚上各种小摊云集于此，别提有多热闹了。

廉若绅不知道姜颠在看什么，只见他嘴唇微抿，神情冷淡，也不知是心情不好还是身体不好，有些担心。

"你是不是生病了？"

姜颠抬起手腕，把他剩下的一只耳机塞进耳朵里："有点发烧，听什么？"

"《献世》。"陈小春的歌。廉若绅顺嘴回答完，手在姜颠脸上碰了一下，"你身上好热，烧得挺严重吧？要不要去医务室？"

"不用。"

姜颠回到位子上，拉开抽屉，翻了翻，找出一板药，剥了两颗塞进嘴里。李子坤递过来一瓶水，他直接拧开喝了。

开学近三个月，廉若绅已经见怪不怪，对这个物理系的高才生别的了解不多，但一样肯定跑不了，他免疫力差，经常感冒发烧，抽屉里可以什么都没有，唯独少不了药，各种中西药，学名还特别长，每回念不完他就放下了。

一想到这儿他更来气了："昨天要不是保安突然出现，怎么会让陆憋憋跑了？今天下午课不上了，我去找他把这笔账算回来！"

"改天吧。"姜颠听着耳机里的音乐，依旧目不转睛地望着窗外。

陆别已经大四了，整天无所事事，一皮痒就爱找他们麻烦。

廉若绅点点头说："行，那你先养好身体。"

要说这两人的梁子是怎么结下的，还得追溯到高中时代。谁年轻时还没有个"老大"的梦想？两人为了一个金光闪闪的头衔从高一斗到高三，矛盾不断，牵扯也不断，要不是廉若绅留级几年，这会儿都快大学毕业了，哪还能跟姜颠凑成一对兄弟？

姜颠插进来也纯属误会，偶然一次和廉若绅一起去食堂吃饭，被陆别误认为同伙挑衅了一番，最后不得不坐上同一条船。

见姜颠一直望着窗外，廉若绅凑过去瞅了瞅："你在看什么？"

"没什么。"

姜颠转过头来，扯廉若绅的耳机线："没电了。"

"没事儿，我唱给你听！"

李子坤、陈方和其他几个在寝室玩的男同学顿时一脸震惊："绅哥，我刚没听错吧？你要唱歌？"

廉若绅老脸一红："喂，你们这帮没见过世面的臭小子，我可是连续两届十佳歌手的冠军！"

"哇……"一群男孩凑了过来，有人把书一卷当成话筒递到廉若绅面前。

廉若绅瞅瞅东墙，又瞅瞅西窗，最后清了清嗓子，说："行，反正我是打定主意不再留级了，歌手也不知道还能参加几届，你们且听且珍惜吧。"

中午一行人去了一家新开的麻辣香锅店，谁知一进门就看到裴小芸，一群大男孩还跟高中时偷偷出去打牙祭见到班主任似的，条件反射地排排站到墙边。

裴小芸平时为了凸显为人师表的严肃，会往老成的方向打扮自己，不过今天约朋友吃饭，便换成了常服，米色连衣套裙搭配一双平底软鞋，齐发披肩，以往架在鼻梁上的黑框眼镜也不翼而飞，看着和学生没什么两样。

廉若绅先一步反应过来，"啧"了一声："咦？我没看错吧，这是裴老师吗？"

裴小芸脸颊一热，往外探望一眼，见朋友还没来，便飞快地绑起头发。廉若绅踮着桌子撞到她的手臂，裴小芸手一松，发圈掉在地上。

"啊……裴老师，对不起。"

裴小芸看他一脸幸灾乐祸的样子就知道他存心使坏，想到在办公室里他睁着眼睛说瞎话的样子，顿时觉得这人脸皮厚如城墙，她道行尚浅，还是能躲则躲吧，于是一脸和气地绕过廉若绅，跟后面几个男生说话，提醒他们下午有课，她会检查上座率。

一群大男孩哼哼着答应下来，却浑然不放在心上，你推我搡地把廉若绅推到前面，一副攀谈私事的模样。裴小芸自觉尴尬，拿起包正要起身，门口传来响动，一道修长的身影逆光走了进来。

光凭那凹凸有致的身材，裴小芸一眼就认了出来，欣喜道："程程，我在这里。"

一群大男孩顺势看过去。

程逢今天穿着茶梅色的透视衫，里面是一条米色吊带，下半身是高腰阔腿牛仔裤，扎着细腰，衬得她腿长一米八。历任舞蹈老师都不吝用八个字评论她：天生美骨，气质绝佳。

几个学生你撞我我撞你，不由自主地往旁边退了几步。程逢一看架势没再往前走，环视一圈后视线停留在右手边的一个男孩身上。从她进门的那一刻开始，他就一直面无表情地盯着她。

忽然，他低下头捂住鼻子。

程逢没忍住轻笑起来，裴小芸冲过来一把挽住她的手臂，小声说："我们换个地方吃饭吧，这里面都是我的学生。"

程逢点头，一群人没反应过来，她们已经出了门。

廉若绅跳到姜颠旁边："看到没？是不是盛世美颜！我上回就说了，你们一个个还不信，这就是书吧的老板姐姐。不过，怎么出去一个月回来更漂亮了？"

"确实挺……挺漂亮的。"

"不行了，不能想，饭都吃不下了，哈哈。"

"就你小子脑子转得最快！"

男孩子过了十八岁，等于过了一条大江，滔滔洪流在身后，汪洋大海在前方，一切充满了希望。迈入成年的门槛，冷不丁遇见一个漂亮的女人，憧憬与现实相撞，心一下就飘飘然了。

廉若绅撞了一下姜颠的肩："阿颠，哥有没有骗你？"

姜颠抽了张面纸擦鼻血，廉若绅顿时瞪大眼睛："你行不行啊？这就流鼻血啦！你……你也太纯情了吧！"

姜颠说："下午我可能要去趟医院。"

廉若绅这才反应过来，心想也许是连续几天发高烧导致的，赶紧推着他往外走："别吃饭了，快去医院。"

这一去，就可以明目张胆地逃课了，廉若绅临上课前才发消息给裴小芸，装模作样请了个假。

裴小芸没有同意，让他看完医生就回去上课。

程逢倚在沙发上，见她眉头紧锁，饶有兴致地问："又是刚刚那个学生？"

裴小芸小猫似的"嗯"了一声。

"你喜欢那种类型的？"

她在脑海迅速地回忆了下先前站在裴小芸身边的男生，个子挺高，块头也大，长得挺壮，皮肤有点黑，五官倒是挺硬朗的，在一头黄卷毛的映衬下，还显出几分俏皮的轻狂。

"什么？"裴小芸没反应过来，过了会儿耳根发烫，"你瞎说什么！那些都是我的学生。"

"喔，很快就不是了。"

"你怎么知道？"

"你妈跟我妈说的，那我妈不得跟我唠叨唠叨？我还没回来她就打越洋电话给我，非要跟我掰扯你这件事，其实要我看也不是没有办法，你坚持留下，叔叔阿姨还能逼着你回老家不成？"

她们都不是本市人，程逢倒还好，经济条件允许，任何城市都能安家，可裴小芸就不一样了，普通家庭出来的孩子，到了一定年纪就该考虑人生大事，走一条大家都在走的路。如果不能在就业地买房，超过一定年纪还没有男朋友，就得回家接受父母的安排。

裴小芸一直都是乖乖女，从来没有违抗过父母的意愿。

"我现在带的是一个特殊班级，每天都胆战心惊，压力好大。"裴小芸软声嗫嚅，"你也知道我的性格，哪里能扛得住？兴许回去当个小学老师，按部就班地上班才更适合我。"

"你这话骗谁呢？之前谁跟我说想读博士来着？就算辞职也应该是去念书，不然我为什么特地在学校附近开一间书吧，当我闲得无聊逗乐子呢？"

"可是我妈说再念几年就成老姑娘了。"

"小芸，阿姨不会陪你走完下半生的，你总要走一走自己的路……"

"哎呀，好了好了，说说你吧，这次去有什么感觉？"

"还不是老样子，要有什么特别的感觉吗？"

程逢往下一倒，躺在裴小芸腿上。阳光从窗台漏下，洒在她交替叠在一起的双腿上，脚背显得纤细瘦长，隐约还能看到血管的纹路。

裴小芸说："BOD哎！全球顶级赛事的女爵成就奖，你都不激动吗？"

她是街舞圈殿堂级的Jazz（爵士舞）大师，被誉为"火线女王"，盛名在外。这些年一直在欧洲发展，国内主流圈对了解不多，自然也没有关注到这一届的BOD大赛冠军，早已悄无声息地回国了。

程逢嘴角动了动，眼底透着一股显而易见的淡漠："是我的跑不掉，不是我的争也争不来。"

裴小芸知道她的心结所在，声音放缓了一些："你是不是还恨着周尧？他听说你拿奖了，想给你办一场庆功宴。"

"是吗？"程逢眯眼，"他哪里是想替我庆祝，分明是想追我呢。"

"其实……他很爱你。"

"是吗？"

程逢还在倒时差，一会儿不说话就开始犯困。裴小芸见她兴致不高，不再逗留，把她的脑袋移到沙发上放好，拿起摆在旁边的包，想了一想还是说道："这几年你一直在跟他赌气，他也不好受，变着法从我这里打听你的消息。程程，如果你也不开心，就别再折磨自己了，好不好？"

程逢翻了个身面朝沙发，听见脚步声渐渐远去才呼出一口气。很快倦意来袭，她便放纵地睡了个午觉。

醒来后她拉上窗帘，更衣洗澡，顶着一头湿漉漉的头发从浴室出来时，电话刚好响起。

瞥了眼来电显示上的名字，程逢直接按掉。电话继续响，一直到对方坚持不懈地呼叫了她半个小时，脑袋瓜实在被吵疼了，她才被迫接通。

"戴宝玲，你找死？"

戴宝玲知道她的臭脾气，也不寒暄，直接撒娇求好："拿了个国际大奖，怎么还悄没声息的？这次我做东，给你办一场，顺带请你帮我掌掌眼，好不好？"

"没兴趣。"

"哎呀！我的小心肝，不要这么直接拒绝我嘛。庞婷这个月已经跟我抢了好几回人了，再让她嚣张下去，我在圈里没法混了！"

"和我有关系吗？"

"你知道的嘛，庞婷是仗着捧红了周尧才上位的，周尧又跟你……她哪回见了我不酸我！"

程逢随意揉了揉头发，将毛巾搭在肩上，走过长廊下楼梯。临南大学的课程很紧，一般下午两三点书吧里不会出现人影。她也没在意，穿着一件浅紫色的真丝睡衣，胸前一片空荡荡，露出一截小腿，晃晃荡荡地走到吧台。

头发上的水滴了一路，戴宝玲还在装可怜。程逢换了只手握住电话，指着橱柜上一瓶酒对雪冬说："给我倒半杯。"

因为这动作，衣袖往下滑落，手臂内侧的文身图案露了出来。

忽然间，门口风铃叮叮当当地响了起来。

有人进来。

姜颠隔着很远就看到了她的身影，到门前才看清她手臂内侧那个在阳光下十分醒目的图案，是一个英文名。视线往下，看见她踩在地上的脚，一节节小骨清晰整齐，大拇指有点变形。

她身子动了动，真丝布料晃了晃，底下空空的，一目了然。

廉若绅突然暴喝一声，连忙拉着姜颠转过头去："老板姐姐，我……我们可什么都没看到啊！"

程逢接过酒，朝雪冬点头示意，转身上楼。电话里的声音还在喋喋不休，她被弄烦了，不得不答应："行，明天周末，叫上小芸一起吃个饭，我请。"

戴宝玲笑得合不拢嘴："好，我来定位子。"

一阵声音小了之后，廉若绅转过头来和雪冬东拉西扯，说起昨天保安的事吹胡子瞪眼，吓得雪冬立刻送了一杯卡布奇诺咖啡来赔罪。

姜颠就一直站着，思绪凌乱。

地板上的水印干了之后，他仍挪不开眼，脑海中不停循环一个问题：十一月末的天气只穿一条裙子，赤脚走在地板上冷不冷？

程逢领奖圈内人都知道，不过他们也都知道她已经退了。年纪小的时候喜欢被追捧，被环伺，一旦过渡到另外一个时期，就开始厌倦热闹。请几个朋友吃顿饭，权当走个过场。书吧两个店员雪冬和黎青也去了，加上裴小芸共八人，全是女同胞。

戴宝玲电影学院出身，毕业前就已经独立带团队制作小成本电影并收获了大奖，后转做经纪人积累人脉，在圈内名气很大，主持这种都是熟人的饭局驾轻就熟，哄得女孩们一个个兴致高涨，饭后又开了包厢唱歌。

没有一会儿，戴宝玲借口出去打电话，领回三个男人。

年纪轻轻，长得都很帅。

程逢没察觉似的，不紧不慢地喝了口酒，对戴宝玲说："你跟我出来，让他们继续玩。"

两个人站在过道尽头，窗户大开着。戴宝玲想抽烟，刚拿出打火机就被程逢抢过去，直接扔掉。

戴宝玲撇了撇嘴，但因忌惮对方的脾气没敢吭声。

程逢睇了她一会儿才说："你最近是不是压力有点大？眼光太差了，一个个看着是不错，可娱乐圈缺帅哥吗？还是一个模子刻出来的，没一点气质。"

"我的女神，你不知道这是一个看脸的时代吗？先不说内在，长得好看连宣传资源都好拿一些，你让我去找丑的吗？谐星吗？"

"谐星也比脸盲好。"

戴宝玲哭笑不得："光看脸就能知道谁是谐星吗？你找一个给我看看。"

程逢不应声，拨了拨头发。一回头，恰好一簇黄毛从眼前掠过。她随即抿唇，指向廉若绅："喏，那样的。"

"你在逗我？"

程逢忍俊不禁。

廉若绅今天过生日，一帮朋友给他庆祝，灌了他不少酒。出门后找不着北，在程逢面前晃了好几个来回，最后实在是转晕了头，停在她们面前，他大着舌头问："小、小姐，厕所在哪儿？"

戴宝玲僵着脸怒道："你喊谁小姐呢！"

她知道程逢不愿意再入圈，刚刚那些话摆明是在拒绝她，一肚子气正愁撒不出来，冲着廉若绅好一通骂。骂完见廉若绅又晃了回来，戴宝玲顿时没了脾气，指着一个方向说："在那儿，往前直走到底右转就是了，都从面前经过好几回也没看见，眼睛长头顶去了？"

廉若绅打了个嗝："凶……凶什么凶？小心老子……"舌头打结一般，走了几米远话都没说顺溜，捂着大腿一直哆嗦，大概是被憋急了。

程逢笑了半天没停下来。

忽然，斜前方的包厢门被拉开，一道颀长的身影走出来。

循着廉若绅的声音，姜颠从程逢面前经过，正好前面过来一辆酒水餐车，他不得不往里靠，挨着程逢的脚尖，离她很近很近，几乎能看见她眼睛里的笑。

等他走远，戴宝玲嘟哝："这样的行不行？长得不错，气质又好。"

程逢没说话。

戴宝玲冲着没关上门的包厢里瞅了眼，里面男男女女烟雾缭绕，话筒声音震耳欲聋，桌子上全是酒瓶。

程逢和她解释，刚才的"黄毛"是裴小芸班上的学生。

她立刻追问姜颠的情况，程逢摆手说："不清楚。"

于是她立刻回包厢去问裴小芸。

程逢诧异："你这主意变得真快。"

戴宝玲搂着她笑："没办法，娱乐圈就这样，现实得很。"

程逢抿了抿嘴，顺着走廊看过去，只见姜颠扶着廉若绅进了洗手间。远远地，廉若绅嚷了一声："姜颠，你……你怎么长这么好看？我要是女孩子，就爱上你了！"

程逢"扑哧"一声笑了，回过头来，光影里少年也转过脸来，笔直的视线穿过走廊，声音有些羞臊："你别摸我，看着点。"

戴宝玲满心遗憾地说："你真的不再考虑考虑？其实这几年国内街舞市场正在逐渐发展，不光韩流一派，很多主流都在走向舞台。"

"不。"

程逢一口拒绝，戴宝玲当即没了心思，恹恹地推开门，待看清里面的情形后直接愣在原地。

包厢里三个年轻男人凑在女孩们身边，一个劲地给她们劝酒。

裴小芸连说几遍自己不是圈内人，他们只当她摆谱，靠得越来越近。

戴宝玲顿觉颜面扫地，直接吼道："都给我滚！"

三人慌慌张张地跑出包厢，戴宝玲还站在门口，深吸一口气和程逢道歉："对不起，是我没有安排好，可能最近被庞婷逼狠了吧，你瞧瞧我的黑眼圈，几个晚上没睡了，病急乱投医，也不知还能在这个日新月异的圈子里混多久……"

"不要太着急，我会帮你想想办法。"

要的就是她这句话，戴宝玲笑逐颜开，果断签了账单离开。

一场闹剧就此收场，程逢送完其他人后返回包厢，里面就剩裴小芸一人，烂醉如泥地躺在沙发上。

空气里充斥着一股浓烈的酒气，程逢关掉音响，把门打开，裴小芸一喝醉全无形象，抱着程逢的手臂哭诉："刚刚灌我酒的那个男孩子长得好可爱，皮肤也好光滑哦。"

程逢低笑："你也不差。"

"是吗？那为什么周尧总是看不到我？他眼里只有你。"裴小芸鼻子一酸，眼泪汪汪，"念书的时候他喜欢你，现在都过去这么多年了，他还是喜欢你，每次来找我也只是关心你的事。"

"以后别理他。"

"好。"裴小芸傻笑，"程程，你才是我最重要的人。"

程逢挑了瓶啤酒，自斟自酌地喝下半杯。

裴小芸还在一旁絮叨："学校更新系统了，这两天帮校办的同事录入新生信息，看到别的班级都是优秀的学生，我就好气哦，怎么偏偏轮到我就是一帮泼猴。就那个刺头，三天打鱼两天晒网，老师们都跟我投诉好几回了，每周主任必要找我谈话，太丢人了！"

她上学的时候何曾被主任谈过话？一接手这个班，明里暗里什么批评指导都领教过了。

初出茅庐的年轻老师，还没练就铜墙铁壁，就被手上的学生给弄怕了。

程逢问她："就是上回看到的小黑皮？"

"嗯！我快烦死了，马上就是期中考了，我真担心他没有一门能考及格！寝室里就住着个全校第一，哦不，应该是全省第一，高考状元，还是物理系天才，辅导员查寝我见过好几回，长得白白净净，又安静又秀气，你说他怎么就不跟人学点好的？"裴小芸又补充，"那天他也在，就是捂鼻子那个。"

"是吗？"

想到那天，她穿着睡衣被两个男生看到，廉若绅连多偷瞄一眼都不敢。她就知道他是条没经验的"小狼狗"，雷声大雨点小，也就占点嘴皮子的便宜，反观旁边那个，一瞬不瞬地就把她全看光了。

在那之前，他也那样看过她，目不斜视，充满攻击性。

所以，这就是省状元的样子？

程逢轻笑了声："裴小芸，你眼神真不好。"

包厢外，洗完脸，脑袋刚清醒的廉若绅，偷听到此处靠在墙上呜咽了两声："阿颠，她怎么可以这么说我？我哪里就丢人了？明明这几天我一节课都没有逃！她怎么就看不到我苦读圣贤书的决心呢？"

姜颠眼角抖了抖。

"阿颠，你……你是不是想笑我！连你也觉得我丢人？"不听姜颠解释，廉若绅一气之下冲进包厢，找准了人就吼道："裴小芸，我告诉你，过了今天十二点老子就满二十岁了！以我大脑的开发程度，最多也就晚你三四年，你凭什么认定我门门飘红？"

程逢不由地弯了弯嘴角，心想还真有点傻，不过挺可爱的。

"还有，阿颠是很厉害，人家从高中开始就年年考第一，还拿了全国物理竞赛一等奖，去年就破格被加……加什么来着？哦对，加州理工大学录取了！但他没有出国，完全是因为临南有他喜欢的物理系老教授，一辈子都在带学生搞实验，全心全意培养祖国的下一代！不像你，还没开考就全盘否定一个学生！

枉费我天天上你的课，你可太让我寒心了！"

裴小芸被吼得一愣一愣，不自觉地点头。

廉若绅一鼓作气，吼完最后一句话："我不是你以为的样子，你走着瞧吧，哼！"说完这话，他头也不回地冲了出去。

包厢里安静了一瞬。

姜颠迟疑一分钟后，也转身朝外走，程逢喊住他："你叫阿颠？"

他点了下头。

程逢追出来，在走廊里问他："你朋友喝多了？"

"嗯。"

"裴小芸事后如果问起今晚的事，我该不该说，你们一帮大一新生不回宿舍，半夜还在 KTV 喝酒？"

"我没喝。"

姜颠朝程逢迈了一步，程逢往后退。有人从走廊穿过，略带探究的目光扫向两人，两人均没有反应。离得很近，他面无表情地说："不信你闻。"

走廊上的灯光并不明亮，但五颜六色的，闪了又闪。

临近午夜，不远处有人开了包间，正在亮嗓子，"刺啦"一声震耳欲聋。

程逢被吓得往后退，身体贴住墙壁。

姜颠和她对视了大概有三十秒，她没开口，他就一直看着她。

过了好一会儿她抿住唇角，浅浅地笑了："刚刚那个'黄毛'挺有趣的，改天来我书吧玩，我请你们喝饮料。"

姜颠说："好。"

他转身走远，步子很大，肩背细窄，高挑清瘦。

程逢后来回忆起来，只记得灯光映照下他的脸，白皙得有些异常，眼睛十分清亮，鼻尖有一层薄薄的汗珠，身上倒清清爽爽的，没有酒气，只有一股淡淡的中药味。

呵，中药味，她玩味地挑起嘴角。

在临南大学的贴吧，姜颠是公认的"校草"。

上至大四学姐，下至临南附属高中学妹，不论年纪系别，都有着"颠神"

的狂热女友粉。以高于录取线50分的成绩入校，从初中到高中一直都是学校最热门的状元人选，事实上也没有令师生失望，中高考状元大满贯，再兼一张女生都羡慕的好脸蛋，谁能控制自己不对他产生一点歪念？

刚入学时，每天都有人偷偷摸摸地到物理系来蹭课和他偶遇，蹲点男生寝室送温暖。情书、零食都不在话下，拉横幅点蜡烛告白也屡见不鲜，更有甚者潜入寝室为他制造惊喜，结果吓得管理员以为进了小偷，全校通报，大力整改，自此疯狂的追求者们才消停了一阵，但花样仍旧层出不穷。

后来廉若绅实在看不下去了，整天围追堵截，弄得他烦不胜烦，开始跟姜颠一起进出。几次之后就没有女孩敢上前了，廉若绅自觉长了一张凶煞如阎王的脸，非但没有自惭形秽，反而颇觉骄傲。

廉若绅正给李子坤卖弄姜颠名字系"神魂颠倒"一词典故的时候，裴小芸出现在操场，李子坤赶紧提醒他："裴老师叫你。"

廉若绅眼睛一瞪："别跟老子提她！"

"是真的，你看那里。"

裴小芸听见一串起哄的笑声，几乎走到操场的尽头，又停下来朝廉若绅招手："廉若绅，你过来一下。"

她声音低柔，廉若绅矜持了半分钟，还是屁颠屁颠地跑过去了。

李子坤捂着嘴，笑得肩膀打了个寒战："阿颠，你说我绅哥是不是傻了？"

姜颠双手枕在脑后，微微眯起波斯猫一般漂亮的眼睛。

几米之外不知道裴小芸和廉若绅说了什么，他低着脑袋，矫揉造作地晃晃身体，已然完全忘记昨夜在KTV被羞辱时立下的豪言壮志。

裴小芸拉开和他之间的距离，他厚着脸皮再次凑上前去。说不了几句话，裴小芸要走，廉若绅突然一个跨步挡在她面前。

姜颠忽然想到程逢，如果换成她站在操场，一边朝他招手，一边被风吹开裙摆，露出纤细笔直的小腿，他会不会也像廉若绅一样？

打完球回寝室，从音乐学院门口经过时听见里面传来一阵曲调热辣高亢的乐声。姜颠停住脚步，问旁边颠球的廉若绅："这是什么歌？"

"啊？"廉若绅听了会儿，抓耳挠腮道："啥……啥东西，我就听出来一个词'Miss'。"

"绅哥，你最近听力水平见长啊！"

"那是必须的，裴老师刚才答应我，如果我下个月期中考英语及格，她就……"

"就什么？"

"诓我呢？我就不告诉你！"廉若绅转而又勾住姜颠的肩膀，两个人悄悄咬耳朵，"刚刚裴小芸跟我道歉，说她一喝醉就容易说胡话。阿颠你知道吗？她竟然只记得我去过那家KTV，却完全不记得我说了什么！还好她不记得了，不然我就糗大了！不过那个老板姐姐人还挺好的，什么都没告诉她。"

姜颠凝神听歌词，声音很低地说："她不会说的。"

"你怎么知道？"

姜颠不说话，掏出手机搜索歌词，找到这首歌。

《Wish I Didn't Miss You》

I can't eat, I can't sleep anymore

Waiting for love to walk through the door

（我废寝忘食，等着爱情敲我的门）

I wish I didn't miss you anymore

Memories don't live like people do

（我希望可以不再想你，但记忆却不如愿）

…………

一整个下午姜颠都在走神，戴上耳机，循环播放那晚在舞蹈教室听到的歌，书没翻两页就不得劲了，仿佛哪里痒痒的，一直静不下心来。

晚自习前他给廉若绅打电话："我忘记告诉你，书吧的老板说要请你喝饮料。"

廉若绅正在寝室打游戏，乍一听整个人从椅子上跳起来。

"那个美女姐姐说请我喝饮料，为什么？"廉若绅惊讶地捂着脸，"难不成她看上我了？唉，我这该死的魅力！"

李子坤："怎么可以这么自恋？"

陈方："人在做，天在看。"

姜颠声音很轻，带着一丝飘忽不定："也许吧，她觉得你很有趣。"

"那还等什么？现在就去！阿颠，我们在宿舍门口等你！"不等姜颠回应旁边插进来一句话，"阿颠在图书馆看书，你以为个个都跟你一样闲啊？"

"哦对，阿颠……"

"我去。"他言简意赅，挂断电话在路上奔跑起来。

图书馆的方向在临南靠西，小吃街在北门，正常走一趟少说要二十分钟，姜颠不到十分钟就赶到了。

廉若绅以为自己晃了眼，再定睛一看。

"我去，阿颠你长飞毛腿了？"

姜颠调整呼吸，对着寝室门前的玻璃门稍微整理了下衣服头发，这才拍拍廉若绅的肩："走吧。"

这个时间北侧门外停了好些快递集装箱，正在收发快递，学生人来人往。他们到书吧时，里面人还不少，都在排队买新出的秋冬养生茶。因为口味好，在临街几家同类型店中书吧的生意一直很好。

最主要的是，今天程逢也在柜台帮忙，排队的人里多半是男生。

廉若绅一路走，一路嫌弃地嘟嚷着。

程逢从手忙脚乱中腾出空来，向他们招手："你们来啦？要不要尝尝店里的新品？"

廉若绅光有贼心没有贼胆，一对上程逢的眼睛就成了结巴："好……好啊。"

"抹茶蛋糕怎么样？"

李子坤说："我想吃栗子味的。"

"我！我要草莓味。"

在他们说话间，姜颠飞快地摸清了书吧的格局。不同于那一晚黑暗的视野，这一次灯光明亮，一目了然，沿着吧台的位置往前走，直通到底是楼梯口，吊顶上安装了三个摄像头。休闲区有三面书橱和几张桌椅，每个墙角也都有一只微型摄像头。

"你呢？"见姜颠没有回答，程逢自作主张挑了一款千层蛋糕给他，"我看你最近有点感冒，千层蛋糕甜度适中，应该不会很腻。"

她系着茶色围裙，头发蓬松地盘在脑后，有一缕碎发垂下来，被风吹动不时贴着脸颊，肉粉色的耳垂上面有一颗白色珍珠耳环。

姜颠随意地点了下脑袋。

面前两个刚买完饮料的女生，在看清他的面孔后激动地讨论了几句，立刻补充道："我们想要两块和他一样的蛋糕。"

程逢似笑非笑："好的，请稍等。"

一直忙碌到六点，书吧的人群才渐渐散去。

黎青揉着发酸的脖子说："平时咱们店里小情侣不少，今天尤其多，也不知道是因为程姐你在，还是沾了校草的光。"

"校草？"

"喏，就那个。"黎青指向那边坐着的几个大男孩，压低声音说，"传说中'别人家的孩子'，学霸，关键是长得太好了，我妈单位里没一个阿姨不知道他，听说我们在同一所学校后，还老是撺掇我去倒追他。笑死了，他缺人追吗？"

"那你喜欢他吗？"

"我欣赏他的才华。"黎青吐了吐舌，借着转身洗杯子躲过了这个话题。

天之骄子，引人注目。程逢把饮料送过去，几个男孩正在打游戏，吵吵嚷嚷一时没注意，见她凑过来问在玩什么游戏，廉若绅想到什么，脑袋轰地炸开，一个原地反弹，差点没踩断李子坤的脚。

一阵哀号中，大伙瞅着满脸涨成猪肝色的廉若绅，笑得前仰后翻。

程逢觉得奇怪，转向唯一没笑的姜颠："他们在笑什么？"

廉若绅板起脸吼道："不许笑！"然后才对程逢说，"一个个被敌人杀傻了。"说罢拿起饮料，咕噜几下就见底了。

程逢隐约觉得哪里不对劲，但没有深究，含笑问道："怎么样？味道还好吗？"

廉若绅喝得太快，压根没尝出味来，吧唧了下嘴，摸着后脑勺说不出一句完整的话。陈方和李子坤虽然尝出了味，却不知道具体的成分。

只有姜颠知道。

"杭白菊和枇杷？"

这是他最近在喝的中药，杭白菊和枇杷恰好是其中重要的两味药。

程逢不说话，依旧是笑，淡淡的，疏离的，没什么情绪可言。

这时门口的风铃声响起，伴随着带起的一阵风，一条肥硕的大金毛迎面扑到程逢怀里，左蹭右蹭，直往她胸口拱。

一群人目瞪口呆。

还是廉若绅反应最快，第一个看清了尾随金毛而来的主人，一个大嗓门把大家的注意力吸引过去："陆憋憋，怎么是你？"

陆别被金毛挡住了视线，走到近前才发现是老冤家，一时语塞："我……"

"你来得正好，趁着今天大伙都在，我们好好掰扯掰扯上回那件事。"

陆别一看对方来势汹汹，而他只有一人一狗，立刻怂了："什……什么事，我怎么不记得了。"

"你还真是贵人多忘事，没关系，我提醒提醒你，上个星期四晚上，你给阿颠发短信说有十万火急的事，让他立刻出来，结果却带着十个人……"

"瞎说，没那回事！"

"你是不是脑子坏了？以为死不认账就能翻篇儿？"

廉若绅话不多说，冲上前就是一脚，陆别一闪，扶着桌子晃过去，钻到程逢身后求助："姐……姐你快看，他们仗着人多欺负我，你得帮帮我。"

"姐？"

陆别下巴一抬："怎么？怕了？"

廉若绅没想到陆别和程逢认识，看样子还很亲密，扫出去的旋风腿一个急刹，又收了回来。

程逢见状解释道："不是亲生的，就一个亲戚家的弟弟，平时不常往来，好些年没喊过我姐了，这一回倒是亲热。"

一巴掌"打"在陆别脸上，他顿时心虚，拉了拉程逢的衣袖。

程逢深知他的脾性，小打小闹有余，和廉若绅恐怕半斤八两，都是幼稚鬼。

"我答应你爸妈要照顾你，可没有给你收拾烂摊子这一项，自己惹的事，自己摆平。"说完她牵起大金毛朝楼梯口走去。

转过书橱的位置，她忽然回头看向姜颠："你说得对，新品里面确实有杭白菊和枇杷，这是前几天有人送我的礼物，也算意外之喜，味道很不错。"

她走后，几个大男孩你望我，我望你，不知所云。

陆别一个光杆司令，趁着他们还没回神怯生生道："要不，咱下次再约？"

"呵！你想得倒美！"

廉若绅大步上前，姜颠及时拦住他："算了。"

"什么？"

"整天这么闹腾，有意思吗？"

不得不说，陆别的求生欲是真强，连忙躲到姜颠身后，连声附和道："既然你们也认识我姐，那大家以后就是朋友了。阿颠，您大人大量别和我计较，咱就此和解成不？"

姜颠说："好。"

廉若绅的脸上当即五颜六色……

晚自习之后，姜颠独自一个人回到书吧。

已经打烊的店，玻璃门落了锁，却和之前的某一晚相似，轻轻一推就能打开。二楼有光，他低着头往上走。经过转角时，头顶的光被一团阴影挡掉。

他抬头，程逢站在上面。赤脚，紫粉色的睡衣松松垮垮罩在纤细的肩上，隐约露出红色的肩带，领口宽松，露出一片肌肤。

她应该是洗过澡不久，头发微湿，垂落在肩后，水珠一颗颗砸落地板。

楼道里有音乐声，这回他听清楚了，是 Wish I Didn't Miss You。

暗示太多，他们安静地对视，谁也没有先动。

直到大金毛跑到程逢脚边拱了拱她，见她没反应，直接躺倒，在她脚背上打滚。程逢被弄痒了，朝前抬起脚，把金毛踢开。

"姜颠，我们来算算另一笔账。"

第二章

迷恋

　　程逢在二楼有一间休息室，格局不大，装修精致，该有的都有。她换好衣服出来，见姜颠还站在门口，朝他招招手："过来坐，想喝什么？"

　　姜颠迟疑了片刻才走进去。他个子高，往沙发上一坐，整个人像是陷在一只小船里。他将腿微微分开斜放着，额前的头发松软，遮住眉毛，这样的模样，实在很乖，完全无法与那一晚误闯书吧的"小贼"联系起来。

　　程逢调出一个监控画面给他看："不需要给我解释一下？"

　　画面中间有二十分钟，他靠着书橱迷迷糊糊地睡了一觉，然后上楼，五分钟后下楼。

　　姜颠没吭声。

　　程逢又从抽屉里拿出一袋中药包："那天晚上你走得匆忙，掉在地上了。"

　　"谢谢。"

　　"我觉得味道不错，找中药师了解了下，才知道这里面有杭白菊和枇杷。这几味药混在一起是治疗秋燥犯肺引起的发热、咽干唇燥和咳嗽等病症的，平时搭配茶饮可以清热解毒，对吗？"

　　他点头。

　　程逢换了个姿势，跷起二郎腿，斜靠在沙发上："所以，那天为什么会突然出现在这里？"

　　"你应该猜到了。"姜颠说。

　　程逢呼出一口气："这事是陆别的错，我代他向你道歉。他从小性子就野，仗着老人疼爱，整天无所事事，勉强考上临南音乐系还不好好珍惜，也不知道能不能顺利毕业。不过你放心，以后有我盯着他，他不会再胡闹了，你能不能看在我的面子上不要和他计较？"

　　姜颠想了一会儿，说："能，不过我有个条件。"

"什么？"

沙发旁是一盏落地灯，灯光橘黄，笼罩在姜颠身上，将他一贯的清瘦和苍白模糊了，可程逢知道，他不是表面所看到的样子，至少不是简单的好学生。

他身手很好，偷进别人的地盘，受了伤依旧泰然自若；他看她的目光直接了断，坦诚无邪；他身上有一股成熟、独立不同于这个年纪男孩的气息。

这让她在某一个瞬间有了一个离奇的想法，好像一切都在他的算计当中。

姜颠说："我想追你，可以吗？"

程逢愣住了，好一会儿才反应过来。她坐到姜颠身边，挨着他的腿试探道："你知道我今年多大了吗？"

他点头："我已经是大学生了。"

程逢挑眉，不错，他已经成年了，而且长相出挑，气质迷人，不过一个尚未出校门的大学生对她而言还是太稚嫩了。她沉默了一会儿，问道："为什么想追我？你只见过我几次。"

姜颠沉吟着："我在寻找一些答案。"

"什么答案？"

姜颠没再说话，程逢意识到他的目的并不纯粹，轻笑一声："既然不想说就别说了。离开这里，忘记今晚的事，我身上没有你想要的答案。"

像是并不需要征求她的同意一般，姜颠一言不发地背起书包，起身往外走。和往常一样，步子很大。

程逢以为他知难而退，送出门还悉心嘱咐："很晚了，回去的路上小心一点。"

姜颠忽地一个转身，拽住她的手腕往后压在墙上，双臂撑在两侧牢牢地圈住她，却没有再往前靠近半寸。

"我从来没有谈过恋爱，不知道喜欢一个人是什么感觉。"他凝视她的眼睛，喘着粗气，"但我是认真的。"

程逢又闻到他身上那阵淡淡的中药味。

这个距离打破了她同一个只见过几次面的陌生人的安全距离，她被迫注视他，很近很近，发现他的瞳孔偏黑茶色，清亮深邃。她倒映在他的双眼里，被他看透了，而她却看不到他。

他睫毛很长，皮肤细腻，像剥开的鸡蛋白一样光滑，几乎没有任何毛孔，灯光下隐约可以看见一搓搓细软的绒毛。

柔软得完全不像是一个男孩子。

这一刻,程逢同时嗅到了危险的气息。她想逃,却逃不出去。姜颠忽然放下手,握住她的腰肢,一触即离。

"你身上有点冷。"他脱下校服外套,从前面盖住她的肩膀,"我再问一遍,我想追你,可以吗?"

程逢舔了舔唇。

还没等她开口,他已经离开。

风铃响了几声后,屋内恢复寂静,身上的校服还带着少年的体温。程逢拿近闻了闻,依旧是清爽的气息,中药味淡淡的,不太浓烈。

照例再一次超过宿舍宵禁时间,姜颠回到家已经十一点。一打开门见陈慧云也在,他神色稍顿,一股更加浓厚的冷淡发散而出。

"傻站着做什么?"陈慧云将他拉进门,上下一看连忙道,"你外套去哪了?身体都冻僵了。"

姜颠撇开她的手:"上体育课弄坏了。"

"弄坏了?怎么弄坏的?我给你们主任打电话,以后别上体育课了,一群学生莽莽撞撞的,万一伤到你怎么办?我再让他给你发两套校服,以后学校备着一套,可以换着穿,别又像今天这样,着凉就不好了。"陈慧云一边说一边掏出手机,"不行,还是多几套吧。明天多穿点,马上进入十二月天气越来越冷了,要不要我跟主任申请你回家晚自习?"

姜颠一路走过去,没吭声,脸上的神情淡到几乎冷漠。

陈慧云追问:"今天怎么回来了,不是说要住校的吗?"

姜颠的动作忽然僵了一瞬,缓慢放下书包,从里面拿出药包:"在图书馆看书,没注意时间。"

陈慧云倒了杯热水送到他面前:"家离学校这么近,搞不懂你为什么要住校,以后别在图书馆看书了,回家暖和,我派个司机接送你。"不等姜颠回答她又道,"最近身体还好吗?有没有生病?"

"不用,就几条街的距离,很近,没有生病。"

　　他隐瞒了自己上个星期发烧的事，陈慧云也没有问得太仔细，只当他还在喝以前补身体的中药包。

　　"对了，你爸说下个月带你去做一次全面的身体检查，问题不大的话，现在就可以开始准备材料了，读完大一就出国吧，早点换个环境，还能跟上那边的教学进度。"

　　姜颠一怔，放下水杯直言道："我不出国。"

　　"你这孩子怎么这么固执？"陈慧云劝他，"阿颠，爸爸妈妈都是为了你好。"

　　"是吗？"

　　陈慧云脸色一僵："阿颠，注意你说话的态度！原先你不想出国，我们当你还没做好准备，也不勉强，这一年就让你调整状态，但你要知道，我们的耐心是有限的。"说完，陈慧云若有所思地看着他。

　　姜颠没有回避她的目光，甚至期待她能说出更加尖刻的话，可惜没有。

　　姜颠泄气似的"嗤"了一声，陈慧云没察觉，看一眼手表急匆匆道："好了，快洗个热水澡，早点睡觉。我还有个视频会议要开，先回公司了。"

　　姜颠看着合上的门，揉了揉眉心。

　　他端起汤药一股脑倒进水池里，并将药包扔进垃圾桶。回到卧室，他打开抽屉，从里面拿出烟，动作熟练地点燃，递到嘴边。

　　整个城市无比寂寞。

　　他坐在飘窗望着黑夜，深吸一口烟，睫毛不住地颤抖，不知是被尼古丁蚕食，还是被寂寞打败，这一瞬间他又想起程逢。

　　在那个夜深人静的教室里，她穿一条黑色的锻绒裙，腿纤细笔直，暴露在空气中的皮肤白得发亮。长发遮住了她半张脸，鲜红的唇若隐若现。

　　看着某一处时，容易让人想到这些年写满了苍白的故事，可偏偏她的动作又那么惹火。

　　他仓促下楼，不经意被红外射线闪到眼睛，余光一瞥，走道里几个摄像头一览无遗。仔细看的话，能够发现他的步伐渐渐放慢，很快口袋里的手一拨，中药袋状似无意地掉在地上。

　　这半个月一直没有老师找他谈话，他就知道她什么都没有说，关于今晚她依旧会守口如瓶。

这将是她和他两个人的秘密。

此刻，他一口一口地吐着云雾，没有十九岁少年的稚嫩与单纯，只有孤单的身影和沉重的心事。

临南大学大一新生有特殊的考勤要求，早上七点之前得在电子系统录入签到指纹，一帮学生鬼哭狼嚎，穿着睡衣狂奔在主干道上。

裴小芸特地拦停了在操场跑步的程逢，挽着她的手臂撒娇道："领导很重视这次六十周年校庆，主任下达任务，每个班级至少要申报一个节目！我带的班简直是我的魔咒，你要不帮我就没人能帮我了，程程……我问过班上两个女生了，她们都有舞蹈功底，你就帮忙指导一下，好不好？"

"只是指导一下？"程逢低笑。

"哎呀，两下不行吗？"

裴小芸难得露出娇憨的姿态，程逢逗了她一会儿才假装为难地应承下来，她一个高兴，抱着程逢的腰转了一圈。一抬头，见姜颠从跑道尽头走过来，她赶紧放下手，整理好头发。

姜颠不动声色地从旁经过。

清晨的凉风吹乱他的头发，少年的脸颊上有超出寻常的苍白。

程逢忍不住转头，瘦长的背，腰微微弯曲，乌黑发丝下一截后脖子比脸还要白。

莫名地，心跳漏拍。

裴小芸捂着嘴，压低声音道："他就是我上回跟你说的省高考状元，是不是很好看？"

程逢眉头一挑："你也八卦？"

"哪有！这种传说中的天之骄子，我有点好奇很正常嘛，而且他班主任跟我一个寝室，偶尔也会提起他，物理系的天才，主任把他当宝贝，校服坏了立刻补上，还可以特别优待不上体育课，听说家里条件非常好。"

校服坏了？

程逢想起昨晚带有一丝中草药余温的校服外套，莫名心虚，望向别处，发现三三两两的学生正聚焦此处，小声讨论着什么。她捋了把头发，微微一笑，面前走过的两个男生瞬间脸红到脖子。

看嘛，这才是纯情的大学生，那个家伙老练得像个情场高手！

裴小芸毫无察觉，自顾自说道："他好像念完大一就要出国了。"

"啊？"

"你惊讶什么？"裴小芸说，"听说高考后重病了一场，没赶上加州开学，正好领导们想用他的名气给临南打广告，就特招了。"

程逢若有所思："大一不是只剩半年了吗？"

"是呀！不过物理系的老教授直言要让他当关门弟子，不肯放他走，也不知道他会不会留下来。"说到这里，裴小芸左右看了一眼，小声同程逢耳语，"我听他班主任的意思，好像不是他自己想走，而是家里另有安排。他这个年纪，哪里能自己做主？"

在这一方面，裴小芸能够感同身受："越是厉害的家长，孩子活得越压抑，唉，临南物理系也算全国顶尖的学科，他自己又这么热爱，如果真去从商了，还挺可惜的。"

"是吗？"

大一学生组织听报告会，廉若绅耐着性子坐了两小时，一听主持人说中场休息，立刻掀开椅子往外冲，倚在栏杆上和狐朋狗友开启日常侃大山，冲漂亮女孩子吹口哨。

正把姜颠从教室喊出来，李子坤忽然指着楼下说："咦？那不是老板姐姐吗？她怎么来我们学校了？旁边那两个是谁？有点眼熟啊。"

陈方不屑道："是我们班的，一个叫陈笑然，一个叫柴今。"

"呦呵，你连人名字都记这么清楚？"

陈方摸摸后脑，看一眼穿白球鞋的女孩，说道："我觉得柴今挺有气质的，耐看。"

"我就知道！你小子还不快老实交代？就算叫不出柴今的名字，我会连陈笑然都不认识？瞅瞅你这熊样，早就看出来你对那两个有点意思了，就是拿不准哪一个而已，这回跑不掉了吧？"

"已经谈上了？陈方你速度够快啊！"

"没……没，你们声音小点，别吓着人姑娘。"陈方喘着气连三讨饶，他们偏不放过，起哄似的对着楼下喊柴今的名字。

　　程逢正要走，听见声音抬头，一眼就看到四楼栏杆边站着个人。身边一群学生跑来跑去，他被撞了也没什么反应，顺手一推绕到旁边，视线定定地落在她身上。

　　她转回视线，和裴小芸告辞。

　　裴小芸把两个女孩儿带给程逢看过后，一颗心落到实处，生怕楼上那些泼猴胡闹给报告厅的讲师们留下坏印象，只好跟上去盯着。

　　回到报告厅，一帮男孩已经乖巧地坐在位子上，挤眉弄眼地冲她笑。

　　廉若绅一头黄毛尤其惹眼，笑得像个傻子。

　　她强忍笑意转身，结果刚一走，他们又闹起来。

　　廉若绅自觉没趣，跑到陈笑然旁边坐下，大刺刺道："报告会都没听，干什么去了？"

　　陈笑然性子豪爽，直接说道："这不马上校庆了嘛，我和柴今要排个节目，裴老师找了她朋友来做指导。"

　　"校庆？"廉若绅抓了把头发，"还有这茬？怎么没人跟我说。"

　　"跟你说什么？让你上去耍猴戏呀？"陈笑然捂嘴笑。

　　"瞎说，不知道哥是十佳歌手的冠军吗？裴老师也真是的，要报节目怎么不找我？"

　　"你得了吧，整天给裴老师添麻烦，她敢找你吗？"

　　"她说的？"廉若绅炮仗脾气一点就炸，"呸，她就是瞧不起我，一个个为人师表，却道貌岸然，前头还说要看我表现的，这就下定论了？我要去找她问个清楚！"

　　廉若绅跑了之后，姜颠顺着他的位子挪了一个，陈笑然立刻一拍柴今的手臂，眉飞色舞地说："男神坐你后面了！"

　　柴今嗔怪她："疼死了，你轻点。"

　　就在这时，姜颠拍了拍她的肩。

　　柴今将碎发别到耳后，微吸一口气才回头："有事吗？"

　　"你们什么时候排练？"

　　"嗯？"柴今慢了半拍，才反应过来，"你是说校庆节目吗？"

姜颠点头。

"裴老师的朋友在学校旁边有间舞蹈教室，她让我们晚上下课去她那里排舞，一周三次。"柴今长相秀气，嗓音也甜美，"你为什么问这个？"

"如果定了舞曲，可以告诉我吗？"

"啊？"

"我学过大提琴，可以伴奏。"

陈笑然瞪大眼睛抢白道："你要给我们的节目伴奏？那真是太好了，也不枉费我们柴今一番心思，安排这个座位……啊！"大腿忽然被拧，陈笑然龇牙咧嘴地刹住了车，"那什么，我下课就去和裴老师说，应该没问题。"

姜颠抿唇："好。"

第二天下课，柴今通过廉若绅给姜颠带来了好消息。他回家把安置在储物间的大提琴拿了出来，仔细擦拭一遍后，放进包里。

秦妈是姜家的老保姆，从小看着姜颠长大，偶尔会来帮他打扫屋子。见姜颠拿了大提琴，她连忙追到门口，面带迟疑地笑问："阿颠，怎么突然想起来练琴了？"

姜颠动作一顿，解释道："校庆节目，需要排练。"

"没听你提过，你不是不爱参加那些节目吗？"

"老师报的。"

"噢，那要排练多久啊？会不会耽误你学习？"

"三周，不会。"

见秦妈没有再追问，他点头示意，转身离去。

秦妈回到家立即给陈慧云打电话，报告了这件事。

陈慧云在电话里沉默了半分钟，嘱咐秦妈道："这件事暂时不要让姜董知道。"

"万一姜董他……"

"万一什么？一年到头不着家的人，就知道发火。阿颠很快就要出国，在学校待不了多久，他想做什么就让他去吧。"

秦妈听陈慧云语气不善，也不多说，应了下来。

陈慧云忽而想起什么，又道："那个孩子一向有分寸，晾一阵子就听话了，正好最近忙，你帮我盯着点，有什么随时跟我说。"

　　这头的姜颠还不知道陈慧云将这件事瞒了下来，下课后和柴今、陈笑然去书吧，程逢已经在舞蹈教室等他们。

　　灯光全开，玻璃反光，照得地面一片水亮光滑。教室尽头摆着一架手工木制钢琴，琴盖已被掀开，伴随着几个轻灵的音符流泻而出，陆别从钢琴后徐徐站了起来。

　　"嗨，你们好啊，我也来当伴奏，怎么样？"

　　程逢一巴掌拍过去，将他重新按下："再试试音，刚几个键都跑调了。"

　　"哪有，我可是钢琴八级！"

　　"你要没这张证书，临南会招你？"

　　"你、你到底是不是我姐啊？胳膊肘老往外拐，要不是你呼我，我才不来呢！义演很酷吗？有意思吗？"

　　"那行，这周我约你爸一起吃个饭。"

　　"哎哎哎，这倒也不必，我马上就调音。"

　　陆别噘了噘嘴，想不通程逢哪根筋搭错了，非要拉他一起参加校庆表演。说什么六十周年有电视台记者会现场报道，他临近毕业还干干净净一张白纸，总要珍惜在校的时间，为将来的履历添两笔光彩，他看都是冠冕堂皇的鬼话！

　　他头一偏，冲姜颠抬了抬下巴，问程逢："你把他拉进来做什么？"顺带一瞅他背的包，眼睛一瞪，"大提琴？不会跟我一样伴奏吧？"

　　程逢没有理会他，转身朝姜颠走去："我不太了解你们的水平，先试一次，可以吗？"

　　姜颠点了点头，把大提琴放倒在地板上，打开背包。教室正中的位置有一张靠椅，他走过去，将大提琴置于身前。

　　程逢选了一首耳熟能详的乐曲《致爱丽丝》，让他们搭档演奏。前半段节奏相当糟糕，两个人几乎全不着调，也完全没有默契可言。

　　陆别有一点音乐天赋，小时候参加全国大赛拿过金奖，这也是陆家长辈迄今为止唯一能拿得出手的谈资，所以一直逼他练习。大学四年虽比以往荒废不少，但重新上手不算困难。

　　程逢后来听出味来，发现前半段他故意打乱节奏，旨在干扰姜颠，可当大提琴中低音部声调隐约压过钢琴音的时候，他意识到对手并不简单，开始认真对待起来，到后半段钢琴音完全被大提琴掣肘，全场环绕着柔和沉稳的低音。

大提琴是最接近人声的乐器，深沉而温暖，富有表现力。

姜颠全程闭眼，离得近能够看到他时不时颤抖的睫毛，像一把精致的羽扇。离得远看他，他仿佛被隔断在另外一个世界，那里低音环绕，是他独奏的天堂。

两个女孩完全呆在了原地。

程逢起初靠在玻璃上，后来站直身子，随着音乐律动转了几圈，疾步回到休息室，将脑海中闪过的动作一一记录下来。

最后，纸上呈现几个字：向阳而生。

整个晚上程逢一直在和两个女孩拆解舞蹈动作，留下陆别和姜颠两人练习合奏。陆别弹了两首就坐不住了，跑到窗户边偷偷地掏出烟。生怕被程逢发现，他时不时回头看一眼，某一瞬间撞上姜颠的视线，他试探性地问："你要不要？"

姜颠看向斜对面："不用。"

全落地玻璃的舞蹈教室里，隐约可以看到程逢跳舞的身影，安静时甚至能听见她说话的声音，带着一股薄荷糖的清凉，渗透着无形的冷淡。

陆别轻嗤了一声："得了，我又不是没看见你抽过，来一根？"

"什么时候？"

"有一天晚上在隔壁那条街后头碰巧看见的，下着雨，你撑了一把黑色的伞，低着头，一边走一边抽，我跟了一路你都没有察觉。不过你倒是挺能耐的，一根烟能抽那么久？"

"又不是为了抽烟而抽烟。"姜颠起身，朝窗边走过来。

"不是为了抽烟，那你抽什么！搞什么文艺青年的深沉！"陆别撞一下他的肩膀，递一根过去，"放心好了，不用怕给她看见向你班主任打小报告，你都大学生了，而且她性子懒得很，不爱管闲事的。"

"是吗？"

可是那天，她还帮他和他道歉了。

"你怎么知道有校庆表演？"

陆别毫无设防，把程逢的一套说辞讲给姜颠听，末了又道："我看她就是家里派来监视我的，不能让我闲着。"

姜颠却觉得，他应该是程逢拉来当挡箭牌的，毕竟，她知道他目的不纯。

"兄弟，看在我们不打不相识的份上，我跟你说句掏心窝子的话，你甭看她长成这样，好像挺吸引小男生的，其实她的心比石头还硬，近了看一点意思也没有，你可千万要把控住啊！"

姜颠迟疑了会儿，接过陆别递来的烟。十二月的夜晚，风凉飕飕的，吹进胸口透心凉。

陆别抽到一半，好整以暇地转头看向姜颠，发现他连抽烟的动作也是安静的。忽然就觉得他之前会帮廉若绅出头，这件事本质上就有些微妙。

"我听说你成绩很好，怎么会和廉若绅一块玩？不会是青春期叛逆吧？"

姜颠咬着烟陷入沉思，过了会儿他将烟拿下，因为唇口咬压，烟嘴留下了淡淡的齿痕。

他将烟蒂连带着剩下的半截烟都扔了出去。

"我早就过了叛逆的年纪了。"

"哟，装什么成熟男人，有没有出去玩过？"这一刻陆别好像过来人一般说道，"大学城那里有很多好玩的地方，一到晚上各种名车和美女，比咱们学校好玩多了。"

姜颠神情依旧淡淡的，没有被忽悠到的样子。

陆别吃了个瘪，再接再厉："你别不信，人家学校的社团活动和联谊，那能是表面理解的意思吗？比咱们的有趣多了。反正你不上晚自习也没人知道，跟我去玩玩呗？保管你开心得不想回来。"

"是吗？"

陆别凑到姜颠耳边，压低声音说了一串，眼看着他低下头去，陆别笑得更灿烂了："怎么样？是不是特别有意思？要一块去玩吗？"

"玩什么？"

陆别嚷嚷："当然是……"

话说到一半，他突然顿住，动作僵硬地转过头来。不知道什么时候程逢出现在他们身后，也不知道听到了多少，一张脸阴沉得难看。陆别心想不好，正要溜走，程逢先一步接过他手里的烟，掐灭甩进垃圾桶。

"我最讨厌烟味，以后不许在这里抽烟。"

"知道了，知道了。"

他最怕程逢啰唆，拎起包飞也似的跑了。

姜颠望向墙上的时钟，晚上九点二十，就快下晚自习了。落地窗外柴今和陈笑然也收拾好东西，和程逢告别。

一分钟后，整层楼只剩下他和她。

程逢双手抱胸，脚尖点地，漫不经心地等了会儿，见他完全没有开口的意思，不得不先问道："笑然跟我说，你主动要求参加这个节目，是我想的那个意思吗？"

他背靠在窗台上，袖子卷到臂弯，被外面街道上的橘色灯光照射，半张脸的轮廓深邃而立体，十分坦然。

"不是的话，你会让陆别退出吗？"她是陆别的姐姐，做什么决定总会为他考虑的吧？那一套说辞，应当不全是假话。

姜颠不觉气馁，又道："我想离你近一些。"

程逢的心突突往下坠。她舔了舔唇，按捺住抽动的脑神经，声音平缓地说道："所以，你还没死心？"

"我才刚刚开始。"

他露出一丝笑容，唇角往上微微翘起，带着一丝狡黠的意味。

这还是程逢第一次看见他笑，虽然弧度很小且一闪即逝，但不可否认很好看。她轻轻呼出一口气，试图劝解他："不要在我身上浪费时间，我不可能会和你……我不喜欢姐弟恋，感觉好奇怪。"

"年龄只是一个概念。"

"我没什么特别的。"程逢一本正经地说。

姜颠点点头，程逢有点受挫，追问道："你想寻找的答案究竟是什么？"

"其实我也不清楚。"

程逢没应对过像迷雾一样的少年，她总是能看到他眼中许多复杂的情绪，掩藏于后的好像是一片深渊。

张着嘴半天也不知道该怎么委婉拒绝，最后还是狼狈地低下头，她胡乱说道："反正就是没有可能，你尽早放弃吧，好好准备出国的手续。"

"你知道了？"

他是指他出国的事情，想要解释什么，却被程逢打断："既然半年后就要离开，又何必做无谓地尝试？这就是你的喜欢？"

不考虑后果与将来，凭着上下嘴皮子一碰轻易吐出的"喜欢"，让一个倍感疲倦的女人七上八下，这大概就是他在这个年纪所拥有的资本与魅力吧，张狂得让人无法生气。

"我只负责你们的节目到校庆表演那天，这段时间藏好你的情绪，不要让我为难，知道吗？"她转身朝外走，"我去拿校服给你，你快回家吧。"

姜颠没吭声。

在这一刻，他想起那天她赤脚踩在地板上、趴在柜台伸手要酒的一幕，眼角微耷，好像旧音像店里整日睡觉的老猫，慵懒到极致。一瞬间密密麻麻的电流穿行全身，让他头皮发麻，难受到无以复加。

校服放在休息室的储物柜里，程逢一打开依稀还能闻到中药味。等她再回教室，里面空荡荡的，早已没了人影。唯独东北角的靠椅上，出现一只纸叠的飞机。

她迟疑片刻，走上前捡起飞机。粗粗看了眼，将飞机塞进校服外套。

回到寝室后，姜颠又看向窗外。

校门口的常青树被修剪过了，能清楚地看到对街的门面，花花绿绿的装饰灯和遮阳篷排成一排，有的店铺门前还摆着几张椅子。

第二天早上十点，程逢准时出现在书吧门口，弯腰开锁。她今天穿驼色的大衣，里面是一条长到脚踝的紫粉色长裙，裙摆很大，被风吹荡出一地秋叶。

廉若绅一屁股坐在姜颠身旁，乐呵呵地说："我也参加校庆了。"

"想好节目了？"

"嗯，独唱，不过歌曲要暂时保密。"

姜颠好似没有听见，一瞬不瞬地望着窗外。

廉若绅连说几句话都没有得到回应，循着姜颠的视线看过去，只见书吧外停了一辆黑色保姆车。

中午十二点半有场球赛，书吧装了投影仪，雪冬答应他们会放直播。

一群大男孩强捱过上午的课，一听铃声立刻往校外冲。一拨去买午饭，一拨去占位置。

姜颠和廉若绅到的时候里面还没有人，他们直接霸占了看比赛的最佳位置。雪冬压低声音说："今天楼上有客人在，你们声音小点哦。"

　　廉若绅觑一眼保姆车，扩着嗓门喊道："天王老子来了，也挡不住我看球赛的热情！"说话间，把电视音量调高了几格。

　　雪冬拦不住，过了会儿见楼上没有任何反应就不管了，任由那帮学生大喊大叫。平时碰到学习的问题一问三不知，看球赛却个个跟行家似的，一边看还一边解说，雪冬听得津津有味的。

　　到中场休息时，姜颠要了一杯水，又望一眼外面，保姆车已经在门口停了三个多小时了。

　　"这是谁的车？"

　　雪冬这些日子和他们熟了，知道姜颠是个嘴严的，不怕他说出去，便小声道："知道周尧吗？"

　　姜颠茫然。

　　"哎呀，就是前阵子凭《全网追击》拿下金马影帝的那位，大明星哦。"雪冬一提起周尧就犯花痴，捧着脸直笑，"他本人脾气好好，又绅士，一点绯闻都没有，好多老前辈都夸过他，最主要的是，长得超帅！"

　　姜颠回想起来，在KTV时裴小芸曾提到过这个名字。

　　雪冬动作迅速地将切好的柠檬片放进水杯，递给他："悄悄跟你说，你千万别告诉别人，书吧开张第一天，他让人送来了一整车的玫瑰，超浪漫……你肯定猜到了对不对？他在追我们程姐。"

　　姜颠握住水杯，手指紧了紧。

　　说话间一行人从楼上下来，为首的是一个西装革履的男人，戴着墨镜，好像私人保镖，后面是一个打扮时尚的女人，周尧落后半步，戴着鸭舌帽和口罩，穿着低调，手抄在口袋朝外走。

　　程逢留在最后，一步三晃地朝外踱步，没有睡醒的样子，打着瞌睡，走到吧台还停下来看了一会儿电视上的直播。

　　下半场球赛刚刚开始，没人注意身后的情形。

　　周尧上车后，庞婷不知在车边和程逢说了什么，程逢面上笑盈盈，话却不太好听："我入不入圈和你无关吧？他现在如日中天，你到底慌什么？一个代言而已。再说了，这是宝玲和你之间的同行竞争，你拿不下找我就有用了？别忘了我跟宝玲才是朋友。"

庞婷见她态度强硬,脸瞬间僵住。刚要开口,周尧敲敲车门:"不要难为她了。"

"可你明明知道她和 HA 的时尚总监很熟,只要她说一句话,HA 的代言肯定就是你的了。"庞婷不理会周尧,继续磨程逢,"看在我们同学一场的份上,你就不能和 HA 总监约个时间?只是打个电话而已,举手之劳。"

程逢好话坏话说遍了也没能打消她的念头,懒懒地靠在车门上,把笑压进嘴弯。

庞婷看她宁愿玩手机也不搭腔,火气直冲上头:"程逢,你当自己是谁啊?早就过气了,好吗?给你面子才亲自过来找你,别给脸不要脸。"

"是呀,我都过气了,还劳你金牌经纪人大驾光临。"程逢淡然说完,晃晃手机,"忘记告诉你,就在刚才宝玲发信息给我,她争取到了 HA 明年一整年亚洲区的时尚代言。现在如果你想合作的话,可能不得不同她商量了。"

"你!程逢,你不觉得你对戴宝玲的偏袒太有恃无恐了吗!不就是因为……"

"因为什么?"程逢靠近庞婷,"是不是又要说我心胸狭窄,屁大点事闹得好像要记到死一样?难道你现在才知道?我一直这么记仇的啊……以后别来找我了,你们不怕新闻找上门,我还怕麻烦,万一不小心说了什么给周影帝招黑就不好了。"

她往后退一步,眉眼间写满送客的意思。庞婷气得浑身发颤,狠狠瞪她一眼后上了车。

临去前,周尧摘下口罩,朝程逢笑道:"下个星期时间比较宽裕,我想休个假,你有没有时间一起?"

"没有。"

程逢侧过身去,望着不远处街道上的婆娑树影,笑容碎裂在阳光里,了无痕迹。

"HA 的事从头到尾我都没有插过手,你也知道这是两个团队之间的正常竞争,和我没有任何关系,我也没那么大本事,可你还是来了这里,出于什么目的,我不说你也很清楚。"她将额前的头发拨到耳后,隔着两米远转头看他,"我没有义务要一直介绍资源给曾经背叛过我的前男友,不是吗?所以不要再打着爱我的旗帜,伤我们之间那点仅剩的同学情分了,给自己留点尊严吧。"

她说话的口吻依旧低柔且轻,飘散在风声里。

周尧知道她是真的懒得应付他了，连骂一骂他都嫌多余，不由地苦笑了声。

庞婷咬牙："程逢，你一点也没变，嘴巴真毒，难怪没男人敢爱你。"

说完直接关上门，不给她一丝喘气的机会，绝尘而去。

程逢在原地站了会儿，长舒一口气，揉了揉眉心。

一回头，见姜颠站在书吧门口。她顿了顿，抬步走过去。

"怎么不进去看球赛？"

姜颠转身就走，廉若绅恰好到吧台来拿汽水，眼见他走远了，追出门高喊几声。没得到回应，他倒也见怪不怪，抓起瓜子和汽水继续兴致盎然地看球赛，好像什么都没有发生过，谁也不知道就在刚才影帝周尧从他们身后走过了。

程逢进了屋，雪冬尾随她来到楼梯口，拽住她的衣袖递过去一只纸飞机，捂着嘴小声说："姜颠给你的哦。"

程逢失笑："搞什么？"

雪冬吐吐舌头："我也不知道，你在外面讲话的时候，他趴在吧台上叠的，感觉好复杂，和我小时候玩的完全不一样，我从来没看过一个人叠纸飞机要这么多步骤。"

程逢挑眉，雪冬接着说："先还好好地看球赛，一下子好冷漠，折个纸飞机就走了，男神真的是……搞不懂！"

雪冬有些蒙，程逢同情地拍拍她的肩膀。上了楼，程逢把自己摔进沙发里。

休息室的桌子上摆着几杯水，其中一杯还是满的，一口也没有喝过。

洁癖还是一丁点也没有变。

程逢盯着浮动的水面看了一会儿，胸口突然升起一股无名的烦躁，她上前把纸杯叠在一起，扔进垃圾桶。回身的时候有风从窗户里吹进来，摆在桌上的纸飞机打了个旋儿，恰好落在脚边。

她停顿了会儿，俯身捡起来。从柜子里取出校服，拿出口袋里已经扁掉的纸飞机，和这个新的摆在一起。

程逢舔舔唇，好像在给自己做心理暗示，拼命提醒自己不要想，可下一秒，她开始拆飞机。

大概经过了几十个步骤，纸才被她铺平。

果不其然，在纸的正中间有一句话：

如果你能折一只一模一样的飞机给我，我这个麻烦会自动消失。

程逢呼出一口气，有了动力，开始拆第二只飞机。这一次她拆得比较慢，因为想记下拆解的步骤。刚开始还记得折叠的过程，可后面折痕一多就忘了，想要把之前所有的步骤回忆起来，也就更有难度了。

她意识到自己可能把事情想得过于简单了，干脆放弃，上面依旧是一句话：

今天，你的裙子很好看。

程逢没忍住弯起唇角，阴郁陡然一扫而空。

好像还挺有意思的。

之后的那些天，中午休息时间姜颠都会出现在书吧。有时候写竞赛题，有时候是趴着睡觉。

书吧里大部分时间是安静的，有人看书，有人戴耳机看电影，时间一长又多出一部分人，专门来看姜颠的。

雪冬和黎青常常蹲在吧台后面小声讨论他，有一次很不凑巧，叫程逢听见了。

"萧晓成前两天去见研究生导师，你猜他在导师家里碰见了谁？"雪冬瞄了眼陷在沙发里睡觉的大男孩，小声说，"是姜颠啊。"

萧晓成大学研究的方向是电磁学，导师就是格外器重姜颠的胡教授，因为去找胡教授讨论实验课题，才碰巧和姜颠撞上。

雪冬说得夸张："胡教授对姜颠的评价可高了，他们研究的方向已经完全超纲，就算实验室的学长学姐，也没有比姜颠天赋更高的，他一直都是小组里最领先的人，拿过好几项青少年大奖，而且很快就要作为代表去参加月底的全国物理大赛。因为这个，胡教授一直不太赞成他参加校庆表演呢。"

"我看过大赛宣传单，好像和校庆差不多的时间。"

"就在校庆后第二天！"

"这么赶？那他为什么要参加校庆啊？不是有其他伴奏吗？"

"哎呀，你终于看清问题的关键了。"雪冬猫着脑袋，东张西望了一阵，"他好像对程姐有意思，你看到休息室的纸飞机了吗？"

"啊？"

程逢没想到听了个便宜八卦，最后还扯到自己身上，赶紧咳嗽了两声，朝雪冬伸手："给我倒杯酒。"

两个小姑娘被吓了一跳，忙从吧台下钻出来。

黎青说："姐你都还没吃饭，空腹喝酒对胃不好。"

"没事。"

她背靠着吧台，朝远处看。停顿一会儿，趁着雪冬倒酒的间隙走过去，停在姜颠面前。

那天在操场，裴小芸是这么对她说的："他班主任说他比同龄的男孩成熟懂事，做任何决定心里都有数。唉，他这个年纪能有什么数？不过是到处跟人作对罢了，只是有些人喜欢明面上的冲突，好比廉若绅，有些人则喜欢藏着，自己跟自己较劲，就是姜颠。天才少年嘛，总是让人怜惜的。"

落地窗前阳光铺满他周身。

书橱后两个女孩悄悄露出眼睛，看向程逢。

程逢弯腰从姜颠手臂下抽出被压皱的试卷，捡起地上的笔，压在试题上。她粗粗扫了一眼，密密麻麻的全是物理公式。

她忍不住多看他一眼，只这瞬间，一只手握住她的手腕，又悄无声息地松开。程逢假装什么都没有发生，轻声道："多亏了你，我店里生意好了不少。"

姜颠顺着她的视线打量了眼周围，没作声，收拾书本准备离开。

临走前他从书包里拿出一只纸飞机，摆在桌上："你能叠到哪一步了？"

她感受到无形地挑衅，扬眉道："很快。"

"好。"姜颠扬了扬唇角。

回到休息室，程逢把纸飞机拆开，一步步在纸上画步骤。拆到最后，她将纸张铺平，看到了上面短小而百转千回的留言：

阳光很温暖，让人忍不住想做梦。

他给她的留言千奇百怪，总是离不开对她的一些思索。这些思索平淡而有趣，好像是在和老情人谈心。

比如某一天早晨下雨，她的裙摆被溅到泥，他在舞蹈教室留了一瓶清洗剂，留言内容是：

你在雨天里撑着伞从路的尽头走过来的时候，我闻到空气的香甜。

又比如某一天，她给柴今指导舞蹈动作，不小心摔倒，他上前来扶她，离身时把纸飞机塞进她口袋。

在医院排队等检查，无聊的时候拆下来看，留言内容是：

我可以熬汤给你喝吗？

第二天她在书吧门口的盆栽里捡到一个保温盒，里面装着猪脚汤，十点钟汤还是热的，一瞬间以为身边出现了"田螺男孩"。

他好像时时刻刻都在关注着她，能将她和天气环境、身边的人联系在一起，校服口袋好像哆啦A梦的百宝箱，总会给她带来期待与惊喜，与此同时，他也让"一时着迷、日渐清醒"的她知道，生活并不是动画片。

程逢没有什么浪漫细胞，以往她热爱生活，渴望跳舞，却被现实磨平了棱角，如今她懒散凉薄，怕事不爱折腾，只想一天天睡大觉，抱着存款养老。她不想知道姜颠为她准备了什么，又准备了多少，只等着折出纸飞机的那天，和他说再见。

期中考试之后，众多学生都不同程度地"脱了层皮"。

廉若绅捧着成绩单，虽然离门门飘红只差一步，但好歹跨过了最低门槛，裴小芸不得不兑现当初醉酒失言的诺言——请廉若绅及他的朋友们看电影。

程逢帮她借了辆七座的车，又尽心尽力地当上了免费司机。到了约定的这一天，她一开门，就看到正从马路对面跑来的少年。

深秋的天，他头发还没干透，额前碎发湿漉漉的，浸染了眉毛，将他茶色的眼睛浸得水亮。他穿一件水洗蓝的毛衣，将身形衬得更加修长挺拔，像极了漫画书里走出来的少年。

到了电影院，裴小芸给他们买好连座电影票，本打算在外面等电影结束再送他们回去，可一想不能让程逢白跑一趟，便给程逢和自己单独买了另外一部结束时间相差不离的电影，谁料检票进门时廉若绅忽然要滑头，让相对而言长相老实的陈方做幌子，替换了裴小芸和姜颠的票。不给她任何反抗的机会，一群学生蜂拥而上，硬是把她挤进了同一个影厅里。

美其名曰要请老师指导观影感，实际上把裴小芸围在学生中间，给了她一个大大的下马威。还不准她中途离场，离开就是言而无信。

裴小芸哭笑不得，百无聊赖地看完了一部漫威系列电影。而另一边的程逢也没有比她好多少，从落座的那一刻起就心猿意马。

身边的少年今天没穿校服，水蓝色的毛衣更衬肤色。她左边和前方几个女孩子已经偷偷掉头看了好几回，讨论的声音可以说是丝毫不加掩饰。

程逢觉得很有意思，比放映的电影好看多了，时不时转头看向姜颠，他始终面无表情，眼尾好像淡化在朦胧的光影中。

察觉到她的视线，他迎向她的目光，有种本能的迷人。

程逢心烦意乱，后半程迷迷糊糊睡了一会儿，醒来时电影已近尾声。

"电影讲的什么？"

姜颠说："一个男人和一个女人在旅途中邂逅，擦出爱情火花，最终又被现实打败，走向各处。"

"总结能力满分。"

他微微弯唇，不说话，从口袋里掏出纸飞机。

"刚刚叠的？"程逢没有接，看着纸飞机问，"我可以当着你的面打开吗？"

"不可以。"

"为什么？"

她靠他很近，呼吸温热，忽远忽近，姜颠摸了摸耳朵。

程逢注意到他的小动作，唇角微抿："你害羞？"

"不是，我只是……"

"只是什么？一时情迷还没做好准备？"程逢不依不饶，饶有趣味，"姜颠，你的理想世界很梦幻，但也许你找错了人，我现在已经不爱做梦了，也没有兴趣陪你玩捉迷藏、找答案的游戏。"

姜颠没想到她会在这种场合直接而突兀地表达对他的拒绝，在他已经做过许多暗示和努力后，依旧不为所动。

他在昏暗的灯光中细细打量她，手心出了汗，表面看着依旧很平静，没有任何情绪起伏，可细细去看，不难发现他的眼角叠出了落寞的褶皱。

电影进入最后高潮，男女主角在各自成家后再次狭路相逢，隔着人潮彼此对视，眼底饱含对于错过的释然。背景音乐伤感动人，将现场氛围烘托至最高处，女孩们泣不成声。

抓住了观众遗憾的心理，就可以自然地发酵情感，可程逢却不为所动。她朝姜颠微笑，扒拉着干巴巴的眼睛说："你看，我连泪腺都不如别人发达。姐弟恋这种事真的不适合我，而且我挺差劲的，你接触久了就会知道。"

姜颠转过脸，闭了闭眼睛。

他听见程逢温柔有质感的嗓音，将她自己勾画成一个冷漠无情的女人："我不是不可以意乱情迷地和你在一起，但能维持多久呢？一天，还是一星期。"

姜颠沉默了很久，眼睛一直微闭着。

电影收尾，人群散场。廉若绅在外面朝他们挥手，叫着姜颠的名字。他忽然如梦初醒般睁开了眼，定定地看着程逢，手扶着座椅起身，无意识地蹭到她的手背，泛着凉意。

没想清楚要做什么，他先握住了她的手。

程逢挣扎："你做什么？"

"不要过早下定论，我们的约定不是这样的。"

"好，按照原本的约定，只要我能折出一模一样的纸飞机，你就不再出现，对吗？"

"你心里只有这样的期待吗？"

说完不等她回答，姜颠松开手，拿起座位上的包递给她。

吃完饭后，程逢送他们回学校，姜颠要回家，一直留到最后。

到了小区门口，他默不作声地目送车子离去。

街边路灯很亮，拉长了他的影子。程逢从后车镜看他，英俊挺拔的年轻男人，还没有被世俗物质污染，没有尝过现实的残酷，喜欢她的心又能坚持多久？

她强迫自己转开视线，听见电话声响从包里翻手机，结果却看到不知何时躺在里面的纸飞机，眼睛忽地酸涩。

这个夜晚，月光照亮归路。

戴宝玲打电话过来告诉她 HA 打算征用新人做明年的代言，程逢有些吃惊，既为 HA 的大胆创新叫好，又隐隐担心，一线大牌杂志的读者很难讨好，要让他们为新人买单是件吃力不讨好的事，可对戴宝玲而言，这却是一个千载难逢的机会。

戴宝玲手上目前没有适应 HA 风格的新人，苦恼之下找到程逢和裴小芸吃饭，得知她们在为校庆排练后便来到学校艺术厅。

她来得巧，正赶上试演。

程逢察觉到身边光线一暗，猜到是戴宝玲，头也不回打趣道："怎么？王牌经纪人现身某高校，不怕被挖出什么新闻？"

戴宝玲斜她一眼："你还笑我？刚刚下达的新指标，要求我年底前带几个新人出来，让 HA 官方挑选。倘若没有合适的，我就收拾收拾去街上要饭了。"

程逢哼笑了一声："您还是把演技留着，跟领导去装可怜吧。"

台上一个节目结束，主持人串词，为《向阳而生》报幕。

灯光一暗，陆别和姜颠两人率先出场，在舞台左侧的暗光区踩点。高光会先由钢琴音带出陆别，其次渐入大提琴音，到舞曲一半时才会带出姜颠。换句话说，表演的前半段观众看不清姜颠的脸。

程逢事先没有提醒，戴宝玲也就没有注意，只觉音乐搭配得好，目光一直落在两个女孩身上，看到一半时忽然指着柴今说道："这个女生挺有灵气的，你的编舞也真是没话说，独特的 Crazy（程逢的英文名）风格，难怪叫你火线女王了，也太惹火了吧！"

程逢知道她职业病又犯了，点头道："柴今确实是棵好苗子。她从小跳舞，身体柔软，体态也不错，关键是如你所说有颜值、有气质。"

"看到她我就不由自主地想到了你，十五岁开始去各地参加比赛，到现在一晃眼十年了，是不是很快？"

程逢抿嘴，笑而不答。忽然台上灯光一亮，姜颠出现在视线范围内。

这一刻，他仿佛站在世界中心。

在这个简陋的校舞台上，灯光不够亮，音响不够立体，但他的表演无可挑剔，像是把人带入可以容纳数千人的世界著名剧院。天才级别的大提琴演奏家独奏专场，掌控力和节奏感都十分震撼人心，舞乐配合相当完美。

戴宝玲忍不住惊呼："我的天，控场能力也太强了，全场焦点！他叫什么？之前应该参加过很多场大提琴演出吧？"

"嗯？我不清楚。"

"你没了解过？这么杰出的控场能力，能带动舞蹈者的节奏，在关键时候提醒她们，还能在她们出错的时候不着痕迹地停下来等待，完美协调钢琴音，绝对是歌剧院级别的演奏家！我敢保证他之前肯定参加过至少是千人以上的大型演出，否则就是天才无疑。你一个王冠女爵，不可能不清楚交响演奏中大提琴的绝对控场地位吧？"不等程逢回答，戴宝玲已经连连赞叹，"临南大学还真是藏龙卧虎，区区一场校庆表演就这么牛？这个男生你觉得怎么样？"

程逢抿嘴："很不错，天生的演奏家。"

她双手交叉支撑着下巴，从暗光中打量姜颠的脸，不知是在为这首世界名曲而悲伤，还是为自己。他看起来孤独而疲惫，好像奋力要挣脱牢笼的小鸟，却在冲出栅栏的一瞬间，被枪击中羽翼。

这首曲子无限低沉悲痛，如同向阳而生的向日葵，亦是悲情的演绎。

戴宝玲叹气："不过你怎么选了这首曲子？还编了这么支舞，如果被媒体曝光，估计又要上热搜了。标题我都想好了：欧洲一线编舞大师 Crazy 惊现国内某高校再度谱曲悲情舞乐，是对演艺事业的缅怀，还是和前男友、新晋影帝周尧的旧情难断？"她一口气说完，觑了眼程逢，"然后呢，周尧沾你的光，又要上热搜了。"

一曲结束，程逢收回视线，起身离开。

戴宝玲紧跟后头："怎么不理我？难道被我说中心事了？上回周尧来找你都说了什么？"

见程逢完全不理会，她扶额："哎哟！我的姑奶奶，我错了，不要生气嘛，和我说说刚才的几个学生好不好？"

说话间姜颠几人从后台出来，离得近了戴宝玲默默道："咦，怎么有点眼熟？好像在哪里见过。"

程逢小声提醒："KTV。"

戴宝玲了然，没再说什么。

陈笑然刚跳完舞，呼吸还没顺畅，抚着胸口问："程老师，我们跳得怎么样？"

"很不错，演绎得很好。"

程逢由衷夸赞，两个女孩腼腆地笑了起来。

陆别哼声："怎么不夸我？我弹得也不错啊。"

"嗯，还不错。"

"好敷衍！"

"那需要我发张奖状给你吗？"

陆别讪讪然："那倒不用。"

程逢看向手表："廉若绅的节目在后面，你们去那边坐下来等一会儿吧。"末了，她拍拍姜颠的肩膀，低声说，"你跟我出来一下，有事问你。"

艺术厅后面有条小河，河边栽满了杨柳，入冬后杨柳凋萎，地上落满枯叶和细柳枝。

程逢一路走过，到了无人的地方才停下脚步，看着姜颠问道："你拉大提琴多久了？"

姜颠说："之前学了八年，这几年没碰过。"

"为什么？"

他不答反问："你在关心我吗？"

"我只是觉得你很有天赋，如果你想继续深造，也许我可以帮你介绍不错的老师。"

"不用了。"他的目光落下来，显得轻飘飘的，"我只是想离你近一点，没想再拿起大提琴。"

完全没想到会是这个答案，程逢怔了一怔。看他眼睛一圈都是乌青，想到他每天背着的一大堆物理试卷，她心下了然，试探道："你家人不同意？"

"嗯。"他没再往下说，程逢猜到也许他并不想回忆起来。刚想作罢，又听他问，"你想知道原因吗？"

"如果你愿意说的话。"

"我十四岁的时候参加了一个国际级的演奏比赛，获得金提琴的奖章，主办方邀请我去皇家学院深造，但我家人认为大提琴只能作为一项兴趣爱好，不可能发展为终生事业。当时我不能理解他们所谓的好意，和他们大吵了一架，我爸突然血压升高急性休克，被送去医院抢救。他康复后，我就答应他再也不碰大提琴。"

之后五年，他信守诺言将大提琴锁在储物间里，一次也没有拿出来过。

"那你为什么又拿起……"

问到一半程逢停住了，联系前因后果一想就能明白，她避开姜颠的目光，望着河里游来游去的小鲤鱼，一边说："上回在电影院我跟你说的话，你大概又没放在心上。"

"没有。"

"你怎么这么固执？"

姜颠靠近两步，唇角噙着一丝浅浅笑意："我也想知道，为什么我这么固执。"

回到艺术厅正赶上最后一个节目，是独唱——陈柏宇的《固执》。

廉若绅一出现全场爆笑，从灯光师到主持人都忍俊不禁。他清清嗓子，握着话筒喊："笑什么笑，都给我坐好了，我唱歌很奇怪吗？不许笑！"

底下李子坤几人纷纷帮着镇场。

廉若绅朝后台打手势，抬起头，站在聚光灯下，前奏流泻而出，他忽而大声说："这首歌，送给所有曾经迷惘当下仍在迷惘的人。"

现场窸窸窣窣地安静下来。

他声音醇厚，微有沙哑，唱低音尤其好听。也许用心，也许动情，总之无人知晓，也无法计较，就这样被带入歌声中。

少年的心事总透着一股撞破南墙不回头的孤勇，让人莫名心酸。

如若要抵赖，赖我未曾长大

名字有多坏，亦想牵手上街

我恨我惦记着你，反而愉快

迷恋你，也是容忍你

无人可以共你比

…………

戴宝玲站在艺术厅的后面，渐渐被歌声感染。她很难控制自己不去回忆曾经的一段青葱时光，苦苦暗恋一个遥远的人，为他买早饭、送礼物，做着许多不可思议的事，会因为他的喜怒哀乐而耿耿于怀，幻想着和他牵手拥抱的那一天，早早计划着将来；也会在被他拒绝后，在下着大雨的夜晚奔跑，以为一夜之后就会潇洒地将所有遗忘，还会为了等一通电话直至天明。

这样可笑又疯狂的经历，大概只能存在于少年时光。哪怕明知一切都是空想，可还是会不顾一切、飞蛾扑火般奉献青春。

这样的青春，大多惨烈收场。至少对程逢而言，"那些年"走到最后，终究还是失望远远大过了期望。十几年的街舞生涯，因为一场前男友精心设计的"意外事故"，最终无缘 BOD 冠军争夺赛。如今回想起来，谈不上有多后悔，只是满心遗憾。

不后悔曾经爱过他，却遗憾在这场盛大的青春里，以一个草率的方式结束了一生只有一次的初恋。

姜颠站在她斜后方，很近很近的位置，观察她皱起的眉头、她抚在腮边纤细的手指和红润饱满的唇。他忍不住靠得更近，身体里冒出一股无名的火。

被无法抗衡的欲望吞噬，他浑身燥热，暗自忍耐，不敢做出冲动且令自己后悔的举动。

程逢好像察觉到什么，猛然回头。

两人在暗光中四目交接，心脏都剧烈跳动了下。

这个时期的姜颠，勇敢且小心翼翼，饱含期待又略带一丝丝羞怯，成熟而内敛，如同每一个还未走进社会的年轻人，纯粹干净，好像一张白纸。

台上歌曲进入高潮，有人连声吹口哨，为廉若绅鼓掌叫好。有人想起过往，忍不住在人群中四下搜寻，而姜颠的目光始终追随着她。

程逢骤然心软，语气温和："今天没有纸飞机吗？"

"没有。"

"为什么？"

姜颠目不转睛地看着她，逐渐向前靠近，温热的气息吐露在她的感官四周。程逢一动不动，盯着灯光师看，猜度着哪一个时刻全场的灯光会亮起来，然后他和她暴露在众人的视野。

她的心几乎提到嗓子眼处，可这样的时候她竟然还能分心，嗅到他身上好闻的气息。

"你脸上有头发。"

姜颠离得很近了，指腹擦过她的脸，将头发拨出来。

程逢声音轻颤："这么黑你都看得见？"

"嗯。"

其实已经看了很久。

"说回刚刚的，为什么今天没有纸飞机？"她顾左右而言他。

姜颠往后退一步看向舞台，他的大提琴还摆在角落，被幕布遮着。他想了一会儿，努力朝她扯了扯嘴角，挤出笑容："因为，今天有点不开心。"

　　程逢的心忽然抽搐了下，想摸摸他的脑袋。

　　那天在电影院他给她的纸飞机，到现在还在储物柜没有打开。也许不知在哪一个时刻，她已经怕了。

　　怕知道他的心事，会忍不住想安慰。

　　怕意乱情迷之后，还会忍不住心动。

第三章
执念

　　校庆演出前，程逢带几个学生去戴宝玲的工作室挑选服装。刚到一楼签到，就碰上庞婷一行，周尧落后一步，被陈笑然等人围着索要签名。

　　过了会儿，他绕过人群朝程逢走来："刚听宝玲说你带几个学生排舞，我还觉得稀奇，原来是真的。"

　　程逢不想众目睽睽之下引来不必要的麻烦，淡笑着应付道："我一个无业游民，找些事做做也很正常。"

　　"陆别也在？"

　　"嗯，你别靠这么近，小心记者。"

　　程逢填好登记表，推过去给工作人员，转过身背靠咨询台，和他拉开一些距离。

　　"那个男生是……"

　　程逢循着周尧的视线看过去，与姜颠的目光撞上，一擦即过，转而若无其事地看向别处。

　　"我们好像没必要在这里寒暄吧。HA 代言的事黄了，你的经纪人很怨恨我，还是快点过去吧。"工作人员把访问牌递过来，她径自道，"他们还要回去上课，先走了。"

　　周尧忽然上前一步攥住她的手腕，压低声音："他在追你吗？"

　　"不要瞎说。"

　　"可是他的眼神攻击力很强，看起来不怀好意。"

　　"和你有关系吗？前男友。"

　　"也许你觉得没关系，但我仍旧会困扰。"

　　"是吗？那真是太好了，我感到非常荣幸。"

　　周尧无可奈何，说道："录了一个访谈，下周五晚在《有话说》播出，有時間就看看。程程，不要給別人機會，再試著相信我一回，好不好？”

他們姿態親密，很難不叫人誤會。程逢一抬頭，大廳裡眾人神色各異，她趕緊甩開周堯的手，二話不說直接往裡走。

進入電梯，陳笑然凌近程逢身邊咬耳朵：“程老師，你和我們周周是不是關係很好？”

她愣了一會兒才意識到“周周”是粉絲對他的愛稱。

“沒有，只是老同學。”

“不太像吧？剛剛他還抓你手了。”

“以前關係還不賴，他和我鬧著玩的。”

“可是……”不等她問完，程逢直接打斷，“待會兒到了服裝間，你們自己挑選喜歡的衣服，柴今你選白色的蓬裙，笑然你穿中性裝，最好是深咖色或灰黑色。陸別和姜顛就簡單點，西裝外套和白色襯衫吧。”

“那我呢？”

廉若紳從後面探出頭來，程逢忍俊不禁：“應該會有人專程負責你。”

果不其然一進入化妝間，戴寶玲迎面而來，不由分說把廉若紳拉到單獨的試衣間，末了朝程逢送來一個飛吻，示意他們可隨意挑選。

程逢笑而不語，帶著幾人去最大的服裝間。裡面陳列的多是中高檔禮服，還有部分一線時尚大牌的贊助服飾，其中少量是全球限量的獨家設計款式。

幾個學生看傻了，東看看西摸摸。

陳笑然捧著一條裙子愛不釋手，忍不住好奇道：“程老師，你應該不是普通的舞蹈老師吧？不然怎麼會和我們周周這麼親密？還能借到這麼豪華的服裝？”

“控制你的想象力，不要腦補太多，我只是湊巧有幾個厲害的老同學而已。”

程逢說完，指揮他們選衣服。其他人都進了試衣間，姜顛還在外面。

程逢一路看過去，從架子上拎出兩件西裝塞到他手裡：“進去換了試試看？”

“我不可以穿自己的衣服嗎？”

“不喜歡這些？”

“沒。”

“那為什麼？”

姜顛猶豫了半分鐘，終究什麼也沒說，伸手接過衣服。

柴今个子小巧，穿上手工缝制的纯白蓬蓬裙，露出细长的小腿，整个人像童话里的公主。

陈笑然看得移不开眼，戳着她的胸口低呼："好仙，便宜学校那些臭男生了，让他们看见这么美的你！"

柴今捉住她不安分的手，脸颊羞得通红，含胸问程逢："程老师，好看吗？"

"很适合你。"

她似乎被鼓舞到，又小心翼翼地望着其他两人："你们觉得怎么样？"

陆别一贯的口吻："好看，跟仙女似的！"

姜颠平淡地点点头。

似乎不太满意他的反应，柴今的笑容里掺杂了几分苦涩。

程逢淡淡一笑，又转向姜颠，上下一阵打量后由衷称赞："很适合你。"

姜颠虽然清瘦，但由于个子高挑，肩宽背窄，穿上西装顿时少了几分稚嫩的少年气，多了几分成熟感，再加上气质清冷，衬得他整个人卓然出尘。

程逢仔细对比，最终给他选了有燕尾剪裁的纯黑色西装。

除了柴今是白色，其余三人皆是黑色。

陈笑然擅长现代舞，柴今却擅长古典芭蕾，两人搭档，舞蹈感觉难以协调，起初程逢也为此犯难，可当她有了《向阳而生》的基本构思后，一套古典与现代相融合的舞蹈动作自然而然地现世了。

程逢又跟他们讲了正式演出时需要注意的细节，没过一会儿服装间的门被敲开，戴宝玲率先走进来，廉若绅和另外一个男人紧随其后，众人均不禁眼前一亮。

"跟你们介绍一下，这位是澳大利亚顶尖的服饰设计师里奇，全球超一线大牌的御用剪刀手，每年成衣设计数量不超过三件。"戴宝玲指指廉若绅，"喏，其中一件就穿在他身上了。"

里奇毫不掩饰对廉若绅的欣赏，用整脚的中文说："Perfect（完美），这件衣服就像是为他量身打造的！"

廉若绅抓抓后脑，任是脸皮再厚也不免羞赧起来，抬着下巴嚷嚷："怎……怎么样？帅不帅？"

聚光灯下，他的一头黄卷发被细致地打理过，脸上上了淡妆，硬朗的轮廓，高大的身形，搭配剪裁合体的成衣，将他整个人衬托得修长挺拔，眉眼间略带几分调皮，将稚嫩的学生气与不羁的野性释放得淋漓尽致。

"丑死了。"陆别别扭地转过脸去。

"你放屁，怎么可能丑？"廉若绅转向旁边，"阿颠，你来说。"

姜颠若有似无地低笑了声，并答道："很帅。"

廉若绅得意地眨了下眼。

直到此时此刻程逢才明白戴宝玲的意思。

这件成衣当然不会作为校庆表演时的演出服，如果她没猜错，应该是 HA 明年开春的主打，而里奇作为 HA 顶级御用设计师，廉若绅得到他的认可，也就基本等于获得 HA 高层的认可，所以戴宝玲应该是想签约廉若绅，带他进娱乐圈，帮他拿下 HA 的代言。

起初戴宝玲让她将廉若绅一起带来选衣服时，纵然猜到她对廉若绅有点兴趣，也没想到她会直接把里奇请过来，当场表态。

事态发展太快，她拉住戴宝玲问："你想清楚了吗？"

"那天我把他唱的歌录了下来，问过好几个音乐点评人和歌手，都说他音调很准，唱得不错，可以说是非常有潜力。"

程逢仍觉不可置信，她了解戴宝玲的为人，在复杂的娱乐圈打拼，能做到金牌经纪人的位置绝不可能只凭一时冲动。

"还有其他原因吗？"

"好吧，我得向你承认，他的歌声有一种很强的感染力，这是天生的歌喉。"戴宝玲说，"我这个年纪对于爱情其实早就麻木了，奇怪的是他居然轻而易举地打动了我。我不禁有个想法，既然他连我都能感动，为什么不给他一个平台和机会，去感动更多的人？"

迈过高考的"鬼门关"，眼前即是一个崭新而自由的领域，他应当会给观众带来许多惊喜吧？

戴宝玲说："我想试着找一找曾经的感觉，尽管你可能难以置信，但我还是这么决定了，很疯狂是不是？而且，撇开一切内在条件不提，你不觉得他形象特别好，塑造性很强吗？"

"话是这么说，可我还是觉得你应该再慎重考虑一下。"

"考虑什么？"

戴宝玲托着下巴，转而看向廉若绅。后者生怕她改变主意似的，拍着胸脯应道："我从小就喜欢唱歌，'快乐男声'海选的时候还想过去参加呢，要不是当时在读书，说不定我早就出道了。"他抓抓脑袋，想了想又十分郑重地表示道，"我想站得高一点，变得优秀一点，让更多的人听到我唱歌。我……我还想让家人对我刮目相看，让喜欢的人有一天为我感到骄傲。"

"廉若绅，你……"

"美女姐姐你别说了，反正就算不唱歌，不尝试星路，我的未来也没有什么其他路可以走。我对现在的专业没有一点兴趣，还不如做自己喜欢的事情。"

他不是真的没有脑子，只是很多时候都不愿意去面对。

戴宝玲有一句话很打动他，有多少人这一辈子能做自己喜欢的事？至少他还能找到"唱歌"的方向，已经比许多人幸运了，虽然这条路看起来很梦幻，又不太靠谱，但他还年轻不是吗？

陈笑然鼻头微酸，大声鼓掌道："说得好，梦想没有界限。每当我爸妈因为追星的事数落我的时候，我都特别难过，在他们眼中不正经的事却是我唯一爱好的事，难道只有学习才能有出路吗？绅哥我支持你，我第一个报名，当你粉丝团的团长！"

"我、我也支持你，你唱歌很好听。"柴今说。

陆别用鼻子哼了声："说的比唱的好听，别是三分钟热度。"

"你放屁！"

"我还没说完呢！"陆别吸了吸鼻子，"反正……你要是有需要，也不用三顾茅庐，就给我打个电话，我可以勉为其难给你伴奏的。"

"谁稀罕！"

"喂，你可别蹬鼻子上脸啊，我的钢琴水平可不是谁都有的。"

"好好好，知道了，真啰唆。"

…………

一群人闹开了，在这个年纪还能拥有无所畏惧的勇气，可以不问前路有多迷茫，失败有多惨烈，尽情挥洒热血和拼尽一腔孤勇，只做自己喜欢的事，不用在乎其他人的眼光，这是笔多么可贵的财富。

程逢说不出话，却由衷地羡慕他们。也许这就是成长的代价，长了见识，也丢了初心，认识更多的人，却变得不善交际，反而越来越小心翼翼，连一段新的恋情也不敢轻易尝试。

她莞尔之际，也忽然理解了戴宝玲的选择。

过了会儿，不知是谁说起校庆表演的事，里奇表现得十分夸张："My God！（天呐！）"不等他们回应，里奇尝试说中文，"你们没听说过顶级编舞大师 Crazy 吗？就是她！"

因为激动他又说了一大串英文，除了姜颠其余几人一头雾水。

戴宝玲笑着解释："他的意思是，你们竟然不知道程逢就是街舞圈鼎鼎大名的 Crazy，还能请到她来编舞，他表示非常羡慕和嫉妒。说真的我能拿下 HA 的代言，也沾了她的光，里奇可是她的超级粉丝。"

"不过说真的，你们真不知道她是谁吗？爵士舞女神 Crazy，多少欧美男孩心目中的火线女王，前不久刚拿下全球顶级街舞联赛 BOD 的冠军，一只手就能数过来的超级大神哦。"

陈笑然震惊地张大嘴巴："难怪你和周周那么亲密了，他一曲成名的那支舞是不是你编的？"

"就是那首《我很爱你》吗？"

廉若绅是中华小曲库，刚想起就哼出了那首歌的旋律。

"对对，就是它。"陈笑然惋惜道，"不过他后期几首单曲，就没有看到你的名字了。"

"别提了。"陆别想到这茬就来气，"要不是程逢，周尧能成名？我跟你说，那支舞根本就不是……"

程逢突然咳嗽了声，陆别说到一半硬生生停住。

陈笑然咬住唇，左右看看还是忍不住问道："不是什么？不会不是给我家周周排的吧？之前网上有一些不太好的传闻，我大概知道一些，但是捕风捉影的事我没有相信。"

"不用相信，都是以前的事了。"

"可是……"

柴今拽住陈笑然，朝她摇摇头，场面顿时陷入尴尬。

还是戴宝玲出面调停，说道："怪我，不该跟着里奇一块儿瞎起哄，那些事确实都已经过去了，去年她已经正式宣布退出演艺圈，你们知道她的艺名也不要到处去说，知道吗？"

那场突然的告别引起舞圈热议，可她只给观众留下一支《人山人海》就消失不见了，至今国内外媒体仍在四处打探她的消息。

程逢揉揉额角，开玩笑道："你们可千万别问我为什么不跳了，我会翻脸的。"

几个人刚刚还绷着的心弦，顿时松弛了下来。

回去的路上突然下起大雨，十二月下旬天气严寒，路况糟糕。程逢向裴小芸请了假，挨个将他们送回家，最后车上只剩下离书吧最近的陆别和姜颠两人。

到了小区，程逢叫醒睡着的陆别。陆别打了个哈欠，慢吞吞地下了车，程逢正要关门，姜颠却跟在陆别身后一起下去了，扶着车窗和她说："你先回去吧，我有东西落在他家了。"

陆别懒洋洋地问："什么东西啊？"

雨声很大，哗啦啦地往下砸，打在树梢上。姜颠的声音带着股湿润，镇定道："篮球。"

"啊？"陆别碰触到姜颠的眼神，想了一会儿恍然大悟道，"哦！我想起来了，上周和他一起打球来着，球还在我家。"

程逢看雨势没有变小的趋势，商量着说："那你上去拿，我在这边等你。"

"不用了。"

"可是下这么大雨，你待会儿怎么回去？"

"我叫家里人来接。"

他这么说，程逢也不好追问到底，但总觉得哪里不对劲，一时间又琢磨不透，迟疑片刻后还是点点头，转动方向盘开走了。

直到车尾灯消失不见，两人才不约而同地哆嗦了下。

陆别抱着手臂朝电梯间跑去："你别跟我上去了，有什么想问的就在这儿问吧。今天我父母都在家，他们可烦了，一定会追着你问东问西，要知道你想打听程逢的事，准会偷听墙角。"

姜颠不动声色："你知道我要问什么？"

"哎哟，我又不是廉若绅那傻大个！你一整天眼睛都盯在程逢身上，我想看不到都难，尤其是和周尧照面那会儿，简直情敌相见分外眼红！何况我们这段时间还在一起排练，你那点小心思我能猜不到吗？"

陆别推开门，和姜颠站在楼梯间，掏出烟，动作熟稔地递过去。

姜颠接过，捻着烟丝没有说话。

陆别开门见山："这事吧，我也不太清楚，囫囵知道个大概。周尧比程逢大两届，校园风云人物，你懂的，小女孩都喜欢，程逢从初中起就暗恋他，好像还写过情书，不过没送出去，她当时挺尿的。高考后两人才在一起，是周尧主动追求的她，闹得挺轰动。程逢上大学时就出国了，那个时候她在圈内已经小有名气，在国外各地开始参加演出比赛，也积攒了不少娱乐圈资源，好多好莱坞明星的经纪人她都认识，时尚走秀也把她列在名单里。周尧能成名少不了她的帮助，尽管如此他在国内还是不温不火，直到他偷窃了程逢准备 BOD 大赛的编舞，配合单曲发行才一夜之间爆红。"

陆别到底还是心疼自己这个傻姐姐，提到周尧火冒三丈："程逢因此喝醉了酒，引发急性酒精中毒被送去医院，醒来的时候比赛已经结束了，之后他们就分手了。至于她为什么不跳了，这点我也搞不清楚。"

手上的烟已经被揉碎，没法再抽，他干脆收进口袋，并说了声："谢谢。"

"谢就不用了，下次请我吃饭。"说完陆别走出楼梯间，"你等下，我上去拿把伞给你。"

进了电梯，门合上的瞬间他忽然听见一道声音，夹杂在雨中，忽远忽近不甚细致。他回到家忙不迭地甩掉鞋子，跑到房间拿伞，想了想又跑回客厅，拉开阳台的窗户朝外看。

天地间只余一道暗光。

第二天雪冬来书吧打工的时候，黑眼圈重得好像被人打过。

程逢吓了一跳，问道："怎么了？"

"一整夜没敢合眼。"

"啊？"

雪冬拉开玻璃门，指着马路对面的一棵大榕树，心有余悸地说："昨天晚上下大雨，萧晓成的车坏了，拖拖拉拉到十点才来接我，我就等啊等，突然一抬头，看到树底下好像站着个人，瘦瘦长长的，再一看好像又没了人影。当时雨下太大了，路灯也坏了一盏，我看时间已经十点了，街上一个人都没有，吓惨了，躲在吧台里打电话给萧晓成。等他来的时候对面已经没人了，萧晓成说我眼花，可我总觉得奇怪。"她说到一半，眼巴巴地看着程逢，"程姐，你昨晚在楼上没看见？"

程逢语塞。

昨天送完几个学生回书吧后，时间已经不早了，她没再回家，直接睡在休息室，洗过澡从窗边经过时，似乎也看到了一个人影。

"不过当时我也以为自己眼花了，所以……"

"那就是真的！"雪冬斩钉截铁地说，"好变态，这么大的雨不回家在路边做什么呀？姐，你最近是不是有什么追求者？不会是在偷窥你吧！"

"啊？"

真要说追求者的话，确实有那么一个。

"不行，我不放心，得去隔壁问问。"正说着话，雪冬一个小跑窜了出去。

程逢没怎么在意，只是在回到休息室看到满地的纸飞机后，忽而又想起那个身影，眉头不自觉地拧了一下。

校庆正式演出这天，姜颠没有参加彩排，距离开始不到一小时仍不见踪影，裴小芸没有办法，只好托程逢去找他。

程逢拿着门牌号进入小区时，意识到把书吧开在临南大学附近，可能从一开始就是个错误。

她认命地按动门铃，屋内静悄悄，没有任何声响。她尝试着喊了几声，正要放弃时，一串电话铃声从门后传来。

程逢脚步一顿，开始砸门。过了会儿，急促的脚步声向门口靠近。

姜颠赤脚站在地板上，一副睡眼惺忪的模样。

程逢松了一口气，放缓声音道："在睡觉？怎么不接电话？"

"我……"

他一张嘴，声音沙哑得厉害，程逢才意识到不对劲，探身摸他的额头："你发烧了。"

姜颠将她的手拿下来，虚握住一阵又克制地松开："嗯。"

"烧多久了？"

接连下了几夜雨，空气中透着刺骨的湿冷。客厅的窗户没关，阳台上的花被雨水打趴了，地上积着一摊水。有风吹进来，卷起散落的试卷，发出哗哗的声响。

程逢心里顿时升起一股无名火，问道："你家里没人照顾你吗？"

姜颠咳嗽了声，不答反问："是裴老师让你来的吗？"

程逢没好气地应了一声，见他从水壶里倒了杯水，拿起就要喝，她立刻夺了下来，一摸杯子冷冰冰，也不知是哪一天烧的水了。

"你在发烧，不能喝冷水。"她看了眼时间，"马上就要演出了，你现在这个情况，恐怕赶不上了，我跟小芸说一声，送你去医院。"

"不用。"姜颠指着厨房的柜子说，"那里有中药包，喝完就没事了。"

"那怎么行？"

"没事的，我习惯了。"

程逢见他坚持，无奈进了厨房。即便事先做好心理准备，也不免在打开柜门时被里面满满一大袋中药包吓到。左右翻了翻，上面贴着标签做好了分类，有治伤风感冒的，有治腹泻的，还有清热解毒的。

她取出两包放在茶壶里烧开，倒了一杯给他，把剩下的装进保温杯里。

姜颠换好衣服后开始收拾东西，把考试相关的证件都塞进书包，蹲在地上捡试卷。程逢盯着他的背影看了会儿，见他试卷胡乱叠在一起，看不过去将他拉起来按在沙发上，替他整理起来。

"今天不用上晚自习，你塞这么多东西做什么？"

"晚上表演结束，我要去北京。"

"什么？"

程逢着实被惊住了，然后才想起什么："去参加物理竞赛？"

她还以为在市里，没想到要去北京。

程逢再次看向手表，拿着试卷踟蹰了片刻："有人跟你一起去吗？"

"教授提前去签到了。"

意思只有他一个人。程逢气馁道："你还在发烧，一个人怎么去赶飞机？班主任不用带队吗？"

姜颠靠在沙发上，虚抬着眼皮，看她帮他的试卷分类，一张张整齐地摆放在一起，为他检查身份证、机票和文具用品。

这些烦琐的程序将她留在这里，让她变得那么近，好像触手可及，他在心里感谢这场突然而来的重感冒。

程逢察觉到他的目光："这种时候你在想什么？"

"我在想刚刚睡着前没算出来的那道题。"

她被气笑了："天才，睁眼说瞎话的本事可真溜。"

拉上书包拉链，将保温壶塞进旁边的袋子里，她走上前来扶他，姜颠抱起大提琴。他们到艺术厅的时候，演出已经开始了，程逢把他送到后台，督促他喝下半壶退烧药，这才稍稍放心。

他忽然拉住她："你会看我的演出吗？"

程逢忽略不了他眼里的期待，坦然道："当然，我还要和笑然她们合影。"

"你不要走。"或许因为生病，他看起来少了几分冷淡，眉宇间平添几分依赖，"我有礼物要送给你，在书包外层。"

台下头两排坐满校领导和电视台记者，往后是各届学生代表，最后面还站了不少社会人士。

程逢找不到裴小芸，放弃了强行挤入，在后门口等待。

很快到了《向阳而生》，由于站得太远，她看不太清楚台上的柴今和陈笑然，周身被音乐环绕。大提琴音格外沉重压抑，整个低音部完美地诠释出舞曲的力量和灵魂，那种挣扎而不得的自由被演绎得淋漓尽致，让人惊叹不已。

最接近人声的乐器，最靠近人心脏的诉求。

他的状态，完全看不出还在发烧。

程逢身边的两个女孩已经尖叫了全场，到这会儿嗓子哑得快发不出声来，却还是不停地低呼："太帅了，真的好帅！"

"大一的表演，我一个老阿姨竟然笑得合不拢嘴。"

"那个小哥哥叫什么？"

"你不知道？临南'颠神'，传说中的传说！"

"他居然还会拉大提琴？天呐，我猝了！"

…………

程逢退到门口，蹑手蹑脚地打开门走出去，过了一会儿她把姜颠的书包放在腿上,拉开最外面一层拉链。翻了半天只看到一只纸飞机,才确定这就是他所谓的礼物。

这一天,他的留言是:

如果只是一时情迷,我应该不会这么失落,对吗?

程逢抓了把头发,再度被一股无名的烦躁包围。

他在大提琴演奏上有很高的造诣,却不得已将此尘封,而今走着一条科研道路,却要再次放弃,走一条父母指定的平坦的康庄大道,他内心必定十分煎熬,否则不会这样复杂。

习惯性地独来独往,难以掩饰的疲惫,隐藏心事,沉默寡言,无人苟同,更无人知晓。

程逢起身的一瞬,疾风吹起一阵落叶,恍惚间看见姜颠站在台阶下。他还穿着笔挺的西装,身形修长,在月光映照下,整张脸苍白如纸。

他快步冲到面前,声音微微颤抖:"我以为你走了。"

"我没有。"程逢说,"但是现在,必须要走了。"

"你……"他看到她手里的纸飞机,手足无措道,"是、是我刚刚……你不满意我的表现吗?还是……"

"都不是。"程逢打断他。

也许是不忍心看到他柔弱的一面,她叹了声气,抬手覆在他的脑袋上揉了揉:"你的登机时间是十点半,现在已经八点半了,该准备出发去机场了。"

"那你呢?"

他亦步亦趋地跟在她身后,程逢站定,从他手里接过大提琴:"我会陪你一起去。"

学校给他准备的是经济舱的位子,程逢在路上升了头等舱,一直到起飞,她的脑子里仍稀里糊涂的。决定太仓促,连廉若绅的压轴节目都没来得及看,甚至没和裴小芸交代一声,就已经在九千米的高空。

姜颠喝完药睡着了,程逢让空姐拿来一条加厚毛毯,盖在他身上。他似乎在做梦,眉头紧皱,程逢将他头顶上的灯关掉,过了一会儿他眉宇舒展,呼吸逐渐顺畅。

她这才从口袋掏出一张纸,是那天在电影院他偷偷塞进包里的纸飞机。

他的留言是:

这是我们第一次约会，我新买的毛衣，你会喜欢吗？

登机前陆别忽然发来消息，说前两天下雨，姜颠没有拿伞，抱着篮球一路淋着雨回家。或许那天雨幕下看到的人影，并不是自己眼花。

他因此才发烧的吗？

姜颠，你的心里究竟藏着什么？

到达北京已过零点。

不适合再去打扰胡教授，再加上姜颠还在发烧，需要尽早休息，程逢把他带到考场附近的酒店，开了两间房。

姜颠睡了一觉精神转好，在等待办理入住的过程中，低着头给胡教授发了条短信。胡教授很担心他，一直没有入睡，且就住在附近。

姜颠说有人陪他一起过来，胡教授以为是他家人，嘱咐两句就随他去了。

程逢拿到门卡，见他还在发短信，不由问道："这么晚了在和谁聊天？"

姜颠迅速地关掉手机："秦妈说今天回家没看见我，我给她报个平安。"

"秦妈是保姆吗？"

"不是，奶奶的老朋友，奶奶过世后就一直在我们家帮忙。"

程逢没有再问，刷卡进门，开灯换鞋，想起什么突然问道："你多久没见过爸妈了？"

"记不清了。"

程逢适时打住，转移话题道："你还在发烧，就别洗澡了，进去洗把脸早点睡。"她把包放在床上，从里面拿出体温计，走到他面前。

"坐下来，抬头。"

姜颠张嘴含住体温计，目光追随着她。程逢被看得不自在，四下打量房间的陈设，他却忽然拉住她，拍拍床示意她坐下。

他满身疲惫，神情柔软，看着毫无防备。

程逢晃神间已经在他身边坐下，隔着半米远挣开他的手。他没再靠近，说不出话，只能靠眼神传达情绪。程逢将他看作一个需要照顾的病人，或许他需要的只是一份适时的温暖，或许他根本分不清眷恋、依赖和爱慕的区别，或许他不止一时情迷……

总而言之，在长达两分钟的对视里，他们彼此都有点乱了套。就在姜颠靠近的一瞬间，程逢抽出体温计，一看 38.7℃，还在发烧。

"家里的中药包确定没有过期吗？怎么一点热度没有褪下去。"

没有听到回应，她转头一看，他已经睡着了。呼吸平缓，脸上的潮红将退未退。她将他放平，抽出枕头放在脑后。姜颠不配合，她只好低声哄他："阿颠听话，动一动。"

他嘟哝了一声，脸朝向手臂内侧。

程逢顺势将被子抽出来，拍拍他的手臂："好了，睡吧。"

在姜颠睡熟之后，程逢拿上门卡出去买药。

凌晨的街道人影稀疏，台阶下树叶翻飞，一阵热闹后又归于平静，她的心里同样寂静无声。

回到房间时已经夜里两点多，她浑身都冷透了，简单冲了个热水澡后才给姜颠喂药。

也许是因为苦，他十分排斥，不停把药往外吐，她折腾了半天，最后把药丸碾碎冲水喂他喝，才勉勉强强灌进去一些。

到底还是不放心，她没有回自己的房间，后半夜一直坐在床边照顾姜颠，每隔一小时测量一次体温。到凌晨五点他的体温恢复正常，她才回到隔壁的房间。

天边有零星的晨光，半睡半醒间，她忽而想起，长这么大还是第一次这样贴心照顾一个人。

醒来已近中午，姜颠的房间没有人，桌上只有一份冷掉的牛奶和三明治，还有……一只纸飞机。

这一天，他的留言是：

天气预报说今晚会下雪，等竞赛结束，我们一起去颐和园看雪，好不好？

程逢的脑袋要炸开一般，退回房间再次倒头躺下。手机响起时，她顺手捞过来接听，没想到会是姜颠。

"怎么了？"她一看时间，"考试还没开始吗？"

"马上就要开始了，下午是笔试，明天上午是实验。"

电话那头嘈杂混乱，程逢赶紧说："你退烧了吗？有没有好一点？还有不舒服的话，记得和领队老师说。"

"我已经好多了，谢谢你照顾我……"

他曾在半夜醒过一次，知道她一直没有离开，长久以来坚硬的保护壳似乎裂开一条缝，照进了温暖的光。他舔了下嘴唇，又试探道："你会不会突然离开？"

程逢眼皮跳了跳，无端地猜想被验证，一时无措："姜颠，先去考试吧。我在网上查过了，这次竞赛水准很高，你一定要加油。"

他不说话，两人之间的气氛就这样冷下去。

一直到听见那头预备进场的铃声响起，她不得不缴械投降，长呼一口气道："去考试吧，我不会走。"

"好。"

姜颠收了线，把手机交给一旁心急如焚的胡教授。

胡教授朝他握拳："先把其他事放下，全力以赴，好吗？"

他点头，表情淡然。

考试时间从一点到六点，姜颠一出考场，胡教授立即迎了上去，仔细地问了一遍题目，和他对解题思路，确定他正常发挥后松了口气，拍拍他的肩说："以前一起念书的老朋友正好在北京，约我去他家里吃饭，你跟我一起去吧，路上我们再讨论下明天的实验？"

姜颠游移不定。

胡教授是个行动派，不等回应已经半拉半拽把姜颠带到车站，一边问道："你住在哪个酒店？今晚要不要过来和我一起？家里人还在吗？"

"还在。"

姜颠说得没什么底气，唇边掀起一丝苦笑。

"这样啊，那晚饭怎么解决？"

"我想随便买点东西吃，早点回酒店准备明天的考试。"

胡教授一寻思表示赞同，拿出手机说："这样吧，我和朋友说一声，改天再和他聚，你明天还要考试，这两天又这么辛苦，应该好好休息。"

两个人正说着话，姜颠忽然定住，看向马路对面。程逢背着一只斜挎包，裹着围巾低头走着，没看见他。

姜颠快速地说："教授，您去朋友家吃饭吧，我没关系……我习惯考试前一个人待着，会比较容易调整状态。"

"啊？这样啊，那、那好吧，你有问题记得随时打电话给我。"胡教授还想嘱咐几句，姜颠已经连连点头，朝相反的方向跑远了。

胡教授摸摸脑袋："这孩子……"

程逢又走过一个拐角，才从玻璃橱窗里看到身后的人。

少年穿着灰色夹棉的连帽衫，帽子扣在头上，双手抄在口袋。不知道跟着她走了多久，她转头看他："考完了？怎么样？"

"嗯。"

"没了？"

"题目都还好。"

他又憋出一句，程逢笑了，见他上前来，变魔术似的从口袋里掏出一只烤红薯。她面露惊喜："在哪里买的？我怎么没看见？"

"刚刚红绿灯路口，你在发呆。"

程逢刚好手冻僵了，抱着红薯揣在怀里，没一会儿身体跟着暖和起来。

他们沿着街道一直走，经过一家铜炉火锅店时，她停下来问："要不要吃火锅？这是北京的特色。"

"好。"

服务生将他们领到靠窗的位置，程逢随便勾选了几样，把菜单交给姜颠，他又勾了几样。店里快坐满了，等了好一会儿菜才送上来。

程逢一边涮牛肚一边说："像这个呢，只要在锅里涮几秒就好了，煮太久就嚼不动了。"她示意姜颠把碗递过来，将涮好的肉夹给他。

看他没拿调料，她又问："要不要我帮你调？"

姜颠听话地点头。

"吃不吃辣？"

他摇头，程逢笑了："太可惜了，涮火锅不吃辣，很不给劲啊。"说完她夹起一颗牛肉丸，在全是辣椒酱的碗里蘸了蘸，一口塞进嘴里，鼓起腮帮心满意足地赞叹一声，"真好吃！"

姜颠忍不住笑："你很喜欢吃辣？"

"嗯哼，无辣不欢。"

"还喜欢吃什么？"

程逢倒了小半杯白酒，自斟自饮道："我不挑剔，肉和蔬菜都爱吃。不过以前跳舞为了保持身材，一直不敢多吃。"

有句话说：没有什么烦恼是一顿火锅解决不了的，如果不能，那就再来一顿。这句话对程逢相当适用，她很爱吃火锅，而且每次都要喝二锅头。

她酒量好，极少喝醉，不过微醺后常会说起以前跳舞的事。

"我在美国当练习生的时候，带我的老师很严格。他不过分追求骨感，却要求我们必须性感，可是如果一个人不胖不瘦，不太骨感又不太性感，就会让爵士舞失去很多魅力。当我因为贪嘴吃了很多乱七八糟的东西，第二天全身浮肿的时候，她就会说，'Crazy, you're driving me crazy！（Crazy，你快把我逼疯了！）'"

程逢每次回忆起这段经历都欲哭无泪。姜颠拦不住她，眼睁睁看着她接连吞掉两小杯二锅头，眼睛越喝越亮。

"我是易胖体质，平时会很注意节食，每次放纵后连续一整个星期只敢吃水煮青菜，每天跳舞八小时不说，还得锻炼两三个小时。不过你肯定想不到，锻炼的时候我在想什么。"

她说到关键的地方不自觉眯起眼睛，耳颊浸染了酒气，呈现出了莹润的粉红色。

姜颠放下筷子，配合地回答："在想下次去哪吃？"

"阿颠，你真的好聪明！我们那一区的中餐馆全都被我吃遍了，后来我就从国内带了许多老干妈和火锅底料过去，自己在寝室下厨。不夸张地说，我们那一栋楼的留学生都吃过我做的火锅。"

程逢想起那段时光，依稀还是自由快乐的，因为那时周尧还在国内念大学，没有被星探发现，她也正值上升期，彼此鼓励着为美好的将来努力。他们之间的感情纯粹而简单，有时间会打电话，偶尔在节日气氛里想念彼此，说些甜腻的情话，感觉地老天荒并不遥远。

姜颠话很少，一直安静听着。

一顿饭吃了两个多小时，到最后程逢已经口干舌燥说不出话来。调料太辣，她一直流鼻涕，姜颠帮她收拾了碗筷，不准她再吃下去，找来服务生结账。因为谁买单这个问题还争吵了一小段,最后程逢败给了一张面无表情的扑克脸。

他们没有叫车,沿着马路往回走,经过一个夜市时天空忽然飘起雪花,一眼望过去有数不清的万家灯火。两人的细碎念叨,均消散在璀璨的雪夜。

程逢浑然未觉,还沉浸在以前求学的那段时光:"爵士舞是现代街舞的一种,不是传统的主流舞种,有时候难免会被轻视误解。我刚开始演出的时候,根本没有人来看,他们会觉得这是不入流的舞种,不值得花钱去演出厅看,既浪费时间,更浪费感情。就是在这样充满否定的大环境里,我们还必须咬牙坚持,累了就回宿舍睡一觉,醒来继续练习,经常受伤也都是一个人去医院,早早习惯独自一人的学舞生涯。后来因为网络的传播,越来越多的人看到了爵士舞,也慢慢接受了这种更现代化、多样化的舞种,我们的生活才稍微得到改善……不过十次演出里面,依旧有九次想要放弃。"

她吸着鼻头:"你不知道那些人有多挑剔,连一个眼神不到位都会批评很久,有时候我也不知道自己究竟在坚持什么,到底是出于热爱,还是为了赢得别人的认可。"

姜颠仿佛深有所感,问道:"那个时候你想家吗?"

雪越下越大,夜市的小贩们纷纷支起帐篷,花花绿绿的,掩映在无边的灯光里,显出人间温暖的模样。

他们在一棵老树下停住了脚步,程逢强忍酸涩:"想,很想很想回来,想吃火锅,想家人朋友。"

她长呼一口气,仰头轻笑:"可是有什么用,最终我还是把最爱的爵士乐丢了……还是回到最初,变成一个人。"

这一刻她脸上写满嘲讽,好像要笑,又笑不出来,在回忆里颠三倒四,被酒精催发,熬得眼眶通红。

姜颠将她圈在老树下,靠得很近:"找个人陪陪你,不好吗?"

程逢心跳陡然漏拍。

她呆呆地看着他,思绪不着边地游离,几乎是刹那间的错觉就要答应他,可是很快反应过来,一把将他推开:"我这个年纪,想要的不是一个可以陪陪我的人,你懂吗?阿颠,喜欢一个人很容易,可爱一个人,本质上是辛苦的。"

"我不怕。"他的表情有些委屈,透着无以名状地固执。

"我怕。"程逢将头发拨到耳后,"你现在可以说不怕,但你能持续多久?"

这个社会,每天都在上演残酷现实的戏码,他和她太像,像到一个极致,在未来的某一天会和她一样感到疲倦、困惑和迷惘,以至于无法再坚持下去。到时候不管是梦想还是爱人,都会放弃的。

程逢的意识被拉回来,终于看到漫天飞雪。她拍拍姜颠的肩,帮他把帽子拉上来,想摸一摸他柔软的头发,动作进行到一半还是顿住了。

"走吧,回去吧……"

雪下了一夜,第二天早上姜颠去参加后半组实验竞赛。

这场选拔赛会在最后选出 3 名成绩拔尖的学生,作为中国队代表去参加明年 6 月在芬兰举行的国际物理奥林匹克竞赛。一共有两道实验题,需要用到标尺、放大器等实验仪器,主办方会在明天下午统计出个人名次,为他们颁奖。

姜颠发挥得很好,两道题都做了出来。

出了考场他向胡教授请完假,一阵风似的跑回酒店。进电梯时还跟服务生撞上,导致肩膀被电梯门卡住,直接发出一声闷响,他却全然不顾,连三拒绝工作人员送他去医务室的美意,一口气跑到门前。

他敲门,无人应声。

他回到自己的房间,桌上有一张便签,告诉他房间会保留到明天中午,他可以继续住在这里。他的心一瞬间沉到谷底,恍恍惚惚地在屋内走了几圈,硬是把口袋里的两张颐和园门票给揉碎了。

第四章

悸动

　　莫名其妙失联好几天，程逢一下飞机就被电话轰炸，到书吧时毫不意外地被戴宝玲和裴小芸截住盘问，逼着她交代行程。她解释临时有事去了趟国外，戴宝玲不信，翻出手机给她看。

　　"这是周尧刚才在机场被拍到的照片，推测下飞机时间，和你相近，你们是不是同一班次回来的？"戴宝玲眼睛发光，"周尧最近在休假，你该不会是去陪他了吧？"

　　"你脑袋里装的都是什么？"程逢慢吞吞喝了口水才说，"我跟谁去度假，都不可能跟他。"

　　"我不信。"

　　裴小芸弱弱地举手："程程，我……我相信你。"

　　"乖啦。"

　　程逢靠过来捏了下裴小芸嫩滑的脸颊，谁料她又问道："不过你到底去哪了？校庆表演那天接完姜颤就没影了，《向阳而生》拿了最佳节目奖，柴今他们可高兴了，想要找你合影却里里外外不见人，手机也打不通，可把我急死了。"

　　程逢被水呛到，连咳好几声，脸呛得通红。

　　"之前回来得太匆忙，国外还有些事没处理完。"

　　"是吗？"

　　戴宝玲尾音拉得长长的，给她一个"信你鬼话才怪"的眼神，程逢假装没看到。

　　三人又说了会话，裴小芸要回学校处理事务，戴宝玲抱怨："一年到头不是你忙就是她忙，咱们仨都凑不到一块吃饭了。"

　　裴小芸好声好气地哄了她几句才被放行。她这一走，戴宝玲又来劲了，凑到程逢身边，只恨不能贴到她身上。

　　"我昨儿调到陆别，那小子死乞白赖要我请他吃饭，怎么躲都躲不开。不过和这家伙吃饭有个好处，你也知道他是个嘴上把不住门的，有什么秘密一套就出来了。刚刚小芸提到的姜颠，就是那个拉大提琴长得很好看据说还被加州大学提前录取的天才？"戴宝玲撞了程逢一下，朝她挤眉弄眼，"什么情况？跟我还藏着掖着？"

程逢推开她："你脑子里怎么净整这些不干不净的？"

"哎哟急了？那就是真有猫腻了！廉若绅说姜颠这几天也不在学校，我本来没放在心上，现在一看嘛，你们失踪的时间还真是巧合，不会真的和他在一起吧？"戴宝玲眼里火光四射，"他长得很好看呀，你们到哪一步了？"

"别瞎说，你知道什么？"

"就是陆别说的那些，对你的事很关心，还特地打听过周尧，好像不是一点点喜欢你哦。"

"陆别满嘴跑火车，你居然相信他的话。"

"行，那我听你说，你快跟我说说嘛。"

程逢揉揉脑袋，也实在头疼，急需找个人倾诉一下，恰好戴宝玲知道了，便不再隐瞒，挑挑拣拣把过程说了。

戴宝玲感慨道："现实真魔幻，国内十几岁能上皇家学院的屈指可数，物理学在我看来更遥不可及了，以我对科学粗鄙的认知，只能联想到爱因斯坦那样的老头，没想到他两样都擅长！这么优秀，还长这么好看，老天爷太偏爱他了。"

程逢抱着腿陷进沙发。

"老天是公平的，给他开了一道门，就会给他关上一扇窗。你能想象吗？他在家里连续发烧两天，没有任何人照顾他，哪怕晕过去也没人知道，厨房里全是速效中药包。我问他有多久没见过父母，你猜他说什么？他说记不清了。"

"听起来有点可怜。"

天才往往是孤独的。

戴宝玲仔细打量程逢的神色，猫着身子爬到她旁边："喂，你不会来真的吧？你知道你这个人最大的毛病是什么吗？"

程逢茫然抬头。

"嘴硬心软。"

长大之后逐渐发现人际交往是门精深的学问，疏于钻研的人倘若置身虎狼圈子，很容易遭到排挤。程逢性子懒散，不爱社交，疲于应付，因此非但没有大红大紫，还"臭名昭著"。

追求她的男人难免受流言影响，时间一长她难免失望，久而久之就怕了。其实了解她就会发现，她耳根子软得不行，连裴小芸都没她温柔，否则她也不会对周尧好到那个地步。

她天生就是会宠人的。

戴宝玲在屋内踱步，走了几圈还是转回她面前："你醒醒神啊，他不是马上就要出国了吗？你……你这样很危险。虽然他长得帅，也让人心疼，但我必须得提醒你，想象是美好的，现实是骨感的，你们之间要考虑的因素太多了。"

又过两天，廉若绅包场为姜颠庆祝竞赛拿了第一名，叫上一帮人到书吧吃吃喝喝，肯德基的外卖送了三趟，整个书吧充斥着一股油炸食品的味道。

程逢睁只眼闭只眼任由他们闹腾，中途雪冬上二楼叫她下去一块玩，她摆摆手拒绝了，在休息室小睡了会。醒来时听到楼下还在哄闹，一帮学生插着 DVD 在唱《沉迷》：

你美的让我失去了自我，我离不开你设的牢笼
情愿住在漆黑的角落，守在你冰凉的背后
…………

廉若绅嗓音醇厚，选的歌也适合他，歌词里全是冲动轻狂的少年心事。

程逢在窗边站了一会儿，不知不觉失了神，直到听见敲门声才惊醒，回头一看，姜颠正站在门边。

察觉到姜颠的视线，她拢了拢衣领，把大衣腰带系上，这才喊他进来："过来坐，怎么不在下面和他们一起玩？"

姜颠眼睛里布满红血丝，程逢心跳漏了一拍："怎么了？没睡好？要不要喝牛奶？"想了想又说，"你别吃那些乱七八糟的东西了，回家煮点粥喝吧。"

姜颠反手带上门，朝她走过来。隔着几步远，他徐徐站定，声音僵硬："你为什么要离开？"

"听说你拿了第一名，祝贺你呀，不过今天你是主角，不在场会不会不太好？我看你还是……"

"你还没回答我的问题。"

程逢低下头不看他:"把门开着吧,被你朋友看到我们单独在房间里,会乱想的。"

"你知道我问的是什么?"他紧紧皱着眉头,一瞬不瞬地盯着她,"你就那么讨厌我吗?"

"阿颠,我……"

"我以前不是这样的。"他走到她面前,想摸一摸她的脸却被她躲过去了。他每往前走一步她就往后退一步,到了退无可退的地步他反而不敢再往前走,肩背往下压,红着眼睛,嗓音发颤,"为什么?你让我好难受。"

他不知道自己怎么会这样?究竟哪个环节出了错?

他拼命地想,思绪却好像打了结,越解越乱。胸口闷闷的,好像被一块大石头压着,喘不过气来……这种异常的、从未有过的悸动的感觉,将他搅得乱七八糟。

这些年来,他一直井井有条地处理外人眼中的自己和内心渴望成为的自己,好比机器人分拣快递,严格按照程序和指令执行,不会出现丝毫差错,一切都在掌控之中,可是现在这个疲惫不堪的指挥者好像要脱离轨道了,被一种无法解释的引力吸引,疯狂地涌向黑暗。

他忽然打开门冲了出去。

廉若绅只见一道影子飞快地闪过,大脑还来不及判断,已经下意识往外追。

晚上陆别做东,请两个兄弟喝酒。

廉若绅一整晚都在和他捣,梗着脖子狡辩自己不是他兄弟,陆别嘲弄他:"不是兄弟?那你把刚刚喝的酒吐出来?"

"呸!"

"小样儿,敢不敢跟哥一起去玩玩?"

廉若绅大着舌头说:"别仗着生日大几天就随便占……占人便宜,你说玩……玩什么?"

"还能玩什么?"陆别挑了下眉,又瞅一眼对面的姜颠,一把夺过酒瓶,"别喝了,走,哥带你俩去见世面。"

"这这这、这不太好吧?"廉若绅薅了把卷毛,"万一以后我成名了,这不就是我的黑历史了吗？"

"啧，你想得可真远。"

陆别笑着将廉若绅捞起，另一只手揽着半醉的姜颠，将他们拖出大排档。沿着马路往前走过两个路口，穿过巷子就是成人的花花世界。

廉若绅一路拖拖拉拉，到第二个路口拐弯时突然赖在原地，死活不肯再往前，一把鼻涕一把泪地哭了："我不去了！我不要，我……我得留着清白之身。"

"你一个单身狗给谁留？"

"关你屁事，老子爱干净还不成？"

"瞧你这德行？你以为哥管你啊，哥只不过看不惯阿颠一副为情受伤要死不活的小样儿……"

陆别也不是成心要带他们去玩，就是为了逗逗廉若绅，另一方面则是怕姜颠再喝下去出什么事，才找个由头把两人拽出来。

"世上女人千千万，怎么非吊死在一棵老树上？"

"什么意思？我怎么听不懂？"廉若绅打了个酒嗝，眯着眼找姜颠。顺着一排路灯看过去，才找到暗光下闷不吭声的人，大着嗓子喊道，"阿颠，我醉了，你来扶我嘛。"

陆别看他撒娇，忍不住翻了个白眼："真恶心，就你这傻大个能听懂什么？能看出来你兄弟被甩了吗？"

"谁？谁敢甩我阿颠，不长眼……"话说到一半，他突然捂着嘴蹲旁边吐去了，陆别捏着鼻子替他顺后背。

"我求我您别说了，快闭嘴吧！"

陆别实在没辙，掏出手机打了通电话。

也就两支烟的工夫，一辆路虎在他们面前一个大甩尾停下。

"怎么回事？"程逢关上车门，看也不看陆别，直接朝姜颠走过去。

姜颠已经彻底醉了，坐在马路边上抱着膝盖左摇右晃。

陆别落后一步跟过来："别说弟弟不帮你，本来我是准备打电话给小芸姐的。不过我转念一想，要是姜颠一不小心酒后吐真言，说出些什么秘密给小芸姐知道就不好了，所以经过一番深思熟虑，我还是决定喊你来。"

程逢瞪他："谁让你带他们去喝酒的？"

"喂，你别冤枉好人啊，是他们说要喝酒，喊我凑个人头，我担心这两人才勉强答应的。酒就蘸了个嘴皮子，都没下肚呢。"陆别耍无赖，"反正我不管，这回算你欠我的。"

"你惯会趁火打劫，想要什么？"

"嘿嘿，还没想好。"

"那行，想好了告诉我，先帮我把他弄上车。"

陆别甩掉烟头："好嘞。"

两人刚把姜颠折腾上车，廉若绅不知道从哪个方向冲过来，趴在车前盖上，先是晃着脑袋盯着程逢看了一阵儿，甩甩头念叨两声，又看一阵儿，叽里咕噜说些什么，最后一拍脑袋跳起来："我知道了，你是书吧的老板姐姐！你怎么在这儿？也是来喝酒的吗？"不等程逢回答，他哇哇大哭，"你们都一样，全世界的老师都一样肤浅！特招生有错吗？留级犯罪吗？我都上大学了还这么对我！随便临时抱个佛脚就能考及格还不对我另眼相看？亏我一开始还那么崇拜她，假的，都是假的，假温柔、假善良、假关心、假好意……这个世界对待不优秀的人，全都好虚伪！"

他浑身酒气，全靠引擎盖托着虚软的身体："是不是只有出人头地了，才能得到肯定和尊重？"

程逢心酸，拍拍他的肩，耐心哄了一阵把他安抚下来。等坐到车上时，她全然没了力气，隔着车窗和陆别交代："一定要把他安全送回学校，知道吗？"

"别啰唆了，快走吧，我们俩大老爷们能出什么事？"

陆别没喝酒，程逢还算放心。

车驶出很远，后视镜里依稀还能看到廉若绅靠在陆别的肩上。在无人的街道上，年轻的男孩吸着鼻涕唱着歌，喉咙沙哑，仍在声嘶力竭，忽然之间动了情。

也许年少的爱并不短暂，只是她太害怕背叛。

回到书吧，她给姜颠冲了一杯醒酒汤，喂着喝下后，他躺在沙发上睡着了。程逢替他把外套脱掉，用热毛巾擦脸，擦着擦着停了下来。

她的脑子乱成一团，把毛巾拧干后扔在洗脸池，背靠移动门想了一会儿，依旧拿不定主意，找到手机给戴宝玲打电话。

休息室不大，她站在窗边，窗户开了一道小小的缝。有风渗透进来，她的声音透着一丝凉意："嗯，睡不着。"

"我还在片场，今晚有大夜戏，你居然和我提睡觉这么奢侈的字眼？关键这么奢侈你还浪费，简直暴殄天物。"戴宝玲裹着毯子跺跺脚，"说吧，遇见什么事了？"

"没啊……"

"别装了，你哪回打电话给我不是遇见事了？高考后，被周尧告白的那一晚，兴奋到凌晨三点非拉着我扯皮的是你吧？知道他剽窃了你的编舞，跟疯子一样打了几十通电话给我的还是你吧？这些旧账，我都给你记着呢。"戴宝玲嗓音发懒，"这回该不会还因为周影帝吧？"

程逢抿抿唇，余光瞥见身后正平稳呼吸的少年，叹了声气。

"你看到娱乐新闻了？我查过源头，确实是真的，周尧这次休假和庞婷两个人去的马来西亚，随身没有助理……我早说了，庞婷对你的敌意没有这么简单，果不其然，她早就对周尧有意思了。唉，也不知道周尧什么意思。"

"庞婷？"

"是呀，就你从北京回来那天，他在机场被人拍到，第二天早上从庞婷家出来又被拍到，在经纪人家里留宿过夜，这事儿还能说得清吗？"戴宝玲捂着电话，声音都拢到一处，"上回 HA 的代言黄了，这回新戏预热，再加上周五访谈，要没有绯闻出来带一波热度，我看庞婷也甭想干了，只是没想到她这么狠，居然自导自演把自己豁了出去，看来她想换个身份当女主角的心很迫切了。"

"哦。"

戴宝玲低笑："就这反应？哪怕周尧和庞婷来真的，你也不在意？"

"已经过去很久了。"

"啊？那你今晚失常是为了什么？该不会……姜颠？"

程逢扶额："他喝酒了，现在在我这里，我有点心烦。"

"十点多了，他家里没人管？"

"不知道。"

"唉，那你到底怎么想的啊？好端端的，怎么喝醉了？不会是气你把他一个人留在北京吧？"

程逢没有正面回答，只叹了声气："他让我不知道该怎么办好。"

戴宝玲也沉默下来，纵然千帆历尽，也才二十几岁，眼前的诱惑还这么大，谁能把持得住呀？她寻思了一会儿，冒出一个大胆的想法："要不和他在一起试试？"

"你疯了？"

程逢没忍住低呼了声，随即听见一声嘟哝，话音戛然而止，与此同时姜颠的手机响了起来。

程逢跟戴宝玲说了两句便匆匆挂断，看到来电显示赶紧拍姜颠的脸："阿颠，电话响了，是你妈妈。"

姜颠其实早就醒了，在她说"已经过去很久了"的时候莫名眉头一紧，酒也醒了大半，只是没睁眼，可又清楚如果再装睡下去，后果只会变得更糟糕。

于是他睁开眼，迷糊地问程逢要水喝，翻起身接电话。

陈慧云问："阿颠，这么晚了还不回家？"

程逢把水杯递过来，姜颠就势握住她的手，凑过去低头抿了口，等嗓子润了才说："妈，我物理竞赛拿奖了，同学替我庆祝。"

"物理竞赛？怎么没听你提过？妈妈不是早就和你说，不要把太多心思放在这些不必要的钻研上面吗？你应该多看些经济管理类的书。"

姜颠轻笑一声，程逢离得近，将电话里的内容听得清清楚楚。

陈慧云又说："好了，不管怎么样先回家。这周末我和你爸都有空，一起商量下出国的事情，顺便把下学期的课停了吧。"

姜颠揉揉脑袋，眼睛还是蒙着一层雾。他依旧不说话，望着程逢。

陈慧云说了许多一直没得到回应，将信将疑地喂了声："阿颠，你还在听吗？妈妈说的话你都记住了？好了，我待会儿还要赶飞机，明天早上有场重要的会议，不能等你了。你听话，早点回家休息，知道吗？"

姜颠到底还是笑了，淡淡地："妈，我物理竞赛拿了第一名，您不高兴吗？"

"阿颠，你长大了，知道爸妈对你的期望是什么，这个话题我不想再和你继续讨论下去，赶紧回家。"

姜颠张嘴，来不及说一个字，电话那头已经挂断。

"我妈妈是不是很雷厉风行？她每次和我说话，都像是在给下属下达命令。"

姜颠看着已经黑屏的手机故作轻松地弯了下唇角。

从沙发上起身的一瞬，他眼前晕眩，不由地晃了晃，程逢来扶他。他的动作僵硬了片刻，将她推开，拿起衣服套在身上。

"太晚了，我送你回去。"程逢说。

"你在可怜我吗？"姜颠抿唇，脸上的表情淡到近乎麻木。

他喝了很多酒，思绪凌乱，心房柔软，一击即碎。程逢说不出话，就这么目送他离开。

这一晚之后，程逢再也没有见过姜颠。雪冬和黎青提起他时不免遗憾，书吧的生意因此差了许多。直到进入期末考试周，生意才重新渐好。蹭不到图书馆空调的学生都往校外跑，书吧的学习气氛空前高涨。

其间，廉若绅来过一趟，买了十几杯奶茶，和雪冬说赢了球赛庆祝，晚上还要一起出去吃饭。

程逢刚好从二楼下来，一群男孩立刻变得规规矩矩，坐有坐相，站有站相，乌七八糟的荤话也收了起来。

廉若绅冲她笑了笑，接着说："阿颠好几天没来过学校了，听说家里又给他挑了几所国外的高校，正在准备入学考试。"

"啊？他不是还要参加明年6月的国际物理竞赛吗？"

"应该不了吧，他很快就要走了。"李子坤抢过话说。

程逢走到吧台拿了只玻璃杯，听到一半动作停住，晃了个神的工夫忘记自己要做什么，在酒橱里望了望，最后挑了瓶红酒。

廉若绅顺势凑过来，咧着嘴巴笑成朵花儿："老板姐姐，这段时间我一直在练声，还写了首新歌，宝玲姐已经在帮我联系著名填词人，但其实我想自己填，就是语文太差了，没什么文化，怕填不好。"他摸摸脑袋，"打算过了新年就开始录单曲，到时候出MV（音乐短片）的话，你可以帮我排舞吗？"

"你经纪人让你问我的？"

"不是宝玲姐，是我自己想问的。你这么厉害，有你帮忙的话，不是如虎添翼嘛。"

"还挺会用成语。"程逢转身背靠吧台，手指敲了敲桌面，"其实歌手出道也很好，没有必要唱跳全能，你没有舞蹈基础，光靠专业舞者配合是不够的，现在开始练习的话会很辛苦，可能要占用你绝大部分学习的时间。"

"我没有想走练习生的那种道路，只是觉得跳舞也能锻炼肢体的协调性，帮我找音乐节奏。我会跳总比四肢僵硬好吧？"

"行啊，既然你想学，不妨尝试一下。"程逢答应下来，"先让宝玲带你上上舞蹈课，等写好单曲，再来找我商量编舞。"

"好！"廉若绅忽地想起什么，凑近道，"其实那天晚上我看到你了，你把阿颠接走了。"

想到自己以前还误解过她对自己有什么不可言说的心思，廉若绅脸腾地红了："你……你真把阿颠甩了啊？"

"什么？"程逢哭笑不得。

"哎呀不管了，反正阿颠最近状态特别不好。以前我跟他说话，他虽然也爱答不理，但多少有反应，现在却特别安静，可以一整天不说话，光望着窗外发呆。"说到这边，他咳嗽了几声，"你知道马路对面那幢楼里是什么吗？男生寝室，阿颠的窗口位置尤其好。"

程逢这才明白为什么他能知道她每天穿什么衣服，什么时候她的裙摆会沾上泥……她抿了口酒，淡淡笑道："你想让我怎么做？"

"我……我也不知道，只是觉得阿颠不开心。"

"晚上要去庆祝？"

"啊？是啊！"

"都有哪些人？"

"校队的一些兄弟，还有他们几个，都是熟面孔，我想喊陆别和阿颠一起。"

程逢看着杯底零星的红酒，好一会儿举杯一口饮尽，朝廉若绅点头示意："到时候把地址发给我。"

廉若绅没想到最后队伍居然壮大到十几人。

陈方暗恋柴今，柴今和陈笑然是连体婴儿，而陈笑然又姐妹成群，于是你拉我，我拉你，最后班上小半数女生都来了。

男生们都知道今晚的局是为了陈方和柴今设的，安排座位的时候特地把两人放在一起，谁知柴今和陈笑然换了个位置，直接坐姜颠旁边去了。

群众左看看，右瞧瞧，彼此都心照不宣。

柴今见姜颠一整晚没怎么动筷子，鼓起勇气朝他靠近了些，小声问："你不饿吗？还是菜不好吃？"

"没胃口。"

"那个，你会解高数题吗？我理科不好，马上就要考试了还什么都不会。"柴今眼睛微红，放低声音道，"你可以教我一下吗？"

姜颠抬头看过来："哪里不懂？"

"就是微积分的部分，我把试卷带过来了，你帮我看看好吗？"

"嗯。"

柴今一喜，忙掏出试卷。陈笑然探过头来，扶着椅背大笑："不是吧你们！在这儿吃饭还讨论题目？柴今你不是最讨厌高数了吗？"

"我……"

"咦，你害羞啦？让我看看，究竟是在讨论题目，还是……"

"你别瞎说！"

柴今自尊心强，没想到陈笑然多喝两杯，当着同学的面调侃起她来，脸色忽地一白，陈方立刻拉开了陈笑然的手，原本热闹的饭桌霎时安静下来。

陈笑然拍拍脸，这才意识到自己做错了事，忙拉着柴今的手道歉。

柴今把试卷重新塞回包里，闷头说："没关系。"

话是这么说，可谁都不是瞎子。陈方喝完一瓶啤酒，二话不说冲出了包厢，李子坤猛一拍腿，嚷嚷着都什么事儿，赶紧追了出去。

廉若绅指着陈笑然伴骂："你一个吊车尾管人家什么事？看得懂试卷吗？"

陈笑然自知理亏，连连求饶。

"行了，今天球队赢了，这里我最大，不准讨论学习，一听到学习我就头疼。"有他出面调和，其他人很快忘了这茬，继续笑闹起来。

姜颠从头至尾坐在位子上，面容安然，置身事外。柴今发现这一点后，微微咬住嘴唇。

见廉若绅抓起姜颠往外走，陈笑然忙推了她一把："快去呀，把握机会！"

"我……"

"你什么你？喜欢就要勇敢说出来。等他走了，我看你跟谁说去？"

"可是……"

"别磨磨唧唧了,阿颠本来就闷,你不主动还指望他开窍?那得等到何年何月?这辈子都甭想了!"

柴今追随着那道顾长的背影,一颗心快要跳到嗓子眼,想了想,终究将心一横追了出去。

廉若绅美其名曰买几粒解酒药给兄弟们预备着,结果走到门口就不动了,伸长脖子东张西望。

姜颠问:"看什么?药店往这边走。"

"他们那群皮猴,喝醉酒还不是家常便饭,哪用得着解酒药!哥那是替你解围,你看不出来啊?"廉若绅挑眉,见路边一辆车开启双闪,忙冲姜颠抛去个媚眼,"瞧,看那儿,那是谁。"

姜颠顺着他的视线看过去,见程逢从车上走下来,远远地招了招手。

"怎么样?兄弟靠谱吧?"

"什么意思?"

"这事一两句话说不清,回头再跟你解释。快去!别让漂亮姐姐等久了。"

廉若绅回到大厅刚好看到柴今一路小跑追过来,手臂一张,硬着头皮凑上去挡住去路。柴今跃过他往外看,一道熟悉的身影依稀正穿过马路。

程逢拉开门,向姜颠打招呼:"外面冷,上车说。"

过两天就是平安夜,大街小巷到处装饰着圣诞树,连街边的小食摊也放着欢快的圣诞歌。程逢把车停在江边,和姜颠坐在里面说话。

"最近一直没有来书吧,在忙出国的资料?"

"嗯。"

"选好院校了?"

姜颠解开安全带,把书包放在脚边,望着窗外声音冷淡:"嗯,宾夕法尼亚大学商学院。"

"商学院?那物理呢?真的放弃了?"

姜颠不说话。

程逢想到那些堆积在他书包里厚厚几大摞的试卷,想到那天铺满试题的房间,想到在北京发烧吃语间还在做题的他,声音堵在喉咙里,有些艰涩:"你那么喜欢物理，舍得放弃吗？"

姜颠转过头："你觉得我应该放弃吗？"

"阿颠，你应该知道自己想要什么。"

"那你呢？你爱爵士吗？你想过再跳爵士舞吗？"

"我……"

姜颠依旧没什么表情，注视着她，声音似讥诮又似自嘲："知道自己想要什么有用吗？一直以来，我都没想过违背他们的意愿。"

小时候为了能引起父母的注意，他尝试过许多办法，最后发现只有顺着他们的意愿，按照他们的计划学习生活，他们或多或少才会表现出一丝关心，除此以外他感受不到多余的爱。

姜颠闭上眼睛："我早已习惯了。"

程逢胸口闷沉，想安慰却不知该如何开口，也没立场对他的选择指手画脚，于是话涌到嘴边又硬生生地咽下去了。她摇下车窗，江边寒风灌入，吹动她的鬓发，姜颠情不自禁地看向她，饱含期待和隐忍地注视着她，方才不敢逾越，生怕打碎眼下的美好。可他又清楚两个人之间的关系，总得有一个人主动才能往下延续。

一直以来都是他在进她在退，倘若他不再前进，他们之间或许就真的止步于此了。

姜颠从包里翻出一只早已压扁的纸飞机，推开车门跑了出去，将纸飞机展开，迎风摊开手。纸飞机在风中乱旋转，失去了方向。他追了一路，从头再来，试了许多次，总算让它飞进车窗，落在程逢怀里。

程逢趴在车窗上浅浅笑着，看他站在浸着水光的月色里，一张脸清隽白皙，一双眼睛也格外清亮。

她不说话，开始拆纸飞机。

纸已经发软，需要细致地拆解才不至于弄破，不知道重复了多少步骤，纸才被完全铺开，上面是他不知在某一天写下的话：

小时候我的梦想是当一名科学家，长大以后我的梦想是变成一棵参天大树，这样就没有笼子能关住我了。

程逢眼眶发酸："什么时候写的？"

"在北京，你离开之后。"姜颠朝前走了几步，"当时我特别特别想快点独立，快点工作，那样就可以做一些我想做的事情了。"

"你想做什么？"

"来到你身边。"

"为什么这么固执？"

之前她问过同样的问题，他当时的回答是不知道，现在他似乎明白了——当一个人已经习惯被安排，突然有一样东西是无法被安排而他却一定要守住的时候，那种超出理智的渴望根本阻挡不了。

已经靠近了，只会想要再靠近，离得近，才有握在手里的感觉。

"以前教我大提琴的老师说我很有天赋，想带我出国深造，但是我爸妈不同意，不管多喜欢，我都得放弃。现在物理也是一样的，我最后都会放弃，不管我有多喜欢。"

他离得很近，江风被他挡在身后。

程逢的头发被吹乱了，他伸出手，将挡在她眼睛上的头发拨开，指腹碰到她微微泛凉的皮肤："但是，我不想连你也放弃了。"他的手恋恋不舍地沿着她的耳郭轻柔地抚摸，"我想离你更近一些，你愿意给我这个机会吗？"

程逢托着下巴，强忍着失控，镇定道："其实我已经快要折出这个纸飞机了。"

"你可以慢一点吗？"

"姜颠，你找到你想要的答案了吗？"

"我仍在寻找。"他想起在北京时她提到的求学之路，想到她热烈爱着的爵士舞，忽然窥见了一丝希望，"我相信你也在寻找。"

程逢不能否认这一刻的心动，也许并不需要说服自己。

她想了想，朝他招手。

姜颠又靠近几步，程逢把车窗完全降下来，从车里探出手揉他的头发，低声笑了："傻瓜，变成参天大树也离不开森林，没有人能为你的将来做主。不管是梦想还是喜欢的人，都应该牢牢握在手里，一刻也不能松开。"

姜颠身子往前倾，蹭她的手掌。

程逢的手碰到他耳垂，温软而滚烫。

临近下班的点，书吧还有几位客人在看书，雪冬趴在吧台上打瞌睡。

萧晓成躲在窗外，见她托着下巴有一下没一下地点头，赶紧抓起手机偷拍了几张，把车锁在路边后推门进来。

风铃响动，雪冬霎时惊醒。待看清来人后，羞恼道："还没到时间怎么提前来了？也不跟我说一声，快吓死我了。"

萧晓成把她按在吧台后的隔间里，捧着她的脸一阵亲，喘着粗气说："天太冷了我怕你冻着，给你送外套，没良心的。"

雪冬扭了扭身子，推他一下，没推动，红着脸抱怨："外面还有人呢。"

"管他呢，一路骑车过来快冷死我了。"

"那我给你倒杯热水。"

"不用，这不是有现成的暖炉嘛。"

两人腻歪了一阵，远远地听到临南大学晚自习下课的铃声，书吧里零星的几位客人也开始收拾东西离开，雪冬赶紧拨开萧晓成的手，他不答应，手还托着她的后腰。

程逢和姜颠从江边回来，一推开门恰好看见萧晓成正捧着雪冬的脸热吻，两人靠在吧台上，雪冬腿软了似的站也站不住。

风铃声一响，两人迅速分开。

萧晓成率先反应过来，腼腆着笑道："程姐回来了。"看一眼她身后的人，萧晓成愣了个神，跳出吧台高兴地说，"是你啊姜颠，听说你竞赛拿了第一名，恭喜你！"

"谢谢。"姜颠关上玻璃门。

"那什么，今天时间不早了，我……我们就先走了。"萧晓成到底有几分不好意思，挠挠头，"姜颠，改天再来找你，你一定要和我讲讲竞赛试题。明年六月的 IPHO（国际物理奥林匹克竞赛）好像是在芬兰吧？你太厉害了！"

雪冬拧了他胳膊一下，他立即收起个人崇拜，朝他们挥挥手。

程逢道："去吧，路上注意安全。"

两人走后，书吧里只剩下程逢和姜颠。他们看到先前火热的一幕，彼此有些尴尬，相对一时无话。想到在江边她从车窗抚摸他头发的那一幕，彼此又都有点春心萌动。

一路上回来，姜颠的心扑通扑通跳着，热度一直没降下来，再被刚才的场景一刺激，整个人晕乎乎地飘着，忍不住朝程逢靠得越来越近。

忽然一个急促的咳嗽，程逢迅速反应过来，拍拍他的后背："是不是在江边吹风受凉了？"

她钻进吧台里倒了一杯菊花枇杷茶。

姜颠脸颊微热："没关系，每到秋冬，嗓子就会特别干燥，忍不住想咳嗽。"

"那你都怎么办？"

他握住杯子喝了一口，茶水酸酸甜甜，口感很好，至少比中药包好。

"平时不太在意，咳得凶了就吃点药。"

程逢站在吧台里面，双手撑在桌面上，抬头看他一眼，他又说："其实家里那些中药我也不怎么喝，很苦。"

"还以为你有多听话，原来都是假的。"

"没，不是……"他局促地望着她，眼里汪出水来。

程逢抬手打住他的发言："回头我找找菜谱，看有没有食疗可以治你这个咳嗽。"

"嗯。"

此刻的甜蜜欢喜藏也藏不住，要不是隔着一张吧台，举动受到限制，他真不知道自己想做什么。

看一眼墙壁上的挂钟，时间已经不早了，程逢摘下围裙，准备送他离开。到门口时，姜颠忽然一把攥住她的手，将她压在墙壁上。

手碰到开关，偌大的书吧顿时陷入黑暗。

"我……"安静的空间里，只剩两个人的喘息声。姜颠的心紧紧提着，声线不稳，"你……你愿意给我这个机会，是不是？"

程逢被他圈在狭窄的空间里，他仗着身高优势半低下头，呼吸全都撒在她的脖颈四周，弄得她浑身发痒不自觉地扭动了下。姜颠莫名想到萧晓成对雪冬做的动作，身体着了火一般，脑子里乱哄哄的，下意识靠近她的身体。

程逢低呼："你……你靠太近了，别过分啊。"

"我……"姜颠一醒神，又往后退了些，手足无措地看着她，搂也不是抱也不是，手不知该往哪里放，追着她的目光，一碰到又到处逃窜，显得无比慌乱，"我……我可不可以抱你一下？"

等不及她回应，他已经双手一拢抱住她，心底无尽的空虚总算得到了填补。

姜颠情不自禁地笑了一声。

他是多么自制的人，能笑出轻浅的声来，想必高兴到了极点，程逢也忍不住跟着笑了，轻抚他消瘦的后肩："只是给你机会来寻找答案，可没说答应你，别高兴得太早了。"

"嗯。"他点头，"可是，还是很高兴。"

回家的路上，他们肩并肩走着。

程逢将他送到小区门口，他又将她送回书吧，一来二去不知走了多久，夜好像已经很深，两人才各自回到家，关上门舔尝自己悄然盛开的心事。

程逢洗过澡擦干身上的水，站在镜子前审视自己。她戳戳脸颊，拉着眼角挤出笑容，在灯光下细细寻找皱纹的纹路，一张脸被她拉拉扯扯弄得泛了红，脸和耳朵都开始发烫。

她换上背心和打底裤，打开音乐开始跳舞。不受控制地想到一些画面，舞蹈动作也变得凌乱起来。好不容易跳完一支舞，她浑身湿汗，澡也白洗了。

回到休息室捡起手机，才看到姜颠发来的短信，她没忍住笑了。

姜颠一直没等到回复，难以入眠，干脆起身从抽屉里取出烟，直到手机振动，一个大跨步冲到床上，接通电话。

程逢的声音低低的，带着一丝笑意："短信是什么意思？嗯？"

他竟然问她今天发生的事算不算数？程逢真忍不住想笑，敢情他抱也抱过了，这才几个小时就不打算认账了？

姜颠连忙否认："不是你理解的那个意思。"

"我理解的是哪个意思？阿颠，别逗我玩儿。"

"没。"他捂着脸，带着丝委屈的意味，"我怕你逗我玩，怕明天一睁开眼就什么都没了，只是做了个梦。"

程逢没应声，过了一会儿说："很晚了，早点睡吧。明天要是有空，叫上廉若绅来书吧帮我装饰圣诞树？"

"好，那明天见，晚安。"

"晚安。"

烟还没燃尽，姜颠就掐灭了，在床上躺了半小时依旧毫无睡意。他走到书房打开电脑，在搜索页面输入：火线女王 Crazy。

　　搜索第二条就是程逢，爵士舞殿堂级编舞大师 Crazy 女神告别演出，数千人挥泪当场，《人山人海》被业界评为无法超越的巅峰之作，完美地诠释了自由与梦想。

　　与此相关的搜索上达数万条，有关她的演出视频也一涌而出。

　　姜颠在电脑前坐了一夜，逐一点开视频。

　　那是她最美、最耀眼的时刻。

　　曾经，她是如此的璀璨。

　　而今，她如此璀璨地出现在他的生命里。

第五章

放纵

有免费的劳动力使派，书吧没一会儿就装饰好了。

裴小芸帮厨，从吧台里端出几碗银耳橘羹，廉若绅站在梯子上装彩灯灯串，远远闻到香气，忙不迭地跳下梯子，一把从裴小芸手里夺过一碗汤，咕噜几口就喝了个底朝天，末了擦擦嘴，不识好歹道："味道真一般。"

裴小芸板着脸正要教训他，廉若绅跟没看见似的，一溜烟跑没影了。

程逢跟在后面，装了一大碗甜汤给姜颠，面不改色道："没小碗了，你就用这个吧。"

廉若绅眼观鼻鼻观心，捂着嘴闷乐。

裴小芸没理会整天神经兮兮的他，看向姜颠："你怎么会在这儿帮忙？出国手续已经办好了？主任最近可伤心了，逢人就说舍不得你这棵好苗子。"

姜颠含糊应了两句，说"还没办好"，喝了一口甜汤，偷窥程逢。她坐在他身侧，穿一件浅杏色的毛衣，同色系的针织裙摆被风吹着卷起一角，好像夏日莲池里被风吹开的涟漪。

程逢掩饰着上扬的嘴角，望向别处。

廉若绅抢白道："阿颠成绩好，走遍天下都不怕。"

"那你呢？明天就要考高数，你连公式是什么样的都忘了吧？"

廉若绅抓头："你还别说，确实好久没碰试卷了。"

裴小芸气得说不出话来，停顿片刻对姜颠说："以后他再喊你出去玩，你甭理他了，别因为他耽搁自己的前途。"

廉若绅脸色一僵。

程逢示意裴小芸注意口吻，她却装作没看见，继续道："大一上学期成绩单就门门飘红的话，后面几年还上什么？课程只会越来越难，学分不够，别说学士学位证书，就连毕业证书都拿不到，已经留过两级的人，到现在都没点数，还不让人说吗？你是没看到他的英语成绩，甭说当明星了，以后出国面签都难。"

"我在你眼里就这么不值一提？"廉若绅踹开椅子陡然起身，"难道只有学习才是唯一的出路吗？是不是只有考上名校才能稍微得到你的尊重？"

裴小芸闷着不应声。

他话锋一转，冷笑道："宝玲姐是我的经纪人，也是你的朋友，你在背后这么说，让她知道了会怎么想？"

裴小芸知道自己关心则乱，话说重了，可没想到他反应这么大，在桌下默默绞着手指，绷着脸没松口。

"行，裴老师既然看不上我，以后也别勉强自己管我了！"廉若绅一甩外套，大步朝外走。

姜颠迅速地与程逢交换一个眼神，追上前去。

他们一走，裴小芸就卸下了"老师"的身份，委屈地看向程逢。

"我……我是为了他好，娱乐圈太乱了，他头脑简单，想事情一根筋，能闯出什么名堂？再说他以为当明星容易吗？每天起早贪黑落不着休息，熬个几年身体就垮了。你看看宝玲，这几年瘦成什么样了？以前她头发又黑又多，现在手一拢，攥成拳头还漏风。"裴小芸吸了吸鼻头，眼眶发酸。

她年纪也不大，一出来就带班当老师，压力别提有多大了，平时一门心思扑在他们身上，真心实意地为他们打算，可偏偏廉若绅特立独行、不经世事，怎么能不叫人担心？

"我也怕，怕他三分钟热度，走错了路，再想回头的时候追悔莫及。他跟其他学生不一样，已经耽误两年了，总不能同届的都毕业了，他还原地踏步吧？"

程逢拍拍她的后背，等她倾诉完才劝道："廉若绅看着傻，其实心里门清，他知道自己想要什么，在大事面前也一点不含糊，我看得出他对未来是有规划的。有冲劲、有热血，喜欢唱歌，想让更多的人听到他的歌，这是他的梦想，也是他的骄傲与自尊。梦想不分贵贱，不问学历，正如我以前热爱跳舞，在所有女孩都去跳芭蕾和古典舞的时候，我毅然决然选择了爵士。也许这个舞种在大部分人眼中很小众，但我对它的热爱和付出是无价的。"

程逢弯唇，不自觉地摸了摸自己的腿："倘若我不曾出国，也许根本不会有人知道 Crazy，但正因为我曾经追逐过梦想，哪怕以后再也回不到曾经的舞台，表演的时光也会是我一生珍藏的记忆。以前你很支持我，怎么这事摊到自己的学生身上，立场就完全变了？"

"不一样的，你一步步走了十几年才成功，而他呢？根本没有经过专业训练，说要出道就出道，学业全都撒手不管了，怎么能成？"

"他从现在开始，还可以唱很多年很多年。"

"唱着唱着就销声匿迹的人，娱乐圈还少吗？程程，你比我更清楚现实的残酷，为什么你和宝玲还相信童话？"

程逢是理想派，裴小芸是现实派，立场不同，顾虑不同，其实她们都没有错，只是站在教师的立场上，裴小芸考虑得更现实一些。

她逼着廉若绅看书考试，不是嫌弃他成绩差，而是希望他能顺利修完学分，拥有更多的资本，在将来唱歌这条路走不通的时候，还有机会赢得立足的可能，而不是局限于当下，为着少年高贵的骄傲和尊严，作茧自缚，这样太傻了。

等到天黑廉若绅还没回来，裴小芸终于坐不住了，给他打电话，打了两个廉若绅就没出息地接了。

裴小芸也不再同他置气，耐心地劝说了一阵，让他不管在哪里，马上回学校，之后也急匆匆地走了。

雪冬提前下班，程逢在门口放上暂不营业的牌子，将书吧的灯关掉，只留吧台一盏小灯。

过了约有半小时，门铃响动，姜颠进了门，反手将栓销落入锁芯。

程逢听见声音从厨房间探出头来："回来了？下午去哪了？吃饭了吗？"

"压马路，还没。"

程逢忍俊不禁："我们惜字如金的大帅哥，可以多说几个字吗？"

他似乎也觉得尴尬，摸摸后脑勺放下书包，跟着转进了厨房："在做饭吗？"

"嗯，不过我厨艺很差，你最好不要太期待。"程逢从砂锅里盛出一碗递给他，"这是我刚熬的，尝尝？"

姜颠就着她的手弯腰抿住碗口，程逢眼巴巴地看着："好喝吗？"

"嗯。"他的嗓音润了些，"有点甜。"

"那我下次少放些糖。"

程逢被鼓舞到，打开冰箱拎出一条排骨，询问他的意思："做个汤好不好？"

"好。"

姜颠洗了手过来帮忙，说是辅助，最后却变成主厨，程逢系着围裙在一旁看，完全没有插手的机会。

一盅排骨汤，一盘青菜炒香菇，一碟酱牛肉，物理天才的手不仅擅长写公式，连人间烟火也信手拈来，程逢目露崇拜，毫不吝啬地夸道："好吃！你该不会也去米其林进修过吧？"

姜颠唇边扬起一丝笑容："你喜欢吃，以后我天天给你做。"

"胡说，你哪有时间？不用上课啦？"

"大学课少。"

"那也不行，会耽误你学习。我这边的厨房主要还是做甜品，平常午饭和晚饭外卖就能解决了，用不着你奔波忙碌。"

姜颠不吭声。

她看了他一眼，低下头专心吃饭，过了会嘟哝着道："不过你以后中午可以来和我一起吃外卖，反正你平时也在外面吃。"

姜颠眼睛一亮："那晚上呢？"

"别太过分啊。"

"晚上我吃得不多。"

程逢又觑他一眼，细窄胳膊细长腿，裹着厚实的毛衣仍清瘦得像根葱，心房蓦地一软："好吧，就当喂小猫了。不过说好，不许得寸进尺。"

"嗯。"他用力地点点头。

这一天，纸飞机的留言内容是：

希望每一天都能这么甜。

程逢翘起唇角："甜甜甜，也不怕齁死你。"

不过她手艺堪忧，一锅银耳橘羹除了姜颠没人喝得下去，她将失败看作成功之母，越挫越勇，这一天戴宝玲刚漱完口回来，见她又开始捣鼓苹果羹，脚步一挪正要往外退，被程逢逮住，忙双手缴械投降："我的姑奶奶，求你别再拿我当小白鼠了，好不好？"

"我保证，这次一定严格控制甜度。"

戴宝玲双手打叉："我拒绝，你的厨艺我又不是没有领教过，分得清糖跟盐已经不容易了，能有什么指望？再说你不是最讨厌下厨的吗？还说什么做饭容易衰老，怎么突然转性了？"

"我现在没工作，没演出，靠吃老本过活，再不节俭点，以后你养我吗？"

戴宝玲看向旁边的外卖袋，没好气地说："我之前说要给你找活儿，你又不肯。"

"带新人太累了。"

"那什么，我忽然想起来，明天圣诞节台庆，公司请了好几支舞团，你帮忙去指导下？"

"明天就演出，你现在让我去指导，骗三岁小孩啊？"程逢绕过戴宝玲，打开冰箱找淀粉，"说吧，又想怎么卖我。"

"HA访问团的人明天过来，如果你能带廉若绅出席台庆晚会的话，HA的人一定会注意到他。他年后准备发单曲，现在是时候出来露露脸了。"

"台庆邀请了哪些嘉宾？"

戴宝玲缩了缩脑袋："你是想问有没有周尧吧？很不幸，有他，而且他还要上台唱歌。"

程逢瞥她一眼。

"我已经想过了，你不必参加晚会，带廉若绅在后台露个脸就行，我保证绝对没有记者，不会让你曝光。"

"访问团的人会去后台？"

"有这个安排，他们想看看公司的演员。"

程逢皱眉："让我想想吧。"

"答应我嘛，今天这锅汤我干了！"

"去你的。"程逢不理她，看一眼时间，下午最后一场考试也快结束了，她加紧动作把去皮后的苹果和梨切成丁，放进锅里，加入陈皮。等火烧开，果肉煮熟，捡着两块冰糖丢进去。

戴宝玲"英勇就义"地尝了口，讨好道："哇，这是什么人间美味。"

"表演太夸张，罚你回炉重造！"

学校铃声刚一响起，戴宝玲点的比萨也送到了，没一会儿廉若绅几人风风火火地冲进书吧，落地门被开开合合好几次。

程逢把他们叫上楼，铺了张台布在舞蹈教室里，几个人脱了鞋坐在地板上，围成圈吃比萨。

"今晚平安夜，还要上晚自习？"

戴宝玲给他们一人切了一块，偏心地给廉若绅切了一小块，让他注意保持体形。

廉若绅为了出道强忍口水，说道："通知要上，不过管他呢，估计都出去玩了。"

"不行，明天要考英语，今天晚上学生会例行巡查，都得乖乖做试卷。"

"让他查，反正老子没一道题会做。"

"我要是把你弄去公司练声，小芸会不会杀了我？"

戴宝玲说是问廉若绅，眼睛却看向程逢，几个男孩不约而同地点头。

戴宝玲笑了："那你明天晚上请假吧，和我去公司参加台庆。"

李子坤眼睛发光："台庆？是不是很好玩？我还没有去过，可以带上我吗？"

"我、我也想去，是不是能看见很多大明星？"

"周尧去不去？他是我男神！"

"你行不行啊？居然喜欢男的？我去……"

"男的怎么了？不行吗？我就是喜欢他！之前他开演唱会，我坐了一夜的火车去看他，得亏我不是女人，我要是女人，这辈子就认定他了……喂喂喂，你们给我留点！"

一群人狼吞虎咽，完全没心思搭理他，都想要去台庆现场。

戴宝玲思忖了一会儿："行，到时候我给你们弄几个工作牌，考完试打车过去，假装媒体工作者进场，千万别穿校服。"

"好！"

吃完比萨几个男孩就走了，戴宝玲中途接了个电话，匆匆赶回公司。

姜颠落后一步，转了个圈溜进休息室。这段时间他每天都会来书吧，雪冬和黎青已经习以为常。

程逢盛了一大碗苹果羹给他："饭后甜品，请享用。"

姜颠微不可察地蹙了下眉头，程逢毫无察觉，顾自道："我明天可能也不在，你晚上随便买点吃吧。"

好在她煮羹大有长进，他眉头微松，随即想到什么："去看台庆演出？"

那么，岂不是有机会遇见周尧？

姜颠放下碗，神色略有不悦。

"别愣着，快喝光，待会儿就冷了。"她从架子上拿下围巾，裹住脖子，"我要引荐廉若绅给 HA 访问团的人认识，宝玲请我帮忙，我不好拒绝。"

"那你现在去哪里？"

程逢冲他狡黠地眨眨眼："今天平安夜，我当然是去当圣诞老人啦。"

见她要走，姜颠赶紧一口干了汤，跟在她身后下楼，到吧台处又被她强塞了一只保温壶。

程逢说："不可以拒绝，浓缩都是精华，懂不懂？实在觉得甜了，允许你兑热水喝。"

原来之前的小动作没躲过她的眼睛，姜颠抱着壶，亦步亦趋跟到车边，见后座上面摆着几箱苹果和一些毛绒玩具，又道："你送这些去哪里？"

"给几个小孩。"

姜颠犹豫了会儿，绕到另外一边，拉开车门跳上车。

程逢问："你干什么？"

"我想一起去。"他系上安全带，"今天晚自习没人会在的，你信不信，班里就廉若绅一个人！"

想到廉若绅刚刚才大放厥词的样子，程逢哭笑不得："他又跟小芸杠上了？"

"嗯，他说要用成绩征服裴老师。"

程逢"扑哧"一声笑了："那李子坤和陈方呢？他们不是回学校了吗？"

姜颠不说话，指指马路对面。

程逢顺着他的手势看过去，李子坤和陈方几人正坐在大排档里吃烤串，连柴今和陈笑然都在。

似乎察觉到什么，柴今忽然抬头，朝车里看过来。

程逢莫名心虚，火速发动车子离开。

车子一路朝西边疾驰穿过闹市区，在一家残障儿童康复中心门口停下。

姜颠把苹果搬下车，程逢靠在车边打电话，一分钟后一个年轻的女人从里面走出来。

她有点跛脚，走路不快，程逢看见她立刻迎上前去。

"算了下时间就猜到你该来了。"

"你交代的事，我什么时候怠慢过？"程逢扶了她一把，瞥向她的腿，"好点了吗？"

"还是老样子，下雨天就疼，上下楼梯有点吃力，除此以外也没别的了。"说话间看到被后车盖挡住的姜颠，安因微一愣神，轻声问道，"这是谁啊？"

程逢介绍："他叫姜颠，来帮忙的。这是我的好朋友，叫安因。"

姜颠点头示意，安因说："快进来吧，孩子们都等急了。"

这是康复中心，里面的孩子有的天生聋哑，有的因为事故失去了身体的一部分，只有很少很少的孩子能够通过复健再回到人群中正常生活。

姜颠第一次来这里，刚进去的时候吓了一跳，每间病房的窗户后面都挤着好几张脸，争抢着看他们，脸挤得变了形，却都笑得很灿烂。安因一边安抚他们，一边在其他护士的帮忙下，把孩子们带到游乐区。

游乐区经过装饰，摆着几棵圣诞树，上面的灯管一闪一闪地亮着光。

程逢给孩子们一人递了两个苹果，和他们做游戏，公平竞争毛绒玩具。

孩子们玩得很开心。

后来姜颠用康复中心的旧钢琴，弹了首《铃儿响叮当》送给他们。孩子们围在他身边打转，央着他弹了一首又一首。

因为这些孩子与常人不同，他们对一个人的喜欢会被放大得十分明显，笑是真心的笑，闹是奢侈的闹。此时姜颠的耐心就彰显出来了，与小朋友对拍子和节奏，低着身子认真地倾听他们的诉求，有种无形的温柔。

安因感慨道："我们这儿只有护士长会弹一点钢琴，还总不在调上。有时候请外面的老师来，一个小时最低也要五十块，弹得还不如他好，你看孩子们多高兴。"

"其实他最擅长的不是钢琴。"程逢把头发拢到耳后，含笑看着人群中的少年，"他更擅长大提琴，那才是真的好，非常好。"

"看来你和他的关系不简单哦。"安因扫她一眼。

程逢："你们怎么都一个样？看见我和异性在一起就想入非非。"

"你也是时候重新开始了。"

孩子们玩累了，程逢也出了汗，和安因肩并肩坐在走廊上喝水，姜颠帮忙收拾游乐区。

安因忽而开口："前几天我看了周尧的访谈。"

"嗯？"程逢愣住，"怎么看那个？"

"你不要多想，值班护士在看，我凑巧经过，就跟着看了一些。"安因从她的反应判断出什么，叹了一口气，"主持人问他有没有做过特别后悔的事，他说有。虽然他没有直接承认是当年剽窃编舞的事，但我猜应该和你有关。"

安因望着远处，怅惘道："近来时常想起以前和你一起跳舞的日子，想到那时候，如果没有他，你应该早就拿下冠军，这样的话我们也就不会……不会遇见后面那些事了。"

那阵子程逢对谁都冷着一张脸，安慰的话说过一遍又一遍，见她还是一副油盐不进的样子，话自然就变了味。可他们哪里知道，程逢那样不是为了自己，而是为了她。

安因转过脸，走廊上白色的灯光照出她眼角一条条细纹。

她的笑始终到不了眼底。

"对不起。"程逢抱住她，"都是我的错。"

"和你没关系，你也……"安因想说什么，还是停住了。

不知何时，姜颠出现在她们身后。

"时间不早了，我先回去了。"程逢瞥了眼她的腿，"回头我叫人送些药来，你平时也注意点，孩子们调皮，下手没有轻重，别让他们撞到你。"

"好，路上小心。"

多年的好友，彼此之间默契深厚，有什么事一个眼神就相互安慰了。

程逢摆摆手让她休息，安因便没有起身相送。

离开康复中心，程逢的情绪霎时低落下来。这种如鲠在喉的滋味，在每次见安因后都会伴随她很长一段时间。

她拧开钥匙转动方向盘，从辅路开上大道，经过一片绿化带时隐约看见一辆车。车身黑色，停的位置偏僻，再被树木掩映，看不清车牌。程逢却猜到了来人，心里更加闷堵。

一路上她不说话，姜颠安静地没有打扰她。

到市中心时，他忽然喊停："晚上没有吃饱，肚子饿了，要不要一起再吃点？"

程逢想了想，点头："好。"

她把车停在车库，一进商场浓厚的圣诞气氛扑面而来。铺子里到处都是人，其中大部分是年轻男女，互相拉着手，捧着花，旁若无人地演绎着甜蜜。

原还觉得有股子闷气撒不出去，到这会儿完全变成了尴尬，才走一圈就出了汗，他们赶紧找到一家甜品店坐下休息。

位置在窗边，程逢坐着等姜颠买了送过来。牛奶冻甜而不腻，她连吃几口才说："没想到你还会弹钢琴。"

"教大提琴的老师家里有钢琴，顺带学了点，不是很擅长。"

这种程度还叫顺带？果然天才各方面都厉害。

程逢又问："你对音乐是不是很敏感？"

"嗯，小时候经常一个人在家，没事做就听音乐，慢慢喜欢上了。"

"可我感觉音乐和物理相差挺远的，没想到你两方面都有天赋。"

"可能是数字敏感反应，我特别喜欢画五线谱、音符音调这些有变化曲线的东西。"姜颠见她盯着自己面前的芋圆，放下勺子，递了过去。

程逢立即尝了口，冰凉润滑，舔着嘴巴说："好吃，总算不出汗了。"

姜颠提醒她："车上还有一壶甜汤。"

"那是给你的，你经常咳嗽，必须喝光。"

"已经冷了。"

"待会儿回去我给你加热一下。"

姜颠微微扬眉，把她吃不完的牛奶冻拿过来，用勺子挖着吃了几口，瞥见她的目光，顺着视线往下看到牛奶冻和芋圆时，忽然会心一笑。

在没有意识的情况下，他们顺其自然地交换了彼此的甜品，完美地完成了间接接吻的程序。

"你是故意的吧？"

她哪怕素面朝天，也美得让人心惊。

姜颠不说话，过了会儿，探身过去揉揉她的头顶，低声笑了："嗯。"

就是故意的。

第二天，圣诞当日，程逢一大早就接到了母亲徐丽的电话，严肃下达今年必须回家过年的最后通牒。她无可奈何，只好答应。拖到下午四点半，被戴宝玲连续十五个电话轰炸，实在拖不下去时，她才起身准备去电视台。

刚一出门，马路对面跑过来几个高挑的身影。程逢没想到他们提前交卷，上车后按了几声喇叭，在街口把他们捎上。

姜颠坐在副驾驶，后排挤着四个男生，叽里咕噜说个不停，显得特别兴奋。

程逢莞尔："电视台年庆，你们乐个什么？"

"姐，你不懂，咱们这个年纪，只要出了校门就觉得自由，天地广阔，任由我们撒欢，能不乐吗？"

程逢笑了："我怎么不懂，难道我不是过来人？"

到一个交叉路口，她踩下刹车，悄悄问姜颠："甜汤喝完了吗？"

"嗯。"

"好喝吗？"程逢逗他。

姜颠还没回，李子坤把头伸过来，一脸贼笑："什么好喝的？我们怎么不知道呀？"

"哪能给你知道，那是人家的小秘密。"陈方配合着朝他身上靠，"这种隐晦的事都瞎问，伦家要用小拳拳捶你胸口啦。"

"恶心死了！"一群人大笑，扑倒陈方一顿乱捶。

程逢强忍笑意，不再说话。

戴宝玲事先打过招呼，程逢一进去，就有工作人员迎上前，避开记者带她走特殊通道，其他几个则拿着工作牌进入主会场。

姜颠担心她独自碰上周尧，厚着脸皮跟她一起进入后台。戴宝玲正和主持人唠嗑，看见她一个招手，程逢会意朝另一边的廉若绅走去。还没说上两句话，庞婷走了过来。

"这就是宝玲新签的艺人？"庞婷双手环胸，对着廉若绅上下打量，"也不怎么样嘛，HA连周尧都不肯用，难道会用他？一个毛头小子而已。戴宝玲该不会病急乱投医，随便找一个人来充数吧？"

廉若绅眼睛一瞪："你说谁呢？谁是毛头小子！"

庞婷在圈内是老资格，新人遇到她向来只有点头哈腰的份儿，何曾敢给她难堪？她陡然被廉若绅的大嗓门一怵，好半天没回过神来："你知道我是谁吗？没大没小，宝玲没教过你怎么跟前辈说话吗？"

"我管你是谁！反正当着我的面，就得好好说话，不然我揍死你。"

"你！"

碰上一个不按常理出牌的硬茬，庞婷气得跺了跺脚，转身就走。

程逢一句话没插上，光顾着笑了，之后才说："以后可不能这样了，这个圈子讲究辈分，人情关系尤其重要，你得学着放低姿态。"

"凭什么啊？我不喜欢。"

"不喜欢也得忍着，你要走星路，就得清楚里面的生存之道。"程逢不想让他太紧张，稍缓气氛，转而问道，"你今天翘了考试过来的？"

廉若绅神色一顿，故作轻松道："姐，你一定要帮我保密，千万不能告诉裴老师，否则她又该生气了。"

"可是……"

"没事儿，大不了补考！反正不止这一门，到时候一块补还省事了。"

看他的样子，和裴小芸这梁子恐怕是结定了。程逢刚要再劝一劝他，他似乎有所察觉，嚷嚷着跑远了。戴宝玲推测 HA 访问团的人应该快到了，拉着程逢去门口迎接。

姜颠拿了工作牌，也准备离开。

从后台出来时，刚好和 HA 一行人遇上，周尧也在其中，和对方的时尚总监相谈甚欢。戴宝玲要上前，程逢向她使了一个眼色。

等到一个话题结束，他们才走过去。挨个打了招呼，程逢顺势而为把廉若绅介绍给总监。这位是她的老熟人，一看就知道他们的意思，很给面子地同廉若绅交流了一句。

对方说英文，廉若绅听不懂，好在姜颠还没离开，跟在身后悄声翻译。他就按照姜颠的提醒，和对方握手，尽量保持微笑，不多说话，因此几番交流下来，也没有闹出什么乌龙。

很快访问团就离开了。后台人员混杂，不是说话的地方，周尧环视一圈，邀请程逢一行到私人化妆间休息。程逢也怕被有心人捕风捉影，没有拒绝。

化妆间还有周尧工作室的助理人员，一见他们忙倒了水送过来，周尧打趣道："没想到过去这么久，你还跟以前一样重感情。"后半句他挨着她的耳边说，"宝玲托你的事，不管多难你都会帮忙，而我只是想让你看个访谈，你都懒得应付。"

他一副委屈的口吻，程逢不敢含糊，拉开和他之间的距离，有一说一："宝玲可不比你，她只是一个小小的经纪人，而你是金马影帝，有什么办不到？HA的代言打了水漂也可以重新拿回来。更何况亲疏有别，宝玲跟我是什么关系，你跟我又是什么关系？"

看他和HA总监说话的姿态，代言恐怕已在囊中，戴宝玲费心安排，约莫只是一场空。

周尧听出她的意思，苦笑道："真的没有办法再回到以前？"

"周尧，你是存心……"

话没说完就被拉住，戴宝玲小声提醒她："说话注意分寸，旁边还有这么多人看着，你还想被人骂一次？"

程逢的情绪一瞬间缓和下来。

"周影帝，我劝你最好不要在公众场合对我说这么模糊暧昧的话，现在的我已经没有什么话题热度了。"

说巧不巧，她刚摆明立场，庞婷就带着几个人走了进来。为首一人像是粉丝站的站长，沉着脸毫不客气道："你怎么说话的？谁要蹭你的热度，也不撒泡尿照照自己！"

旁边举着应援牌的铁杆粉丝，跟着怒道："不要脸，退圈了还来这种地方，不就是为了偶遇我们周周创造话题吗？装什么装，明明自己心里有鬼，还要泼脏水给别人。"

程逢扶额，明白和这些小女孩没什么好说的，抬头看向周尧："所以，这就是你的诚意？"

周尧满含意味地瞥向庞婷，庞婷视若无睹，背靠化妆台漫不经心道："正好都凑在这了，不妨打开天窗说亮话。程逢，退圈的人是你，而今出现在这种场合的人还是你，引起大家揣度也是正常的，毕竟出尔反尔，你也不是第一次了。"

周尧的粉丝站站长（以下简称"站姐"）从他发迹一路跟随至今，完全清楚庞婷的深意，联想当年的一桩事，越发怒火中烧，拿出手机对程逢一阵猛拍，扬言要曝光她的嘴脸，送她上热搜。

她这话也就说给圈外人听，圈内人都知道程逢在欧洲的名气有多大。虽然她在国内并不如一线明星大红大紫，但她手握许多一线大牌的时尚资源，光是冲这一点，就有很多人想巴结她。

不幸的是在这间休息室里，除了他们剩下的都是圈外人。

小粉丝们一听"不是第一次"顿时怒火中烧，拿出手机对程逢一阵猛拍。

程逢不气反笑，戴宝玲上前阻挡，却被几个女孩推了回来。休息室本就不大，人一多就容易出事，也不知是谁伸的脚，戴宝玲直接摔了个狗吃屎。周尧一方得意之色丝毫不加掩饰，程逢忍无可忍，回击道："故意给我下套，是吧？庞婷，你不觉得自己倒贴过头了？他怎样对你你不知道？"她一步步上前，"别欺人太甚，我也不是好惹的，摊了牌谁也不好看。"

戴宝玲担心庞婷还有后招，一边安抚程逢，一边输人不输阵地强调："当年那件事谁心里有鬼谁清楚，别以为大家同学一场撕不了脸。庞婷，想想周尧。"

"你什么意思？有本事就说清楚，周周什么时候亏待过她？她在国外作风不正，周周同她分手有错吗？"

程逢知道他们被庞婷的公关团队蒙蔽了，对于当年的事一知半解，刚要解释什么，站姐走到一旁，像是要发布什么劲爆的消息。

不料手机刚举起就被一只手挡掉，转头对上一张冷漠的脸，她话头一短："怎么？敢做还不敢认？"

"删掉。"

"跟她啰唆什么。"廉若绅二话没说，直接抢过来删除，"吵了半天也没理出个思绪，到底要不要动手？"

他一脚踹飞椅子，捋起衣袖，朝周尧工作室的助理人员抬了抬下巴："怎么？搞这么一出不就是为了闹事吗？这会儿怎么不动了？怕了？"

场面一度僵持，虽说是在周尧的化妆间，工作人员也都在，可明眼人都看得出来是谁在寻衅挑事，见庞婷没有后续的示意，几个女孩悻悻地退回原位。

程逢捏捏眉心，耐着性子说："庞婷，你想怎么炒作都没关系，但有一点，甭想拉我当垫背的，否则别怪我翻脸无情。"

说完她扶起戴宝玲，周尧抢先一步为她打开门，走廊外行人匆匆，没有注意房间里的争吵。

周尧满脸疲倦，笑意却仍温和，好像戴着一张天衣无缝的面具，让人无端感到厌倦。

"对不起，我事先不知情。"他声音放低，是为了给庞婷留一丝颜面，"昨天我也去康复中心了，但安因不肯见我，替我和她说声对不起。"

程逢想起之前看到停在绿化带旁的车，心中压抑已久的怒火陡然升起，一把推开他来相帮的手："你闭嘴！别再去打扰她，有多远滚多远！"

"程逢，你别这样。"

他还要上前，姜颠和廉若绅无声无息地挡住去路。周尧叹了声气，无言望着她。

程逢声线起伏："周尧，你们怎么对我都没关系，但有一条，别去打扰她，不然我真的会翻脸。"

她肩膀不住地颤抖，紧紧咬着牙关，才让自己神色镇定地穿过后台。

回到车内，她立刻陷入了沉思。不知过去多久，由于实在忽略不了身旁一道富有攻击力的目光，她不得已转头推他的脸："你别看我。"

姜颠拉住她的手，虚握了握，没松开。

程逢挣扎，他反倒握得更紧。她心里有气撒不出来，扑过去使劲拽。他干脆爬过去，按住她的肩膀，把她整个人圈在车座里。

两个人一言不发地闹了一阵，程逢也就没了脾气，气急败坏道："你过去，压着我了。"

姜颠只问："哪里？"

"我的腿。"

姜颠松开手，拢着她的腰将她往上一提，车座往后移，他顺势回到了副驾驶，却依旧看着她。

从来没有被一个人这样长久地、目不转睛地看着，程逢脸颊发烫，无意识地蹭了蹭腿，低声道歉："对不起，我不该冲你发脾气。"

他不说话，手指抚过她下巴。

程逢躲不开他的手，只得认命："你相信庞婷说的话吗？"

那些陈谷子烂芝麻的旧账，她分明已经刻意地遗忘，可偏偏庞婷总是不肯放过她。

程逢蜷缩在座椅里，双手抱腿，脸埋在膝盖间说："安因是我以前的搭档，BOD 最后一场表演她来助阵，可我酒精中毒没能去成，她一个人上了台。"她抓了抓头发，声音闷沉，"这原本不符合赛事规则，可她一直苦苦哀求，大赛破例给了她一次表演机会。可她太傻了，她想让评委看到我的编舞，就跳了相对有难度的，原本是我主跳的那一部分，不幸的是舞蹈进行到一半的时候，她摔倒了。"

后来大赛主办方看到周尧单曲里的编舞，那段演出最终没有公开。

"跟腱撕裂，韧带重度损伤，她的前途全都摔没了。"程逢咬住牙，声音里含着一丝恨，一丝不甘，"十几年的舞蹈生涯，最好的时光都奉献给了舞台，可谁能想到，会因为这样一出闹剧惨淡收场。"

周尧偷了她的心血和她的王冠，背叛了她的爱与坚守，还间接毁了安因的一生，她永远不会原谅他。

就在这一刻，姜颠找到了答案。想起初见她的那一晚，那支似要在压抑中爆发、沉默中衰亡的舞，当时她眼睛里有灰蒙蒙的阴霾，并致命似的吸引了他，原来全都来源于一种相似的孤独。

他终于明白自己为什么会想要靠近一只在火焰中飞舞的蝴蝶。

"你退出舞台，是因为她？"

程逢闭上眼睛："去年告别演出之前，老师突然找到我，透露今年的 BOD 冠军一定会是我，当时才到海选阶段，有非常多优秀的舞者从世界各地过去参赛，可他们全然罔顾，随随便便就内定了人选。我忽然觉得很可笑，多少人拼尽全力争取的荣光，结果却败给了潜规则。"

要不是主办方的评委里面有一些多年的好友，一再强调他们是被上一届 BOD 大赛最后的编舞所折服，虽然很遗憾没能对外公布，但他们一致认定这个冠军属于她，再三请求她参加总决赛，那她连最后走个过场都不会同意。

生活在一片沼泽，连淤泥都无法选择扎根的方向。

"多年以来奋力追求的梦想，用生命演绎的舞蹈，肆意挥霍青春换来的瞩目，究竟是一个冠着 Crazy 名字的头衔，还是一个规则的衍生品？这个世上有真正欣赏爵士舞，读懂我的人吗？我想不清楚，只感觉疲惫，跳得不开心，就干脆宣布退圈了。"

当时决定仓促，是她在《人山人海》的演绎中临时想到的，可她不后悔。

　　说完这些话，程逢彻底地闭上眼，不敢再看姜颠。那些掩藏在内心深处的伤疤豁然被揭开，被不够陌生又不够亲近的他全部看到，她害怕面对自己，更害怕面对他的同情。

　　车内一时安静，没过一会儿她就睡着了。

　　姜颠把窗户打开一丝缝，下了车站在路边，从口袋里掏出一根烟含在嘴里。

　　后来廉若绅打来电话，说起一些未尽的事。安因出事后，程逢回国找周尧算账，当时在片场大打出手，周尧始终风度俱佳，不置一词，因此一场接一场的风波之后，程逢惹了一身骂名，而周尧却因此得利，越发红火。

　　故事讲完了，姜颠手里的烟也烧到了尽头，在风口等烟味散了，又去便利店买两罐热豆奶才回到车上。

　　他用豆奶把手焐热了，靠过去轻拍她的脸，低声叫她："程程。"

　　程逢睡眼惺忪，依稀觉得称呼熟悉，以往只有裴小芸会这么叫她。脑子还没转过弯来，一股淡淡的中药味靠近，姜颠独特的气息钻入鼻尖。

　　她嘟哝："你叫我什么？"

　　姜颠耳根微热，用指腹搓了搓她的脸颊："程程。"

　　他嗓音沉，又带笑意，无名的酥痒传遍全身，程逢一下子清醒了："不许这么叫我。"她推他的肩，一下没推动，又推了一下，还是没推动，又气又笑，"看你瘦瘦弱弱的，没想到力气还挺大。我要坐起来，你……你往旁边退点。"

　　姜颠抽身，往后退了一下，忽然又靠近。

　　程逢吓了一跳，动也不敢动。

　　这个距离危险得让她说不出话来，好像只要动下嘴皮子，就会和他的唇碰在一起。他的脸太近了，近到在车里晦暗的情形下，还能看清他脸上的绒毛，软软的，若有似无拂在她的脸上。

　　一阵阵酥麻，一阵阵细痒。

　　她全力往座椅上压，和他拉开距离："阿颠，我……我饿了。"

　　"嗯。"他应了声，手臂撑在她身体两侧，"我买了豆奶，你要不要喝？"

　　"好呀。"她转开视线，望着别处，粉红的小舌在微微褶皱的唇上无意识地舔了下，"在哪呢？"

　　他不说话。

程逢察觉到一丝危险的气息，还没反应过来，他的吻已经落了下来。蜻蜓点水一般，与她的唇一碰即离。

十九岁的少年，身体的反应远比大脑要快，他不想离开，手不自觉地绕到她脑后，托住她，迫使她不得再往后退。她今天化了淡妆，眼帘上有发亮的珠光，衬得她双眼慵懒妩媚，透着细密的柔情，还有一点点娇羞的惊慌。

他一时情难自控。

程逢却突然捧住他的脸："我……我真的饿了。"

"带你去吃火锅？"

她眨了下眼："好。"

两人正要起身，姜颠余光一扫，忽然抬手挡住她的脸，车外咔嚓一声，闪光灯暴露。程逢当即意识到他们被偷拍了，拉下挡光板，把他的脸藏进黑暗中。

一个倒车，车子立马冲了出去。开上高架，她仍心有余悸，朝旁边看了眼，谁知姜颠神色一如往常地平淡。

"你不担心吗？"

"嗯？"

"万一明天你的照片在网上曝光，那你爸妈不就……"

姜颠说："也许是惊喜。"

"我看是惊吓吧？"程逢懊恼不已，"是我的错，不该把车停在那儿。"

"那样更好。"姜颠侧过身，微微眯眼，"这样你和我就扯上关系了，逃也逃不掉。"

程逢无奈，瞪了他一眼，没再说话，准备外出吃火锅的计划因此取消了。她把姜颠送回书吧，自己去超市买食材，回去后交给他来捣腾。

一个小时后，两个人在书吧吃起了火锅。

吃到一半裴小芸打电话给她："程程，我看见书吧的灯还亮着，你在里面吗？给我开开门，我在外面呢。"

程逢正吃着牛肉丸，冷不丁被烫了一下，跳了起来。姜颠忙递过水杯，顺着她后背拍了拍，她给他打手势，示意他别说话。

裴小芸听她咳嗽得厉害，紧张道："怎么啦？出什么事了？"

"没、没事，我吃饭呢，噎着了。"程逢抚着胸口走到窗边，朝外看了眼，裴小芸果然在下面，"那什么，你晚上不需要留在班上吗？"

"别提了，我们班学生都跑光了。"

程逢听她口气似乎有点怅然，回头看了眼姜颠，他还在给她夹牛肉丸。

"怎么不说话？你楼上有人？是不是不方便？"

"没，我……我一个人吃火锅呢，正愁无聊，你来得正好。"程逢说完，姜颠脸色一变，她赶紧赔着笑脸走过去，末了对电话里的裴小芸说，"你等等啊，等我两分钟，我下来给你开门。"

电话切断后，程逢看着桌上双人的餐具愣了会儿神。

姜颠说："要我躲起来吗？"

"乖啦，去舞蹈教室休息会儿？"程逢略带恳求，"我还没有和小芸说，她最近被班里糟糕的成绩弄得一个头两个大，我不想在这个时候徒添她的烦恼。"

姜颠默不作声，只管看着她，无声地控诉。

"啊……乖啦、乖啦，下次补回来。"

"哼。"他轻轻地，微不可察地瞪了她一眼，攥住她的手臂说，"下次补偿就不是吃火锅了。"

"你趁火打劫？"

"那我不走了。"

程逢看一眼时间，情势紧急，不得不妥协："好，都听你的。"

"嗯。"他背起书包朝门口走，又回头，"你别食言。"

程逢哭笑不得："好，这回不食言。"

等姜颠躲到最里面的舞蹈教室去了，程逢才简单地收拾了他的碗筷，没地方藏，左右看看，直接扔进洗手间，关上门。

下楼之后，她先去厨房拿了一副新的碗筷，才给裴小芸开门。

"怎么这么久？"

"上了个厕所。"

裴小芸狐疑，上了二楼一见桌上摆满了菜，惊讶道："你一个人吃这么多？"

"都怪雪冬啦，不知道分量，买多了。"

"怎么不出去吃？"

"圣诞节，不想搁人堆里凑热闹。"

"也是，你一直这么爱吃火锅。"

裴小芸抽出纸巾擦了擦手，手上仍有粉笔灰的痕迹，便朝洗手间走去。

程逢一个箭步，跨过去挡在她面前："你……你下楼去洗"

"为什么？"裴小芸隐约觉得奇怪，"程程，你今天晚上好像有点不对劲，躲躲闪闪的，不会是在里面藏了什么人吧？"

"没有，水龙头坏了。"

"啊？"

程逢憋着一股气说："马桶都没水冲！"

裴小芸看了眼热气腾腾的火锅，又看了眼紧闭的洗手间，似乎嗅到一股不可描述的味道。下楼洗手，重新回来时，出于女人的第六感，裴小芸朝走廊尽头望了一眼。

一排黑漆漆的舞蹈教室，唯独尽头一间有淡淡的光，一小圈朦胧的光晕渗透在门缝下，好像里面亮了灯。

她停顿了一会儿才回到休息室。

两罐啤酒下肚，稍有微醺，她嘟嘟囔囔说起廉若绅，又是一阵抱怨："当班主任好难，想要对学生负责也好难，现在也就廉若绅，好像被我骂得起了效果，最近还挺坐得住，我觉得他有点变了。"

程逢问："哪里变了？"

"他现在只要在学校，就是学生的样子，看书学习，绝口不提当明星的那一套，也不抓着陈方他们说练声、唱歌之类的……其实我知道，他内心也很纠结，不知道未来该怎么办。"裴小芸撇了撇嘴，瞳仁染上酒意，一片水雾朦胧，"程程，你说他能实现吗？"

"你希望他实现吗？"

"嗯。"裴小芸毫不犹豫地点点头，"虽然我还是希望他能以学业为重，但如果他真心热爱唱歌，我会尊重他，尊重每一个学生的梦想。"

程逢走过去拍拍她的肩："每个人都会有这样一个时期，迷惘恐慌，只知今日不知明日，这个时候倘若有人愿意上前推一把，帮助一把，就能带来莫大的鼓励。小芸，你是老师，尽职就好，其他的路就让他们自己走吧。"

"我明白，可是我……算了，不说了。"

程逢低笑两声，也不戳破，捏捏她的脸："我看得出来廉若绅是真心喜欢唱歌，像他这样明确知道自己想要什么，昂头挺胸大步往前走的人太少了。想要实现梦想一定不容易，宝玲会教他怎么在娱乐圈生存，我也会帮他，大家都很珍惜他的天赋，所以你也要帮他。"

裴小芸沉默了片刻。

"不管圈子有多复杂，他的初衷都只是唱歌给更多人听，不是吗？"程逢顺势陷入沙发里，本来只是想劝裴小芸，却突然问到自己。

她最初也是热爱爵士，想让更多的人看到、了解和热爱爵士舞，可不知从哪一天起，她迷失了自己。

程逢揉揉头发，思绪渐乱。

裴小芸醉得不省人事，很快睡着了，程逢抱出毯子盖在她身上，突然想起被遗忘在教室的姜颠。

待她跑过去一看，教室里空荡荡没了人影，只有满地的纸飞机。

窗户还开着，纸飞机在教室里打着旋儿，来来回回盘旋着。那些背负着征程使命、一架架起飞与降落的飞机，好像在无声地演绎着相聚与别离。

程逢打开窗户往外看，空调主机上有一串脚印。好在旁边就是水管，只是二楼，田螺少年应当安然无恙。回身的瞬间，一只纸飞机于眼前掠过，她无意识地伸手握住，在看清今日的留言后唇角的笑渐渐深了。

不知道物理学家配不配得上 Crazy 女神？

希望下一个圣诞节，能名正言顺地陪你吃火锅。

第六章

沉湎

第二天天还没亮，程逢迷迷糊糊听见手机铃声，下意识抽出枕头捂住耳朵，僵了一会儿忽然一个鲤鱼打挺直起身来。

"睡醒了吗？"戴宝玲问。

她轻咳两声整理嗓音："嗯，有消息吗？"

"找熟人帮你压下去了，照片原件都在我这儿。"戴宝玲语带揶揄，"还好只拍到你的脸，没拍到姜颠，这要被有心人拿过去大做文章，我看你怎么收场？"

程逢没理会她，趿拉着拖鞋走到厨房倒了杯水："待会儿把原件发给我。"

"不是，你怎么那么平静呢？上回说起这事，明明还没有发展，这才过去大半个月就那样啦？"

"哪样啊？"

"你别告诉我是偷拍角度有问题，我分明看到……"

程逢拉开窗帘，坐在阳台的吊椅上，眯着眼睛望向隐没在雾霭中的半山。

"你看到什么都是角度问题。"

"你当我三岁小孩呢？"

"我给你透个底，虽然这回我把照片拿回来了，但你昨天在电视台现身，还跟周尧的粉丝们来了一场口水战，多少留下了痕迹，我看你回国的踪迹早晚要暴露，到时候就算想隐退也不可能了，我的火线女王。"戴宝玲继续说。

程逢抿着唇，见隐约有曙光照进，心口的铁石仿佛也软化成一团稀泥。既然已经选择新的开始，再深陷过去不可自拔，就不太好了。

"那什么，我打算重开舞蹈教室，你帮我介绍点活儿吧。"

"我没听错吧？"

戴宝玲一个高声，程逢当然知道接下来等待她的是什么。

她耐心等戴宝玲把"新仇旧账"统统清算一遍才开口："有没有舞蹈基础

都没关系，是不是圈内的也无关紧要。"

"不是。"戴宝玲还停留在昨日，"怎么才过去一夜你就变了主意？你跟那个十九岁的孩子到底发生了什么？"

"呸，别瞎说。"

孩子什么的，太难听了。

程逢强忍笑意："只是想再试一回，找找当初跳舞的那种感觉。"她呢喃着，"浑身热血，从头到脚。"

戴宝玲是行动派，很快联系到电影学院的校友，安排程逢去艺术系上舞蹈公开课。

程逢去了两回，戴宝玲的校友便正式邀请程逢挂职学校，聘期一年，程逢没太考虑便答应下来。由于已近年关，学生们均已经进入考试周，她的任职时长便于年后新学期开始算起。

戴宝玲信风水，特地找人在书吧置了宝镜与宝树，整个两层楼上上下下也都重新粉刷一遍，还选了一个黄道吉日。舞蹈教室正式开张，原本准备晚上一起庆祝，谁知同一天姜颠久未见面的父亲从国外回来，陈慧云特地订了饭店，安排一家三口吃饭。

姜颠只好失约，发短信和程逢说了一声抱歉。

司机把他送到酒店，经理已在等候。见他进门，随即笑脸相迎："姜董还没到，不过陈总已经在包厢等您了。"

姜颠点点头。

陈慧云有一阵子没见到姜颠，忽而再见竟有点恍惚，却不知为什么恍惚，也觉察不到姜颠的改变。同经理寒暄几句后，她问起他最近的情况。

姜颠回答得敷衍，陈慧云不禁有些懊恼："你不肯让司机接送上学，不肯出国，现在还不愿意和我们沟通，妈妈根本不知道你到底是怎么想的？"

姜颠正在给程逢发短信，闻言停住动作。他看了看陈慧云，把手机放在旁边正色道："我会出国，但我不想考商学院。"

陈慧云妆容精致的脸上出现一丝错愕："我们上次不是说好了吗？"

"说好了？什么时候说好的？那不过是你们擅自决定后，扔给我一堆招生手册，并告诉我你们看好哪两家商学院而已。"

说好的一起商量，实际上姜毅根本没有露面，而陈慧云只不过在视频通话里和他聊了两分十八秒，全程没有问过一句他的想法。

"阿颠，妈妈所做的决定都是为了你好，从小到大你都很听话，唯独在这件事上你一而再再而三地违背我和你爸的意愿。你告诉我，是不是在学校认识了什么朋友，受到了他们的影响？我就说你分配的宿舍不合适，他们都是一群……"

"您别说了，和他们没有关系。"

手机嗡嗡振动，姜颠迅速打出一串字，陈慧云顺着他的视线看向屏幕，他不得不把手机放回口袋。

"我只是有一些自己的想法。"

陈慧云不答反问："跟谁发信息？"

"妈，我想学物理，已经在申请学校了。"

陈慧云憋着一口气，脸色一时青一时白："阿颠，你是不是……"

话没说完，包厢的门骤然被推开，经理神色慌张地跑过来，看了眼姜颠，几下犹豫终附在陈慧云耳边说了句话，陈慧云猛地起身，手边的水杯摔到了地上。

经理忙道："陈总。"

陈慧云调整呼吸道："阿颠，妈妈有事先去处理一下，你在这里等我。"她随手扯起纸巾擦了擦衣摆，快步向门口走去，末了再三叮嘱，"留在这里，不要出去。"

陈慧云刚走，姜颠背起书包跟了上去。走到 VIP 接待室门口，他听见里面传来激烈的争吵。

"你明明知道今天要和儿子一起吃饭，还带她过来？"可以听出来陈慧云已在极力控制自己，却还是忍不住拔高尾音，"一个小明星，至于走到哪带到哪吗？"

"她非要跟我一起，我能怎么办？"男人声音粗沉，"好了！赶紧出去，别让姜颠等太久。"

"你看你衬衫上的口红印，让阿颠看见能不怀疑吗？"

"你让我怎么办？要不然干脆别见了，我先回公司！"

陈慧云声嘶力竭："你还记得有多久没跟儿子一起吃饭了吗？先在这里等一会儿，我去找经理拿件衣服来。"

"蹬蹬"的高跟鞋向门口靠近，姜颛身子一转躲进楼梯间，见陈慧云走远才出来。他面无表情地返回包厢，穿过宴会厅时，一道白色身影在眼前一闪而过。

碰巧程逢的庆祝会也在这家酒店，出来接了通电话，正要返回，被一个打扮时尚新潮的年轻女人拦住。

"好久不见，还记得我吗？"女人笑靥如花，"我是陆琳呀。"

程逢一顿，记忆如潮水涌来，幼时的舞伴，而今已是小有名气的明星了。

她莞尔一笑："确实很久没见了。"

"听说你不跳了？"陆琳上下打量她，"跳舞总归上不了台面，放弃不算什么，要不要跟我一样转行当演员？就是现在出道的话，年纪可能稍稍有点大，不太有优势。不过没关系，我可以介绍导演、制片人给你认识。"

程逢适应不了这种莫名的热情，扬眉一笑，摇头不语。

陆琳又撩了下头发，这回程逢看见她的大钻戒了。

"你结婚了？"

陆琳柔柔一笑："快了。"

说话间一个身着职业套装的女人从走廊尽头走过来，陆琳率先看见，亲昵地挽住程逢的胳膊，同对方打招呼："陈总，没想到在这里遇见你。"

陈慧云面容僵硬，礼节性地颔首示意。

"哎哟！我忘了，你瞧我这记性，在路上的时候姜毅已经跟我说了，都怪我不好，你们一家人好不容易团聚吃个饭，按道理我不应该跟过来，可我现在怀……"

"不好意思，我还有事，先失陪了。"

陈慧云从头到尾没有给陆琳一个正眼，只在与程逢擦肩而过时和她的目光撞上，程逢清楚地看见她眼底的厌恶和不屑。

酒店经理提着一件衬衫从后面追上来，陈慧云压低声音说了什么。一抬头，身高腿长的少年就站在不远处。

陈慧云脸色骤变："阿颛，你怎么从包厢里出来了？"

程逢循声回头，只见姜颛被宽厚的黑色羽绒服裹着，整个人黑沉沉的，不见一丝光亮。

身旁陆琳忽而轻嗤一声，程逢侧目："你笑什么？"

陆琳耸肩，程逢虽不清楚前因后果，但听得出那笑声不怀好意。从陆琳的膀弯强抽出手臂，她刚要去找姜颠，却见陈慧云拉着他的手离开了大厅。

姜颠蓦然回头，一双静眸氤氲着深深沉沉的光，隔得老远也能瞧出来里面落满了灰。

程逢心头一惊。

这跟她刚拿了 BOD 大奖回国的那一晚，似乎很像。

一回到包厢，姜颠就停下脚步，直视陈慧云冷冷道："你们离婚了？"

看似疑惑的口吻，却带着某种笃定。

陈慧云的猜想得到验证，身子一软几乎瘫倒："阿颠，事情不是你想的那样，你……"

"其实我早就知道了，你们已经分居好几年了。"姜颠唇角紧抿，"只是我一直在想，你们什么时候会和我坦白，等我出国？还是打算一直瞒下去？"

"阿颠，你冷静点，我们不告诉你也是为了你好。"

"为了我好？口口声声为了我好，真要为我好，是不是该问问我的意见，告知我实情，稍微尊重一下我？维持这样一段充满利益的婚姻，真的只是为了我？"看她一副冷静自持走到哪都时刻保持仪态的模样，他忍不住失控大吼，"你这样活着到底累不累？"

陈慧云的心猛地一沉："阿颠，怎么和妈妈说话？"

姜颠攒起五指，忽然一拳头抵在墙上，青筋暴露。

"你们……"

成年人的世界看不懂。他深深地闭上眼，终究在吐露出更恶毒的话语之前转身，大步往外走。

陈慧云一个急转拽住他的手，精致的面容已经崩溃："我做错了什么？操持这么大一家公司，我整天忙得连口饭都吃不上！而他呢？整天都在外面乱来……"

她咬牙切齿："刚刚走廊里那个小明星都敢来我面前撒泼，你让我怎么办？我和他的感情已经一塌糊涂，除了公司我还能挽回什么？"

"别说了。"姜颠肩膀微垂，微不可察地颤抖着，"既然彼此都不好受，又何苦做戏给我看？"

"瞒着你是我的决定，妈妈真的是为了你好。阿颠，你从来没这样和我说过话，究竟怎么了？"

"为了我好？又是为了我好！你以为我看见你们这样，能好受吗！"

他一抬头，不远处姜毅直挺挺立着，面色难看之极。陌生的父子俩隔空对视一眼后，姜颠挑起嘴角，绕过了姜毅。

他心里没有愤怒，只有无尽的失望与疲惫。配合他们演戏，做好儿子，做三好学生，按照他们的意愿和期望走一条自欺欺人的路……

真的受够了！

程逢回到包厢，戴宝玲一把拽住她的手臂，悄声问："刚刚那个是陆琳？"

"嗯，你看到了？"程逢还记挂着姜颠，思绪有点凌乱，手机上面是姜颠半个小时前给她发来的短信，说今天要和爸妈一起吃饭。

虽然他一贯没什么语气，但她看他发了一长段字，应该是期待的。

戴宝玲见她反应冷淡，把她的意识拉回来："认真点，听我说，以后要再遇见她，你躲着点。"

"为什么？"

"虽说咱这圈子多多少少有抢占资源上位的情况，但没几个敢把腌臜事摆到明面上，陆琳算其中一个。听说她背后的靠山一座比一座高，这回好像是某网商界的领头羊。"

戴宝玲压低声音："姜毅，你知道吧？"

池风网商集团的董事长，福布斯富豪榜前五十，身价数百亿。

戴宝玲啧嘴："陆琳抱住这棵大树，甭说下半辈子了，下下辈子也用不着发愁了。"

程逢回想陆琳之前说的话，微微蹙眉："姜毅有老婆吗？"

"听说孩子已经上大学了，对外也没有公布离婚的消息。看着吧，早晚有一天会被推到风口浪尖，她难道不知道树大招风的道理？"

后来戴宝玲还说了什么，程逢已完全听不见了，满脑子都是刚才的一幕，捏着手机的手掌心出了层汗。姜颠的电话一直无人接听，她越想越不放心，把场子交给戴宝玲转身就走。

一路驱车回到书吧，她火急火燎地跳下车，手不小心撞到车门，又是一阵钻心的疼。等缓过劲来察看一圈，却始终不见姜颠的踪影。顾不上关门，她一路朝临南大学走去，忽然脚步一滞。

远远地，有微弱的铃声传来。

她循声跑过去，回到书吧旁的花坛，才看到蜷缩在樟树下的身影。单薄的少年虽然四肢修长，但蜷缩起来，也不过小小的一团，好像一张开手臂就能抱个满怀。

他的书包落在脚边，拉链不知怎么滑了下去，试卷被风吹得哗哗作响。有几张被吹了出来，挂在百年老树的枯枝上，抑或躺在积水坑里。

程逢瞬间被激怒，大步上前道："为什么不接电话？知道我找了你多久吗？你这样让人多担心！"

姜颠仿若毫无知觉，清白的面孔被月光照得面团般柔软。

程逢微微叹息，把试卷一一捡起来塞回书包，背到身上，方才伸手拽他："走，先跟我回书吧，冷不冷？"

他依旧一动不动。

程逢一个大力攥住他的手，硬是将他拽离了原本的位置。他像个纸片人失去了力量支撑，就这么膝盖磕在石砖上，身体倒向一旁。

程逢一惊，随即蹲下身："阿颠，你怎么了？"

月光溶溶，树影重重。

他被迫抬起脸，在点点亮光中睁开眼，浓密的睫毛挡住成片水雾的湿润，茶色的瞳孔沉寂着，透出一股仓皇和痛苦。

程逢紧张地上下打量，他的手一直按压在小腹上，却还是躲着不让她看见。她一时说不上是什么心情，既怒且痛，火冒三丈却不忍责难，瞪着他半晌终究什么脾气都没了。

"是不是胃疼？我送你去医院。"

"不想去。"他一张嘴，声音又哑又干。

程逢双臂抱住他轻哄："听话。"

市医院离学校只有十分钟的车程，紧急做了几项检查，最后结果是急性肠胃炎。

　　程逢一直陪在姜颠旁边，被医生误以为是家长疾言厉色地批评了一顿，她不觉尴尬，反倒愈加心痛。

　　寻常人家的孩子稍微头疼脑热，家长便如临大敌，捧着护着生怕磕着碰着，可他呢？也许因为从小体质就差，生病渐渐成为一件寻常不过的事，家里常备各种药包，家长便高枕无忧，连日常的关心也能省则省了。

　　后半夜吊上了点滴，姜颠的病情才有所缓解，嘴唇也有了血色。他一直沉默，不知是疼痛还是不想面对，总之没有和程逢过多交流，程逢体谅他的心情，耐心照看到凌晨四点，两人才相携离开医院。

　　冬日的夜，寒冷中透着一丝无期的萧索，路灯拉长了两人的身影。街边的粥铺还没正式营业，门半掩着，里面一盏小灯露出微光。

　　程逢敲开门，让后厨的老板帮忙装了一份稀粥和几样小菜。

　　回到车上时身体快冻僵了，她忍不住跺跺脚，焐热手后才靠近姜颠："阿颠，药水凉，喝点热粥好不好？"

　　姜颠动作缓慢地摇了摇头："我喝不下去。"

　　"你不能这样，总不吃东西对身体伤害很大。要听话，多少喝一点，嗯？"

　　他依旧摇头："那我待会儿喝。"

　　程逢语塞，竖起眉毛瞪他，平日一个劲往她身边凑的时候，又软又好欺，随便贫两句就闹个大红脸，可一旦执拗起来，完全油盐不进。她只好把粥塞到他手里："那你捧着，暖暖身子。"

　　这个时间马路上只有环卫工人，间或一辆垃圾运送车。

　　程逢在犹豫下一步要怎么办，脑子里纷纷乱乱没有头绪，过了会儿她问："我送你回家？"

　　"回家？"姜颠慢半拍地点头，强行从喉咙挤出一丝声响，"好。"

　　程逢把车开到他家楼下，从后座里翻出药袋："这个黄色盒子的一天吃三顿，每顿四粒，蓝色的只要吃一次，一次吃两颗，中药包就暂时别喝了。回去先烧水，然后吃粥，隔一会儿再吃药，完事睡一觉，到中午一定要起来吃饭，不管想不想吃都得吃点，简单清淡的就好，听懂我的话了吗？"

　　"嗯。"

姜颠走进楼道，程逢站在车边目送他离开。心里仍旧不安，仔细回想有没有遗漏的部分，遗憾地发现似乎都嘱咐到了。

正要上车，她忽而抓了把头发，气馁地低喝一声，跟进楼道。

电梯上显示的数字在某层楼停下，却不是姜颠所在的楼层。程逢按了上行的标志，还是觉得哪里不对劲，朝旁边的楼梯间看了眼，犹豫片刻，推开门进去。

楼梯间伸手不见五指，连窗边的微光都被雾气遮掩了。可不知为什么，也许是某种熟悉感的牵引，也许心之所念，程逢还是第一时间看到了那个在楼梯上蜷缩成一团的黑影，隐没在无人的角落，喘着粗气，像只受伤的小兽独自舔舐伤口。

"哒"的一声，感应灯亮了。

姜颠抬起头，眼里密密麻麻的红血丝一览无余，程逢面无表情地看着他。

"为什么不上去？"

他避开她的视线："有点累，我想坐一会儿。"

"累什么？车是我开，粥是我买，在医院你光坐着了。"这时候还逞什么强？明明不想回去。

程逢舔了下嘴唇，思忖着问："不是说要陪爸妈一起吃饭吗？他们人呢？"

"一个连夜出国处理公务，一个还在开会。"

他越想越觉得可笑，不禁发出声哼笑。从他离开酒店到现在，所有的未接电话都来自程逢，他眼睁睁地看着他们做出了生命里重要的抉择，却连一通电话都没有，只在短信里通知了延迟聚会，并且告知了各自的行程，末了还执行父母的权利让他早点回家，趁着寒假多看一些商学院的资料。

也许一直以来他表现得实在太听话了，他们才完全不放在心上，偶尔的反抗也只当青春期的叛逆，根本不值一提。

胃部的痉挛已经让他疼得没有知觉，身体却还是本能地蜷缩着，缩成很小的一团，被泛黄的光晕笼罩着，消沉与悲伤此消彼长。

程逢其实已经猜到答案，可心里想是一回事，听到他自己说出来又是另外一回事，好像硬生生地往自己胸口插了把刀，并不比他好受多少。

"你生病了，不能坐在地上，太凉了。"她想把他拉起来，他却先一步起身，紧紧地抱住她。

在她开口前，他迅速地说："上次吃火锅时你说会弥补我，不会食言，还记得吗？"

程逢点了下头。

"弥补我吧，别推开我。"他的头靠在她肩上，有一丝丝凉意渗透进脖子，"你抱抱我吧，好不好？"

程逢的手绕到他身后，顺着他的后颈往下抚了抚："不要撒娇，你身体还很虚弱，需要休息，我带你回家，好不好？"

他这回真撒娇了："我不要。"

"啊？不要去我家啊？那好……"

他又急忙打断她："要。"

"要什么？"

姜颠不好意思，手臂更紧了一些，牢牢地缠住了她。他松软的头发在程逢脖子上蹭了蹭，一阵酥痒从尾椎骨窜起。再抬头时，他的眼里已有莹莹星光。

程逢在郊区有栋别墅，临近观音山，环境清幽，适合养病。

姜颠换鞋进屋，先是打量了下房间的构造，整个装修风格偏日系，成套的原木家具，纹路整齐，客厅摆着一张十六人座的长桌，靠近电视柜是一套暖橘色软皮沙发，落地窗外还有一个游泳池。

程逢一边朝厨房走一边说："有时候朋友会来我这里玩，桌子小坐不下，干脆就定制了条长桌。"

冰箱里只有面条和西红柿，程逢取出西红柿放在水龙头下冲洗，姜颠接了过去。

程逢也不争抢，打开电水壶烧水，问他："胃还疼吗？"

"不疼了。"

"骗人。"

姜颠抬头，额前的碎发掉进眼睛里，他眨了眨，头发没掉出来，反而越揉越进去了。程逢赶紧拉住他的手："别动，我给你拿出来。"

姜颠弯腰，她趁势踮脚。

锅里的水烧开了，面条开始发软，空气中酝酿着淡香。

"这是荞麦面？"他忽然问。

"嗯。"程逢靠近过去，"不要动，不要眨眼睛。"

他眼睛眨得更厉害了。

程逢停下动作："你让我怎么弄？"

"痒。"他又眨了下眼，目光透着亮。

程逢更痒，咬牙道："忍一忍。"

摘出断发，程逢捻在指间一吹，对上他灼灼的目光，脸颊越发滚烫。

她若无其事地转身："对了，不许跟任何人说你在我家里，尤其是廉若绅。"

姜颠问："为什么？"

程逢倚在扶手上气急败坏道："他是大嘴巴，你不知道吗？"

姜颠"哦"了一声，琢磨着该怎么样才能不动声色地把这件事透露给廉若绅，碰到碗口，指尖传来一阵微凉的触觉，他低下头，笑意自眼底一闪而过。

后来在程逢的监督下，他吃完一大碗面，迎着蒙蒙亮的天裹上被子准备睡觉，再醒来时已经日落半山。

厨房砂锅里小米粥嘟嘟地冒着泡，整间屋子弥漫着一股香甜，他走上楼，一手揉着惺忪睡眼，一手划开手机，果然还是没有电话。

他微微勾了下嘴角，随即视线一定。二楼是开放格局，客厅摆着一张圆沙发，正对一面电影墙，其余四面镶嵌着落地玻璃窗门，橙黄灯带隐在板缝间，为玻璃幕墙打上了一层柔光，阳台音箱正流泻出节奏动感的音乐，穿着贴身运动衣的女人一边修剪枯萎的花叶，一边伴着节奏踩步子，到最后几乎就在花架旁踮起脚，来了段即兴表演。

一个旋转后，她看见不知何时出现在楼梯口的姜颠，放下剪刀，气喘吁吁道："醒了？饿不饿？"

也许是刚运动过，她脸上泛起一层健康的红晕，显得她气色绝佳，皮肤亮得反光，锁骨下曲线饱满，一呼一吸间满是温热的馨香。

程逢刚要上前，他大步上前，一把将她抱进怀里。

"怎……怎么了？是不是身体哪里不舒服？"程逢始料未及，动作猛地停住。

"没有。"

"那……心情还好吗？"她抬手抹了把脸上的汗，闻到一阵难以言说的气味，越发扭捏，"放开我啊，不嫌我身上臭吗？"

"很香。"说话间他靠得更近，头埋在她的颈窝处，带着轻笑，"面包的奶香味。"

程逢的脸顿时烧起来，三下五除二地甩开"八爪鱿鱼"，一溜烟跑向洗手间。走到一半忽然停住，忍俊不禁道："阿颠，你不是属猫的。"

"啊？"

以前陈笑然、雪冬几个女孩在书吧闲聊的时候分析那群男孩，廉若绅自称临南"浩南哥"，长得不赖，又讲义气，就是脑子缺了几根筋，典型"哈士奇"模样。而姜颠看似安静无害，却沉默冷淡，常常拒人于千里之外，动起手来似乎还不单是花架子，与"中华田园猫"最为相配。

可相处的日子多了，她发现他其实再温和不过，是个锯嘴葫芦，问一句答半句，有什么情绪都自我消化了，偶尔撒娇示好，挺有"窝里横"的嫌疑。

她仔细想想，还是"小狼狗"最适合他。

车上了高架桥，程逢腾不出手接电话开了外放后，"小狼狗"光明正大地偷听完裴小芸的一席话，末了板着脸口吻生硬地问道："你要回家相亲吗？"

赶上下班高峰期，堵车非常严重，程逢正积极寻找出路，旁边"复读机"又问一遍："你真的要回家相亲吗？还有排着长队的黄金单身汉。"

她忍无可忍，解释道："我们划下重点好吗？我妈非要我回家，我怕她伤心才答应，小芸跟我是同一个地方的，当然得结伴而归，但我们不是为了相亲才回去。其次，就算我真的去相亲，那又怎么了？我现在单身呀。"

"我在追你。"他眉头微蹙，脸上写着大写的不高兴，"不要去相亲。"

"我妈很烦，我不去的话，她会一直在我耳边念叨，就像现在的你。"

他自带过滤器，只听想听的一部分："那也不要去，你一定不会遇到比我更好的。"

"哇，阿颠你好自恋。"

他小声嘟哝："我只对你有这样的信心。"

末了弯腰凑到她面前，带着点恳求的意味。程逢强压嘴角，推开他的脸。

他反倒更往前凑了半寸，数着她的睫毛闷声问："昨天你特地回来找我？"

裴小芸在电话里问她为什么突然离开，她语焉不详，结结巴巴半天没凑出一句合理解释，他就猜到，她脸皮薄，不好意思说实话。

程逢目不斜视，严肃地说："别闹，我开车呢。"

"其实你都猜到了，对不对？"

程逢迅速地瞥了他一眼，他捂着脸倒回座椅。

"去年年初我去公司找我妈，意外地听到了他们的谈话，才知道原来他们早就分居了，一直瞒着我。虽然我很少看到他们同时回家，但偶尔还是会一起吃饭，在我面前他们依旧恩爱不疑的样子，我没想到完全是做戏……后来，我实在不愿意再骗自己，就离开家一个人住外面了。"

不想再在以前的环境里，被同学们羡慕有个幸福的家庭；不想再待在冷冰冰的建筑里，每天期待着惊喜的降临；不想再逼着自己迎合他们的需求，逐渐变成麻木的提线木偶。

不想在放弃大提琴后，再放弃物理。

不想放弃她。

车到路边停下，程逢松开安全带，侧身靠过去揉他的脑袋。

"小时候还不懂事的时候，每次看见爸妈吵架，都很害怕他们离婚。每每遇见这种情况，我都会虚张声势地搅和进去，要么跟我妈说肚子饿了，跟我爸说作业题不会写，要么就装病，总之就是想尽办法引起他们的注意，让他们不要吵架。长大之后才明白，如果一样东西里面坏了烂了，哪怕表面看起来完好无损，也终究没办法结出健康的果实，对吗？"

她相信很多小孩跟她一样，在成长的过程中会有这样那样类似的恐惧，很多都来源于父母相处的方式，可不管怎么变，不变的永远都是一个孩子对幸福和睦的家庭的向往。

姜颠早熟，在不知真相时小心翼翼地逢迎父母，在得知真相后继续睁一只闭一只眼地选择配合，期待一个千疮百孔的家庭还能回到完整的模样，结果却越痛越伤，他终于明白华而不实的期待都是假的。虽然痛不欲生，但他无从选择。

"感情不好的话，勉强在一起也不会幸福。你现在知道了也好，他们不必再费心隐瞒，你也不必再为难自己，对他们对你而言都是一种解放，不是吗？"

"如果单纯是为了我好，不想影响我的学习才一直瞒着我，那么不管多难我都会慢慢接受，可他们不过是拿我当筷子实现利益共赢。"

把金钱关系套上爱的字眼,最可笑的是,大家还当了真。

程逢张了张嘴,想说什么,话到嘴边又收了回去,姜颠朝她挤出一个笑容,唇角弯了弯,很快又抿成一条线。

陆续又打了两天点滴,姜颠好转,程逢和裴小芸预备启程回老家。

临行前一晚,戴宝玲组局到程逢家里吃火锅。

廉若绅第一次见识半山别墅,满眼新奇,左看看右摸摸,被裴小芸拉着走到阳台还一步三回头,握着拳头给自己打气:"等我将来赚了大钱,我要买一栋一样的别墅,最好跟女神当邻居。"

裴小芸发笑:"你知道一栋别墅要多少钱吗?"

她比出一个数字,廉若绅的眉毛抖了抖,顿时没了底气:"没事,实在不行我先问女神借一点。"

"反正光靠唱歌还挺难实现的。"

"难道给人打工就能实现?"

如今廉若绅和裴小芸斗嘴已成了家常便饭,两人理想相悖,随便逮着一个话题就能大做文章。总之为了得到裴老师的肯定,他一定会坚定不移地走下去。

兵将士气高涨,再泼冷水就未免不近人情了,裴小芸把重新复印的期末试卷交他手里,再三叮嘱他好好准备开学后的补考。

廉若绅一看见卷子就眼冒金星,捂着脸往客厅跑,一边跑一边喊:"阿颠,以后我赚钱和你做邻居呀!"

裴小芸一听,皱了皱眉。

怎么是阿颠?和他有什么关系?

"啊啊!说错了,竟然说串了!"廉若绅愤恨捶胸,正愁怎么打马虎眼,一只金毛扑了过来,他宛见救星般健步上前,无比热情地抱住了金毛,"我儿子来啦!"

金毛嫌弃地往外逃,陆别叉着腰大笑,瞥见程逢端着菜从厨房出来,腿硬生生地拐了个弯,朝她走过去。

"你好狠的心呐!我不就是一不小心给宝玲姐套了话嘛,不就一不小心给廉若绅知道你和阿颠的小九九了嘛,你竟然怂恿我家老头子把我送去上什么钢琴精修课,气死我了!知道我这阵子过得有多惨吗?"

程逢瞟他一眼："让你长长记性，记得以后说话之前先过过脑子。"顿了顿又问，"精修得怎么样？那可是位国际知名大师，有没有找到一点灵感？"

"哼，还不赖吧。"陆别扬起下巴，"反正我不管，你欠了我好几个人情，都给我记在账上！"

程逢眉眼都是笑："行呀，廉若绅年后要出单曲，他自己写的歌，你想不想来段钢琴独奏插在里面？"

陆别噘嘴，半晌没吭声。

"当了这么多年大哥，还没捞回一个大嫂，你羞不羞？还是趁早收心改行吧，你马上就要毕业，也该考虑前程了。如果想开音乐工作室的话，我可以帮忙说服你爸。"

陆别肩膀一塌，亦步亦趋地跟在她后面："你觉得我行吗？"他挠挠头，"我……我就是跟阿颠提过一嘴，没想到他就告诉你了，其实……其实我还没想好。"

"你是没想好，还是怕自己不行？"

"我……"

程逢双手环胸，谨慎地打量面前的大男孩。其实不能说是大男孩了，社会的大门在前，临门一脚，实习找工作是学生时代最后一堂必修课，任何人都得经历。陆别虽然浑浑噩噩度过了二十几年，但也不算一事无成，至少在钢琴的演绎方面，他还是拿得出手的。

人的一生能够遇见喜欢的事物，继而将其转化为终身热爱的事业，是一件求之不得的幸事，她真心希望他能够坚持下来。

"能不能成事是你决定的，不是我。"程逢拍拍他的肩，"这段时间好好想想，想清楚自己要什么，等我回来再说，嗯？"

陆别点头："你真的要回去相亲啊？"

程逢无奈地摇头。

为什么你们都关心这个问题？

一群人凑在一起，难免变成火锅派对，中途还险些出现一桩因红油辣椒蘸过的牛肉丸引起的"命案"，让程逢与姜颠的关系几乎暴露，一度让裴小芸怀疑人生。

当然这是后话了。

饭后程逢送几个男孩回市区，廉若绅和陆别识趣，早早地下了车，给姜颠制造机会。程逢怀疑他是不是透露了什么，以至于那两个傻子总是把脑袋靠在一起贼兮兮地冲她笑。

姜颠为此解释："这个年纪的男生都喜欢这样。"

"为什么？"

姜颠一本正经地说："发育迟缓。"

随后引来程逢一阵不客气地大笑，笑完才想起正事，嘱咐他三餐准时，养好脾胃，末了又道："阿颠，我们没有选择父母的权利，只能选择如何生活。他们的意志根本上不能决定你的未来，也不能决定你对这个世界的看法。"

车灯衬得她眉目温柔，姜颠看着她的嘴唇一张一合，有些失了魂。

"早点回去休息吧。"程逢捏捏他的耳垂，"提前祝你新年快乐呀，阿颠，开心点。"

姜颠攥住她的手："你也是，新年快乐。"他打开车门，一条腿跨出去又问，"你家很远吗？"

"杨怀市，开车四小时就能到了。"

"哦，那你什么时候回来？"

"初五初六吧，最晚也不超过初八，怎么了？"

姜颠摇摇头："没事。"他又看她一眼，低下头说，"早点回来。"

"好，无聊的话可以打电话给我，但不许总打给我。还有，回头你和陆别去康复中心看看孩子们吧，他们都很想你。"

"嗯。"

程逢看出他眼里的不舍，欲言又止，终究还是离开了。回到家才发现后座有纸飞机。

这一阵"小狼狗"生病，情绪不佳，自从那晚在书吧留下一堆纸飞机后，已经很久没有送她满含意趣的小礼物了。

程逢不得不承认，当她看到纸飞机的那一刻，心头划过一丝惊喜，与此同时隐藏在深处的期许和难以启齿的情愫渐渐浮现，在她心中勾勒出明显的轮廓。

这一日，他说：

想你。

程逢的脑袋"砰"的一声炸了。

她蜷缩在后座接连换了几个动作，大脑仍空洞不知所措，她歪倒在座椅上，忍了又忍还是没忍住笑出声来。

过了会儿她揉揉脸，扇风给自己降温，忽然传来敲窗户的声音。

她一个惊跳撞上车顶，捂着脑袋痛得喘气，定睛去看，才分辨出窗外的两道人影。

程逢旋即打开车门跳下去："大半夜的，诚心吓唬人啊？"

"谁让你犯花痴。"陆别见她满脸通红，一猜就知道和姜颠有关，撇了撇嘴角，"都叫你半天了！"

"你闭嘴！"

程逢这才瞧见廉若绅在后面抱着一大堆毛绒玩具跑了过来，不由分说塞进车后座，一嘴窃笑："送给裴老师的，我想她爸妈看到应该会很惊喜！"

程逢明白过来，又是拙劣的捉弄把戏。

"你怎么老是欺负小芸？"

"谁让她一边说着关心我，一边又瞧不起我。"说完直接朝程逢鞠了个躬就走人了。

走出老远，陆别捶了他一下："你小子，睁着眼睛说瞎话，舌头不打结，脸都不红一下？"

廉若绅躲到旁边："别瞎说，我……我什么时候撒谎了？"

"你还装！"

廉若绅赌气地"哼"了一声。

其实他很喜欢裴小芸，单纯地喜欢。虽然她经常骂他、指责他、教训他，但她关心他，一边指责还一边细心地教导他，一边教训还一边耐心地劝说他，她真的很好，和他以前遇见过的每一任老师都不一样。她总是让迷茫又冲动的他产生一种活在这个世上的真实感。他想送礼物给她，却不知该怎么表达，思来想去只有这样的"恶作剧"，想必她才会接受了。

第二天裴小芸一拉开车门，一只"无脸人"玩偶直挺挺地朝她倒下来，她顿时吓得魂飞魄散,直接给廉若绅的行为定性为"恶作剧",气得一路都在同程逢抱怨他到底有多幼稚。

程逢耳朵快听出茧子来,不得不想了个折中的办法:"回头这些玩偶先寄存在我家吧,等什么时候方便了,你再拿回去。"

裴小芸眼睛一亮:"真的吗?都送你好啦!我一点也不想要。"

"这么多可爱的娃娃,你真的不想要?"

"我……"

程逢轻笑:"你呀,我能不知道你有什么顾虑吗?放心吧,我又不是廉若绅,嘴严得很,不会说漏的。"

裴小芸出生书香世家,爸爸是大学教授,妈妈是文联主任,一家子人说话温柔、教养良好,唯独在师生关系上格外谨小慎微。裴爸爸为人风趣幽默,常跟学生打成一片,难免会令一些孩子产生某种依赖的、模糊的情感,以至于曾经传出负面的消息,对他名声影响极大,父母感情也因此遭到冲击。

裴小芸受此影响,相当注意和学生之间的距离,生怕自己的关心对他们造成错误的引导,好在廉若绅天性使然,嬉笑怒骂都摆在脸上,一眼就看得透。

不过裴小芸想了一会儿还是严词拒绝:"都送给你吧,不管他好心还是恶意,我都不能收。再说你的嘴哪里严?明明昨晚都说漏嘴了。"

程逢心里一个咯噔。

"还不承认?要我细说吗?陆别给姜颠夹牛肉丸子,说什么男人没有力气可不行,廉若绅就冲着你咧大嘴巴,之前还说什么要和姜颠当邻居,我一听就起疑了。随后陆别又夹了颗蘸满辣椒酱的牛肉丸子给姜颠,你直接拦停说他不吃辣,一副熟稔的模样,想必不是第一次一起吃火锅了吧?圣诞节那晚我去找你时,你磨磨蹭蹭半天才下楼,是不是和姜颠一起?"

程逢干笑两声:"福尔摩斯·裴,你好。"

"哼,一个两个,连宝玲都知道了,唯独瞒着我?"裴小芸猛捶无辜的"无脸人"玩偶,"我再看不出来,不就是傻子了吗?"

"别生气,我不是故意想瞒你,只是……"

只是还没在一起,怎么到处宣扬嘛。

裴小芸了解她的性子,舞台上得到过太多的关注,私生活就希望不被窥探,如果没说，就是还没拿准主意。她自然心领神会："是姜颠在追求你吧？"

可是，那个少年给她的感觉太独立了，还有一种难以接近的陌生感。她一直将他看作一只短暂停泊在临南的船，早晚会离港，驶向遥远的方向，完全没想到他居然会喜欢自己的好朋友。

世界好魔幻。

裴小芸感慨："他看着挺乖的，应该很难缠吧？"

程逢如遇知音，用力点头："真的，很难缠！"

"换成廉若绅那样的，只怕你现在笑不出来。"

说来说去还是绕回了最初的话题，可以想见廉若绅有多"特别"了，程逢正色道："也不必矫枉过正，叔叔的情况和你不一样，我们和他们差不多年纪，产生共情很正常。"

"期末考试后我抽了个时间去成绩比较差的学生家里家访。"其中包括廉若绅。裴小芸内心五味杂陈，"父母在外打拼，家里只有一个上了年纪还在生病的奶奶。奶奶如今已不能下床，儿子给的赡养费用来请看护，留给廉若绅的没有多少。你别看他平时在我们面前大手大脚的，其实私下里很节俭，有时间就去打工。如今要写歌练唱学舞蹈，还要照顾老人家，哪里还有多余的时间钻研学习啊？"

了解之后她发现他藏起了许多不为人知的脆弱与艰难，因此更想拉他一把，不甘让他就此泥足深陷。她知道学习考试，毕业找工作未必能买得起一栋别墅，但为此努力的可能性完全取决于自己，肉眼可以看得到收获，不像星路，太虚无缥缈了。

程逢沉吟片刻，问道："你想怎么做？"

"我很清楚在这个阶段他最渴望自由，而我的确也可以睁一只眼闭一只眼当他只是单纯想追梦，可尽管我无数次说服自己，却依旧对他的将来不抱任何期待。也许错的不是他，是我，是我管得太多，顾虑太多了。"

"小芸，不是这样的，你关心他不仅仅是因为你是他的老师，更是他的朋友。你害怕他摔倒，想帮他找一条更为稳妥的路，你们谁都没有错。"

"那是谁错了呢？"

宝玲吗？梦想吗？还是现实？

裴小芸苦笑："程程，我和你们立场不一样。我首先得是他的老师，才有替他考虑的立场，否则我什么都不是。"

程逢的母亲名叫徐丽，现任居委会主任，因为有一颗永不枯竭的少女心，所以非常开心地接纳了廉若绅塞满一车的玩偶。

对于程逢"学生送的礼物"这一解释，徐丽女士深表怀疑，一度认为她背着家里在外面交往了男朋友，在程逢矢口否认后，立刻雷厉风行地逼她去相亲。

不幸的是裴小芸也没能战胜母亲，于是四人攒了个局，加上两位介绍人和相亲对象，八人刚好一桌。

相亲对象其中一位是海归，年纪轻轻身家雄厚，长相中规中矩，就是个子矮了点，还不足一米七。另外一位是外科医生，年后即将升任科室主任，个子是高，可明显已经有"地中海"的趋势。

程逢和裴小芸全程赔着笑脸，对方也侃侃而谈，一餐饭吃得其乐融融，两方家长和介绍人都十分满意。借着对方上洗手间的时间，徐丽迫不及待地问她俩的意见。

程逢与裴小芸对视一眼，颇是羞涩道："我和小芸都挺喜欢海归先生的。"

徐丽犯了难："啊？外……外科医生不好吗？我瞧着也挺周正的，头发少点不成问题，反正男人到中年都要掉发。要不你俩商量一下，谁先试着和外科医生发展看看？"

"妈，您当菜市场买菜呢，冬瓜萝卜随便替换？不是，我就想知道，您和阿姨决定带我们同时来相亲的时候，就没想过万一我们看上同一个人怎么办？"

徐丽嘟哝："我哪知道你们这么容易就看上啊，心想有一个能看上就不错了。"

裴小芸母亲轻笑。

程逢一看就知道这是母亲出的馊主意，既气又无奈："是，您猜得对，我和小芸谁都没看上，所以您就别操心了。您没看出来那两位优秀的男士全程如坐针毡吗？这已经是第三趟去洗手间了，想必和我们一样，都是被家里逼的。"

裴小芸举手："我赞同。"

"行，下次就分开，交叉换着见面。"徐丽捶胸，"可惜了这次大好良机！"

徐女士为着女儿的终身大事已练就油盐不进的本事，程逢彻底没了脾气，只是不再配合，赖在家里死活不再动弹。她原本就是散漫的性子，听着音乐跳跳舞，一整天就过去了。徐丽眼见年关将至，不便催得太紧，只好放任她去了。

期间，姜颠来过两次电话，一次是相亲结束后，程逢载着两位长辈回家的路上，铃声突然响起来。她手足无措，裴小芸当机立断地帮她挂断了，打岔说是骚扰电话。

还有一次是在除夕前夜。

程逢已准备睡觉，手机忽然振动起来。她猜到是姜颠，拿起一看果然是他，于是就和他有一搭没一搭地聊了半小时。

姜颠："睡了吗？"

程逢："还没，吃过药了吗？胃还疼吗？"

姜颠："好了。"

程逢："那还不睡觉？"

姜颠："听见鞭炮声了。"

程逢："被吵得睡不着？"

姜颠："不是，很热闹。"

他声音沉闷冷淡，她东拉西扯说了一堆，他一直安静地听着，最后，她实在忍不住问："你现在在哪里？"

"家里。"

姜颠坐在窗边，咬着烟，眯着眼睛望向外面。烟火璀璨的人间，是别人的烟火，别人的世间，却不是他的，他的日子仿佛停留在她离开的那一个深夜，透彻的严寒与冷寂裹挟而来，便再未离去。

程逢同时意识到他说的"家"可能就是书吧附近的小区，而不是以前一家子人生活的地方，如今哪怕再回去，恐怕也早已物是人非。

"家里有人吗？"

"没有。"他依旧淡淡的。

"明天就是除夕了，他们……会回来吗？"

"也许吧。不过，谁知道呢？"去年没有回来，前年也没有回来，今年说是会回来，可临近除夕，仍在海外。

"阿颠。"

"嗯？"

程逢捂着脸语速飞快："乖乖的，等我回去。"

姜颠愣了一会儿，双手插入头发里抓了把，却什么也没有握住，不得已放下来，指腹搓揉着猩红的烟头，直到痛感入骨，方才徐徐笑道："好。"

到除夕这一天，照例要吃团圆饭。

程逢收到不少曾经一起在北美跳舞的拍档们的祝福，里奇还特地录了段视频，倍感暖心。她一一回复完，结果刚回包厢就被抛到话题中心。

徐丽女士贼心不死，联合三姑六婆对她进行催婚轰炸，连她未来的孩子上哪所幼儿园都想好了，程逢面不改色地掌控全场，在他们将话题延伸至远在他乡的陆别时，寻了借口出门。徐丽立刻跟了上去，逮着她又是一阵细问。联想母亲连日来的表现，程逢惊诧："母亲大人，您是不是受了什么刺激？"

徐丽脸色一僵："除了陆别，你就是亲戚当中提名次数最多的了。人家都说老程家那个丫头啊，心思太跳，一天到晚不切实际，那国际大奖是说拿就拿的吗？已经跌过一次跟头还不吃教训，跳了这么多年还不是老样子，娱乐圈是多么鱼龙混杂的地方，一个女孩能闯荡出头？还有些话不好听，我就不说了，妈妈只是担心你，你不会是一朝被蛇咬，准备当老尼姑吧？"

徐丽很有表演天赋，说话自带丰富表情，连带比画手脚，逗得程逢笑不能停。徐丽见状也尴尬，缓了口气道："还有陆别这孩子，成天在外头瞎跑，也不知道能混出个什么样来。唉，你们姐弟俩从小关系就好，也不知谁被谁拖累，现在连坐倒好，反正你不好他也不好，正好互不干扰。"

其实徐丽平时也不爱和这些亲戚来往，程家条件好，程逢幼时经常去国外参加比赛，亲戚们三天两头冒酸话，酸了这么些年，眼见程家丫头与大赛冠军擦肩而过，终于"扬眉吐气"，说话更酸了。她表面上不和他们斗嘴，心里却早已不开心，只是实在受不住"闺女疑似孤独终生"的打击，才张罗起相亲。

"你整天不着家，这次灰头土脸地回来，他们还不趁机把你踩一踩？不然你以为别人家的孩子好当的呀。"

"你这都是跟谁学的？"

"说起来我的微博账号也有两千粉丝了，你不知道？"

程逢摇头，还真不知道。

　　徐丽又控诉她不关心她，程逢又哄又劝，没再隐瞒摘得 BOD 桂冠的事实，还答应微博与她互粉，徐丽这才雨过天晴。

　　原先约了裴小芸一起跨年，程逢看一眼时间，同长辈们打过招呼便先行离开。在文昌大道和裴小芸碰头时，她几乎被人潮挤得喘不过气来。人头挨着人头推搡着往前走，情形堪比外滩人墙，她被迫放弃凑万人演出的热闹，逃出人群，和裴小芸一口气跑到主干道旁的小街才停歇。

　　两人撑着膝头喘息不停，一瞬仿佛回到童年时光，彼此相视一笑。

　　程逢摇摇头："怎么选这地儿？"

　　"正好在附近吃年夜饭，出来时看人流都往一边跑，好奇想去看一眼，结果就被带偏了。"裴小芸拿出纸巾擦了擦脸，"要不是我找了根柱子躲起来，这会儿说不定已经被挤到演出舞台上去了。"

　　程逢竖起大拇指。

　　两人相携往回走，哪怕逆着人流也走出了一身汗。

　　到停车场两人打开天窗，坐在车顶等零点的烟花秀。

　　戴宝玲忽然打来视频电话，见她俩脑袋相碰直接笑了："刚还在猜你们会不会在一起，结果真就在一起，这茬子热闹才有看头呀！"

　　程逢疑惑："什么看头？"

　　戴宝玲故意绕弯子："你说我一个大龄剩女整天跟他们闹腾什么？都怪你俩，耽误了我的人生大事。我不管啊，要是嫁不出去，你俩得包我吃住下半生！"

　　程逢果断地说："养你。"

　　裴小芸柔柔一笑："我供一日三餐，程程供你住行。"

　　"天呐，我好感动！有你们这话，不枉费我特地从剧组偷跑出来，陪你们一起跨年了。"

　　说话间，她的脑袋缓慢从镜头前移开，手机举高，一头黄毛的廉若绅瞬间进入视野中，陆别紧跟其后，姜颠像一尾无声的江流，悄然立在江边，冲她们挥手。

　　戴宝玲的声音飘荡在风中："惊不惊喜？意不意外？猜猜我们准备了什么节目？"

　　程逢猜不到，冲姜颠挤眼睛。

　　陆别连忙捂住姜颠的眼睛，严肃再三："不准使美人计哦，破坏游戏规则。"

廉若绅凑到屏幕前，眼睛亮晶晶的："裴老师，只要你说一句廉若绅是全世界最帅的男生，我就告诉你！"

"不要。"

"小气鬼！"

"廉若绅！你试卷写完了吗？"

"拜托，今天可是除夕夜，你也太煞风景了吧！"

程逢瞄一眼手表，还有不到一分钟，随即催促："别磨磨蹭蹭了，马上就新年了。"

戴宝玲手一挥，三个男孩都往草坪跑。隔着手机屏幕，程逢不自觉地屏住呼吸，只听见那头风声呼啸，嘈杂声一片，戴宝玲故意挡住镜头。这边的万人演出也到了高潮，隔着数条街都能听见倒数的声音。

"十、九……三、二、一！"

少年们前后追逐，一路而过，手中的烟棍点燃一根根引线，随后退至一旁，翘首以待，待这沿江长达十几米的烟花此起彼伏地升至空中、炸开、四射，五颜六色形成一朵朵烟火云。江水一映，洞彻天地光火。

视频不甚清晰，程逢却觉双眼湿润，背过身擦去眼泪。

戴宝玲的声音断断续续地传过来："特地为你们准备的，感动吗？喂，你们倒是给点反应啊。"

裴小芸轻轻回应："很好看，很喜欢。"

"什么？太小声啦，听不见。"

"很好看。"她与程逢四目相接，两人齐声大喊，"很好看！很喜欢！"

"喂，你们三个听见没啊？她们说很喜欢！"

少年们骄矜回首，一副固执不肯长大的模样。

廉若绅又钻过来："女神，初三之前记得一定要回来！"

"为什么？"

廉若绅但笑不语。

"故意搞神秘？"

"就算是吧，那你回不回？"

"可能来不及，和以前的老师约好初三要去拜访她。"

"这样啊……"廉若绅摊手，朝后头看。

程逢再次和姜颠的目光对上。

"初三你不是要去录音吗？录音室都给你预留好了。"戴宝玲一把扯过廉若绅，"我告诉你，录音室可是我费了老大劲才搞定的，不管有什么事你都得按时去，听到没？你要敢不去，我就从剧组杀回来！"

"行，知道了！"

几人闹了一阵，最后因扯着嗓门说话，喉咙几乎破音不得不切断。

程逢回到家给姜颠打电话，他像是刚刚洗过澡，声音浸着一股湿润问道："到家了？"

"嗯，家里有人吗？"

电话那头含糊不清地笑了声，程逢心下一定，猜到答案。她随后又问："刚才在江边廉若绅提起初三，是有什么特别的事吗？"

"没什么。"他言简意赅地答道。

听他语调冷硬，程逢纳闷："阿颠，你不高兴？"

"没。"

他越说话越少，到最后干脆无声回应，明显是在置气，程逢搞不清楚小男生在想什么，猜来猜去无果，只好挂断。

年至初三，接近凌晨的夜，姜颠盯着秒针转过一圈，又一圈，眼见时针离十二点更近一步，他一个仰倒摔在床上，扯过被子盖住脸。手机适时响起，他任由铃声响了一会儿才顺手接过，无精打采地"喂"了一声。

电话那头没有声响，他先还不觉，忽地一惊，猛刨被子钻了出来，在看清来电显示后，心脏"突"地跳到嗓子眼，迫使他脱口而出一声嗡哝低语："程程"。

千回百转，日日夜夜止于齿间。

那头依稀是浅笑，程逢拖着嗓音道："过分了啊……"

过于巧合的时间，满含暗示意味的电话，等待的一分一秒都是煎熬，姜颠在房间里踱步，听着她的呼吸，心扑通扑通地跳。

"我……你……"他一时手足无措，全然忘却她的警告，心里的粉红泡泡升到半空，直到听见她确切地说，"下来吧，我在楼下。"

程逢倚靠在车上，看着楼道倒数，结果还没到"1"，一道黑长的身影蹿了出来。那雀跃的劲儿，挡也挡不住。走近了看，少年戴着黑色鸭舌帽，一撮刘海压在眉心，浓密的黑攒成一团，自有股深透冷然的气质。

他强按颤动的心弦，小声问："你……你怎么回来了？"

程逢不搭腔，直接甩门上车。他摸摸鼻头，跟着钻进去才看到座位上的蛋糕，一时怔住了。

"初三！生日可真大啊！怎么不直接告诉我？非得一个人生闷气，闹别扭？"

程逢拉了他一把，把车门合上。心里是生气的，倘若不是觉得奇怪，特意求裴小芸翻看他入学手册的信息，很可能就错过他的生日了。原想着视频庆生也可以，但转念一想，言而无信的父母已经让他伤透了心，先是一个人孤零零地过了新年，难道还让他一个人孤零零地过生日吗？毕竟接二连三的暗示不成，还小心眼地跟她怄气。

只是这方式未免太笨了，折磨了她，也让自己不好受。

程逢抽出一根蜡烛点上，摸了下他的脑袋："生日快乐，阿颠。"

少年单薄的肩头不住地颤抖，猜到她破解了"初三"的谜题，猜到她那通电话是为了和他说生日快乐，却没有猜到她会在一个深夜带给他久违的人间喜乐。

他强忍泪意，说道："谢谢你。"

"不客气，傻瓜。"

程逢把蛋糕抱到前座去，两人之间便没了阻隔，她盈盈浅笑，眼里倒映着他无处可藏的倾慕。

她放低声音说："以后有什么事直接和我说，就像你在纸飞机里写的那样，不要害羞。"

也许是长久以来的孤独让他变得内敛沉默，连同对感情的表达也变得迂回。一些平时不会说的话，他只会在纸飞机里写出来，因为那样避免了面对面接触的尴尬，也削弱了某种被直接拒绝的伤害。

他的内心有太多恐惧，亦有许多沉重心事。

"阿颠，抬头看看我。"她循循善诱，"想我吗？"

他点头，过了会儿沉哑的声音回应道："想你。"

程逢弯唇："来，笑一个。"

他不听话，目光长久地锁住她，忽然一个猛扑熊抱住她。也不知过去多久，一丝轻浅的笑意从他唇间溢出，车窗外乌云消散，月光骤亮。

程逢听见那声笑，似乎能想象出他此刻的表情，一定很柔软。浓长的睫毛裹住纯净双眼，里面深藏现实无法压弯的脊骨，那是这个年纪的少年最为动人的心魂。

姜颠这才注意到她今天特地打扮过，一条V领的红色针织裙，腰腹收紧，勒住一截细细的腰肢，胸口的皮肤在红裙衬托下越发白皙透亮。

她化了淡妆，眼睛上面有层淡淡的珠光，嘴唇染了色，饱满、红润好比熟透的樱桃。

他在黑暗中摸到她的手，与之十指交缠。

"我找了很久，终于知道自己想要的答案。你问我为什么是你，现在我可以告诉你了，因为……"

他第一次看见她时，她刚拿到梦寐以求的女爵奖，却因潜规则动摇了对理想的坚持，因此那晚在书吧她颓废又迷茫，灯光下的身影与他如出一辙。

如果说他是一只被关在笼子里的鸟，那她就是扑火的蝴蝶。她在火苗边缘试探，他为了挣脱牢笼伤痕累累。

"我想应该是意志力吧，为什么偏偏是你，因为你跳舞时释放的意志，让我很震撼。"

程逢忽然有了许多领悟，用他的语言来解释，孤鸟恋慕蝴蝶的不屈，蝴蝶也青睐孤鸟的蓬勃。

"你……你现在可以答应我了吗？"

程逢微笑："你是不是有点太迟钝了？"

姜颠握住她调皮的手，放在掌心揉了揉，靠得更近。

很近、很近，闻到一阵香气，他目不转睛地看着她："如果我的理解没有错，也就是说，我们在一起了，是不是？"

车里气流闭塞，温度逐渐升高。

程逢忽而勾住他的下巴。本来就很近的距离，因为她的动作，两人颧骨高出的部分几乎靠在一起，彼此呼吸都沉了下去。

姜颠几乎快要忘记呼吸的时候，程逢唇角往上翘："阿颠，吸气。"

　　他抿在一起的唇微微松开，动作幅度很小地吸了口气，缓解因憋气而涨红的脸。意识到她在逗他，他颇为羞恼，漂亮的唇瓣刚溢出一声闷哼，程逢就若有似无地碰到他的唇，蹭了蹭。

　　"阿颠，我们在一起了。"

第七章
蜜糖

程逢一直到半夜才回到书吧，睡到第二天中午醒来，一看有三个未接电话，全是戴宝玲打来的。她醒过神来，一边走向洗手间一边回拨过去。

戴宝玲的声音几乎第一时间冲了出来："庞婷出事了！"

程逢拧开水龙头："什么事？"

"她给周尧新接的一个代言活动要和某直播平台的网红一起参加。网红虽然不算一线大咖，但长得漂亮，活动过程中一直和周尧套近乎，还有亲密互动！这个亲密到什么程度呢？你肯定不敢想，当众索吻！周尧脸都黑了，主持人在旁边也超级尴尬，现场的周周粉当即跳脚质问主办方，结果主办方把锅都甩到了庞婷身上，说是之前已经和她对过活动流程，庞婷没有异议……巧合的是，庞婷因为身体不舒服没有在场，根本无从对证。周尧新换的小助理被主办方一忽悠也蒙了，不知道怎么处理，场面一度失控。"戴宝玲一口气说完这些，缓了口气又说，"结果你知道？周周粉眼见自家偶像被揩油，要求网红当场道歉。网红死活不肯，然后就打了起来。保安没拦住，周尧没走掉，在混乱中受了伤被送进医院了。"

热水器没开，水还是冷的。程逢掬了把水拍在脸上，顿时神清气爽。

她一时没说话，戴宝玲也不敢开口了，好半天才支支吾吾道："先前庞婷为炒作新剧，拿自己和周尧同出公寓制造绯闻，周周粉就已经相当不满。现在又整出这么低俗的一场活动，网上已经炸开锅了，纷纷要求给周尧换经纪人。现在医院封锁了消息，媒体记者还不知道周尧的伤情，但据内幕消息说，他伤得有点严重，眼角磕到台阶，弄伤眼角膜还是什么的，已经看不清了……"

水声忽然停住。

程逢直起腰，看着镜子中满脸水珠的自己，口吻将信将疑："失明了？"

"具体还不太清楚，可不管怎么着，这事一旦曝光，庞婷估计就没戏了。"戴宝玲叹了声气，"依我对她的了解，活动流程不会出错，倘若知道主办方想借周尧炒作网红，她肯定不能同意，这事摆明了有人故意陷害她，早就和主办方串通好了。"

程逢闭了闭眼，从衣架上扯过毛巾捂在脸上。

"按照我的经验，最坏的打算是经纪公司息事宁人，把庞婷换掉，重新找一个人带周尧。但你想啊，经过这事，HA 还敢用周尧做年度代言人吗？"

程逢没应声，擦完脸走出洗手间，冷不丁有一股寒气蹿入体内，浑身哆嗦了下，这才发现昨天睡得晚，连窗户都忘关了。

"唉，我说这么多，你就这反应？"

"你希望我什么反应？"

戴宝玲说："我打算下午去看看周尧，你要不要一起？"

程逢不急不缓地套上大衣，走到窗边落上插销，转身时动作顿了顿，重新推开窗户。

马路对面的树下站了一个人，个子高高的，穿着一件黑色羽绒服，一双经典款板鞋，双手抄在口袋里，在踢脚下的石子。

许是听见声音，他抬头看了过来，手缓慢地抽出，摘下帽子露出整张脸。

白皙清俊，唇角上扬着，鼻头泛红，也不知道等了多久。

戴宝玲久久没听到回应，以为她不愿再与周尧有所瓜葛，叹了声气："行，我自个儿去吧，看看情况回来再说。"

"下午来接我。"

"咦，你不是……"

程逢给姜颠打个手势，穿上鞋往外走："我去看看他伤得有多严重。"

"唉，你们还真是冤家，我是不是不应该告诉你这事儿？可就算我不说，你早晚也会看到新闻的。算了，下午直接来书吧接你。"

程逢收线后刚好到楼下，隔着落地窗看见姜颠从马路那头跑过来。

一开门，寒气直往屋内冲。

她张嘴哈了口白气，抓住他的手："慢点，小心脚下滑，什么时候过来的？"

姜颠没说话，快速将门合上。

他不敢靠她太近，身上还都是早晨的雾水气息，到中午了仍没有散尽。正月里寒风透到骨子中，凉意经久不去，始终捂不热似的。

也许是一直抄在口袋里,他的手温度刚好,不冷不热,脸颊却和冰块似的,能看到皮肤里的红血丝。

程逢语气一沉:"你该不会是一大早就过来了吧?"

他含糊地应了声:"睡不着。"

"怎么睡不着啊?"

激动、忐忑。

程逢忍俊不禁,细细看他,脸颊鼻尖都被冻红了,透着股可爱。她搓了搓手,踮起脚捧他的脸:"我给你捂一捂。"

姜颠脸一红,迁就她的身高弯下腰来。这么一来,她的脚后跟又落下来,半靠在吧台上。

"吃饭了吗?"

"还没。"

"我也没吃。"

她昨天半夜回来,厨房也没有食材,想了想说:"打电话叫上廉若绅和陆别,我请你们去吃火锅,好不好?"

姜颠颇有些不情不愿:"为什么叫他们?"

"没有他们,你这棵铁树什么时候才能开花?"

程逢赶紧上楼,在柜子里挑挑拣拣翻出两条围巾,是之前去领奖时主办方送的,一条浅灰色,一条鹅黄色。她将浅灰色的围巾套在姜颠脖子上,一圈圈系好后,将他的羽绒服拉链一直往上,抵到下巴,左右看了看,由衷赞道:"阿颠,你长得真是好看呀。"

她把手伸给他,姜颠自觉地牵住她的手。

她笑起来:"我没让你牵我啊。"

"不过你长这么好看,我就勉为其难让你牵一牵。"

他唇角一扬,终于露出笑容:"嗯!"

一整夜没睡,生怕只是梦。辗转反侧到天明,他匆匆洗了把脸就跑出来,看见书吧门口停着她的车,心缓缓往下放,飘飘忽忽一整夜临到此刻终于有了重量,好像落叶有了根。可转而一想,又开始茫然。站在她窗户下的几个小时里,就在不停地想,她会怎样对待他?

想到很多可能，就是没想到会是这样温柔的、肯定的方式，将他的敏感与不安全都擦掉，让他紧紧牵住她的手。

只是这样美好的日子，在确定关系名正言顺约会的第一天，为什么还要拖着两个大电灯泡？

陆别早上起得晚，仗着家里有暖气，穿着条七分大裤衩，顶着鸡窝头在客厅里走来走去，魂还在梦里。接到姜颠的电话，立马冲进房间拿起外套和钱包，前后不到三十秒就出了门。只是当他以这副造型出现在火锅店的时候，已经经历了浑身颤抖在小区门口五十分钟打不到车、不得已步行十三分钟到公交车站目睹了春节期间车车爆满的盛况还被人挤下车、愤而顶着寒风狂奔三十分钟的全过程，此刻他已然对世界失去了希望。

只差一分钟，他就原地爆炸了。

"为什么打电话给我？为什么到这种地方吃！火！锅！知不知道老子跑得裤衩都快掉了！"

廉若绅刚好从他后头进来，掀起他的大衣瞅了眼："这不是还在吗？裤衩里的边角是大红色的？大过年就这么骚啊？"

程逢顺势看过去，吓了一跳："你是不是疯了？这么冷的天穿七分裤算什么意思？走秀呢？"

陆别朝廉若绅挥了挥拳头："老头上了岁数，整个人像唐僧一样念叨个不停，我怕他抓着我干其他事，裤子都没来得及换就出门了。谁知道外面这么冷？"

"你的车呢？"

陆别腿一跨，在她对面坐下来："送去保养了。"

他摆摆手，烦躁地不想再提这事。

廉若绅扯过他旁边的椅子，刚要坐下，陆别忽然伸手挡住他，看向姜颠："阿颠你坐过来。"

"什么情况？"廉若绅瞪着眼睛，一着急拽了句文绉绉的话，"你莫不是嫌弃我？"

"我能嫌弃你？当然是有事要和阿颠说。"

"什么事啊？"

"这要能说，我还把阿颠叫过来干吗？"

廉若绅恍然大悟，一副他说得很有道理的样子，心想不计较了，和女神坐一起也不吃亏。拍拍手走到桌对面，踢了下姜颠的凳子。后者没反应，他愣住了："阿颠，快坐过去！"

"就这样说。"

"这样你让我怎么说？"

廉若绅也炸了："我到底坐哪？坐锅上行不行？"

也不是不行。

程逢忍俊不禁，每次他们欺负廉若绅，他都是一副"老子天下第一你们也敢放肆但偏偏就是束手无策"的样子，实在太有意思了。

她不想也落个不厚道的名声，推了把姜颠。

姜颠若有似无地瞥了她一眼，抬起腿绕过去，拉过椅子，在陆别身边坐下。

陆别赶紧凑到他耳边，不知道说了些什么，姜颠脸色一变，看向程逢，脸上浮现出可疑的绯红。

"说什么呢？这眼神不对劲啊？"廉若绅两眼放光。

陆别跷着二郎腿晃荡："你小孩子家家的肯定不懂。"

"你才小孩！"

程逢算是明白了，拿筷子敲敲碗边："先点菜吧。"

陆别大手一挥，在菜单上划了几样，边写边问："你不是说初三要见老师？怎么这么快回来？"

程逢轻咳了一声："老师临时有事，我在家也闲着，就回来了。"

"是吗？"陆别狐疑不定。

廉若绅一看他斜眼的样子就想笑："你一个单身狗好奇心这么重，是故意找虐吗？"

陆别差点一口气没上来。

为找存在感，他深思熟虑后，抛出一个话题："我想开音乐工作室。"

人生有时候就是需要刺激。

程逢问："你想清楚了？"

"嗯。"

"什么时候做的决定？"

"就刚刚。"

其实真正意义上来说要更早一点，在除夕那一夜，当他和两个傻瓜寒冬腊月不在家钻被窝非要跑出来放烟花时，当他被迫和他们一起在江边吹着冷风搓手等待凌晨的钟声敲响时，当笑声从手机屏幕中溢出时，他忽然感受到一股生命的力量。

没错，他还这么年轻，怎就一定碌碌无为到老了呢？

当时他就有了想法，有灵感，有冲动，想用一种属于他的方式被光阴铭记，于是那天晚上回到家，在两个毛头小子还陷在青春的烦恼里七上八下的时候，他扛着一条被子坐在飘窗上为廉若绅的单曲作了词，自己哼唱了很多遍。

旋律至今还回旋在他心头。

"那行，这几天做个详细的策划书，专业方面我找人帮你看，有问题随时联系我。"

这么一敲定，陆别又胆怯了，抓着头发："这么快？"

"你在逗我？"

"那倒不至于。"陆别底气不足，瞥了眼程逢，见她神色不善，咬咬牙说，"行，那就试试看吧。"

吃完饭，陆别二话不说拉着廉若绅去录音室。两人关在录音室里写写改改，三天没出来。

他们走后，程逢和姜颠在商场逛了两圈消食，中途接到戴宝玲的电话赶回书吧。知道她要去看周尧，姜颠一路上没有说话。

程逢深谙安抚"小狼狗"的精髓，摸摸脑袋安慰道："我就去一会儿，不然你就留在书吧等我回来？"没等他回答，她又说，"昨天没怎么睡吧？允许你去我的休息室，好不好？"

姜颠解开安全带，转过脸面无表情地盯着她。

程逢心虚，又说："以后休息室你进出自如。"

"好，那我在这里等你。"他终于妥协。

程逢松了一口气。

不远处，戴宝玲冲了过来。她一路从剧组赶回，一整天没有水米下肚，眼下又饿又累，在看到姜颠和程逢隔着车窗亲密讲话时，几乎以为自己出现了幻觉。

程逢单手扶着方向盘，戳他的脸，笑盈盈地说："阿颠，这一切都是真的，你要相信我。"

"嗯。"他抿紧唇，藏住唇间的甜。

我是那样地相信你。

他想说什么，张了张嘴又合上。在戴宝玲钻进副驾驶，车绝尘而去后，他还站在书吧门口，远远地望着某个方向。

嘴巴一张，寒气袭来，他又小心翼翼地抿紧……

戴宝玲缩在椅子里瑟瑟发抖，直到从后视镜里看不到姜颠才哆嗦着冒出一句："这一回不是角度问题吧？"

程逢斜她一眼。

"你可千万别给我整什么借位的瞎话，虽然我连续熬了几个大夜双眼冒星星，但真情假意还是能分清的。"她咽了口口水，"什么时候的事？"

"昨天。"

"所以你到底怎么想的？是一时意乱情迷还是真喜欢上他了？那你为什么还要去看周尧？不怕他误会吗？他知不知道你和周尧的事啊？"

"你怎么这么多问题？"

程逢看着前面，一个拐弯避开了闯红灯的路人。

戴宝玲的心提到嗓子眼，蔫不唧地望着程逢："你慢点开，我不问好了！"

"嗯。"

车到医院门口，程逢翻出口罩和帽子戴上，爬到后座躲起来。

戴宝玲接替她的位置，从医院大门经过时，有眼尖的记者扛着摄像机过来，扒着窗口问她周尧的情况。

戴宝玲转移了记者们的注意力，公事公办地说代表公司来探望一下，具体伤情还不清楚，程逢趁机从后面偷偷溜进医院。

到了 VIP 病房这一层，远远看见庞婷坐在椅子上，脸上的妆都糊了，整个人一夕之间好像老了十几岁。

庞婷一看到她，立刻扬起眉梢："你来看我笑话的吗？"

约莫不想让周尧听见，她故意压低嗓音，因而气势大减。

程逢含笑道："之前我出事的时候，你不也来看我了吗？"

庞婷脸色煞白："盗用你的编舞，找人羞辱你，在微博上抹黑你，这些都是我做的，和他没关系。你想报复就冲着我来，别伤害他。"

"我知道，可如果不是他一次又一次默许，你敢做这些事吗？庞婷，看来你是真的喜欢他。"

庞婷脚下一软，跌坐回长椅。

周尧坐在窗边，听见房门被推开，肩头动了动，却没有回头。

程逢的身上总有一股淡淡的香气，不是很浓烈，却不容易让人忽略，周尧知道是她。不管是那年卑劣地抢了她的编舞，她怒气冲冲回国质问；还是如今身在高处蓦然跌落，她不畏流言前来探望……她的每一次出现都让他恍惚，以为自己还有回头的机会，于是一而再再而三地伤害她。

现在看来，那大抵只是她天生的温柔吧？让他产生了错觉。

周尧单手支撑着下颌，望着远处眨了眨眼："庞婷回去了吗？"

"没有。"程逢在他身后停住脚步，"你应该知道她不会回去，这件事也不是她的错。"

"我知道。"他微微一笑，"她怎样对我的，我都知道。"

"可你还是利用了她。"

周尧收回视线，转过头来。他的眼睛清澈明亮，却只有一只能倒映出她的身影。意识到这点，周尧苦涩道："所以老天爷才会这样惩罚我。"

程逢憋着口气，想狠狠发泄出来，可看见他这副颓废的模样，气撒不出去，倒像一拳头打在棉花上，反倒令自己更加憋屈。

她不由地往后退了步，坐在床边。

窗外是一棵参天大树，树尖窜到五楼这么高。

周尧的余光中依稀可见青葱的轮廓，却很难靠一只眼睛看清，他说："一棵树要长成这样健壮需要多少年？如果人可以和树木一样长龄，是不是许多事情都不用太着急了？"

"每个人都只有一生，这不是让自己变得急功近利的理由。"

"我明白的。"

他抬起头，笑容依旧温和。

程逢不得不承认，他依然是她记忆里的男人，那个她曾经深深暗恋，也曾炙热爱过的男人。

只是他的心太大了。

她再度张嘴，声音有些艰涩："会永久性失明吗？"

"不清楚，医生说还要再观察。有机会碰见合适的眼角膜，也不是不可以换，只是短期内不可能再面对强光了。"

"你害怕吗？"

"怕什么？"

"不能受强光刺激？这意味着什么？不只是 HA 的代言，还有很多剧本广告，你手上现有的资源都会逐渐失去……现在的娱乐圈每天都有新人出现，网络时代能让人记在心里超过三天的新闻越来越少，对一个人的印象除了曾经的荧幕经典形象，或许还可能保留个三五年，但是三五年后很可能没有出路了。"

周尧眯了眯眼，又望向窗外。他用尽力气仔细看，辨别出树上两个灵动的黑影是小鸟，枝丫间那团乌黑的草堆是鸟巢。

参天大树可以为它们遮风挡雨。

而他呢？

程逢说得对，三五年后谁还记得他周尧？记得他这个人？倘若这只眼睛需要七八年才能恢复，也是报应。

"我说不怕你也不会相信，谁不怕握在手上的东西突然失去？可是真的握不住，我也没办法。"

他的口吻透着股悲凉。

程逢说不出话来。

周尧轻笑起来："就像我握不住你，握不住从掌心流过的水，穿过的风……我总是不知道你到底还爱不爱我。"

以前念书的时候，他不知道程逢暗恋他，只是觉得她很好看，不是那种艳丽的、高高在上的好看，是那种明明可以很艳丽，很高高在上却又十分平淡隽永的好看。

她不容易接近，有些懒，怕折腾，但只要她愿意，就可以对一个人很好很好。

有时候很凶，有时候也很宠。她应当生长在一个相对和睦美好的家庭中，有自己的骄傲，却不把骄傲凌驾在别人之上。她的美丽不是武器，而是容易心软的一层防护罩，而他刚刚好擅长击破这层防护罩。

"我明明知道你那么容易心软，可我还是没得到你的原谅。程逢，我要怎么做？"

"我不爱你了。"

她沉默了很久，最后只给出这个答案。

程逢狼狈地摔门而出，也许是声音太大，走廊上几人纷纷朝她看过来。

几米外的窗口庞婷不知道正在和谁打电话，拧着眉头，不住地在原地打转，声音里透着几分歇斯底里。

一场好戏没看到，反倒戳了心，程逢必须承认她这一趟来得太失败。

"我去跟周尧打个招呼。"戴宝玲说。

程逢点头。

没有几分钟戴宝玲就出来了，庞婷电话还没打完，她们便没上前打招呼，直接走了。

到地下车库，戴宝玲感受到身边的低气压，强行找话题："你跟周尧说了什么？我进去的时候好尴尬，他完全不理我，就是眼睛红红的，好像哭了……"

程逢动作一顿，抽过安全带系上。

车驶离医院，戴宝玲缓慢地叹了一口气："我和庞婷斗了这么久，以前还经常想，为什么我能带这么多艺人，却一个也比不上周尧，现在好像有些明白了。"

戴宝玲说："因为她把最好的都留给了周尧，把能争取到的都给他，她为了周尧太拼了，我比不过也很正常。"

程逢没吭声。

"但是现在周尧变成这样，庞婷还能留在他身边吗？"

一路无话，程逢开到中途把戴宝玲放下来，跟她说："你先回去吧，我还要去其他地方。"

戴宝玲张张嘴，猜到什么，朝她打手势："那我自己打车回书吧，你路上小心点，还有……要不要我在家里等你？"

"不用。"程逢挤出一个笑容。

年后初四，康复中心还有许多孩子无家可归。

程逢在超市买了礼品一并带过去，安因早上刚刚返回，看见她来分外惊喜："怎么这个时间就返程了？"

程逢自我埋汰："三姑六婆大摆鸿门宴，强行逼婚，可把我吓得不轻。"

"活该，谁让你一直不交男朋友。"

"哎呀，这时候你还帮着他们说话？看我不……"话说到一半，程逢拎着礼品从车后绕到前面看，见安因站在门前的台阶上，臂弯夹着拐杖，姿态略显怪异地站着。

东西直接一撂，她快步跑过去："这是怎么了？"

"没事。"

"什么没事？你走一个给我看看。"

安因咬住唇，挂着拐杖走了两步，整个人歪歪扭扭，从台阶下来时还险些摔倒。好在程逢跟得紧，双手一托把她抱住了。

"就是才用拐杖没多久，还有些不习惯。"

"这叫没事？"

程逢眼睛一瞬通红，一言不发地盯着她。

安因顶不住她灼热的目光，也知道瞒不住，索性全交代了："年前大扫除孩子们玩闹，地上有肥皂水，也怪我自己不当心，摔了一跤，好巧不巧又是旧伤的地方……不过医生说好好复健，还是有机会康复的。"

"康复到什么程度？可以像以前一样走路吗？"

安因转开视线，强忍哽咽道："可以的。"

不等程逢再说什么，她拽了她一把："唉，站一会儿有点累了，你快扶我进去吧，把礼品分给孩子们，他们都盼着你来呢。"

程逢拂去眼底的酸涩，点点头。

随后安因做什么都被程逢管着，无奈只好坐在椅子上休息，看她来来回回地跑。金马影帝疑似在活动中发生意外失明，周尧的话题热度一直居高不下。她今天来这里，想必是看到了这则消息吧？

当年的事，其实和她有什么关系呢？要说也是自己贪心，竟妄想……安因捏住手机，指背微微发白。

程逢安顿好孩子们过来时，安因已靠在沙发上睡着了，她尝试着唤了两声，见她没有反应就索性放弃了。独自一人在旁边坐了会儿，不着边际地想起以前的事，情不自禁地抚摸了下安因的腿，泪水滑落的一瞬间，她猛一起身，从包里翻出一张卡压在桌边，跌跌撞撞地冲出门去。

直到车子绝尘而去，安因才睁开眼。她蓦地起身，将卡扫落在地，转而望向窗外，喃喃自语道："今年冬天真漫长啊……"

回到书吧早已过了约定的时间，可书吧仍灯火通明。

程逢甩上车门，看见姜颠单手抄在口袋里，站在门边安静地等着她。

这种好像刚从战场上摸爬滚打满身伤痕地下来，就有人送来御寒冬衣和治病良药的感觉，真好。

有人在冬夜里亮着灯等她回家的感觉，真好。

她收起车钥匙，钻进他怀里，和他相拥着挪到屋里，顿时暖和了许多。

闻到厨房骨头汤的香气，她唇角一弯，抵着他的下巴蹭了蹭他的脖颈："你还做饭了吗？"

他点点头。

程逢注视着他："阿颠，你真好。"

姜颠笑了："你也很好。"

他没有问为什么睡醒的时候她还没有回来，她也没有解释为什么失信。

他也没有告诉她，年前去康复中心陪孩子们的时候，她的好朋友安因曾同他讲过她和周尧的故事，关于她如何在北美辛苦地打拼，又是如何辛苦地爱着周尧，而他又是如何忐忑地度过从午后到暮色四合的每一分每一秒。

饭后他收拾完碗筷，冲了两杯热柠檬茶，回到楼上休息室时，原本蜷缩在沙发里的人已经不在，走廊尽头的舞蹈教室射出一丝亮光。

他走过去，程逢赤脚踩在地板上，穿着紧身短袖和打底裤，头发绑了起来，以一根皮筋固定在脑后，伴随着动作发髻两侧落下一些柔软的毛发，更衬得她光彩照人。她飞快旋转着，渐渐视野模糊，仿佛坠入一片迷雾中。

突然一个卡壳，她重重跌落。

姜颠箭步冲进去："伤到了吗？"

程逢揉揉腿："没事，刚刚走神了。"

姜颠蹲在她旁边仔细察看，确认她只是不小心摔倒没伤到哪里，这才松了一口气。

程逢搭着他的臂弯，突然想起白天安因搭着她肩膀强颜欢笑的样子，想象着她拐着腿走路和曾经在聚光灯下旋转时的微笑有何不同，忽然心凉了一截。

她推开姜颠，自己站立起来。

她在灯下站立了很久，姜颠一直陪着她。

大概是他的陪伴过于安静，而程逢又一团乱，洗完澡出来见他还在，她不觉愣住了，转而望了望自己的睡裙，理智与羞涩一起回归，她立刻拿起毯子裹住上半身。

走得近了，姜颠嗅到她沐浴后的馨香，暖暖的，钻到心坎里。

他握住她的手腕，程逢问："很晚了，还不回去？"

他看着她，似乎是商量的口吻："再等等？"

程逢顺势在他旁边坐下来，沙发往深处陷，她自然而然地依赖着少年宽厚的肩。没点头，也没摇头，不知是不是因为心里难受，她看起来格外疲惫。

姜颠翻出一部电影。她强打精神跟着看了一会儿，就把头转过去望着窗外。

不知过去多久，不知第几次从梦中惊醒，电影还没有结束，却早已经调成无声影片，姜颠的视线也不在屏幕上。

她抬起头："不想走？"

"嗯。"

一丝迟疑也没有就这么承认了，程逢想笑，揉揉他的脸："把声音调出来吧，这样看有什么意思？"

"没关系，我只是想陪着你。"

"为什么？"

"你不开心吗？"

程逢支起身子，托住下巴："我表现得这么明显？"

他没作声，眼神却不容置疑，程逢叹了声气："好吧，我今天去看了安因，她的情况很不好，几乎不能走路了。我想帮帮她，可是不知道该怎么办……"

每当她对周尧心软的时候，就会想起安因，不断提醒自己他过去的背叛。

然而今天当她在教室跌倒的那一瞬间，她终于承认其实心里并没有那么恨周尧。

她的恨就像一把生了锈的矛，因为时间的蹉跎，很难再变得锋利。她垂头丧气地说："以前跳舞的时候，老师很器重我，重要的比赛都先想到我，当时太骄傲了，也太年轻了，根本不懂得怎样去维护其他人的自尊心。当我一次次拿到大奖时，还没有发现舞伴们的笑容已经越来越少了，真到我意识到问题的那一天，他们已经离我很远。之后不管我做什么，都会被冠上莫名其妙的由头，好心变成恶意……我觉得做人好难，人际交往也好难，长大一些才发现其实是自己性格太糟糕，所以庞婷才会觉得我是个特别自私的人。我没办法和每个人解释清楚，当误解大到一定程度，就像九连环，环环相扣。可是安因一直都和我很亲近，她是我八年的搭档，是最了解我风格的人，每次只要一个眼神，她就能知道我要什么，这种默契是任何人替代不了的。"

程逢低着头，声音断断续续的，夹杂着厚重的鼻音。

"可是这样好的搭档，这样优秀的舞者，却落下了残疾……"

她闭起眼睛，手绕到姜颠腰后，紧紧抱着他。

电影中的画面定格了。这一刻，在不够宽敞的沙发里，姜颠的心好像也被某样东西击中，变得无比柔软。

他不厌其烦地，一遍一遍地抚摸程逢的后背，安抚她因为失望而不断抽搐的双肩，直到她情绪平复，他才松开手臂，替她擦眼泪。

"别哭了。"

"嗯。"

"我会陪你一起的。"

"嗯？"

"你不开心也要告诉我。"

程逢吸吸鼻头："我不说你不也看得出来？"

"我怕……万一有这样的时候，我不在你身边。"顿了顿，他又说，"不过我应该能感受到。"

不知道为什么，只要她不开心，他就能感受到。人的同理心有时候很难用科学来解释，好比初次相见的那一晚，她分明只跳了一支舞，他却感受到她诉之不尽的痛苦。好比这一次，他同样能感受到她的挣扎，源自仇恨淡去后对挚友的惋惜，以及对自己无能的一种无奈。

也不知道今天在医院周尧对她说了什么。

姜颠离开书吧时已经过了零点，程逢趴在窗台目送他离开，看着他一步步穿过马路，站在树下，立定，尔后转过身来，抬起头。

她挥挥手："路上小心点。"

"嗯。"他的视线往下，见她半裸着肩，胸前一片肌肤在月光和路灯的交叠下，充满诱惑。

果然他一走，她就拽下毯子了。

他微微掀唇，想了会说："你还欠我一个晚安吻。"

程逢愣住，与他四目交接。

一个趴在二楼窗台。

一个站在马路对面。

距离不是很远，灯光还很明亮。

他目光赤诚地表达着——要不要把我留下来？

程逢心动地要死，声音也几乎颤抖起来，却偏偏揣着明白装糊涂："那你说怎么办啊？"

姜颠没回应。

他们对视了大概有五分钟，路面上突然飞驰而过一辆面包车，带起的风卷得树叶满天飞。

姜颠在叶子都落下来之前，抬起腿不紧不慢地从马路对面穿回来，站在书吧楼下，仰头看她。

"刚刚那部电影还没看完。"

"所以？"

"我想看完。"

程逢忍不住笑了："好拙劣的理由。"

两分钟后，姜颠脱下羽绒服外套，再次陷进沙发里。

程逢将窗户合上，抱了条稍厚一些的毛毯出来，关掉房间的灯，顺着沙发边上钻进去，落入一个温暖的怀抱。

这一次电影有了声音，她没了睡意。

姜颠附在她耳畔说："我有点后悔了。"

"什么？"

用晚安吻换这部片子，亏了。

"太拙劣，我都看穿了。"

"那你还让我上来？"

程逢仰起头，眼睛里含着笑。他低下头，呼吸相交，一瞬意乱情迷。姜颠的手沿着毛毯边角伸进去，扶住她的腰，摩挲着柔软的布料，朝她靠近。

"你傻不傻？"他在意志沉沦的一刻，哑声笑着问了一句。

程逢怎么也推不开压在身上的大山，被迫迎着他明亮的眸子看过去，嗔笑道："只准你傻？"

爱情里的两个人都是傻子。光有一个人傻，那还是爱情吗？

年后初五，裴小芸也回来了。她是班主任，责任重大，廉若绅不录歌的时候就被按在书吧写试卷；姜颠拒绝了父母的安排，忙着申请国外的大学，准备六月的 IPHO 竞赛；程逢的舞蹈教室也在招收学员；陆别则忙着音乐工作室的后续事宜……书吧成了他们的集中营。

戴宝玲有时候深夜从公司离开，还在半路上打包夜宵给他们送过去，隔着落地窗看里面的男男女女，真心感慨：年轻真好，有梦想真好。

正式开学后，大家各自忙碌起来，程逢的舞蹈教室也正式开始营业。

她每天上两堂课，下午一个半小时，晚上一个半小时，每堂课学生不超过八个，走的是精品小课的路线，一周一次去电影学院上公开课。除了艺术系的一些大学生之外，工作室还收了几名临南大学的艺术生，其中就有柴今。

晚上九点半舞蹈课结束，学生们纷纷收拾东西和程逢告别，程逢叫住柴今："等一下。"

柴今战战兢兢："程老师，有什么事吗？"

"想和你谈谈，不会耽误你太多时间，就十分钟。"

"好。"

柴今咬住下唇，跟着程逢盘腿坐下来，拿毛巾擦脸。程逢上课的时候很严厉，对动作要求高，而她刚才连续三次走神没跟上节奏。虽然程逢没直接点名，但她肯定看到了。

"下了课就轻松一些，我们随便聊聊。上次为你们编舞的时候，我对你的舞蹈功底有一些了解。你肢体柔软，协调性也好，比一般初学者要更容易做一些高难度动作，但是节奏是个很大的问题，这和你一直以来学古典舞有撇不清的关系。"

柴今迟疑地点头："我知道。"

"那为什么突然要来学爵士舞？其实这两个舞种在节奏和动作上有很大的差别，不是说不能很好地融合，但需要你打破原有的习惯，付出很大的努力。我听小芸说，你家里也有安排你出国的打算，应该不会在跳舞上面投入太多时间和精力。如果只是为了课业外的放松，为什么不继续跳古典舞？"

程逢给柴今上了两堂课，就知道事实上她的心思不在爵士舞上面。她是个胆小的女孩，更适合柔缓又富有韧性的古典舞。

程逢不太明白她为什么来学爵士舞。

柴今抬头看了她一眼，很快又低下头，拧开矿泉水喝了一口，慢吞吞地说："我没想那么多，就是……就是想体验一下不同的舞种。"

"如果你对爵士舞感兴趣，我可以私下里教你一些，但是如果是以正儿八经的学习状态来说的话，你现在的程度不能称得上有多好。"顿了顿，程逢委婉问道，"你总是在上课的时候走神，在想什么？"

"我……我会改的，程老师你再给我一次机会，好不好？"

"柴今，你交了学费，这个机会就是你自己争取的。我没有拒收你的意思，只是出于旁观者的角度，善意地提出或许对你更好的建议。你可以再想想，如果还是坚持要学爵士舞，那么接下来可能得加倍努力了，否则我很难为你放慢进度。"

同一批学员里面完全没有舞蹈基础，仅靠一些天赋和兴趣的大有人在，但是两堂课下来基本也能将爵士舞节奏把握得很好，柴今已经非常糟糕了。

程逢不敢对一个小姑娘说太重的话，点到即止，放她离去。

柴今背起书包，一路穿过走廊到楼梯口。休息室的门缝里漏出一丝昏黄的光，她脚步一顿，唇抿得更紧。直到身后响起脚步声，她才飞快下楼。

雪冬正趴在吧台打游戏，眼见她风风火火地跑了出去，连声招呼也没有，不禁奇怪地追望过去，只见她停在马路对面，抬头看向一处。

如果没猜错的话，那是书吧二楼，程逢的休息室。

做好第二天的课程安排后，程逢带着一身臭汗回到休息室，一推开门就看见姜颠伏在书桌上写作业，神色一缓，靠在门边不动了。

他算完一道题后，眼睛迷蒙地看过来。

程逢轻笑："你知道吗？我现在每次都好担心来上课的学生，会突然迷迷糊糊撞开休息室的门，然后发现我金屋藏娇。"

程逢逗了他几句。

姜颠脸颊微热，也没理她，将竞赛题写完才放下笔，看一眼时间已经快十点了。他起身将水杯倒满，兑着之前的凉白开送到她面前。

程逢懒洋洋地躺在沙发上，抬起下巴就着他的手势，咬住杯口。水刚好不冷不热，滑入喉间很舒服。她喝完一杯水，掀起眼角瞄他："要回去了吗？"

"嗯。"

姜颠收拾好书包，双手撑在沙发后座上看她："很累吗？"

"还好，我送你？"

"不用。"他表情淡淡的，"今天我妈回来，我要早点回去。"

程逢一听，转过头来："已经十点了，我开车送你。"

"没关系，反正她很快就走。"

每次提起他的家人，他总是疲于应付。程逢揉揉他的脑袋："那好吧，晚点打电话给我。"

"好。"

姜颠注视着她，动作停顿了会儿，将她的手从头顶拿下来，握在手心里："我回去了，你记得关好门窗。"

"好呀。"

说话间，手机响起来。

姜颠放下她的手，错身之际手从她的耳背擦过，指尖透着凉意，而她身上的热度还没有降下来，两厢碰触，引发一阵战栗。

两个人均是一怔。

程逢趴在沙发上似笑非笑："还不走？"

姜颠又转过身来："今天中午和胡教授谈竞赛的事，所以没来看你。"

"我知道，没关系。"

"可是……"他犹犹豫豫的，"我才看到你一会儿。"

"但是我浑身好臭啊。"

他不说话，摸了摸耳朵，朝她走两步。相处久了就会发现，尽管有些话他不太会表达，可眼睛总能说明一切。

程逢把头发拨到耳后，撑着身子坐起来，隔着沙发后座朝他张开手臂，姜颠上前抱住她。

"怎么样？是不是臭死了？"

"没。"

"瞎说。"程逢揉揉他的后脑勺，附在他耳边呵着热气，"阿颠，我发现你真是……好黏人。"

他大概愣了足有两分钟，仿佛没意识到自己还有这项特质，深思熟虑一番后，竟然点头承认了。

就是黏她。

陈慧云等得久了，在客厅的沙发上打了个盹，被冷风惊醒时正好看到姜颠进门，她随即起身："回来了？怎么这么晚？"她上前接过他的书包，又道，"秦妈说你最近回来得都晚，有一次过了十一点还没回？"

姜颠愣住，慢慢说："我住学校了，没有和秦妈说。"

"以后回不回来都要提前告诉秦妈，别让她担心。"陈慧云责备地看他一眼，径自朝厨房走去，"饿不饿？刚在路上给你打包了补汤。"

"不饿。"

姜颠脱下衣服，换上拖鞋，听见陈慧云隔着一堵墙的声音："那我把汤放到冰箱里，明天你自己热一热。"

他含糊地应了声，拿换洗衣服进洗手间。关上门的时候，隐约听到陈慧云在接电话，好像是工作上面的事情。

姜颠已经见怪不怪。

以前住在一起的时候，姜毅和陈慧云还要时不时扮演恩爱夫妻给他看，可自打他搬出来，他们之间那点可怜的联系就不足为道了。一家人见面的机会越来越少，除夕夜没有阖家团圆，而生日也只有陈慧云打了电话过来，姜毅一如既往漠不关心。

他现在连生气的感觉都快忘了。

很快他换了衣服出来，以为陈慧云早已离开，不想她还在床边等他。见她神色不霁，他脚步一顿，下意识打量房间。

陈慧云被他警惕的眼神弄得有几分尴尬，拨了下头发说："最近一直到处飞有些累，今天晚上就不走了，我待会儿去书房睡。"

"书房？"

姜颛反应过来，书房有一张多功能沙发，可以放下来做床用，但是没有床褥。他想了想，擦着头发面无表情地说道："书房没有铺被子，你要是觉得公寓太远，小区外面就有酒店。"

陈慧云没想到他会这么说，愣了好一会儿，到底没有跟他争执，点点头笑了："那行，我还是回公司吧，突然想起来明天要去北京开会，航班早，在书房睡的话可能会打扰到你。"

她起身的一瞬间，又转头看姜颛："最近是不是压力有点大？"

他没作声。

"你回来很晚。"

话题又绕到最初。

姜颛把毛巾搭在肩上，翻出书放在床头。

陈慧云看了一眼，还是物理学方面的书。她想说什么，张张嘴还是放弃，转而放缓口吻说："不要太累了，你体质弱，要注意保暖。还有……你这个年纪，有压力和情绪排解不出去，可以适当放松，但不要过激。"

姜颛蹙眉，困惑于她这句话的出处。

陈慧云扬起唇角，笑容泛着一丝丝苦涩："阿颛，我不是一个称职的妈妈。"

她说完这句话就离开了。

姜颛才后知后觉地反应了过来，她这次回来好像有点不对劲，整个人瘦了一圈。他连忙追出去，车子已经走远。回到房间翻了两页书，他一个字也看不进去，索性放弃。从床上起身的时候，余光瞥见床头柜的抽屉露出了丝缝，好像被人打开过。

他猛地拉开，盒子里的烟散落一片，突然明白陈慧云刚刚那句话的意思。

她当他一时压力大，需要排解，却不知道他已经抽烟好几年。

一个人要走歪有多难？

初次抽烟时，在一个无人的街头，他从便利店出来跑了几条街才敢把沾了汗的烟盒拿出来，双手颤抖地打开，背着月光试了五六次才将呛人的烟雾吞进喉咙。

烟草搅拌得五脏六腑好像机械零件错了位，而他忙于接受这种异样的感觉，寻找新鲜的刺激，忘记了是什么让他起了这个念头。等他自如地从鼻间吐出团团白雾时，新鲜感早已褪去，剩下的只有麻木。可当初那个平复伤痛的念头，却并没有被任何东西抚平。

依旧还是会痛，会挣扎，会反复质问自己的问题到底出在哪里，也会不停地思考该怎么挽救……每每没了出路的时候，就会用烟一根接一根地麻痹自己。然后洗手，刷牙，来来回回很多遍，只为抹去一些成为既定事实的痕迹，既矫揉造作，又自欺欺人。

也许是因为长期喝中药的缘故，他身上的烟味很淡，或者只是被其他气味掩盖了，所以一直以来他隐藏得很好。可藏得再好，也无法掩盖他曾经差点走歪了的事实。

就差那么一个契机。

假如他不是刚刚好有那么一丝判断力和自控力的话。

姜颠爬上飘窗，指间夹着根烟，好像转笔一样不厌其烦地玩了会儿，直到烟丝散落，整根烟拦腰断裂，他才给程逢打电话。

程逢接得很快，应该是没有睡，一直在等他的电话。

"喂，阿颠。"

他一直不说话，程逢担心地问："怎么了？"

"没事。"他抱着膝盖，望着远方的灯火轻轻答道。

程逢忽然被一种莫名寂静和忧伤的气氛感染，倒在沙发上，想了会儿问："明天是周末，你有没有什么安排？"

"没。"

"要不要出去玩？"

"就我们吗？"

她笑了，声音好像游荡在月光里："嗯，就我们俩。"

　　姜颠没有一丝迟疑，说："好。"

　　这段话的最后，他的声音有了丝起伏，像似不经意地被安慰到。

　　程逢心想，真好哄啊，给一点点糖就开心了。可是怎样的少年，才会一丁点糖就这么开心呢？过去那些年，他究竟是如何度过的？

　　是一个人吗？

　　一直一个人。

第八章
暗涌

　　这一晚程逢做了个梦，梦见他们的前路塌了，被许多石头堵住。每当夜幕降临，迷雾拂晓，他们之间就会失去一个人，慢慢地人都走散了。

　　第二天程逢准备出发去接姜颠时，不妙的预感再次降临，随后接到戴宝玲的电话，果然出事了。

　　庞婷昨晚被高层传唤，今早小助理去公寓接她时，发现她服用过量安眠药昏迷不醒。人目前已经抢救回来，可戴宝玲收到消息，庞婷因周尧之事受到严重责罚，几乎到达被封杀的地步。

　　她和庞婷所在的皇朝星娱集团是国内最顶尖的艺人圆梦基地，许多国际知名一线明星都出自皇朝。庞婷在年轻一辈的经纪人里算是拔尖的，但远远没有达到举重若轻的地步。

　　周尧眼下炙手可热，却接二连三出现问题，高层商议后直接将庞婷权力架空，把她手下的艺人全部分派给其他经纪人，至于对她个人的处理，也就差一张最终通知单了。

　　戴宝玲只给程逢打了一个电话，便被叫去开紧急会议，挂断前嘱咐她这几天不要出门，也不要去医院。她和周尧以及庞婷的恩怨一直都备受媒体关注，这个时候任何风吹草动都对他们无益。

　　程逢只好把发动的车子熄火，进门前看到马路对面停了一辆银白色的面包车。回到二楼休息室，她躲在窗边观察，没有多久便看到一个背着照相机的人下车打电话。

　　应该是记者。

　　她放下窗帘，打电话给姜颠，让他今天不要过来。

　　姜颠为了今天的约定天不亮就起床，不止精心打扮过，还因为心急跑到小区门口等了两个多小时，结果却被告知约会临时取消。一盆冷水兜头泼下，他顿时百感交集，更多的却是担心她家门外的记者，细细叮嘱一遍，这才败兴而归。

在被记者密不透风地跟拍一周后，对方熬不过她惊人的居家能力，率先撤离了。程逢这才松了一口气，同时戴宝玲也为她带来一个刚刚落实的消息，公司决定让她做周尧的经纪人。

一来，她和庞婷是对手，皇朝上下无人不知，周尧的经历她最为熟悉。二来，他们曾经是朋友，私下里关系也不错，由她接手最合适，周尧本人也同意了。

只是这么一来，戴宝玲就成了夹心饼干，程逢和她是好朋友，经常聊工作，以后恐怕不能再装瞎子了。

戴宝玲打这通电话的时候，程逢刚好在煮奶茶，扩音器开着，她嗓门又大，临近几个皮猴儿就都听到了。陈笑然是周尧的粉丝，一听这话兴奋地蹦起来，蹲在电话前听戴宝玲讲完，然后跑去将消息传了个遍，整个书吧满是她叽叽喳喳的声音。

原本姜颠一周没见到程逢已经满腹幽怨，被这群电灯泡吵得没有一点私人空间也就算了，现在还临空丢下一个炸药包，他彻底坐不住了，借口去厨房帮忙，将程逢堵到角落。

狭小的厨房，冒着白气的炉灶，只有一面帘子遮挡，毫无安全感可言，他们说话的声音小到蚊蝇一般，气氛暧昧而危险。

"你做什么？"

她被挡在冰箱和洗手台之间，过道很小，转个身都难，更何况身前还挡着"一堵墙"。

姜颠双手一撑，将他们之间的距离拉近。

"你说我要做什么？"

程逢手上还拎着奶茶桶，累得抬不起胳膊，姜颠顺手一捞，把桶子放到旁边。程逢刚要缩手，却被他反握住，自然地与她十指相缠。

他分明绷着一张脸，上面大写着"我很生气需要哄"，身体却远比心情要诚实很多。

她强忍笑意，腾出一只手挑起他的下巴，一阵好说才让他降了火气。他仍抱着她的腰不肯撒手，追问她周尧和庞婷的事，小到每一个细节都不放过。

程逢感慨："阿颠，你以前一点也不八卦。"

姜颠睁着眼睛说瞎话："我关心你的朋友。"

"是不是有点关心过头了？"

"没。"

他脸不红心不跳地撒着谎，盘算自己的小心思。

程逢掐他的腰，压低声音说："阿颠，你变坏了。"

姜颠淡淡地"嗯"了一声："只对你坏。"

说完假模假样地端起煮好的奶茶，云淡风轻地回到皮猴们中间。

廉若绅眼尖，睨着他眼角的绯红，小声问："刚去厨房做什么坏事了？"

姜颠一脸单纯地惊讶道："厨房可以做什么坏事？"

于是，廉若绅开始了深度教学。

他们一帮人凑在一起，说是写作业，可里面除了姜颠和柴今是正儿八经在学习，其他人连本子都没翻开。龙飞凤舞地誊抄一遍，就当是完成了任务。

程逢被他们粗暴的方式震惊到了，连三感慨还好装小芸不在，否则真要被气得吐出一口老血来。

廉若绅倒是邪魅一笑，众人意会，在写到英语作业时把标准答案改成各具特色的涂鸦，满满都是嚣张的挑衅意味。

阳光铺在透明的落地窗外，街道上香樟熬过漫长的冬日，又变得青葱郁郁，书吧里洋溢着一股浓郁的青春气息，在空调的暖气中、斑驳的光影下和着奶香气的欢声笑语中漫天飞舞。

真是年轻啊。

程逢看着这些稚嫩的面庞，不由地想起几年后的场景。大学是学生成年走向社会的一道分水岭，将会把他们送往各个城市，未来他们会出现在社会的不同阶层、不同领域和不同环境中，也许还能有紧密的联系，也许早已渐行渐远，但说不定某个偶然的机会在街口遇见，他们会不约而同地想起大一的那年冬天曾在这个书吧度过的所有的时光。他们曾经一起打闹，一起欢笑，一起写作业和写情书。

这是年华最好的样子。

程逢庆幸将书吧开在学校旁边，她又一次切切实实地感受到了青春的力量，仿佛被一种无形的使命召唤，重燃了对爵士的热情，也让她有了许多倾诉的欲望。

"我念书的时候根本没时间玩，除了上课就是练舞，像陀螺一样，当然我对文化课的要求不是很高，高中没有毕业就已经在国外演出了，之后算是一路顺风顺水吧。十几岁的时候把苦头都吃够了，后来的日子就很难再尝到年少时的甜头。不像你们，在这个年纪还被保护得很好，没有真正见识过社会的残酷，不知道人情冷暖，但我很羡慕你们……羡慕你们有这样一个简单的、纯粹的学生时代。"

她成名太早，二十几岁的年纪似乎比三四十岁的人还要通透明白，走过全国七十二个城市，海外三十八个小镇，参加过数百场演出，登上过国际最高的演出舞台，拿到最想要的大奖，直到最后才明白平淡是真。

最初和她一起跳舞的女孩有些已经成家，有些早早退圈，有些仍旧在跳却满身伤痕，她是其中少数的幸运者。虽然吃过不少苦，是面前这些学生无法感同身受的，但她仍旧不后悔。羡慕他们，也认可自己的选择。

这还是程逢退出舞台后第一次认真地回忆自己的过去，像是在讲一个普通人的故事，没有太多的情绪渲染，简简单单就将十几年的跳舞生涯全都说完了。

不知不觉间夜幕已经降临，在万家灯火升起的城市中，这群孩子一人抱着一杯奶茶，专心致志地听她讲跳舞的经历、娱乐圈的趣事和社会上的许多复杂的竞争，仿佛在感受一个他们从未感受过的世界，说到最后他们的身体隐约发热，神经也一阵阵地抽紧，对于未来充满期待和跃跃欲试的激情。

程逢问他们小时候的梦想是什么？

李子坤第一个举手，激动地结巴道："我……我从小想要当飞行员，想考飞行学校，还梦想过当我的朋友们在全世界到处玩的时候，跟我说一声，我就能接他们回家！"

"结果呢？现在是什么专业？"

"恐怕以后只能去给城市种树了，为社会服务。"

他说完脸就红了，被一群人嘲笑着将头钻进羽绒服，怎么也不肯再探出来。有他开头，后面一个接一个藏起了害羞，勇敢地打开话匣子，说起自己幼时的梦想。

陈笑然说："我想做导演，想拍电影，把最好的学生时代记录下来，让你们都出现在我的镜头里。希望你们永远不会忘记现在的样子，现在，就这一刻笑起来的样子，笨笨的，很勇敢，也很美丽。"

柴今说："我要当舞蹈家，我想跳一辈子。"

陈方的眼睛像万能胶一样黏在她身上，亮晶晶地发着光，说："那我就要做大老板，给我喜欢的人想要的一切！"

廉若绅想唱歌，想站在很高很高的地方让他喜欢的人看到，让他的家人看到，让全世界的人看到。

陆别就是想要做点实事，不再庸庸碌碌地生活，要让老头子对他刮目相看，成为一个顶天立地的男人。

雪冬简单一些，想要找份普通的工作，相夫教子，一生幸福安康。

黎青想开一家咖啡馆，养几只小猫。

⋯⋯⋯⋯⋯

他们这个年纪，有梦有热血，很喜欢"一辈子""到老"这样的字眼，殊不知很多东西在转身之间就会天翻地覆。可恰恰是这一刻的纯真，才是生命里弥足珍贵的财富。

程逢很感动，很欣慰，为他们的人生和梦想感到骄傲，她想她一辈子也不会忘记这个夜晚，在浓浓奶茶香气的书吧里，她看到了一颗颗真心，听到了他们不染尘埃的梦。

"我希望不管是一年，四年，还是十年后，你们都能记得自己的梦想，记住这一份初心。"最后，她将目光转向姜颠，听他的答案。

他想了很久，从她的故事最开始时就在思考，他想要什么，想做什么，但可惜到最后都没有一个具体的答案。

"我很喜欢物理，也想要进入科研领域，但我不知道我究竟能不能做到。"

敷衍至极的答案，全然因为心思都在她身上，整个过程思索的完全不是将来要做什么，而是现在想做什么。

就这一刻。

程逢似乎能感受到他的诉求，继而转向别处偷笑，装作不知情。

怕宵禁检查，这群人只得恋恋不舍地离开，热闹了一天的书吧到此刻才彻底安静下来。

一旦安静，便容易感到疲倦。

她收拾好一切回到休息室时，姜颠还在，站在二楼的窗口望着街道，不知在想什么,屋里只开了一盏地灯。

她走过去,轻声问:"还在生气?"

"没有。"

只是很想她而已。

他个子很高,抵着窗口微微倾斜身子,程逢才能和他平视。

她踮起脚,用手测量和他之间的距离,发现他真的很高,不禁笑道:"阿颠,你还会再长个子吗?"

"科学研究,有效的运动是可以增高的,我应该还能再长两厘米。"

"那我岂不是得穿十厘米的高跟鞋才能和你一样高?"

姜颠单手搂着她的腰,拨动她胸口的发丝。他的视线追索着黑发,声音微微发紧:"你不用穿。"

"嗯?"

他会低下头。

月光和路灯从窗外投进,在他的侧脸打下淡淡的阴影,更衬得他轮廓分明,此刻安静地凝视她的样子好像一朵盛放在夜晚的黑蔷薇。

有点好看,还有点诱惑。

程逢抿着唇,矜持地问:"想做什么?"

"亲你。"

他一个低头,吻住她。

月光悄悄躲到云层里。

日子有条不紊地进行着,庞婷出院后戴宝玲去看过她一次,事后和程逢提起,言语间满是遗憾。原本庞婷是她职场最有力的对手,两人水平不相伯仲,虽大多时候互相看不对眼,但总有一种他人无法理解的惺惺相惜。

之后提起周尧,戴宝玲用了两个字来形容他——野心。

他出事后庞婷将圈子里的朋友拜托了个遍,为他找到美国最权威的眼科专家,争取第一时间的会诊。刚好国外有合适的眼角膜,手术过后若无感染和并发症出现,他很快就能复明。她对周尧是掏心掏肺,周尧待她却差之千里。除了服用安眠药被送去医院抢救,他去看过她一次外,之后再无联系,连工作室新来的小助理都觉得周尧翻脸无情。

小助理是新人，不了解周尧的为人，戴宝玲与他相识多年，知道他的心思。他非真正的凉薄，只是怕再给庞婷希望，反害她更深。

可说到底，逼得庞婷走到今天这一步的也是他。他利用完程逢，又再利用庞婷。如果没有他的默许，没有他在感情上对她似有若无的亲近，依庞婷的聪慧，怎会傻到这个地步？

戴宝玲话说一半不戳破，毕竟和周尧还是同事，只是为了让程逢心里有数。两人聊了很久，离开时戴宝玲显得很疲惫。庞婷一走，公司一大摊子事等着她收拾不说，还要跟进周尧康复治疗的事宜，整日在公司和医院两点一线奔波，已经好些天没盯着廉若绅了，不过他们每天都会保持至少一通电话的联系。

"前儿个他在网上买了些保暖用品寄去公司，整整一大箱，也没事前告知，可让我受宠若惊！算他有良心，不枉费我一番辛苦栽培。"

程逢站在车边送戴宝玲，听到这话一愣，思忖着问："保暖用品？"

"嗯，最近一段时间我就差住在公司了，整天腰酸背痛。得亏他送的那些暖贴，不然真不知道怎么撑下来。"戴宝玲趴在方向盘上打了个瞌睡，真是疲惫到骨子里了，说起廉若绅时眼睛仍有亮光，"没想到他看起来大大咧咧，还挺细心。"

程逢心思敏感，察觉到一丝不对劲，忙道："哦，我想起来了，昨天他也送了一些给我，暖宝宝还有靠枕，应该一起买的吧？"

"原来是这样！臭小子，害我白感动一场。肯定又想送小芸礼物但怕她拒绝，连带着拿我俩当枪使。"戴宝玲一边笑一边又打了个瞌睡，"唉！我不行了，真的困死了，等解决了眼前的烂摊子，我要睡二十个小时。"

程逢见她神色无恙，还有心思开玩笑，只当自己多想，连三嘱咐她小心开车。送走戴宝玲后，她在窗边站了很久，还是隐约有些不安。

这丝不安来自她跳舞多年的某种下意识的应激反应，每当她的参赛行程发生变化或者预期的结果脱离掌控时，她就会有这种感觉。这次不知道因为什么，竟然让她有了同样的感觉，似乎有什么事要发生。

舞蹈教室步入正轨之后，陆续有一些娱乐传媒找她采访，多半是电影学院的老师和学生们口口相传，令她在国内冒出尖尖一角，然而程逢都一一拒绝了，因此没掀起什么水花，直到近期在一档大火的街舞选秀节目中脱颖而出的男团亲自上门拜访和求教时，才让她又回到公众视野。

起因是她的一名学生为电影学院的校庆典礼做执行统筹，邀请她为参加表演的男团组合编了支舞。男团在圈内小有名气，他们的演出再加上电影学院的名声吸引了国内多家媒体到场，结果这支张扬又不失野性的舞蹈瞬间火遍全国，之后男团在街舞选秀的总决赛中再次跳了这支舞。

追溯源头，男团成员在接受采访时表示对爵士舞的理解和感悟都来自火线女王 Crazy。

这个名字对演艺圈来说并不陌生。

小小年纪就已登上国际最高舞台，所获成就放眼整个演艺圈屈指可数，更在年前摘得 BOD 总冠军的桂冠，是打败全球顶尖舞者的传奇，可惜猝然退圈，消失于众。若不是男团爆火，吸引了一大票主流媒体关注，程逢此刻恐怕还安之一隅，一心一意地当一个舞蹈老师。

在收下男团缴纳的学费后，她忙成了一个陀螺，书吧的生意基本都交给了雪冬和黎青，而她则是上课、编舞，与姜颠独处的时间也少了许多。

姜颠依旧下了课就来她的休息室写作业，等到九点半回学校，期间如果她一直在忙，没有时间和他说话，他就会在桌上留下一只纸飞机，等程逢半夜躺下休息时拆开来看，里面写满了他的心事，他的梦想，他的热情和依恋。

甜蜜涌上心头，光阴似箭。直到某一天休息室的门被男团的某个成员毛毛躁躁地推开，这层浮于表面下的平静才终于掀起一丝微澜。

这天是周末，男团约定的时间本是下午三点，但陈子发的活动提前结束来早了。雪冬和黎青刚好都在厨房煮奶茶，没看见他，他就一个人先上了楼，在教室找了一圈没见到程逢就去了走廊最里侧的休息室。

他知道这是程逢的私人空间，平时不让人进去，不过那一刻他忘了自己脑袋里在想什么，也许出于好奇，也许根本没当回事，顺手就推开了……

还没有反应过来，门已经从里面被关上了，"哐当"一声，陈子发蒙了。里面的程逢也蒙了，埋怨姜颠："你为什么要关门？这样不知道他该怎么想？"

"他怎么想我不感兴趣。"

姜颠揉她的头发，重新点开网页填写申报信息。

他这个态度……

程逢有点生气。

过了会儿，姜颠从余光中瞥见她还站在窗边，头也没抬说道："我下周就要去参加国家队的集训了。"

"物理竞赛组通知你了？"

"嗯。"姜颠翻出草稿纸继续写作业，"之前我和你提到过，这周之后会离开一阵子，但你没放在心上。"

"我……"程逢仔细想想，好像确实有那么一回事。心下有点愧疚，凑到他面前露出一张笑脸，"对不起，阿颠，我不是不把你放在心上，只是最近实在太忙了，我一不小心忘了。"

"嗯，我知道。"

"那你别生气，好不好？"

"我没有。"

程逢看他眼皮子都没动一下，就知道他在说瞎话，声音放得更低："你骗人，明明就是在生气。"

他就是这样，憋着一件事也不知几天了，如果不是陈子发莽撞，说不定他还会继续憋着，等她什么时候想起。如果她就这样忘了，他可能会一直生闷气，然后直到自己消化的那一天，并当作什么也没有发生过。仿佛他的生命从来没有任何人参与，一直都是他一个人。

那丝隐约的不安再次冒出来，程逢心慌了一下，耷拉着脑袋，蜷缩成一团，肩膀微微抖动，时不时发出一两声抽泣。

姜颠手一停，草稿纸上龙飞凤舞也不知写了什么，然后蹦到她旁边："你……你哭了？"

将她的脸掰过来一看，原来是装的。他更生气，转身就要走，程逢双手一抱将他拖住："阿颠，别生我的气了，你再不理我，我就真的哭了。"

"你才不会。"

"我会的，你不信我哭给你看。"

看她开始耍无赖，他被闹得实在没了脾气，只得反手抱住她。其实物理组上个星期就通知他了，只是一直没找到合适的时间和她说。这半个月她每天周旋于各个学生之间，偶尔得了空闲还要管理书吧的账务，连休息的时间都不够，他哪还舍得对她发脾气，只是心里多少会有点不平衡，好像最心爱的玩具要被迫交出去一段时间，想想都心塞。

可他清楚她并不是自己的附属品，跳舞是她的终极理想，他应当为她开心。生气和别扭只是一时，一哄就好了。

程逢和他腻歪了几分钟，出去解决陈子发。

陈子发十二岁出道，在娱乐圈算是前辈，换句话说什么大风大浪没见过，略微地震惊之后他就猜到程逢和姜颤的关系，眼下正一脸悠闲地跷着二郎腿在教室等她，只差泡杯茶听个小曲了。

"老实交代，刚刚都看见了什么？"程逢拉过一张凳子，往陈子发面前坐下，"我告诉你，你要是敢出去胡说八道，我就不教你跳舞了。"

"哦。"陈子发淡淡地应了声，晃着腿，什么也不说就冲她笑。

程逢一看就知道面前这位不是好忽悠的主，掩饰地咳嗽了声："说吧，怎么样才能让你忘记刚刚看到的？"

"您刚不是还在威胁我吗？"

"别得了便宜还卖乖啊。"

陈子发露出大白牙，笑着吐出五个字："新单曲编舞。"

"不行，我已经退圈了。"

"哦，那这样的话，女神，我得先跟你说一声，我这张嘴不带门把手的，特别讨嫌，有什么事到我这儿就藏不住了。我也觉得这样很不好，但我实在忍不住，有秘密放在心里不找个人说说实在太难受了，要是我一不小心把刚刚看到的告诉我的队友，他们再一不小心告诉记者什么的，这就不好了呢。"

陈子发做出一副苦恼的样子，还准备掏出手机给队友们打电话。

程逢把手机抢了过来，与他大眼瞪小眼对峙半天，从牙缝里挤出一个字："行。"

陈子发高兴地搔首弄姿："那就这么说定了，我通知他们这个好消息。"

"但我有个条件。"

"你放心吧，我嘴可严了，不然怎么在圈里混，你说是吧？"陈子发尾音拉得长长的，贼兮兮地朝她飞了个眼波。

程逢被气得说不出话，考虑到现实，不得不耐着性子解释："你们的单曲五月发布，我有个朋友和你们同期发布，之前我已经答应给他编舞，所以时间上我会先迁就他，这样一来你们所剩的时间就不多了，而且和他的排练要错开。你们商量下能不能接受这个安排，如果可以，就将具体的想法和思路尽快交给我。除此以外，不许再进我的休息室。"

陈子发想也没想说道："没问题，一切都听女王的安排！"

男团成员做练习生时已经有过系统的舞蹈学习，功底扎实，很快整理好想法，趁热打铁地同程逢商量起来。

程逢提了几个建议，他们表示认同，之后就是具体的动作编排。

整个过程讨论下来不到两小时，程逢脑子里已经有初步的构思，就着现有的音乐即兴跳了一段，几个男孩们都看呆了。一来，是被她强大的舞蹈功底震撼。这个功底不单纯是指一连串动作的协调和施展，像胸部震动、长鞭甩手、电流、旋转等动作都不简单，更多的是与音乐节奏的契合，每一个动作都踩在节点上，还要强化男性的张力，需要天赋、灵感和很多年的努力才能够做到。

二来，便是被她这个人吸引。程逢漂亮、野性，眼睛非常美，每一个动作都极具诱惑力。男孩们看得浑身发热，忍不住上前和她斗舞。

程逢在舞蹈领域有自己专业的素养和执着的追究，一旦进入到精神世界，便是全然的释放，随心而动，尽情挥洒热汗。

他们跳得太认真，谁也没有注意外面的人。

陈子发是唯一一个发现姜颠的，视线与他在半空交接一瞬后，像是为了发泄中午被关在门外的怨气，他故意靠近程逢，贴着她的背与她热舞。

姜颠面无表情地转身离去。

陈子发大笑起来。下午离开前，他故意磨蹭，和程逢咬耳朵："女王，你的'阿娇'看起来样样都好，就是有一点不太好。"

程逢瞪他。

他笑得越发肆无忌惮："'阿娇'是个醋坛子，女王你吃的苦头应该不少吧？"

晚上程逢和姜颠在书吧吃火锅，吃到一半，姜颠忽然冷不丁地问道："我是醋坛子吗？"

程逢涮肉的动作一僵，忍着笑问："你觉得呢？"

下午陈子发在门口说的那一句话特别大声，别说二楼，在五楼都能听见，程逢不用想就知道他故意说给姜颠听。

真幼稚。

她吃了口肉，见姜颠还在思考，似乎对这个定义还挺较真的，于是凑过去戳戳他的脸颊："不要多想，你不是。"

她本意是想安慰他，谁知他却一口否决："我是。"似乎是怕她不信，他还特别摆出了严肃的模样，正儿八经地说道，"我就是醋坛子。"

怎么有人能把自己是醋坛子说得这么骄傲，这么理直气壮？

程逢越想越忍不住，觉得他太可爱了："是，你就是，越酸越好，我很喜欢。"

国家队集训是为六月份在芬兰举办的国际奥林匹克竞赛做准备，整个集训为期一个月。

临走前姜颠给陈慧云打了一个电话，告诉她自己的选择。

他几乎做好了陈慧云在电话那头训斥、阻拦和说教的准备，意外的是什么都没有。

陈慧云难得没有站在家长的角度和他讲大道理，也没有再逼他从商，而是在沉默很久之后说了一句："好好照顾自己，妈妈尊重你的选择"。

姜颠挂完电话，敏锐地察觉到陈慧云不对劲。

自从她上次提出在家留宿被他拒绝后，她就时常将工作带回来陪他。他在书房写试卷，她就在客厅看文件，偶尔听到她极力压制声音和人争吵，却从不睡在家里。

他隐隐不安，拜托秦妈照看陈慧云，有什么事随时给他打电话。

由于集训全封闭，平时上课不准外出，也不准使用手机，因此姜颠和程逢的联系都在晚上。

为了不耽搁他学习和休息的时间，程逢每晚九点之前会挤出二十分钟和他通话，其余时间则一头扎进廉若绅和男团的编舞中。

廉若绅的单曲名是《心事》，这是一首以梦想为主题、成长为副词的歌，基调总体悲伤安静，搭配爵士的编舞难度很高。程逢想了很多动作，都无法和主旋律达到百分之百的契合，她一度思维枯竭，想不出任何东西，机械一般反复地编排，却依旧没有任何成效。

失去灵感对一个艺术表演者来说几乎是致命的打击。

从雪冬、黎青到上课的学生，都感受到了她的压抑，但她还是尽力保持一贯的水准，坚持上好每一节课。那两天姜颠也明显感觉到她的疲惫和低落，每次说不到五分钟，她就会突然陷入漫无边际的沉默当中。

隔着千里，无能为力。

周末前一天晚上，程逢送走最后一批学生，想到剩下的两天终于可以喘口气，几乎累成一摊烂泥，靠在玻璃门上就能睡着。眼皮子耷拉着仿佛有千斤重，怎么也抬不起来，但她隐约有种期待，始终心弦不定。

她掀开眼睛，街道上人影寥落。夜市散去后，学生都已返回校区，整个街道陷入死寂。墙壁上的挂钟显示已经十二点五十分。

这个时间哪里还会有人？你到底在期待什么？疯了吗？还是累傻了？

程逢低笑了声，打着哈欠回书吧。锁芯落实的那一刻，她动作停住，转而再次推开门走出去，只见空茫茫的街头一只小野猫突然蹿过，发出一声尖细凄厉的叫声，随后进入巷子，渐渐没了声响。

就在失落爬上心头时，一串急促的脚步声从街头传来。林荫道两侧的路灯拉长了树影，间隔的空隙间交叠出昏黄的灯影，伴随着脚步声越来越近，灯影中出现的身影也越来越清晰。

姜颠背着一只黑色书包，跑得急，头发凌乱，呼吸也错乱，停在她面前好半天没能发出声来。

程逢有那么一秒觉得自己眼花了，直到他将手臂搭到她肩上抱住她时，她才反应过来。

程逢赶紧把姜颠推开，严肃问道："晚上打电话时你在哪里？"

"机场。"姜颠老老实实地交代。

"怎么回事？"

姜颠不管她，强行抱住她，抚着她的后背轻声说："我太担心你了。"

她连续几天心不在焉，装模作样地让他不要担心，可是廉若绅却说她一整天没吃饭，累得倒在舞蹈教室。他和集训的老师请假，老师不答应，他没办法，只好等下课偷偷地从后门翻墙逃出基地，坐飞机回来看她。

程逢知道他的集训是封闭式的，猜到他偷跑出来，鼻头一酸，内心五味杂陈。

"我不是好好的？"

"嗯，看到了才放心。"

程逢出气似的拍了他几下："以后不许这样了。"

后来一听他只能在这里待三个小时，还要坐凌晨五点钟的飞机回集训基地，程逢顿时气不打一处来，逼着他去休息室睡觉。姜颠哪里睡得着，恨不得马上就能解决她的烦恼，但他对舞蹈不在行，可又不能任由时间就这么流逝，目光转了一圈，缓缓落在舞蹈教室的乐器身上，其中有他最为熟悉的大提琴。

《心事》的录音廉若绅第一时间就发给了他，他对旋律很熟悉，凭着记忆里的感觉弹了几下，很快上手，程逢单手撑着窗台看他。

她的生命里从没出现过像他这样的男人。姑且当他是个年轻男人吧，比许多成年人要成熟懂事，拥有难以想象的自控力和约束力，对于梦想有追求、有拼劲，很努力却不骄傲。相比很多同龄人他没有优越感，干净执着，所以哪怕是一些坏习惯也显得特别可爱，连吃醋都十分有趣。

大提琴的低音将悲伤曲调演绎到极致，也许因为填词的是陆别，作曲的是廉若绅，也许这首歌里写满少年的心事，所以他能更好地把握节奏和情感，将灵魂倾注其中，用热忱和爱慕为她掸落光阴的灰尘，为她扫去悲伤的雾霾，将他们之间的距离拉得很近，很近……

程逢从窗台跳下来，步子很轻，缓慢走到姜颠身后，在曲子进入高潮之时，双手抱住他的脖子，手指像会点火的小蛇从他的胸前爬到颈后，像是在逗他，又像是在思索与之相配的舞蹈。

很快，她伴着大提琴的低音旋转起来……

姜颠也不知拉了多少回，目光追随了她多久，直到程逢大汗淋漓地回到他身后，再次将手搭在他的后肩，这首歌才渐渐有了谢幕的趋势。

离得很近，她每一次呼吸吐出的热气都会钻进他的耳郭里。

他逐渐变成一只熟透的皮皮虾，大提琴的节奏彻底被打乱，手像不听话的外部零件，胡乱地拉扯着破碎的音律，整个人僵硬得无法协调。

淡淡的月光从窗边爬到地板，沿着规律的纹路爬到他脚边，看到他紧张得脚趾都蜷缩在一起。偏偏折磨他的人还在靠近，温热的呼吸跃过了耳郭，摊在脖颈处，沿着胸口往下，再往下……神经在发麻。

姜颠几乎坐不住，声音颤抖地说："程程，你……"

"阿颠，前不久我看到一个很有意思的漫画，你猜是什么？"

"嗯？"

程逢的手臂从他肩后绕到胸前，细长的手指沿着他胸膛一路往下，能感受到他的身体在逐渐僵硬，几乎像块板砖硬邦邦的。再往下动作突然停住，像是故意逗他玩，起了头又不肯往下说，只道："以后再告诉你。"

姜颠有点暴躁。

其实他知道那个漫画，当时她和戴宝玲一起看，随后戴宝玲偷偷发给了他，是一个和他们相似的故事。在最新更新的章节里，少年问喜欢的姐姐："姐姐，你什么时候让我成为男人？"

程逢拍拍脸，嫌不够清醒，走进洗手间冲了个澡，才把乱七八糟的邪念驱走。出来时间也不早了，她开车送姜颠去机场，板着脸叮嘱不准再偷跑。

姜颠答应下来。

一夜的时间往返两个城市，只是为了回来看她一眼，程逢既感动，又心疼，说到最后不禁有些哽咽，好歹忍着情绪将他送走。

回到书吧，才发现他竟然在门口留下一只纸飞机。

这一天，他的留言是：

我会耐心，等到那一天。

那天只有戴宝玲在，不用想就知道是她暗中捣蛋。

第二天程逢打电话将戴宝玲骂了一顿，戴宝玲隔着电话笑得气喘不停，追问她细节，她不肯说，戴宝玲只好自己脑补，末了总结道："姜颠真实诚。"

就是实诚过头了，把她出卖了。

程逢气得要摔电话，戴宝玲赶紧拦着，又问几句编舞的事，程逢说："有想法了，你放心。"

姜颠的出现，让她发现《心事》在情感表达中同时融合了细腻与粗犷，而她之前一味追求与悲伤曲调相合的编舞，其实出发点就错了。

戴宝玲感叹道："还是恋爱好哇，心上人一出现，什么灵感枯竭，全都一边去。"

"你再笑话我？"

"好好好，不笑你，说正事。周五约了DK看初期成果，我得带廉若绅一起去。"戴宝玲叹了声气，口吻间似乎信心不足，"之前给DK的录音小样一直没有反馈，我申请了几次宣传方面的资源，都没有明确的指示，也没有批复。"

"DK？庞婷之前的直属上司？"

"对，现在皇朝国内事务的总决权都在他手上。"

之前戴宝玲和庞婷虽同属一家集团，但隶属不同工作室，统筹事务也不一样，存在竞争关系。程逢曾经听说过DK的大名，是个不容小觑的制作人。他曾公开表态，不介意经纪公司动用非常规途径捧人，因为这就是贵圈的生存现状。

诸如一些规则，通常大家都心照不宣，而他却爱摆在台面上。也不知皇朝怎么管理的，竟让他全权接手经纪事务。

"廉若绅知道吗？"

"我哪敢告诉他，这不是打击他的自信心吗？放心吧，DK那边有我，我会想办法，你只要负责编舞就行。"

"好，我争取让他周五去做汇报的时候，不至于太糟糕。"

"爱你！"

戴宝玲又顾左右而言他扯了些不相关的事，就是不挂断电话，可要问她有什么想说的，又吞吞吐吐说不出囫囵话来。

程逢从没看过她这样，不管工作还是私人生活，她一向都是直性子，从不会拖泥带水。

程逢佯装生气："宝玲，你再这样我拉黑你了。"

"别，我告诉你还不成嘛，是关于小芸的。"

程逢一愣："怎么了？"

"廉若绅最近几次逃课正好赶上老师点名，考勤率严重不合格，连主任都惊动了。你应该知道小芸从一开始就不赞同他的选择，她私下里打过电话给我。"戴宝玲抓狂地乱叫了一会儿，"我不想和小芸吵架，但我也希望她能尊重廉若绅的选择，能尊重我的职业。"

程逢算是听明白了。

裴小芸是廉若绅的班主任，有义务和责任对他的成绩负责。戴宝玲是廉若绅的经纪人，有义务和责任对他的前途负责。不过要命的是，成绩和前途在她俩眼中是南辕北辙的两个方向。裴小芸不认同廉若绅出道，戴宝玲也不相信成绩好才是唯一的出路。

价值观不一样，有争吵是正常的。

程逢想了想，说："我会找小芸谈一谈，你别放在心上。小芸担心廉若绅空有一腔热情，竹篮打水一场空，到时再谈学习就来不及了。毕竟名利场、资本圈，越是金光闪闪，越是遥不可及。"

"我明白，总之这件事暂时不要告诉他。"

程逢知道她的意思，没再说什么。

下午放学，廉若绅像条落水狗般冲进舞蹈教室，雪冬问他怎么湿成这样，他大咧咧地说下午翘了两节自习课，跟学长们打篮球，直把他们打了个落花流水，末了捂着嘴偷偷显摆，说裴小芸去开会了不知道。

程逢扶额，看他这副模样还真不知如何下手，敢情他的作战方式就是欺上瞒下？

之后一周，她彻底推翻先前的编舞思路，反其道而行，从年少追梦的孤勇与热血着手，尝试强而有力的舞蹈动作，与乐曲的悲伤基调形成反差、衍生碰撞。为这首曲子，她熬了两个通宵终于把动作都整理出来，随后联系北美的团队，开始一对一教廉若绅。

从年后开始，廉若绅就在舞蹈教室跟着大伙一起练舞，打基础，而今对不太难的动作基本能够上手。到周五时，他已经可以跳出完整的舞蹈。

戴宝玲在接他去和DK吃饭前特地先看了一遍，很满意，曲调、歌词和舞蹈三者完美协调，阳刚与阴柔并存，热血饱含热泪，有一种壮烈而凋零的美感。

也许是因为他们经常厮混在一起，也许年少的经历大多相似，戴宝玲认为放弃著名作词人而选择陆别是正确的，歌词中写道"你总是不相信我也可以一往情深，只是因为你不曾看到我燃烧的灵魂"，太像二十出头年轻人的口吻了。

约定见面的地方在一家五星级酒店包厢，在DK之前，戴宝玲的直属上司很看好廉若绅，还为他取了一个"野马"的外号，可惜被调职，这还是廉若绅第一次与DK见面。

听说DK和之前的领导处事风格大相径庭，廉若绅很紧张，一路上不停地抖肩，还时不时地扭动手掌，发出咯咯的声响。

戴宝玲打趣他道："不知道的还以为你去干仗，筋骨要这么活动吗？"

廉若绅绷着脸，一句话也不敢说，生怕酝酿良久的气势一张嘴就泄气了。

到达包厢后他们先开了瓶酒，等了约有二十分钟 DK 和助理才到，那时廉若绅的气势已经被等待消磨去一半，一见 DK 确如传闻中所说不苟言笑，顿时又消磨三分。和 DK 打招呼时，他表情僵硬，舌头几乎打结，戴宝玲不断使眼色，他才恢复正常。

DK 是个实干派，捂着杯口挡了戴宝玲的酒，先要验收成果。戴宝玲已事先准备好音响设备，DK 的助理帮忙布置好现场后，便留给廉若绅自由发挥。

灯光、音乐全都到位，廉若绅的大脑却一片空白，刚开始时完全把握不准舞蹈节奏，嗓子也被堵着似的，好几个音不在调上，DK 看得直皱眉，好在他自我调适能力比较强，短暂的紧张后渐入佳境，到后面也没有出过岔子，DK 的神色终于有所缓和。

接下来就是酒场上的事，戴宝玲与助理一来一往把控气氛，廉若绅也陪着喝了不少酒，一张俊脸红得发紫，走路都飘着。他初出茅庐，酒量哪里是名利场上打滚多年的人的对手，很快就趴在桌上不省人事了，后面说了什么也不知道。迷迷糊糊醒来时，酒桌上只剩 DK 的女助理，正兴致不高地点着手机。

见他醒了，助理凑到他面前，眼神直勾勾的："弟弟，你长得真不错，很有男人味，我看好你哦。"

廉若绅浑身一颤，汗毛都竖了起来，赶紧挥开女助理的手，踉踉跄跄地朝洗手间走去。到了转角处听见戴宝玲的声音，刚要出声一个酒嗝冲到嘴边，被他稀里糊涂地捂着了，随后听到不远处的对话。

"DK，你觉得他怎么样？"

"是棵好苗子。"顿了顿，男人又说，"不过差点火候，一手资源怕是轮不上。"

"这个我明白，他还没有正式出道，人气各方面肯定差了点。只是单曲马上就要上线，这是他曝光的大好机会。单曲上架的平台广告位和公司正在操作的几档娱乐节目，有机会的话都可以试试，具体的实行方案之前和你沟通过，不知总监您还有什么想法。"

男人轻笑了声："你开口的话，这都好办。"

"那真是太感谢总监您了。"

"好说，你是公司的老人了，具体流程应该懂。"男人压低声音，"庞婷是我一手带出来的，公司部门竞争，各司其职我能理解，但是宝玲，毕竟业务上我刚接手，你也刚到我的团队，我们彼此之间可能还缺少一点了解。"

戴宝玲愣了一会儿，语带迟疑："总监想要了解什么？"

"宝玲，说实话你刚到集团的时候我就很看好你，遗憾的是你没有分到我的组。这些年你和庞婷的竞争我都看在眼里，你比她更优秀，相信也比她更……识趣，我这么说，你明白吗？"

戴宝玲是个聪明人，周尧发生意外的时候，凑巧那一天庞婷不在现场，主办方态度也模棱两可，原先她还纳闷怎么会那么严重，现在全都明白了。

庞婷被设计了。

"庞婷的事是你安排的？"

"没错。"男人朝她走近一步，"她身为周尧的经纪人，已经忘记自己应该身处的位置，最要紧的是，她不太听话。你知道的，哪有上司会喜欢自作主张的下属？"

言尽于此，戴宝玲不敢再深想，一阵寒意爬上后背。果然，能在皇朝只手遮天的男人，没有一些手段是不可能的，只是太现实了。

"我看得出来你对包厢里面那小子很上心，否则不会三番两次帮他说话。宝玲，你这个年纪，也是时候捧出一个天王在娱乐圈立定脚跟了。于我而言只不过是顺手帮你一把，未来还是你和他的。"

戴宝玲没应声，男人笑了："你的前上司最近在集团很活跃，我需要什么，想必你很清楚。"

廉若绅眼睛一热，酒虫瞬间爬上头，撩起袖子往外冲。

"我的未来用不着你管！"廉若绅当头一拳，直接打在 DK 脸上，"我呸，还大公司的总监呢，为了自己的利益就推下属去做违背道德的事，禽兽不如的东西！"

他往前冲的姿势太带劲，一副浑然不要命的样子。

戴宝玲吓傻了，眼睁睁地看着他将 DK 按在地上，一拳又一拳往他脸上招呼。

直到保安听到声响赶过来，戴宝玲才如梦初醒，二话不说拉起廉若绅的手往外跑。

来不及坐电梯，两人一路从十八层的楼梯往下跑，一秒钟也不敢停，喘着大气看着前方，一直跑，像是要跑到世界的尽头……

等到街心车水马龙，华灯异彩都在身边无限地放大时，戴宝玲耳朵里还充斥着 DK 的哀号和少年愤然的怒骂。

多么鲜活又热烈的生命！

她迫不及待地转身抱住他，胸口不停地起伏，一句话连不成串，酸涩冲上眼眶，几乎想哭，可第一时间表达出来的还是叹服。

"廉若绅，你好样的，不枉费我这么辛辛苦苦地带你一场。说真的，到我这个年纪，什么没见过，利益斗争算什么？执行总监算什么？但我怎么那么容易……"

那么容易被感动到呢？

他一个智商低，情商更低的傻大个，空有一腔个人英雄主义的热血，分明要为她惹来无穷无尽的麻烦，可他唱歌的样子那么纯粹，那么干净。

戴宝玲飞快地抹掉眼角的湿润，大笑着说："我真是太高兴了，你小子有血性！"

廉若绅打了人，冷风一吹头脑清醒过来，这会开始认怂了，哆哆嗦嗦地说："可……可是 DK 会不会报警来抓我啊？"

"你怕什么？他才是应该心虚的那一个。"

戴宝玲一分析，廉若绅也觉得自己不是无缘无故才打人的，他是有理的一方，顿时气势十足："也对，怎么能让这种猪狗不如的人当总监？"

"你不懂。越高的位置，越是残酷，很多事不是道理可以讲清楚的。"

"但是学校从来不讲这些。"

阵阵热流回旋在心田，戴宝玲不禁感慨道："是啊，学校不讲这些。以前我也觉得学校的东西很死板，把学生当作温室里的花朵在培养，但是后来我才明白，只有在校园里才有真实的天性，拥有未被打磨过的资本，就像你一样。"

廉若绅不太懂，依稀觉得戴宝玲看他的眼神变了，变得很深。就在这时，他的肚子咕噜噜地叫了起来。

他害羞地摸了下耳朵："我晚上光顾着喝酒，都没吃什么东西。"

戴宝玲叹了声气，说道："走吧，我们去吃火锅。"

程逢刚送走最后一批学生，抬起脖子扭了扭，后脊椎一根筋扯着，回不到原位，忽而有人从后拍了一掌，她倒抽一口气回过身来，见戴宝玲手里提着她最爱的续命夜宵，到嘴的脏话及时咽了回去。

廉若绅一副垂头丧气的模样，她料想和 DK 见面不太顺利，不过看戴宝玲心情不错，就没有多问。中途电话响起，程逢戴着一次性手套手忙脚乱地接通，手机被推到桌上，才看清"裴小芸"三个字。

裴小芸今晚加班，刚从学校出来，说马上过来找她谈点事情。

程逢一听口吻就知道出事了，恐怕又是廉若绅出了岔子，等不及质问他，廉若绅一个飞奔跑到二楼躲了起来。

戴宝玲尴尬地看着桌面上的残局，想了想也上了二楼。

程逢迅速地收拾完，刚一出门裴小芸就扑了上来，抱着她的肩说："程程，我觉得好累。"

"怎么了？"

"就是很累，很多事，压力越来越大。"

程逢安慰了她一会儿，随后从厨房端出两杯奶茶。

书吧只有一盏落地灯还亮着，与路边的光交叉映在棕红色地板上，夜晚呈现出一种诡异的美感。她们靠着书橱，闻到的都是奶茶和书香，心境应该趋向于缓慢平和，却不知为什么，被莫名的不安催生出几丝烦躁。

"廉若绅今天又翘课了，下午系办老师开全体会议，点名批评了他，新学期以来上课的次数加起来居然还没有十次，补考得放多少水才能通过？这才大一，后面的日子怎么办？我不可能每天帮他跟老师们说好话，再这样下去他或许……或许会被劝退。"

"廉若绅其实挺聪明的，他只是……"

"他只是不懂得珍惜当下。"裴小芸打断程逢，露出一丝苦笑，"我前两天打电话给他父母，他爸爸说最近很忙，改天抽个空才能和我聊他的情况。我实在不放心，腆着脸去找他奶奶，可是你知道吗？老人家已经病得糊涂了，家里只有一个护工，除了廉若绅，谁都不关心她的死活。可即便是他，偶尔回去也已经深夜，老人睡得早，他不忍心打扰，第二天一醒来又是录歌跳舞，急吼吼地出门，和奶奶根本说不上一句话。可老人还是心心念念自己的孙子，抓着我的手不停地问他调皮吗？老师喜欢他吗？学的什么专业？以后好就业吗？还流着眼泪拜托我，说他爸妈不称职不孝顺，让我多费心好好照顾他，千万不能让他走歪。"

裴小芸红着眼睛说："程程，你知道一个老人家拉着手跟你说那些话时的感受吗？把自己最疼爱的孩子交托给一个陌生人，这得多无助和绝望啊？我真是太心疼奶奶了，也觉得他太不争气、太不懂事了，恨不得一巴掌打醒他，可每次除了失望，还是失望……程程，你们都支持他，难道只有我错了吗？"

"你没有错。"

程逢被说得很动容，站在一个老师的角度，裴小芸真的为廉若绅付出了很多，也真的是打心眼里关心他。裴小芸没错，可是相反的，她认为廉若绅也没错。

演艺圈是一个淘汰率和更新率最高的行业，讲究年龄和时机，韩国有许多练习生十二三岁就进入准备出道状态，然而经过三五年的厮杀，哪怕从千百名练习生中脱颖而出，也未必能真正大红大紫。失败的人太多了，但这并不是最重要的，重要的是能找到自己的目标和梦想，这才是人生的真谛。

"小芸，就算他顺利毕业，找到专业对口的工作，那么以后呢？按部就班地走所有人都在走的道路吗？我不是说念书不好，相反念书非常重要，是人生很关键的一个环节，可以让他们拥有更多的学识、教养，最重要的是能帮他们建立正确的价值观，只是对廉若绅来说，现阶段可能有比念书更需要时机和激情去做的事，过了这个时期，他可能就找不到自己的梦想了。"

这世上有多少人能找到自己的梦想？

有多少人不是庸庸碌碌地过完一生？

别说追梦，很多人连"梦想"两个字都没能正视过。小时候老师都会问，你长大了想做什么？哪怕到高中毕业填报大学志愿时，他们也会谨慎地考虑未来想做什么。可当他们面对现实时，他们考虑的不再是想做什么，而是能做什么，什么是对他们的发展有益的？什么是赚钱的？怎样才能赚钱？

他们不会再诚恳地扪心自问，这是你想要的吗？

想做什么和能做什么之间差太多了。

程逢回忆起前不久那群半大孩子在这间书吧热血沸腾说起的梦想，不由打心眼里为他们叫屈，梦想和学习一定是相悖的吗？

"我仍旧觉得按部就班比唱歌更适合他，没错，我挣扎了很久，观察了很久，但还是这么认为。做一个普通人很差吗？程程，不是谁都能像你一样幸运的。"

"你认为我只有幸运吗？"

"不是，只是，在这个社会上更多的是像我一样普通的人，没有必要为了那个很小的可能性，让他去做那么辛苦的事，不是吗？"裴小芸无奈地笑了声。

她了解廉若绅，比戴宝玲和程逢更了解他，他有梦想，可是现阶段支撑他走这条路的并不是百分百追梦的决心，更多的是别人的肯定。

他需要先从内心实现自我肯定，才能坚持不懈地走完这条路，否则终有一天会一败涂地。

"他会失败的。"

裴小芸想了很久，还是这么说，程逢一时间也不知道该怎么接话。

书吧陷入死寂，裴小芸的情绪渐渐平复，张了张嘴还想说什么，一阵急促的脚步声忽然从后面传来。

"你怎么知道我一定会失败？你就不能鼓励一下我吗？裴小芸，是我瞎了眼，你和那些老师从来没有区别，你们都一样自负！"廉若绅站在身后，阴影笼罩着他。

裴小芸一时惊讶，一时又有些愧疚，想要找补什么，想了想还是问："你怎么在这里？"

"我不能在这里吗？我每天都在这里，练舞唱歌，在做你认为全都是错误的事情。"

"我……我不是这个意思，你先别着急，听我说……"

"我不想听！"

廉若绅打断她，她再往前走一步，看到身后不远处同样站在暗光下的戴宝玲，滑到嘴巴的话又咽了回去。她突然觉得自己的举动十分可笑，连他自己都不在乎的前途和家人，她有什么立场去关心？

"我说得不对吗？你是不是不务正业，是不是眼高于顶，你以为娱乐圈那么好混的？想出单曲就出单曲，想红就红了？"裴小芸用她能发出的最大声音涨红了脸说道，"廉若绅，你太蠢了！"

说完她拿起包快步而出，临到街口看到停在树下的车，酸涩涌到眼眶，屏住气奔跑起来。

廉若绅鼓着腮帮，胸口上下起伏，杵在原地动也不动。

还是戴宝玲先反应过来，从后面推他："你怎么说发火就发火？"

"她根本不懂我！"

廉若绅气上心头，猛地一声大吼，直将戴宝玲吼蒙了，连在一旁的程逢都蒙了。

他晚上喝了酒，现在脑子还是乱的，一阵阵地抽搐，肚子又饿，先被 DK 一阵打击，后被裴小芸一顿否定，想到自己生病的奶奶和永远不着家的父母，想到被学习、感情和梦想束手束脚的现状，顿觉生活被笼罩在团团阴影下，不见一丝希望的光亮。

苦涩冲上头顶，他瞪着双眼，将眼眶熬得通红。没有人说话，他也不先开口，倔强地撑着，不愿意低头，仿佛在坚守最后一丝尊严。

不知不觉间夜已经很深了，他们都很累。

"你现在后悔还来得及。"戴宝玲想了很久，从他面前走过去，往桌边一坐，背对着他，"廉若绅，你要是不能坚持，现在后悔还来得及。"

"连你也不相信我？"

程逢不知道戴宝玲怎么了，怎么会突然和廉若绅说这种泄气的话，赶紧上前调和："你先别激动，她不是这个意思。"

"那是什么意思？"廉若绅一把挥开程逢的手，走到戴宝玲面前，"DK 还说你对我很上心，这就是你上心的方式？是你说要带我入圈的，还让我相信你的眼光，我义无反顾地跟着你走，到了这一步你才问我后不后悔？宝玲姐，你们……你们的世界真复杂！活该……"

廉若绅话音哽咽，说到一半扭头往外走。

"活该什么？你怎么不说了？"

戴宝玲不想放过他，一路追到门口，拉住廉若绅的手不松开。

廉若绅板着脸，面无表情地说："我不想说！"

可是戴宝玲太聪明了，一个眼神她就知道他在想什么。

戴宝玲终是笑了："是活该被设计吗？廉若绅，你心里是这么想的吗？"

廉若绅没应声，两人僵持着，谁也没松口。

太伤人了。

真是太伤人了。

戴宝玲说："廉若绅，你真该好好反省一下自己到底在做什么，在说什么。"

廉若绅浑身颤抖，咬着牙关将头转向别处。

忽然林荫大道上一辆豪车飞快地奔驰而过，引擎的轰隆隆响声震耳欲聋，总算给今夜醉酒的人带来了一丝真实感。

对峙双方都往后退一步。

戴宝玲回到书吧，廉若绅则头也不回地跑远了。

程逢看了眼满桌的狼藉，各种烧烤、麻辣烫，还有已经冷透的奶茶，一句话没说，将门锁上，拉着戴宝玲去休息室睡觉。

两个人潦草地梳洗了一番，爬到沙发躺下，很久没有说话，却都知道对方没有睡着。也不知过去多久，戴宝玲开始颤抖，蜷缩成一团。程逢吓了一跳，赶紧打开灯，只见她满头大汗，脸色苍白，捂着小腹不停地抽搐，一句整话也凑不出来。

程逢连忙把她送去医院，一直折腾到凌晨四点多，确诊为急性肠胃炎，没有什么大碍，她这才松了一口气。

戴宝玲需要住院观察几天，她没有家人在旁，一切事宜都交由程逢张罗，医生和她沟通以往病史时，她才知道戴宝玲一直患有严重的胃病。最近一个月约莫太忙，没能正经吃饭，前几天还到医院买过药。

等她忙完所有手续，戴宝玲的精神也恢复了些，两人才说上话。

"你知道自己肠胃不好，还吃烧烤，陪 DK 喝酒，不要命了吗？"程逢削了一个苹果，给戴宝玲递过去一瓣。

戴宝玲没有胃口，转向窗外。

"前不久还来医院看周尧和庞婷，没想到这么快我就进来了。以前我最讨厌进医院了，害怕有命进来，没命出去。程逢，你说我是不是很胆小？"

她说话的语调很慢，仿佛一场病就将她打败了。

"你还胆小？你可是不需要吃饭休息的女强人。我想想，最厉害的一次连轴转三天只睡了四个小时不到，对不对？又刷新了拼命三郎的纪录，这样都好好的，怎么可能轻易倒下？别多想了，在我眼里你一直都是打不死的小强。"

能在演艺圈立定脚跟的都是"妖魔鬼怪"，这些人天不怕地不怕，更不怕玩命。

戴宝玲知道她故意逗她开心，将身子转回来，主动拿了一瓣苹果放进嘴里："我想要命，没命了还怎么对他上心？你说可笑不？真够没良心的。"

"他那是在气头上，等气消了就知道错了，你何必跟他置气？"

戴宝玲淡淡一笑："是啊，我和一个毛都没长齐的臭小子生什么气。他活在象牙塔里，根本就不懂什么才是真的复杂。"

当时她会那么说，是想再给他一次机会谨慎思考将来。说实话如果他后悔了，真正一点好处没捞着的只有她，卖出了一堆人情，不只要被领导训斥，还得想办法把人情还了。

知道他喜欢吃乱七八糟的烧烤，也清楚自己的胃不堪重负，可还是舍命陪君子，她图什么呢？难道就图一个天工经纪人的头衔吗？

戴宝玲是难得糊涂的人，可惜廉若绅是个傻子。

程逢撩起被子一角，坐在床边，缓慢问道："你最近有什么改变吗？"

"什么改变？我怎么了？"

"感觉。"

戴宝玲自己没什么感觉，摆摆手说："肯定是你最近太累，神经衰弱引起的错觉，我每天这么忙，哪有空改变。"

"我知道你心里跟明镜似的，但不要太为难自己。"

之后说到 DK 的事，程逢才知道庞婷被辞退的内情，联想到戴宝玲眼下的处境，不禁担忧："廉若绅打了他，他明面上不好声张，私下里肯定会给你穿小鞋，你打算怎么办？"

"放心，皇朝不是只有他一个人说了算，我会想办法。"

"你总是自己想办法，想办法。"程逢心疼她，"你会低头吗？"

"我像是轻易低头的人吗？"戴宝玲扬眉一笑，又有几分英雄儿女的气概，"别人不知道，你还能不知道吗？我走到今天这一步全凭实力，最耻以权谋私，私下搞小动作。DK 他算什么，老娘绝不会向他低头，你尽管把心放回肚子里，等我的好消息。"

没有几天，戴宝玲匆忙办理了出院手续，雷厉风行地飞去 HA 总部，和执行董事闭门谈了一整天，之后在当地逗留一周，约了 HA 特邀设计师里奇吃饭，各方面施压，最终为廉若绅带回一个好消息——DK 批复了戴宝玲申请的平台资源和宣传方案。

万事俱备，就差廉若绅自己下定决心了。

也许是裴小芸说的话打击了他的信心，也许他又重新审视过自己，总而言之那天之后廉若绅就没有再出现过。

没去上课，也没去书吧，不在家里陪奶奶，打电话更是一直关机，好像凭空消失了一般。

程逢、陆别和戴宝玲满世界地寻他不得，最后还是裴小芸出马，在曾经一起去过的电影院找到了浑浑噩噩的廉若绅。

他的下巴长了胡茬，衣服皱巴巴的，头发像鸡窝。

电影院的工作人员说他这几天都睡在商场的长廊上，电影什么时候散场，他什么时候走，原本准备今天再不走就要联系公安局，好在他们及时赶到。

程逢不知道裴小芸和廉若绅说了什么，总而言之将他劝了回来，他也不像以前那样没心没肺了。经此一事，他第一次向老师低了头，学习上面丝毫不懈怠，做足了奋发图强的准备。另一方面也真心诚意地向戴宝玲服了软，坚持每周三天练舞、录单曲，配合宣传出席小量活动。

虽然忙得像陀螺一样，但一切按照他预期的样子，逐渐走上了正轨。

五月，男团新单曲率先发布，劲爆乐曲搭配性感编舞，一下子席卷东南亚市场，程逢连带着又火了一把，引来媒体争相采访。

与戴宝玲相熟的电视台正在做一档纪录片形式的节目，邀请的不是传统手艺匠人，就是十年如一日成就非凡的艺术家。平台门槛高，许多人想上都找不到门路，戴宝玲也没想到他们会挑中程逢，连着磨了好几天才把她说动。

节目组来的这天恰巧是周尧出院的日子，左右都认识，戴宝玲就带着周尧一起来了书吧，没想到一下车就被不知道从哪听到风声的娱记堵住了。

正式采访还没开始，"影帝周尧伤病出院后首度出现，竟是与旧爱高调复合"的新闻瞬间铺天盖地席卷而来。七嘴八舌追问详情的人数不胜数，提问的问题也大多是荒诞不经的，不过值得回味的还是周尧本人的态度。

在经纪人戴宝玲一再强调没有这回事的时候，他却一笑置之，态度委实暧昧，让人不得不多想。最后，好不容易将娱记们堵在门外，戴宝玲却看到了不该出现在这里的人。

姜颠怎么回来了？程逢知道吗？

难道是……惊喜？

戴宝玲看了眼已经在录制的程逢，又看一眼坐在桌边喝咖啡的周尧，以及周尧美其名曰恭贺程逢舞蹈教室蒸蒸日上带来的一大束玫瑰花，顿时一个头两个大。

怎么忽然有种后背发凉的感觉？

第九章

长大

两个小时后上半场结束，中间休息时，戴宝玲把程逢拉到一旁小声说："我刚刚看到姜颠回来了！不过他没过来，在路口站了一会儿就走了。"

程逢十分惊讶，赶紧给姜颠打了一通电话，结果无人接听。

戴宝玲开启乌鸦嘴预言道："门口都是记者，周尧也在，不会胡思乱想了吧？我跟你说，现在的男孩子心思可敏感了，跟海底针似的！"

"好比廉若绅？"

"别跟我提他！烦死了！"

程逢又打了一通电话给姜颠，照旧无人接听。

她刚放下手机，门口风铃"叮铃铃"地响起来，戴宝玲头也没抬说道："不好意思，今天不营业。"

"是我。"安因拄着拐杖走进来。

她的出现令屋内一众人下意识地转过身来，因为长期做电视节目，他们习惯了将目光定格在各色人身上，敏锐地捕捉对方的既往经历。安因已经退出舞台好几年，冷不丁被这么多人直视很不习惯，愣在门口，手脚不知该往哪里放。

程逢放下手中的东西过去迎她："你怎么来了？"

"是这样的，康复中心的小朋友们最近做手工折纸，给你折了星星和纸鹤，非要我送过来，说是给你的礼物。"安因打量了眼屋内的录像设备，声音越发小了，神色间俱是躲闪，"我是不是来得不是时候？要不我先回去吧？"

"没有，你来得正好，我给你介绍一下。"

程逢认为她有今天的成就，很大一部分功劳来自安因，事前她曾打电话问过她，想请她做访谈嘉宾，可她拒绝了。不过事有巧合，既然碰到一起，程逢就由不得她拒绝了，和编导商量后，临时决定让安因在节目最后进行一段自白。

伴舞是无名的功臣，他们甘心情愿为艺术献身，衬托主角的光辉，把自己埋没在尘土里。许多伴舞终其一生无法拥有个人专场，却依然能够在舞台上看到他们挥洒青春的身影。

编导也非常敬重这个职业，迅速地准备了几个问题给安因，让她做好准备。

安因始料未及，有种赶鸭子上架的窘迫感，在看到周尧也在现场后，这种窘迫感就越发明显了。

周尧对安因心存愧疚，思来想去不知如何开口，最终和戴宝玲先行离开。他们一走，安因松了一口气。

在准备的空档里，程逢同她解释："不是我请他来的，宝玲现在是他的经纪人，今天接他出院，刚好也是她接洽的节目组，一时间排不开才来到这里。"

"和我解释这个干什么？怕我生气呀。"安因拍拍她的手背，"放心吧，我才不会这么小气。"

程逢又问："你还恨他吗？"

"我说不恨你相信吗？"

"阿因，我……"

"不要觉得抱歉，你没有错。以前的确恨他，后来我想明白了，要真说错，也是错在我不自量力。即便没有他盗取编舞，我也跳不到最后。"安因苦笑，"功力不够，怪不得别人。"

程逢想安慰几句，却见她将头发别到耳后，专心致志地准备起自白，话到嘴边还是忍住了。

接下来的录制依旧顺利。

程逢长得很美，一颦一笑收入摄影机中都是美的成像，不需要任何色调去调和，她往那一坐，美从她浑身上下散发出来。爵士舞更是将她的美放大一千倍，细微到一个抬下巴的动作，一个眼神的转换。这都另说，一个女人最大的美就是在摄像头前，仍旧可以保持完整的天性。她不需要矫揉造作，不需要伪装，不需要为自己的成就过分渲染，只需要把她的经历叙述出来，像在说一个平平无奇的故事，归拢到观众视野中就是一个传奇。

一个真实的爵士舞殿堂级编舞大师，火线女王 Crazy。

安因目不转睛地看着她，看着周围人表露出的羡慕的、欣赏的目光，看到他们对程逢的夸赞褒奖和皱纹都挤出来的笑脸，眼底忽然闪过一丝异样的情绪。

再往下酝酿，这一丝情绪逐渐变了味。

她不知不觉地捏紧拳头，将提问牌揉成一团。直到编导再三喊她的名字，她才反应过来，下意识起身，却没顾及自己的腿，一个扑空摔倒在地。

离她最近的摄像师吓了一跳，本能护住机架。没注意动作，冷冰冰的金属架子从安因脸上刮过，她惊吓地捂住自己的脸，抓着冲上来的程逢不停地问："我的脸，我的脸有没有事？我已经什么都毁了，我不能再毁了脸。程逢，你快帮我看看……"

程逢安慰她："没事没事，只是稍微刮了一下，你别怕。"

一群人显然被她的反应惊到了，各色各样的目光投向她。

安因照过镜子，确定脸上只是被刮红，没有伤口，这才意识到自己大惊小怪，理了理头发直起身来。

编导连忙喊道："快把她的拐杖递过来。"

小助理一脸惊慌地递了过来，像是怕她握不住，特地双手护着在她面前等了一会儿，直到她挺直腰板，才大大地吁了口气，随后就被编导责备地扫了一眼。

安因目睹他们全部的动作，牙齿打了个寒战，抿着唇挤出一丝微笑。由于不小心摔了一跤，接下来的采访她总是心不在焉，好几次眼神无法聚焦，被编导打断。陆陆续续录了四次，才勉强将一段独白说完。编导和总摄像交换了一个眼神，总摄像一脸不耐烦地点点头，开始收拾东西。

编导和程逢沟通完剪辑视频的时间后就离开了。

安因怔愣地坐了会儿，看程逢送完客回来，也准备告辞。程逢不放心她一个人走，就送她回康复中心。安因一路上坐立不安，程逢逗了很久，又是一阵安抚，才让她有所缓解。

安因过了会儿像是忽然想起什么，她说道："我去书吧的时候看到姜颠了。他好像准备去找你的，不过后来接了一个电话就急匆匆地跑了。刚才忘记告诉你了，你快打个电话问问吧。"

程逢一听这话也待不住了，连忙和安因告别，开车回书吧。一路上不管她怎么打姜颠的电话，始终无人接听，她的心也跟着七上八下，隐约觉得戴宝玲那张乌鸦嘴显灵了。

果不其然，之后两天她仍旧没能联系上姜颠，与此同时各大娱乐小报又在兴风作浪。

周尧主演的民国谍战电影《井冈山》提前定档，将在国庆节黄金档上映，消息一出，再加上程逢浮出水面，周尧眼睛康复后的第一次正式活动现场可谓人山人海，电影宣传占据各大头条版面不说，与他相关的三条搜索均上了热门，其中最火爆的就要属和前女友疑似复合的新闻了。

再加上电视台采访后放出的几张未精修原图，更将程逢推上风口浪尖。

而这边姜颠赶着封闭式培训结束的第一秒就赶了回来，结果还没见到程逢，就被秦妈的一通急电喊走。

陈慧云因过度劳累晕倒在家里，秦妈将她送去了医院，联系不上姜毅，只好找到姜颠。他赶去医院时陈慧云已经醒过来，站在窗边打电话，声色严厉，似乎又因为生意上的事跟人吵架，很快就烦躁地摔了电话。

一回身，见姜颠站在门口，强行挤出一丝笑容。

母子关系尴尬到这种地步，姜颠也不知究竟是谁的错。他匆忙赶过来，行李还在身上，走进去把书包放沙发上，和陈慧云面对面坐着。

他们只有一个月没有见面，他却觉得陈慧云瘦了很多，整个人异常憔悴，似乎很久没有休息过了。他极力克制心底翻涌的苦涩，平静地问："过度劳累以至晕倒，是公司出事了吗？"

陈慧云拢了拢头发，笑道："没什么，妈妈能处理，你不用担心。"

她已经病成这样，还始终保持着一个名媛该有的社交仪态，双腿斜交叉坐着。除了眼神始终飘忽不同他对视以外，其余没有一丝公司正在面临破产危机的嫌疑。

姜颠知道问不出什么，没再说下去，出门去找医生。

等他回病房时，门虚掩着，也不知里面在说什么，竟然传出了陈慧云压抑的咆哮声。

他脚步一顿，靠在墙上。

在秦妈这个老人面前，她卸下了伪装，不再是一个女强人，而是一个被丈夫抛弃的可怜女人，一字一句都在申讨他的无情冷漠。

姜毅与女明星陆琳在一起了，要与陈慧云离婚，还要拆分公司，但得先做资产清盘。

陈慧云焦头烂额，都是姜毅搞出来的。

姜颠转身去找姜毅，前台秘书不认识他，怎么也不肯帮他进去通传，他只好在待客室等待，等到晚上才被秘书告知姜毅已经从私人电梯离开。他追到停车场，恰好看到姜毅和陆琳携手坐进车里。

陆琳已经显怀，姜毅对她呵护备至，帮她挡车头不说，整个过程一直握住她的手，生怕她伤着分毫。姜颠双眼刺痛，一言不发地冲了出去。

挤进人潮中，被人接二连三地碰撞，手机什么时候被偷了也不知道，浑浑噩噩走到书吧门口，却见灯熄了，只好回医院。

陈慧云努力扮演着一个尽职母亲的角色，询问他培训的情况和成绩，第一次肯定了他选择物理的正确性，在他提到姜毅时，陈慧云的脸色变了几变，最后还是维持一贯的冷静对他说那是大人的事，他不用管。

姜颠强忍怒气，没和她吵架。然而姜毅和陈慧云的婚姻，乃至于他们高高在上的长辈姿态，就像是一颗定时炸弹埋在了他心中，随时可能爆炸，缺少的只是一个契机。

很快，这个契机就来了。

这一天，姜颠在医院写作业，陈慧云在旁边处理公事，秦妈送午饭给他们，中途休息时打开了电视。好巧不巧调到娱乐频道，里面在播放的正是周尧和程逢疑似复合的新闻。

周尧在圈内炙手可热，怎么看这则新闻都像是程逢仗着几分姿色拼命往他身上贴。

这一则新闻过去，下一则就是陆琳疑似嫁进豪门的消息。

陈慧云看到这里，立刻让秦妈关了电视，想也没想怒言道："年轻戏子都做着嫁给有钱人的梦，除了一张狐媚皮子和一身白肉，还有什么？"

姜颠猛一起身，试卷哗啦啦往下飞。他盯着陈慧云："你知道你刚刚在说什么吗？"

陈慧云一方面被自己脱口而出的话震惊到，一方面因为泄露本色而变得慌乱，试图为自己挽回尊严："我说的难道不对吗？戏子搭上影帝，趁势跻身上流社会，嫁入豪门，这不是他们惯用的套路吗？你以为她们很干净？"

"你说谁？谁是戏子？"

"就刚刚那个跳舞的，和陆琳都是一路货色……"陈慧云记性好，还认得出当初在酒店时，被陆琳亲昵挽着手臂的，就是这个女人。

"你别说了！你知道什么？她是舞蹈家、艺术家，你什么都不知道，怎么可以胡乱揣测别人？"姜颠双目欲裂般失控大喊，"你不觉得这样活着很累吗？一方面要做知性优雅的女强人，一方面却恶毒地揣度别人的人生，你太虚伪了！"

陈慧云浑身一颤，强自镇定道："姜颠，你怎么可以说妈妈虚伪？"

"难道不是吗？"姜颠红着眼眶，低下头说，"和他离婚吧，你们的戏早该结束了。"

也许早就失望透顶，也许早就不抱任何希望，这颗炸弹并没有把他的心炸得稀巴烂，点起的火光也没有将他烧灼得痛不欲生，相反，他像是经历了一个漫长的徒刑，终于在这一刻终结了。

他不得不承认一个现实，他的家到最后还是散了。

姜颠像是一头愤怒的羔羊在街上胡冲乱撞，不停地奔跑，没有方向和目的地一路奔跑。不知何时天空飘起细雨，他仍旧没有停止，向着未知的尽头跑去，直到细雨变成暴雨，他终于失去力气，颓然倒在天幕下，被倾盆大雨浇灌全身，冲刷灵魂。

他终于忍不住哭了。

程逢在电视台看剪辑视频时，突然听见轰隆隆的雷声，转头一看天彻底黑沉下来。她闭上眼，想起缠扰她一整夜的噩梦，一种强烈的不安萦绕在心头，仿佛更多变故即将接踵而来。

她没心情看成片，心不在焉地回书吧。雨声哗啦啦作响，脆弱的伞柄随风摇曳，遮不住漫天风雨。

到了路边，她看见一团黑影缩在书吧门口，心猛地揪紧。快步上前，伞跟不上速度，程逢直接扔了，跨过台阶，停在黑影面前。

姜颠将头从膝盖中抬起，怔怔地看着她。

愤怒一瞬间冲上头顶，程逢吼道："你去哪里了？不知道打个电话给我报平安吗？"随即，又被满满的心安与踏实填充，抱住他哭了起来。

姜颠也抱着她，毫无节制地哭着。

他对家庭的期望实在太高了，从很小的时候就在为一种假象的和睦而努力着，不知不觉间将自己逼到了无路可走的地步。

他曾茫然四顾，不知自己该往何处走，回到家永远无人等候，偶尔还要配合着演虚伪的戏码，明明什么都看得懂却始终不愿意接受，那种时刻提心吊胆害怕破碎的感觉实在太糟糕了。

他真的动过那个念头，离开这个世界，和一切可望而不可及的希望说再见。

哭累了，睡着了，他仍在喃喃："不要丢下我，不要让我一个人。"

程逢守着他，心情久久不能平复。

窗外大雨飘泼，她的心也跟着填满湿润。

在那样黑暗的环境中挣扎着，纠结着，奋然生长着，健康地活着，最终开出漂亮的花朵，他的意志得有多坚强和坚定，才能变得这么优秀、善良和正直？

程逢一整夜没睡，给戴宝玲打电话追问陆琳的近况，才听闻姜毅和陈慧云离婚的消息，甚至两家公司为此大打出手，在实业圈不可谓不是一个笑话。

第二天姜颠醒来，程逢陪着他在书吧待了一整天，晚上和他去看电影。

一部最新上映的动画电影《寻梦环游记》，讲述的是小男孩米格一心梦想成为音乐家，家族却世代禁止族人接触音乐，后来因为一系列怪事，米格来到五彩斑斓的神秘世界，邂逅落魄乐手，开启了一段震撼心灵的旅程。

亲情与梦想本不相悖，只是在每个人心中有着不同的分量。爱的对立面不是恨，也不是生死，而是理解和尊重。

姜颠自然地回想起小时候，那时陈慧云和姜毅的事业还没做大，三口之家围于小小的厨房、客厅和卧室，分外温暖。

人的一生必将充满求而不得的遗憾，何不将这点遗憾像艺术品一样珍藏？

那么穷极一生，都会感到满足。

他好像重生一般蜕了一层皮，对破碎的家庭释然。

程逢看他不再闷闷不乐，又带他去电玩城打游戏、投篮球，玩得满身大汗送他回家。

站在楼下，他第一次发现家里是灯火通明的，那种感觉既陌生又熟悉，将他的心填满。他抱着程逢，支支吾吾地说着感谢的话，为之前突然失去联系的事认错道歉。

程逢默不作声。

他有些急了，抓住她的手一瞬不瞬地盯着她，程逢绷着脸说："看在你态度诚恳的份上，我就大人大量地原谅你这一回，不过下次别这样了，让我好担心。"

"嗯。"

姜颠点点头，程逢以为此事翻篇，不想他又算起另一门账。

程逢摸着鼻头瞧脚尖："我和周尧没什么。"

"但是他的态度很模糊。"

程逢只好承认："他在追我。"

前一阵他又和她联系上了，当时他正在准备视网膜手术，她察觉到他态度有变，不过为了不给他造成压力，没有直接挑明，原想等手术结束再说清楚，谁料媒体突然介入。

现在事情告一段落，与周尧的关系确实急需整理。她向姜颠保证："相信我，我已经遇见最好的。"

"最好的，是哪里好？"他被夸了，不说害臊，反倒越发没脸没皮。

程逢向来擅长调戏之道，追着他说了一箩筐话，直把他弄成大红脸，随后眼疾手快地将他扔出车外，绝尘而去。

姜颠浑身火气下不去。

回到家，陈慧云把小火炖着的汤端给他喝，她已经很多年没有下过厨了，姜颠觉得意外，配合地喝了两口。更让他意外的是，汤还是和以前一样的味道，是童年的记忆。

一时酸涩冲上头顶，他默不作声地把汤喝完。

陈慧云见他没有说话，心思不定，假装去厨房收拾东西。翻到橱柜里那些已经发霉的药包时，忽然泪如雨下。

那天他们在医院大吵一架，事后秦妈找到姜颠，为了缓和母子之间紧张的关系，说了许多陈慧云不让她提的往事，其中包含之前每次回家，晚上离开后并没有回公司，而是在离小区不远的酒店下榻的实情，姜颠一听就心软了，松口让她住在家里。

陈慧云这才看清姜颠的心，此后公司的事一概不再理会，一心一意陪着他做竞赛前最后的备战。

周末，程逢约周尧见面，为了防止媒体记者跟拍，她特地言明要戴宝玲在场，谁知周尧并没有把她的话放在心上，一个人欣然赴约。

在江边，程逢郑重说道："我已经有喜欢的人了。"

周尧双手交叉放在膝盖上，淡淡一笑："是那个大提琴手吗？"

"你知道？"

"他看你的眼神很不一样。"

有占有欲。

周尧毫不意外，问道："你们在一起了吗？"

"不管有没有，我和你都已经结束了。"

"我可以等你们分开。"周尧不乏肯定地说。

程逢实在不喜欢他的自信，脸色一沉，问道："你凭什么认为我一定会和他分开？你根本不知道我和他之间的事，有什么资格评头论足？"

周尧还是保持一贯的温和，没有因她的咄咄逼人而产生一丝变化。

他沉吟片刻后说道："程逢，别太天真了。世上没有不透风的墙，你以为别人都是傻子吗？"

"什么意思？"

"既然缘浅，何必情深？"

周尧像一个预言家。

他的感觉一向十分敏锐，学生时代能够预言她每场演出的结果，还能预言她的考试成绩将有多糟糕，她即将新换的发型有多丑，如今他再次预言她和姜颠终会分开。

程逢气得直接将他踹下了车。

五月下旬，廉若绅新单曲发布，陆别的音乐工作室于同一天开张。原本等着廉若绅一炮而红为自己带来第一单生意，谁料《心事》却大爆冷门，被同期出歌的几个圈内大佬完美地抢占了各大平台资源和观众视线，廉若绅犹如一道飞流，直溅低谷。

如果只是这样也就算了，就连少数几个听过这首单曲的乐评人也是批评的声音。歌词幼稚，曲调低沉，没有朝气，不符合当下音乐潮流。

陆别刚有点斗志就被打击得抬不起头来，廉若绅的星梦也惨遭滑铁卢，心里拔凉拔凉的。而在这时，距离期末考试已经只剩两周不到了。

临南大学对学生课业的要求很高，为了给他们营造良好的学习氛围，程逢新招两个兼职小妹，早上八点开始营业，中午备足午饭，下午张罗甜品，只为他们能够更好地应对考试。

柴今上完最后一堂课也打算投入备考，将衣服和鞋子塞进书包，拖拖拉拉留在最后，临走前又回头看了眼舞蹈教室。

她学爵士舞的时间不长，跳得不好，好在还有古典舞加分，只是回头看时，已经记不清当初为什么要来学爵士舞了。

程逢送完学生，见她还在发愣，放轻脚步走过去："怎么？舍不得？"

柴今回过神来，抿着唇点了点头："嗯。"

"舍不得教室，还是舍不得我？"

柴今笑了："舍不得程老师，也舍不得这间教室，还有书吧。"

"应该是舍不得这些同窗吧？"

程逢上前，和她肩并肩看着空荡荡的教室。窗明几净，地板锃亮，这是她第一间工作室，柴今是她最早一批教过的学生，也是最早面临分别的，不久后她就要出国了，离开这条栽满香樟的林荫长道，书吧再也不会响起她的欢声笑语。

做老师是这样的，迎来一批新的面孔，就要送走一批旧的面孔。

他们正当少年，一定前程似锦。

程逢不无感伤，却带着笑说："好好考试，等着为你们庆祝。"

"嗯。"柴今留恋地看一眼教室，预备和程逢道别，话到嘴边，还是忍不住说道，"程老师，我很羡慕你。"

"羡慕我什么？"

"你跳舞很好看。"柴今低下头，"可能是我太迟钝了，我以为姜颠经常来书吧是因为喜欢爵士舞，所以我也来学爵士，后来我才发现，他喜欢的根本不是爵士舞，而是……跳爵士舞的人。"

程逢愣住了，联想周尧先前的提醒，心猛一咯噔。

"我和姜颠……"

"我不会说出去的。"柴今像是急于撇清自己说这些话的目的，飞快地打断她，"我看得出来姜颠很喜欢你，我由衷地祝福你们，再见。"

柴今离开了，程逢仍惴惴不安。当日在江边，周尧胸有成竹的样子一直盘旋在心头，让她隐约有种不祥的预感。

世上没有不透风的墙，她倒是无所谓，关键是姜颠，他还在念书，还有很长一条路要走。

程逢焦灼地回想着和姜颠在一起的细节，寻思更多的可能性，不久后的 IPHO 物理竞赛对他至关重要，至少别在这种时候出岔子。

她胡乱转着圈，四处找手机，打算给姜颠打一通电话，让他暂时不要来书吧，谁知电视台突然来电话，和她约时间碰头看剪辑完的视频。另外提到安因，编导表示为难，上头领导不满意她的独白，打算将那一段全部剪掉。

程逢心不在焉，编导说了什么也没有认真听，满口答应下来。等挂了电话，却已忘记要找姜颠说什么了。

这一边廉若绅单曲发行不利，连带着戴宝玲被 DK 趁机教训了一顿。她不甘心，四处奔走联系曾经合作过的平台，想要为廉若绅争取更多曝光的机会，却被告知均已有安排，甚至之前已经谈好的合作也中途泡汤，对方宁愿赔付高额毁约费，也不愿平白浪费资源。

接连碰壁之后，戴宝玲意识到这一切的背后，有 DK 推波助澜，苦于没有证据，没办法告发，另一方面扛不住 HA 高层施加的压力，一时愤懑叫了大伙出来喝酒。

陆别和廉若绅也正想借酒浇愁，几个人凑头闹得天翻地覆，喝得酩酊大醉。

喝醉了，廉若绅站在高高的长凳上，以啤酒瓶当麦克风，在摆满大排档的街头唱起《心事》。他是典型的低音炮、烟嗓，唱到动情处别有一种魅力。

陆别傻傻地给他拍手，戴宝玲的目光从头至尾没有离开过他。

深夜的街头，人流渐行渐少，繁华夜市收容了孤单的人影，给了他们短暂的栖息之地。

程逢隐约也有些醉了，撑着头看廉若绅唱歌，脑子想的却是这一年和姜颠的点点滴滴。

那一晚，偷偷摸进书吧、故意把药包丢下的坏男孩。

有心机，有心事。

会拉大提琴，还是物理天才，曾独自一人行走在悬崖边缘，摸索人生的方向，幸运的是至今还健康地活着，像一朵矜持又神秘的蔷薇花。

很干净，很懂事。

想爱他。

．．．．．．．．．．．

姜颠见她左摇右晃的，脱了外套披在她肩上，从桌下握住她的手。

程逢眯着眼睛冲他笑，嗓音微哑地附在他耳边："阿颠，你会离开我吗？"

"不会。"

"一辈子不离开吗？"

"嗯。"年轻的誓言说来就来，"除非我死。"

"不许瞎说。"程逢板起脸，装作很凶的样子，戳他的脸颊。

姜颠被路人盯着有些害羞，但又不想打扰她的兴致，索性双手一拢，将她揽进在怀里，然后他大概听到了这辈子最动人的一句话。

"阿颠，长大以后就来娶我吧。"

不知道为什么，程逢忽然哭了。

明明很不安，还是忍不住想见他；明明知道不应该这样，还是忍不住一再感动；明明对未来充满迷茫，却不敢表现出来，不敢给他一丝压力。

另一边，戴宝玲的眼眶也湿润了，被廉若绅的歌声打动，被寂寞的街头渲染，一种莫名的"分离"的气氛钻入五脏六腑，伴随着酒精彻底底麻痹。

她仰着头，视线追随着廉若绅，轻声问道："假如我最终没能捧红你，你会后悔吗？"

廉若绅似乎就在这一刻长大了。

他定定地看着戴宝玲，揣摩着她话语间的深意，想象她为之奔走可能遭受的白眼和打击，想象着未来呈现在他眼前将是一条怎样的路，烦恼、气馁、不甘与恐惧顿时接踵而至。

他思考了很久，最后还是看向她："不后悔。"

他放下酒瓶，从凳子上跳下来，搭着戴宝玲的肩将她揽进怀里，大声说道："宝玲姐，你别怕，不管最终结果如何，我都会一直陪你走下去的。你不散，我就不散。"

戴宝玲鼻头一酸，失声痛哭。

你不散，我就不散。

多么动人的承诺。

单曲发行失利，他没有把责任推卸到她身上，还强忍内心的焦灼与害怕，来陪她喝酒，和她一起哭一起笑，在无人的街头高声歌唱，放纵人生，将夏日的蝉鸣堵在耳朵里，与漫长的未来说滚蛋。

后来她常常想，这是多么平淡无奇的一晚，却成为她一生中最美丽的一晚。

每个人心上都披着华丽的衣裳和不为人知的丑陋，正如世间总是黑与白相伴，光明与隐晦交叠，团圆必将在漫长的分离后才会显得珍而重之。

这一刻他们尚且不懂，但是很快，他们就懂了。

临考前的一个晚上，廉若绅忽然像条疯狗一样冲进书吧，把程逢桌上的东西全都粗暴地挥开，双手撑在桌上，双目眦裂地盯着她，却一言不发。

他的外套松松垮垮地滑在腰间，书包早被扔在门口，脸上不知是汗还是水，把额前的头发全都打湿了，程逢吓得往后跌退一步："怎……怎么了？"

"戴宝玲呢？"

他一张嘴，声音哑得连自己都不敢相信。

程逢愣了会儿，他已经大吼出声："我问你戴宝玲人在哪里！"

"她没和我联系。"

刚好姜颠和裴小芸追了过来，一前一后拉着他，这才将几近失控的他制住。程逢立刻转头问姜颠："怎么回事？"

姜颠抿了抿唇，犹豫着不知如何开口。

程逢又求助似的看向裴小芸，裴小芸浑身微颤，眼泪直在打转，不停地冲她摇头。她意识到不妙，推开姜颠走到廉若绅面前，严肃发问："告诉我，究竟发生了什么？"

廉若绅像头蛮牛，拳头不停地往墙上砸，一双眼睛布满了红血丝，几乎是发泄似的咆哮："DK 那个混蛋！"

眼泪唰地往下掉，鼻涕混着泪水糊了一脸，他根本顾不上，浑身颤抖地骂道："别拦我，你们一个都别拦着我！我要去杀了那个禽兽！"

"你别冲动，你别……"

裴小芸一句话没说完，又被廉若绅打断："都是因为我，因为我她才会妥协！裴小芸，你放手，你再不放手我……"

廉若绅瞪大眼睛，疯魔一般将裴小芸重重推出一个趔趄，脚步一顿，却没回头。

事情发生得太突然，或许也并不突然，只是在喝醉酒的那一晚，动情的人太多，谁也没有察觉戴宝玲的异样罢了。

裴小芸也很难受，她原本正在教室和他们说英语考试的重点，谁知廉若绅忽然接了一个电话，脸色大变，二话不说冲了出去。他那个样子实在太吓人了，她只好追出来。

一路上听他大喊大骂，她隐约猜到什么，只是不敢肯定，直到刚刚。

"怎……怎么回事？程逢，到底怎么回事啊？宝玲她怎么会……"裴小芸哭成了泪人，抓着程逢的手臂，一点力气都没有。

程逢心往下一沉。

戴宝玲那么骄傲的人，从没向谁低过头，也信誓旦旦说过绝不会低头，但她终于还是食言了。窃取商业机密，牟取私利，被上司揭发，遭到全行业封杀。后来，很久以后，在这些事都尘埃落定的某一天，程逢问戴宝玲："你后悔吗？"

戴宝玲笑了。

奋不顾身往前冲的时候，根本没想过后悔，只想着不能辜负他的信任，哪怕不择手段，也要让他成功，让他站在很高很高的地方，歌声被全世界听到。

如同这一刻，奋不顾身往前冲的廉若绅，也根本没有想过将来会不会后悔。他在皇朝星娱的地下车库等了三个小时，眼睛熬得血红，最后等到 DK 和他的女助理携手到来，奋不顾身地扑了上去。

那一瞬间，他想的是——为什么时间不能倒流？

他不想戴宝玲为他牺牲，为他摇尾乞怜磕求资源，不想看到小人得志，哪怕不能出单曲、不出道，他都不在乎……总而言之他无比地渴望，渴望时间能大发慈悲，为他倒流一次。

女助理高声呼救，公司保安很快下来，依稀有警笛从远处传来。

姜颠到时已经晚了，没能阻止廉若绅出手，死拖硬拽将他拉开，两人拼了命往外跑。不敢回家，也不敢去书吧，怕给替程逢惹麻烦。他们在繁华的街头慌乱窜逃，最后被闻风赶来的陆folder接到音乐工作室。

谁知一口气还没喘上，大门就被人踢碎了……

裴小芸还要主持学校工作，程逢让她先回去，自己留在书吧等待消息。

姜颠和廉若绅的手机都显示关机，陆别的电话起先打得通，后来变成无人接听，戴宝玲像是凭空消失一般，怎么都找不到人。

程逢心下更是担心，在书吧来回踱步，时不时站在门口张望，始终看不到一个熟悉的人影。

戴宝玲终于接听电话，程逢一句多余的话都没有直接破口大骂："你去哪了？电话是摆设吗？知不知道我找你得快发疯了！"

"我刚睡醒，怎么了？"

戴宝玲声音沙哑，显然宿醉刚醒。程逢联想前因后果，顿时没了脾气，声音放缓道："廉若绅知道你的事了，他去找 DK 算账，姜颠也跟着去了，现在不知道怎么样了，没有一点消息。"

"怎么可能？谁告诉他的？"

"我也不知道，只是听说他接了一通电话。"程逢仍觉难以置信，"宝玲，你怎么会走到那一步？"

电话那头一时无声，程逢以为戴宝玲又睡着了，连着喊了好几遍她的名字。戴宝玲忽然开口道："先别说了，我去找他们，你在书吧等我消息，哪里也别去。"

程逢追问道："你去哪？我也要去！"

"我去找 DK，他刚才发短信给我了。"戴宝玲声音紧绷，"我一定不会放过他。"

"宝玲，你千万别冲动，别……"

程逢话没说完，电话已经被切断。她整个人颓唐地往后退了两步，脚下一软，险些摔倒。好在旁边及时伸出来一只手，扶住了她。

是安因。

她拄着拐杖，柔柔笑道："怎么这么不小心？差点摔倒了。"

"我……我没事，你怎么来了？"

安因看着她，像是在思考开场白，神色间有些羞赧。她给自己做了很久心理建设，终于鼓起勇气说道："那天从这里回去，我和小朋友们说你上电视了，会有一个访谈。小朋友们很开心，问我会不会一起上电视，我被他们闹的，不得已告诉他们会有一个十分钟的独白。"她的手不自觉地抚摸受伤的腿，"但是今天电视台打电话给我说独白被剪掉了，我不知道会这样，你看我嘴快的，是不是在小朋友们面前说大话了？"

见程逢望着窗外没有回应，安因喊了声她的名字。程逢反应过来："嗯？啊，电视台的访谈对吧？你继续说。"

安因舔了舔唇，鼓起勇气说道："本来我可以和他们解释的，但是他们表现得太期待了，我不忍心让他们失望，所以我想……你能不能和电视台那边说一声？不要十分钟也行，再给我重录一次，可以吗？"

程逢依旧没有回应。

安因在她眼前挥了挥手，她被召回魂来，稀里糊涂地说："恐怕不行，已经剪辑好了。"

"这样啊，那也没……没关系。"安因低下头捋了下耳边的头发，"我回去和小朋友们好好解释，我……"

"嗯，没有这次还有下次。阿因，对不起，我今天有很重要的事，不能送你了，你路上小心一点。"话说到一半，路边有辆车停下来，打了双闪灯，她连忙朝外跑去。

安因话没吐出来就又咽了回去。

就她现在这副样子，哪里还有下次？安因抚摸着自己的腿，一遍又一遍。余光中，她瞥见车上下来一位中年女士，程逢不乏失望地回头，忽然整个人僵住。

陈慧云瘦了许多，双颊凹陷下去，显得颧骨很高，看着有几分凌厉。不知怎么弄的，眼角还有淡淡的淤青。而陈慧云也瞬间回想起来，程逢就是之前和周尧传绯闻的戏子，她和姜颠吵架的源头。

陈慧云没想到程逢会在这里，看她一身居家装扮，又转头打量整间书吧，隐约猜到她是这里的老板，顿时气上心头。

难怪姜颠处处维护她，原来他们早就认识？

陈慧云心中翻江倒海的，面上却镇定自若，含笑道："抱歉，我是姜颠的母亲，实在没辙找到这里。姜颠电话一直打不通，也不在学校，我很担心，正好家里有书吧的宣传册，我就冒昧过来了。请问你们有谁看到他了吗？"

雪冬装作不知情的样子，咬住唇摇摇头，看向程逢。

程逢强迫自己平静下来："我听他的同学说，他晚上和教授一起去做物理实验。"

"物理实验？"

她知道之前姜颠去国家队集训的事陈慧云是知情的，于是说道："嗯，现在十点了，他们好像十点半结束吧？"

陈慧云将信将疑："原来是这样，我这个做母亲的真是失职，都不知道他要去做实验。姜颠这孩子也是的，不事先告诉我，真让我担心。"

程逢配合地露出一丝笑容："可能一不小心忘了吧。"

"也是，多谢你了。"陈慧云看她神色如常，并无异样，慢慢打消了心中的疑虑。正准备告辞，程逢的手机忽然响起来。

程逢第一时间接通，陆别的声音像是飘在遥远的空间里，一阵近一阵远。他叽里咕噜说了什么，程逢一个字也没有听清，不由地大喊道："说大声点，陆别，我听不见。"

"在工作室。"陆别的声音断断续续的，"我们都在，你快来吧。"

"你怎么了？受伤了吗？"程逢拿起椅子上的衣服，头也不回往外跑。

临到陈慧云身边，和她的眼神撞了个正着，程逢顾不上许多，捂着手机轻声道："阿颠怎么样？有没有受伤？"

再问下去，电话里满是风声。

程逢上了车，一路风驰电掣。

临到路口拐弯，还能从后视镜看到陈慧云站在书吧门口，并没有离开，不安的预感再度卷土重来。

直到她推开门，一路往里走，忽然脚步顿住，这种浓烈的不安终于被放大到极致。她想她这辈子都不会忘记当时的场景：一片狼藉，三个少年蜷缩在墙角。

暗黑的环境，交叠的光影，浓重的血腥气，颓废的喘息，看向她时依旧明亮且澄澈的眼眸，就像一幕哑剧，熊熊灼烧了她的心。

就是这样一个瞬间，她改变了退圈的决定。

她一定要重返舞台。

旁边有家 24 小时不打烊的小旅馆，程逢开了两个房间，把他们送进去之后去药店买药，回来后挨个为他们上药。

她先把陆别和廉若绅安顿好，再去隔壁的房间照看姜颠。

小旅馆设施简陋，墙壁发霉，家具少说也是用了十年往上的，巴掌大的空间，只能摆放两张单人床。

程逢打开水龙头，蹲着身子给姜颠冲流血的脚丫，四周的白瓷墙壁也是发黄的，水不大，稀稀拉拉往外滋溜，时不时还会停掉，然后再突然喷出来，仿佛和他们闹着玩。

就在水又一次断掉时，程逢关了龙头，蹲下身看着姜颠，抚摸着他的侧脸问："阿颠，疼不疼？"

姜颠摇摇头："不疼。"

他拉她的手，想让她别冲了，谁知脚一滑，后背撞到墙，他没忍住发出呻吟声。程逢一看就知道肯定很疼，他只是在骗她。

她强忍酸涩，倾身抱住他。疲惫爬满四肢，她累得一动不动，声音很低，有一搭没一搭地和他说话："我刚给廉若绅上药，他疼得龇牙咧嘴，身上好几处都肿了，陆别也伤得不轻，不过好在都是皮外伤。阿颠，如果你有哪里特别疼，一定要告诉我，我们去医院，好不好？"

姜颠点头，手指抚摸着她的后背。

"我看你最近一直在浏览国内高校的网站，你是不是不想出国了？"

"嗯，我想离你近一点。"

程逢微微一笑："不用离我近，你尽管去吧，不管多远的地方，我都会去找你的。"

"我不要，这样你会很累。"

"我不怕累。"

相比累，她更怕分离，怕无法预料的变故。程逢闭上眼睛，还是止不住地浑身颤抖，胆寒和后怕齐聚，令她每每回想先前的一幕，都会被无尽的恐惧笼罩。

那一幕哑剧给她的震撼太强烈了，让她第一次对他们的相遇产生怀疑。再一想她离开书吧时陈慧云的神色，她顿时觉得周尧的预言已经成真。

她真的有这样一种感觉，分离如影随形，仿佛就在下一秒。

不知何时到来，不知会以怎样的方式到来，她感觉到疲倦、无力、痛苦和难受。她捧住姜颠的脸，在眼泪决堤的一瞬吻住他，哽咽道："阿颠，对不起，真的对不起。"

在来的路上，戴宝玲告诉她这一切都是 DK 设计的。

打电话故意挑衅，就是猜到廉若绅会去找他算账，事先安装摄像头，将廉若绅打人的一幕全都拍了下来，打算交给警察当证据。不止如此，他还派人跟到工作室，砸烂了陆别精心筹备数月、斥巨资购买的全新音乐器材。

这就是成年人的世界。

"阿颠，在更大的伤害来临之前，我是不是应该跟你分开？"

之后戴宝玲从 DK 口中得知，DK 留下的人拍到了程逢额外照顾姜颠的亲密照片。DK 称这张照片为意外之喜，原本他的计划里并没有程逢。他只是想给廉若绅一个教训，顺带拿这些照片威胁戴宝玲，却没想到程逢会出现在那里。

为了姜颠和程逢，戴宝玲忍气吞声，放下身段去求 DK，谁料 DK 蹬鼻子上脸，明里暗里把心思打到程逢身上。戴宝玲一气之下给了他几个大耳光，直接将事情引到一发不可收拾的地步。

就在 DK 报警抓廉若绅，打算把事情闹大时，庞婷忽然出面，甩出一堆他以权谋私的证据。

DK 为了明哲保身，不得不把这件事翻篇，还帮戴宝玲洗清了盗取商业机密的嫌疑。

庞婷留下的这张王牌，原本打算是留给周尧打翻身仗的，这次提前拿出来也是为了周尧。那一天，程逢和周尧谈了很久，戴宝玲不知道她用什么说服了周尧，或是和他达成了怎样的交易，程逢也只字不提。

他们都以为化解了廉若绅的危机，一切都能步入正轨，谁知就在第二天陈慧云自杀了。

这些日子陈慧云因为财产分割与姜毅闹得不可开交，她非得逼姜毅净身出户才肯离婚，否则绝对不让陆琳进姜家大门。

陆琳哭闹不休，险些流产，姜毅失去理智，对陈慧云大打出手。

公司破产，丈夫无情，陈慧云原本心如死灰。倘若不是打算和姜颠一起出国，她这口气恐怕早就泄了。可等不到那口气续上，就撞破了姜颠和程逢的事。

那一晚，她清楚地听到程逢问电话里的人，阿颠有没有受伤？她想追上去，理智阻止了她。她在家里等了一天一夜，只等来满身伤痕的姜颠。

她气上心头，再无修养，声嘶力竭地咆哮，质问他为什么跟不三不四的女
人一起堕落？像是要把前半生从公司、姜毅、整个姜家受的气全都撒出来一般，
她完完全全剥去伪装，疯妇般失声尖叫。

骂到最后，姜颠已然麻木。

第二天早上，他打开卫生间的门，看到陈慧云浑身冰冷地躺在浴缸里。

陈慧云最终被抢救回来了，可一切都变了。

程逢不知道陈慧云是如何知晓她和姜颠的种种，不过，已经不重要了。

陈慧云以死相逼，程逢不想姜颠活在歉疚与负罪中，大方松手。

这也许就是"更大伤害来临前"最好的时机，戴宝玲问她舍得吗？

她只是说："现在分开，是我能做到的、对他最大的保护。"

另一方面，戴宝玲的牺牲也没换来等价的宣传，反而迎来最凶猛的结果，
廉若绅见识到了娱乐圈的残酷，流言蜚语、网络暴力齐头并进，他本不堪重负，
学业又再度失利……与此同时，久病缠身的奶奶也撒手人寰了。

他独自送走了老人，在江边坐到天亮，终于明白当日裴小芸话语间的深意，
想到她目不转睛地盯着他说"你真蠢"！的确，他太蠢了，害了自己，害了戴宝玲，
害了姜颠和程逢，他最终一无所有、一败涂地。

青春就像一首片尾曲，总会有放完的那一天。

廉若绅最后不辞而别，没有人知道他去了哪里。陆别一腔心血付诸东流，
还没开始就已经结束，恢复了吊儿郎当的混子生活。柴今出国了。陈笑然在父母
的责备中渐渐麻木，不再追星。

当初在那个阳光洒遍每个角落的书吧，高谈阔论梦想的男孩女孩们，最终
都走散了。

心事就像一缕风，伴随着大一那年期末考试的落幕，缓缓归于尘土。

后来有人问程逢，为什么在已经退圈后，再次重返舞台？是因为对爵士舞
的热情不减，还是被一些类似名利的东西吸引？

程逢想了很久，说道："我这个人很慢热，学习东西的能力不强。好比之
前我用了十几年才慢慢领悟爵士舞对我的意义，不是获得怎样的成就、得到怎样
的肯定，而是该如何保持一颗简单的心和拥有跳爵士的热情。这对我来说，是对
爵士舞最高的致敬。

　　"今后我可能得用几十年甚至一辈子的时间，才能领悟那些曾经出现在我的生命中的男孩女孩对我的意义，是他们让我对梦想有了全新的解读。

　　"我认为梦想最美的时刻不是找到它和有一天实现它，而是一直凝视着它的过程，能够让我看到很多东西，譬如勇气、决心和爱，所以我决定回到舞台，让自己变得更加强大，然后，等待风再吹回那个洒满阳光的午后。"

第十章
离散

六月下旬，芬兰。

赫尔辛基是芬兰的首都，一座充满活力的海滨都市，三面环海，气候温和，同时也是国际物理奥林匹克竞赛的举办城市。

整个赛期共九天，程逢到达时是第二天。

从港口出来，入目即是别具一格的古建筑物，扑面而来的是独特的海港文化气息。当地温度不足 15℃，她只穿一件丝料薄衬衫，接连打了几个喷嚏。

很多事情还没理清楚。怎么来到了这里？接下来该去哪儿？还能再见他吗？

她站在十字街口，茫然四顾。

陈慧云自杀后，姜颠在医院守了两天两夜没有合眼，她就知道他心里从未真正跨过"亲情"这道坎。家庭破碎，母亲自杀，父亲趁机拆分资产，他的人生再也没有比这一刻更黑暗的时候了。

离别前的最后一晚，他倚靠在她肩上，滔滔不绝地讲了许多小时候的事。

陈慧云金融专业出身，哈佛商学院高才生，曾多次受邀参加峰会演讲，被多家金融大鳄争抢，却放弃一切随姜毅白手起家，创建池风集团。不管生活还是工作，她一直都是姜毅最得力的拍档，拥有深厚默契。结婚初期也曾伉俪情深，姜颠记事时两人仍相濡以沫，后来不知发生了什么，姜毅渐渐地变了，夫妻关系走向冷淡，可说到底，陈慧云对姜毅还抱着一丝侥幸，期待着这个男人有朝一日能幡然醒悟。

然而陈慧云在医院抢救了一天一夜，姜毅自始至终没有出现。他痛恨且无奈，更加害怕，一晚上反反复复地问她："我妈妈能醒过来吗？"

他的自责难以掩饰，她起初还安慰他，后来自己也害怕起来，尝试着问："如果醒不来，你会怎么样？"

姜颠沉默了。

他想了很久才说："程程，我恐怕没有勇气再走下去了。"

那一夜对她和他而言都太漫长了，漫长到每一分每一秒都像是对人生的告别礼，无法想象这一夜之后的下一个天亮，身边至亲至爱的人会不会就离世了？

万幸最后医生带来了一个好消息，姜颠一下子哭了。

她也有一种溺水之后重获新生的感觉，大概尝过深不见底的绝望，才能体会那一刻活在世间的欣喜若狂吧？为挚爱亲人，为每一个煎熬的生命，她第一次相信了命运。

很早以前，为了吸引她的注意力，为了和她开始一段亲密关系，他折了一只纸飞机送给她，并在上面写道：

如果你能折一只一模一样的飞机给我，我这个麻烦会自动消失。

之后的某一天，在医院走廊的长椅上出现了一只一模一样的纸飞机，上面回道：

阿颠，希望你能遵守约定。

赫尔辛基夏天日照时间漫长，可达二十个小时，被称作"北方的白昼城"，市中心的南码头非常繁华，广场中心有一个圆形喷水池，池中是一尊裸体少女青铜像。她面向大海，左手托腮，静静地凝望芬兰湾。她端庄秀丽，温柔娴雅，人们亲切地称她为大海女神——阿曼达。

程逢从广场穿过时，忽然被一个金发碧眼的小男孩塞了一小袋饲料。

小男孩腼腆一笑，眼神似乎在说"你可以和我一起喂鸽子吗"？

他实在太可爱，她无法拒绝，蹲下来揉了下他的脑袋。鸽子朝着饲料聚拢而来，小帅哥正喂得起劲，忽然一群学生从面前走过，鸽群顷刻哄散。

像是从五湖四海相聚而来参加盛大的集会，学生们穿着各色校服，举着各国的小国旗，程逢一抬头，就看到鲜艳的"IPHO"字样飘荡在芬兰市中心的上空。

实在太意外了！他们竟然就是各国代表队的参赛者，离她近的两个学生干脆用母语交流起来。

她下意识往人群后面躲，目光却悄悄打量，像是在寻找什么，可惜没有找到那张熟悉的面孔。

倒是之前说话的学生发现了她，试探性地问道："你是中国人吗？"

程逢点点头，女孩捂着嘴笑了："你是姜颠的朋友，对吗？之前参加集训时，我们在他钱包里看过你的照片。"

说是"朋友"，女孩却淘气地咬重了字眼，分明别有深意。

程逢心下五味杂陈，苦笑道："他怎么不在？"

"你不知道吗？姜颠没有参赛。"

程逢心惊："为、为什么？"

"我们也不太清楚，领队说他生病了，病得很严重。"

程逢艰难地给自己找了一个理由，退出人群。走了没有多久，她遇到一个来自中国的旅游团，被盛情邀请一起去芬兰最北部的辖区拉普兰看极光。旅游团中唯一落单的男士非常乐意和她凑成一对，与她一起看漫天的星星，眺望被白雪覆盖的森林和山川，用热闹填补满心的落寞。

可惜程逢三心二意，始终无法会意。

拉普兰一年有将近两百天可以看到极光，十月入冬后还能感受极夜，看到二十四小时不灭的星光。

她拒绝了落单男士请她去喝一杯的邀请，隐没于不知是等待流星还是奇迹降临的人群中。手机响起时，她似乎心有所感，第一时间走出人群，按下接听键。

姜颠不知在何处，人声嘈杂，始终没有说话。程逢越发心酸，强装平静地唤了声："阿颠。"

他低低地应了一声。

程逢又问："你生病了吗？严重吗？"

想到为了能在 IPHO 取得优异成绩，进入梦寐以求的高等学府付出的所有努力，想到他将对亲情的失望藏在心底默默坚持梦想不眠不休做完的试题，想到那成堆在阳光下飞舞的纸张，她顿时泪如雨下。

"阿颠，为什么放弃了？"

他声音沉哑，缓缓说道："我的梦想是你帮我找回来的，可我却把你弄丢了。"

如果姜颠不曾遇见程逢，他这一生依旧会光芒万丈。只是他的心事，会永远埋葬在青春岁月里，如同每一只没追得上的风筝，每一个没说出口的爱人。

程逢一时失语。

身后忽然传来一声惊呼，女孩们纷纷大喊道："流星来了！"

与此同时，电话那头也几乎出现一样的对话。

她浑身一震，立马奔进人群："阿颠！你在拉普兰吗？"

姜颠沉默了很久："我在。"

她冲到附近的缓坡上，放眼四周，人潮汹涌，陌生的城市里满是一张张陌生脸孔，你看我，我看你，互不相识。渐渐地他周边的声音退潮远去，而她四周的人却越来越多。

她气馁地往下一蹲，抱着膝盖嗫嚅道："阿颠，对不起……"

"你会等我吗？"

酸涩冲上眼眶，眼泪不停地打转，程逢不敢让它掉下来。她捂着电话，捂着风声，想了很久还是说道："别等了，阿颠。"

不想让他辛苦，也不敢给他未知的希望，她只能说，别等了，阿颠。

他彻底沉默。

身边的人潮追着极光和流星跑远了，树林一下恢复了寂静，程逢不敢泄露一丝声响，捂着嘴，终是没忍住问道："阿颠，恨我吗？"

风忽然大了起来。

程逢没有听清，不知他说了什么，又或是一个字也没有说，就这样挂断了电话。从此以后，山长水阔，杳无音信。

"阿颠，再见了。"

下 卷
光阴的故事

第一章
重逢

Pearl（珍珠）吧是一间快要过气的网红酒吧，位置隐蔽，厚重的朱漆木门描绘着 20 世纪没落的风光，酒吧内极尽精致的复古装潢，一开门恍惚间回到旧时的大上海。

程逢早到，酒吧还没开始营业，酒保和服务生正在擦洗桌椅、整理柜台，她熟门熟路地往里走，到柜台正中敲了敲桌面。

埋首在酒水台后、烂醉如泥的男人问了句几点。

程逢瞥向手表："三点半。"

"这么早！又来我这里躲风头？"男人哼了声，把头从胳膊弯里抬起，顶着乱糟糟的鸡窝头绕出柜台，程逢跟着他走。

"昨天直播喝大了？"

"嗯？你怎么知道？"

程逢好整以暇："怎么？没人告诉你，你上热搜了吗？"

"什么？"男人瞬间清醒，忙不迭地从口袋里掏出手机，"我终于要火了吗！我终于要火了！天不亡我，终于要让我火了！"

结果点开一看，是昨晚直播到他最后一口闷的分子料理鸡尾酒上了热搜，他作为品酒师只是连带，热点在于调酒师的专业科普。

陈方脑袋一耷拉，推开地下室私人酒窖的门，也不往里走，径自靠在门边有气无力道："程姐，你想喝酒我一万分欢迎你，这里边的酒你随便喝，但你能别老带那家伙……"话到嘴边，他尚有理智，舌头打了个转说道，"能别来这么早吗？"

"不来早点不就被记者拍到了？"

他话虽未尽，意思却明了。这几年工作原因她和周尧走得近了些，常前后交错来陈方的酒窖解馋，时间一长，这里倒像成了他们两人的秘密基地。明眼人都看得出来，他心里还向着以前的哥们，只是名字藏得太深，起初还敢提一提，后面人长大了，也就学会了止于唇齿，到底还是怕伤了情分。

料想周尧随后就到，陈方懒得再招待，手一挥往楼上走。

当初信誓旦旦说要开大飞机接他们回家的男孩，终究还是没能如愿，跟着家里捣鼓起酒业，日子过得浑浑噩噩，天天嚷着大红大紫，心里究竟想的是什么，谁也不知道。

程逢看了眼酒窖四面墙上挂着的飞机模型和机长帽，大喊道："你别睡了，待会儿和我一起见个人。"

"不见。"

"你不见会后悔的。"程逢补充道，"不是周尧。"

陈方人停住，揉揉发胀的太阳穴，兴致不高的样子："那是谁？"

说真的，不是他轻狂，活到这把岁数，能让他不见会后悔的人，掰着手指头一个个数，统共那么几个，除非……他脑壳忽然一顿，该不会？

就在这时，程逢朝他使了个眼色。他略带僵硬地回头，宿醉后神经衰弱的眼眶，刷地掉落两行泪水。

染着黄毛的高大身影倚靠在门口，双手抱臂，斜拉着嘴角，眉目张扬，瞅着面前哭成傻子的小老弟，一脸兴味。

陈方努力对比眼前男人味十足的家伙和当年吊儿郎当天不怕地不怕的少年，哭得更凶了，一拳头挥过去，泣不成声道："你终于回来了。"

他摸了摸又掐了掐廉若绅的脸，仍不敢置信，掰过他的脸就要亲一口。

廉若绅忙七手八脚地推开他："知道你想我，但也用不着这样，怪吓人的。"

"谁吓人了，哼。"

见他还是熟悉的味道，熟悉的配方，陈方鼻头一酸，眼眶再度湿润。他大袖一撸，故作轻松地将廉若绅往里带，准备关上门和他好好地喝上一顿，乍一看才发现身后还有个人，戴宝玲正微笑着朝他点头示意。

陈方摸摸鼻子，对她的出现称不上有多欢喜，但好像也不是很意外。毕竟当年他和李子坤几个兄弟都很喜欢裴小芸，谁知最后那样收场。可不管怎么样，戴宝玲是程逢的朋友，不喜欢也不好表现出来。

他翻来捡去挑出一瓶珍藏红酒，摆下四支磨砂高脚杯，先给自己满了一杯饮尽，压下翻涌的情绪，才缓缓给其他人倒上。

酒杯推到廉若绅面前，他余怒未消地问："失踪好玩吗？"

"你这小子，对老大敢这么狂？"廉若绅作势勾住他的脖子，两人你推我搡地续了会旧情，程逢也正好有空和戴宝玲说话。

其实这些年她们之间没有断过联系，只是在一起的时间和机会总归不如以前多了。一方面程逢这两年事业大有起色，非常忙碌。另外一方面，自周尧和皇朝合约期满解约后，戴宝玲就主动辞职。在执行能力方面她无疑是个人才，DK权衡利弊后不是没有挽留过，可她执意离去，为了谁不言而喻。

当年廉若绅突然失踪，裴小芸落寞了很长一段时间，所有人都以为他走了，连程逢也这么认为，直到后来戴宝玲走投无路来找她借钱，才知道她一直在帮廉若绅。

奶奶的丧事，重新复读考取中央音乐学院，参加大大小小的比赛，一路以来离不开她的陪伴与扶持。

要知道很多东西说得容易，践行实难。自从以网络为主的线上发行取代传统的线下发行之后，全音乐平台呈现负盈利现状，免费音乐的获取让本土市场一直深陷"可有可无"的状态，盗版网站的猖獗也加速了专辑购买力下降的趋势。再加上国内音乐平台资源少，竞争激烈，发行行业前景低迷，戴宝玲从头开始，一人单干，优势化整为零，因此毫不意外地赔了一大笔钱。

当时廉若绅还在念大学，戴宝玲怕他心里有负担，一直没有说出实情，直到再也拿不出一分钱去供他学音乐的时候，才对程逢和盘托出。

不想重蹈往日覆辙，让失败重演，戴宝玲选择做一个独立经纪人，程逢常常想问她，值不值得？可每次还没问出口，戴宝玲的眼神已经给了她答案。

甘之如饴。

"像我这个年纪还这么傻的女人，姑且认定为傻吧，我知道你们都这么想，是不是很少了？但其实我还挺高兴的，感觉自己活得很简单。"

这几年似乎是为了维护廉若绅的尊严，又似乎是为了维护和裴小芸的情分，她们时不时地联系但都有意无意避开了以前共同的朋友。程逢也总能想起她走投无路时来找她的那一天，想起她在午夜辗转难眠时痛哭失声的样子。廉若绅离开家的时候一无所有，她不想他回来的时候还是一无所有。

压力有多大，可想而知。

朋友们不会笑话他，可他有自己的骄傲。当时最疼爱他的奶奶过世，父母漠不关心，与裴小芸理想相悖，成绩一落千丈面临退学压力，一意孤行选择星路，还连累最好的兄弟，可他唱的歌依旧没有人听……在那个时期，坚持与放弃只在一念之间。

难能可贵的是他选择了前者，上帝偏爱他，戴宝玲没有道理放弃。

到如今他的音乐事业总算有了起色，一年前在台北参加大型音乐选秀节目，斩获亚军头衔；同年还获得金曲奖最佳华语男歌手提名，虽然最终与奖项无缘，但已经让他逐渐走入观众视野。再加上有戴宝玲从中周旋，已经确定他会作为新生代表，参加国内近年来最火的一档歌唱类综艺，并将在暑期正式开唱。

之前在台北发行的新单曲《Cry Cry》在国内各大线上音乐平台销量已经超过五万张，这是第一次，他写的歌没有亏钱。

后来在某一个收工的夜晚，他和戴宝玲走在空无一人的街道上，忽然说了句："我想回去了。"

戴宝玲感慨万千，第二天联系程逢，组织了今天的会面。

程逢一时不知从何开口，想了想还是归于最初，和老朋友闲谈起来："最近怎么样？"

每次见她，她好像都比以前沧桑了些许，明明她们正值盛年，还远不该遥望暮年，可凝视彼此的眼睛，看到的却是细纹。

戴宝玲握住程逢的手，说道："一切都在慢慢变好，程逢，我很高兴。"

"他知道吗？"

"什么？"戴宝玲愣了一下，才知道她是指破产那档子事，摇摇头，"不知道，没必要。就这样吧，反正已经过去了。"

程逢原来觉得宝玲和庞婷不一样，庞婷目的性太强，甚至可以说不择手段，而宝玲一向有原则和底线，不会违背道德，也不至于太为难自己。可随着对国内娱乐圈生存现状的了解，一些无可避免的干预与妥协让她越发清醒，这是一个远比过去更加残酷的斗兽场，尔虞我诈在所难免。

她渐渐开始害怕宝玲会变成下一个庞婷。她不禁看向一旁的廉若绅，廉若绅似有察觉，透过玻璃杯的粼粼微光朝她看过来，凌厉的眉峰，俨然透着一股旁人无法窥破的生疏。

程逢低下头，不无感慨道："宝玲，不管你做什么决定我都支持你，希望你能得偿所愿，苦尽甘来。"

戴宝玲听懂她的话外之音，捂着杯口淡淡道："他还是无邪，却不再天真，这是成长的代价。程程，我们都回不到过去了。"

在娱乐圈的成长尤其需要腾飞的意志，她知道廉若绅是在野蛮生长，但她热爱这种不屈的生命力。

今日之前，她不是没有想过就此与过去一刀两断，因为担心破镜难圆，再见唏嘘，只是徒增伤感。可真正坐到一起才发现，不管怎么变，他们的心仍在一起。

"离开的时候就在想什么时候回来，一直在等这一天，好在等到了。看样子我们还不算迟到，说不定还带了个好头，你不感谢我？"

程逢听出她的揶揄，有意绕过这个话题："说真的，一次也没有想过放弃吗？"

戴宝玲一顿："想过的，但放不下。"她又说，"你呢？别想着逃避，我现在回来了，你还能逃到哪里去？"

程逢苦笑，不知想起谁，一时六神无主。

戴宝玲拍了拍她的手："就算迟到，也不会缺席，我知道你在等待什么，程程，都会回来的。每个人生命的轨迹不一样，廉若绅当时只能勉强站立，勉强行走，我不帮他一把就摔倒了。可是有些人不一样，一开始就笔直地站立着，哪怕一时迷失，哪怕在世界任何一个角落，也一定笔直地站立着，所以对他而言最好的帮助就是等待。"

"哇，这你都知道？你是我肚子里的蛔虫吗？"

"切，这才几年？当初看你那副样子，我还以为十年、二十年你也等得起。"戴宝玲笑话她，"算了，那个坏小子还是缺席吧，这样你变成老尼姑嫁不出去，就能跟我凑合着过了。"

"你想凑合，我还不想呢。"

"小样儿，你以为就你一个人还在等他啊？"戴宝玲往旁边一瞥，程逢跟着看过去。陈方尚且如此，廉若绅何尝迈过那道坎？

让他最无法释怀的，大抵就是那个远走他乡的少年了吧？

戴宝玲说："虽然《Cry Cry》让他崭露了头角，但他最喜欢的还是《心事》，之前在台北总决赛时，他原想选这首歌，不过主办方不同意，最后只好选了别人的歌。他就一直记着，希望有一天能在全世界最高的舞台唱这首歌。"

此时的初衷恐怕已经变了，变得不再是让更多的人听到他的心事，而是让远去的人，看到他还在这里。

程逢喉咙发涩，摇了摇酒杯，和戴宝玲相碰。

陈方闹得满头大汗，一屁股坐下来，灌水似的将整杯酒吞掉，程逢见怪不怪，戴宝玲却是第一次看到真人表演，觉得新鲜："之前看了你的直播，千杯不醉一口闷，真厉害。"

陈方毫不谦虚："其他不敢说，论到喝酒，华定区我第二的话，恐怕没人敢认第一。"

廉若绅看他嘚瑟，挥拳砸向他肩膀："出息大了吗？"

"嘿，我这小打小闹和老大怎么比，你可是要当天王巨星的人！以后开全球巡回演唱会的时候，邀请我去当嘉宾不？"陈方性子直，是个哪壶不开提哪壶的主，廉若绅好不容易才迈出第一步，演唱会什么的还遥不可及，这话倒像是在硌硬人似的。

见兄弟不搭腔，他一时慌了，拍着胸脯振振有词："我说真的，你们别不信啊！到时候一人包一区看台票怎么样？"

廉若绅抿了口酒："总有一天。"

程逢瞥了眼陈方，示意他闭嘴，转而问廉若绅："还在坚持练舞吗？"

"嗯，有时间就跳，当作锻炼了。"不知是愧疚心理作祟，还是历史遗留的害羞，他面对程逢总不太自然，暗藏星火的目光一时黯淡几分，"不过跳得不好，新歌发行本来想录个 MV，后来想想还是算了。"

"知道 Moon（月亮）舞室吗？"

"Moon？就是堪称欧美巨擘的传奇舞蹈工作室？"戴宝玲似是嗅到商机，兴致勃勃地同廉若绅解释起来，"好莱坞最炙手可热的进修班，网罗全球顶尖街舞教练和编舞老师，所有歌舞者的梦想天堂。你怎么忽然提起这个？难道……"

程逢叹服她的嗅觉："他们打算拓宽亚洲板块，已经确定国内选址，下个月正式开业。"

"我的天！这么内幕的消息你怎么知道？"戴宝玲和程逢十几年的朋友，

彼此默契难言，一边问一边隐约有了答案，"他们邀请了你？"

"人精，这都能被你猜到。"程逢拿出聘用书摆在桌上，"下个月我会正式入职 Moon，担当爵士舞老师，后天我要去洛杉矶和他们对接课程细节。"

其实之前他们探讨过，廉若绅不一定要走唱跳全能的路子，只是他一张脸蛋太具迷惑性，观众很难不联想到"选秀""练习生"类似的字眼，因为这就是当下国内的流行趋势。既然如此，他也拥有一定的舞蹈基础，就不必彻底舍弃唱跳的路子，反正多一项才艺只会锦上添花。

"不过 Moon 的招生门槛很高，学费也不低，我这回算是公然以权谋私了。如果你有兴趣，这几天就可以去官网报名了。"

"待会回去我就弄！"

廉若绅还没开口，戴宝玲已经拍板。

程逢乐得哄她高兴："回头我写一封推荐信带去总部。"

"好呀！小女子无以为报，只好以身相许了。"

"火线女王整天和周影帝一起厮混，哪还轮得到宝玲姐你以身相许？"

陈方逮着机会就贬低周尧，程逢哭笑不得："还不是因为你酒窖太香？"

"切。"

廉若绅听到周尧的名字，瞬间想到了记忆深处的某个人。悄悄地看了眼程逢，见她谈笑自如，了无当初的恨意，不觉心中泛苦。

有些错是一定要认的，没有他冲动的开始，就没有他们猝不及防的结束。散场来得太快，像是一阵龙卷风，还没做好准备，他们就已各自踏上逃离的征程。

想说的话就在嘴边，想提的人几乎脱口而出，戴宝玲却突然在桌下踢了他一脚，将他的思绪瞬时拉回现实，"姜"字已经吐了出来，不得不费力描补："那你将来打算怎么办？"

"说到将来啊？"

程逢似笑非笑，她的将来是一场豪赌。赢了，她无所不有；输了，她一无所有。

"还不知道呢，且走且看吧，我们一起努力。"

"好！一起努力！干杯！"

陈方率先举杯，工艺精美的玻璃杯在空中轻轻一碰，发出清灵悦耳的声响，像是忍不住从无聊烦闷的琴谱中跑出来的音符，欢快地跳跃着，跃跃欲试地演绎一首久别重逢的协奏曲。

　　程逢周五到洛杉矶，出发前周尧忽然说想见她一面，时间紧张，只好约定了机场附近的咖啡店。她到的时候周尧已经在了，戴着墨镜，穿着深灰色的大衣坐在最里间，目光落在窗外，身边零零散散有几个女孩在聊天。

　　走得近了，程逢发现她们正在偷拍，立刻转身离开。

　　过了会儿周尧出来，直接上她的车，车上还有个小助理。

　　小助理很自觉，在他上车后就下去了。

　　"抱歉，我没在意。"

　　他在解释偷拍的事。

　　程逢莞尔："她们拍你，跟我说什么抱歉。"她看时间还有不到半小时，直接问，"找我有事？"

　　"算是和你有关吧。HA总部想找我拍最新一期杂志封面，双人主题，还在物色适合的女模特，我向他们推荐了你。你和HA高层是熟人，再加上之前参加《舞林》大火了一把，相信他们不会拒绝。"周尧肯定地说。

　　程逢总是难以想象他如何练就的一身自信，每每让所有事情处在掌控之中。当初笃定她和姜颜会分开是这样，后来笃定她等不到他也是这样。

　　"是个好机会，我就不拒绝了，回来请你吃饭。"

　　周尧目光清澈，坐在她身旁，离得近，自然会产生一些同她亲昵的想法。见她头发垂在耳腮，他忍不住轻轻挑起，别到她的耳后。

　　"等你回来，怕是要更忙，到那时约你可就难了。"

　　"怎么会？"程逢不着痕迹地起身，从副驾驶拿过一瓶水，拧开喝了一口，放下瓶子，正好卡在两人中间，"对了，这么说的话，HA今年的代言人已经敲定是你了？"

　　"没有意外就是这样，过两天去跟他们签合同。不过也说不定，HA正值多事之秋。"周尧笑了下，余光中有水波晃动的倒影。

　　"怎么说？"

　　"媒体那边的熟人放消息给我，池风集团可能会与HA合作，在国内成立新公司。"

程逢眉头一皱："池风集团？"

"几年前池风集团内部大洗牌，换了新领导，现在已经是国际网商大户，涉及时尚圈是早晚的事，而 HA 是圈内无可撼动的领头羊。"周尧似是想起什么，口吻变得意味深长，"陆琳你应该不陌生，听说是池风集团董事长家里的那位。"

这已经不是什么秘密，背靠池风，拥有顶级资源，三番五次参演好莱坞大片，角色重要，演技也不错，可惜番位一直上不去。奇怪的是，姜毅直到今天也没有娶她，因此尽管她人前人后要风得风、要雨得雨，也只是表面风光，私下还是圈内人茶余饭后的谈资。

人就是这样，想要看不起你，一个理由就够了。

程逢拨了拨头发，略感好奇："没想到你也关注八卦。"

"池风集团实业广泛，经常有合作，打交道是必然的。"他如今已成立自己的工作室，还签了几名艺人，其中一位刚新晋成为流量花旦。

这几年他学会了沉淀，人也没有当初那么激进，接拍两部口碑、制作各方面都不错的电视剧，演技获得一致好评，事业基本稳定，在圈内要人气有人气，要资源有资源，也算小有成就。

"接下来两部古装大戏都是池风集团投资的，我初步了解了下，里面大概有三十二场戏会涉及专业古典舞。我知道你对古典舞也有不少研究，不如来做指导？"

程逢知道他的意思，大制作，资源和发行多半没话说，有池风做资金链支撑，想不大发都难。起初他问过她的意思，知道她无意转行当演员，可又想帮她提高知名度，于是绞尽脑汁寻找机会。前天对接了导演，才想到作为舞术指导也不失为一种新鲜的展现方式，话题度必不可少。尤其如他所说，有三十二场戏需要古典舞的配合，应该是一部相当讲究历史文化的剧。

具体的她不方便多问，却还是拒绝了。

拒绝得非常果断，周尧不免追问："为什么？"

程逢想了会儿，直言道："池风集团的董事长叫姜毅，他是姜颠的父亲。"

这几年周尧还是第一次听她说起"姜颠"，一时愣住了。再看横在他们俩中间的水，怎么看怎么碍眼，不如先前暧昧。

他似笑非笑："这对你并不影响，总不能因此推掉所有池风集团赞助投资的节目影视吧？"

"不要误会，我没那么高尚。"小助理敲车窗，示意时间到了，刚好适合结束这个话题，"我只是觉得姜毅可能不太懂亲情。"

"这……有什么关系吗？"

程逢第一次在周尧面前有这样的笃定，笃定地说："不懂亲情的人无法制作触动人心的作品，他连最简单的爱都握不住，又能握住什么？"

生不带来，死不带去。姜颠不了解姜毅，是因为没有和他一样的个性，血浓于水这个概念，也许姜毅并不理解。她从没接触过姜毅，况且过去了这么久，可就是说不上来，就是有这样的感觉，不看好池风集团的长远发展。

"你不要感情用事。"

周尧还想争取什么，被程逢抬手打断。她笑了笑，眼里尽是疏离："你就当我偏心吧，以前跟你在一起的时候，任谁说你急功近利，我不也瞎了眼地偏袒你吗？不要误会，没有埋怨你的意思，只是觉得很多感情往往没道理，也不想改。"

周尧愣住，良久才问："只能是他？"

程逢拉开门，若有似无地"嗯"了声。

第二天中午到达洛杉矶，出关时正好遇见一个大型旅行团在寻找走失的队员，导游独自一人面对十几个七嘴八舌的中老年人险些崩溃，程逢帮忙疏通，在机场滞留了一会儿。最后成员集合，旅行团为了感谢她，盛情邀请她一起吃午饭，程逢推却之际，一个戴着墨镜的女人风风火火地擦过她的肩膀，她不得不抬眼看去。

秦振早就等候多时，见她傻愣愣地站在门口，鼓着腮帮子喊道："女王，你看不到这里快变成化石的我吗？"

程逢一醒，再三推拒旅行团的美意，快步朝秦振走去。

同一时间，撞她的女人关上车门，迈巴赫缓缓而出。

"看什么呢？"秦振一只手搁她肩上，盯着消失的车尾嘟哝，"豪车啊，还是限量款，有钱人，你认识吗？"

"不认识。"只是觉得那个女人的背影有些熟悉。

程逢将行李放进车里。

秦振是个外国人，名字还是程逢随便取的，那时他除了迷恋舞蹈，就是迷恋中国文化，因为痴迷发哥、青霞姐那一辈的演员，一直苦练中国话，有事没事还在线听古代神话小说。她这回见他，他已经克服法国人天生自带的卷舌音，说起中国话来有板有眼，还挺像样儿。

程逢夸了他两句，秦振得意极了，摇头晃脑地问："先去吃饭，还是工作室？"

"去工作室吧，反正你来接我，也吃不到什么好东西。"

秦振是素食主义者。

生活习惯被否定，盛情的邀约也被拒绝，秦振哼了一声："瘦子不配让我请客。"

"我来请客，你敢吃吗？两份牛排怎么样？"

"程逢，你……"秦振憋得脸红，就吐出来三个字，"你真坏！"

程逢看他耷毛的样子忍俊不禁，一边打开手机一边说："具体的课程安排我在飞机上做好了，已经发到你邮箱，待会儿你看一下。"

秦振目视前方，头也不回："不用看，我对你放心。"

"那你火急火燎地喊我过来做什么？"

"卡洛琳有一部新戏，需要爵士舞基础，时间不够，只有三天，救急如救命，我想来想去只有你了。"卡洛琳是他的好朋友，对这个要求他无法拒绝。

"只有我什么？我最闲吗？"

程逢没好气，秦振讨好般看着程逢："女王，给我一次为您鞍前马后的机会，不香吗？"

想到廉若绅那件事，程逢隐隐心动，嘴上却还在拿乔："别，卡洛琳出了名的脾气火爆，我可不敢接。再说Moon还能腾不出一个优秀的教练，你逗我呢？"

"因为……"

"嗯？"

"因为她指名让你教。"

程逢挑眉："影后就是不一样，我还不是Moon的教练，她就敢随便指名？凭什么认为我一定会答应？"

秦振扁嘴："她捏准的是我，谁让我……我上回占她便宜了。"

"你……"程逢哭笑不得，"秦振同学，你好歹是大名鼎鼎的Moon头牌，三十好几岁的人了，能不能不要这么纯洁？你是摸她手了还是搂她腰了，能被这么威胁？"

秦振是个法国佬，一向崇尚浪漫深情的绅士做派，多年来苦苦等待初恋，六根清净，她难以想象他如何被卡洛琳讹上。

"我踩了她的裙子，她走光了。"秦振生无可恋地补充，"在一次活动现场。"

程逢想象了下那个场面，不厚道地笑了："那确实需要补偿，所以你就借工作室的名义把我骗过来？好处呢？"

"一场编舞，你随便提要求。"

"商业性的也行？"

"就知道你在这里等着我！"秦振咬牙，腮帮鼓鼓，"行！但我出场费很高的，你别砸了我的招牌。"

程逢拍拍他的肩："放心，我一定会好好地把你的歉意反馈给卡洛琳小姐。"

二十分钟的车程，程逢敲定了廉若绅下一首单曲的编舞老师，整个人缓过劲头，仿佛不用再倒时差，立刻给戴宝玲去了一通电话。

下午主要对接课程细节，由于秦振是亚洲区常驻负责人，并兼管欧美事务，个人行程需要程逢的配合。

晚上卡洛琳如期登门，程逢提前在路口迎接。眼见一个黑发女人率先从车内下来，程逢以为是卡洛琳，疾步上前。

人到跟前面面相对，彼此都愣在原地。

"柴……柴今？"

黑发女人迟疑片刻，摘下墨镜："是我，程老师，好久不见。"

柴今没什么变化，气质仍和以前一样，文静内敛，笑时嘴角有一个浅浅的梨涡。

她落落大方地伸手，程逢却不习惯这种公式化的社交，上前抱住她："好久不见，今天在机场的是你吧？"

"嗯，之前在机场，我……我没看到程老师，所以没招呼。"

"没关系，当时觉得熟悉，没想到真的是你，在这儿重逢我真的太开心了，这些年你还好吗？"

"还好。"

她的口吻带着一丝生分，往后退开一步，无形地拉开距离。

程逢不疑有他，打趣道："接你的是男朋友吧？头也不回，走得那么急。"

卡洛琳这才落后一步下了车，说道："柴的男朋友很帅。"

柴今悄悄拉她的衣裳："别瞎说，不是我男朋友。"

"怎么可能！不是男朋友对你那么殷勤？你每次回来他都去接你，还送你花。"卡洛琳一副胸有成竹的样子，"相信我，如果他还没有表示，要么爱死你了，要么就是一点也不在乎你！"

她们看起来很熟，说是悄悄话，结果程逢却听得一清二楚。她本想挽留柴今好好叙旧，谁知她只是顺道送卡洛琳一程，还有要事在身。程逢不好勉强，留了电话让她有空联系。

卡洛琳见她恋恋不舍地目送柴今离去，若有所思道："你和柴认识很久了吗？"

程逢点点头，卡洛琳不着边际地说："她男朋友真的很帅，你认识吗？CF影业的合作人之一，J·梅耶。"

"嗯？"程逢没听清。

"算了，看你样子就不认识。"她将包往肩后一甩，站在台阶上居高临下地望着程逢，"不是要上课吗？还愣着？当我时间很便宜吗？"

程逢摸摸鼻头，这个傲慢的家伙，究竟谁才是老师？

她轻咳一声："先换衣服吧。"

卡洛琳环抱双臂上下打量她："等等，都说你是北美首屈一指的爵士舞女王，我瞧着也没三头六臂嘛。你有什么本事，要不要拿出来给我看看？不然我怎么相信你，让你当我的老师。"

程逢笑道："秦振没跟你交代我的本事？"

"别跟我提他，一听他的名字我就一肚子火！"卡洛琳显然跟秦振关系匪浅，都在一起学中文了，瞧这一个个往外蹦出的短词，真溜。

"算了，还是打铁趁热吧。我没有基础，怎么练才能快速上手？"

"三天时间太短，你没想过找替身吗？"

"我从来不找替身。如果三天时间我还跳得四不像，就证明我没那个本事，还拍什么？总不能一颗老鼠屎坏一锅粥吧？我多对不起整个团队。"

程逢欣赏她的专业素养，赞许道："先跟我说一下这部电影用到爵士舞的几场戏主要表现什么？"

卡洛琳把电影内容大致地叙述了一遍。舞蹈家 K 在一场全美含金量最高的比赛总决赛前三天，忽然卷入一桩谋杀案，她最大的竞争对手 Q 死在排练室，当天下午预约过排练室的除了 Q，只有 K，而且监控显示 K 曾和 Q 在走廊争吵，大赛评委也曾透露，K 荣摘桂冠的唯一威胁就是 Q，种种嫌疑均指向 K，于是在即将一举成名的前三天，K 被捕入狱。

但她并没有放弃，而是凭借超高智商和异乎常人的冷静，在监狱内展开了调查，其中几个重要转折处，均以爵士舞来渲染现场气氛，节奏张弛有度，或激流勇进，或精彩纷呈，最后，K 在落幕前赶到比赛现场。

这是一部将爵士舞融入悬疑案件的电影，程逢光听讲述就已经非常期待，忍不住好奇道："其实探戈、伦巴、踢踏也适合剧情背景，怎么独独选择爵士舞？"

卡洛琳翻了个白眼："这我怎么知道？听说 J·梅耶特别钟爱爵士舞，就是我刚才提到的，柴的男朋友！他是这部电影的制作方——CF 影业的合伙人。"

"CF？"

她听说过这家公司，好莱坞制片厂的后起之秀中如日中天的一家影业，两个合伙人，一个曾是金融巨擘萨姆公司的合伙人，身份背景强大，实力眼光不容小觑；另一个则是独立电影发行公司的创始人，人称"小梅耶"。

最重要的是，近年来 CF 影业发行的大片，均是国际大奖和其他评论家奖项之间的热门首选，备受国际电影发烧友追捧。

她了解 CF 影业，源于去年他们投拍的一部名叫《夕阳男孩》的电影，在奥斯卡颁奖礼上成为最终赢家。整个行业都将此认定为一部难以超越的经典剧作。

那是她近十年看过最好的电影，其中不外乎好几个致敬古典爵士舞的长镜头，非常让人惊艳。

卡洛琳说："现在谁的电影中出现 CF 的标志，基本象征着一种荣誉。因为 CF 创造平台把世界上最棒的影迷、最投入的电影爱好者和所有的媒体都集中到电影身上，令许多中小型影业难以望其项背，CF 必将是未来好莱坞制片厂的龙头老大，所以你现在知道我为什么要特地抽出三天时间排练爵士舞了吧？我要快点抱紧 CF 的大腿啊！"

真是什么话都敢说。

不过，出于对 CF 的向往与喜爱，程逢燃起满腔激情，一巴掌拍弯卡洛琳的腰，说干就干："接下来三天，你就在这里别出去了。"

卡洛琳忍痛道："谁——怕——谁！"

她年纪虽小，却毅力十足，想做一件事必定死磕到底。

程逢陪着她鏖战，整个三天昏天黑地，没有好好睡过一觉，到最后几乎只剩半条命，好在成果喜人，卡洛琳像模像样地完成了她设计的三支舞曲。

她年少成名，天赋异禀。当她开始旋转，她不再是卡洛琳，而是 K。

离开时卡洛琳对程逢彻底改观，亲昵地唤她"女王姐姐"，说要让制作方大吃一惊，并让她拭目以待。

程逢感激涕零，撑着快掉到下巴的黑眼圈说："如果有首映礼，我一定去看。"

"那你别忘了，这部电影叫《听我说，阿特姆斯》。"

"听名字就很有意思，到时候一定去捧场。"秦振不知道什么时候抵达，笑嘻嘻凑到身旁。

卡洛琳一见他，把头扭过去："谁要你捧场？再来踩一次我的裙子吗？蠢蛋！"她一分钟也不想多待，迅速让助理收拾东西离开。

临走前她在包里扒拉两下，翻出一张票从窗口递出来："喏，就当是学费了，也不知道你喜不喜欢听演奏会，反正我身上只剩这个了……总之，谢谢你。"

她飞快地说完，飞快地升起车窗。

秦振震惊得眼珠子差点掉下来："我没看错吧？刚才她的脸上似乎浮现了两朵疑似害羞的红云。"

程逢对秦振的修辞能力感到震惊："你最近在听什么小说？"

"《梦回古代做皇后》。"

程逢竖起大拇指，仔细看票根，是麦斯基的大提琴演奏会，时间就在今天晚上。见秦振一直站着没动，以为他想去，她顺手把票递给他："你喜欢？"

"不，我今晚没空。"

"那你一副望眼欲穿的模样是什么意思？"

秦振一拍大腿，他激动地说："我就是在想得用什么成语形容比较合适，原来是望眼欲穿！太神奇了，中文真厉害！我太惊讶了！她居然会害羞，哦！我的甜心。"

　　程逢没再理会这个傻子，收回票来，随便一折放进口袋，马不停蹄奔回酒店补觉。

　　人是奇怪的生物，有时候明明不想睡觉却一沾枕头就能入梦，可有时候明明困得眼泪鼻涕糊一脸却怎么也睡不着，她为此还洗了个热水澡，喝了半杯白水，以为能够顺利入睡，谁料却更清醒，翻来覆去折腾到最后还是裹了衣服出门。

　　不知不觉走到音乐厅附近，门口摆着麦斯基独立演奏会的海报。看一眼时间，刚刚开场两分钟，她在原地犹豫了半分钟，吃完最后一口三明治，一边用纸巾擦嘴，一边掏出票给验票员，缓慢地往内场走。

　　麦斯基外表张扬，技巧卓绝。一生经历传奇，17岁赢得全苏联大提琴比赛的冠军，翌年又夺得柴可夫斯基大赛大提琴组首奖，前途光明时因莫须有的罪名坐了牢，后来得到美国富商的赞助，才获准离开苏联。

　　曲折的人生成就了他非凡的演绎，整个演奏厅回旋着大提琴的低音，悲伤绝美、富有诗意。

　　程逢感受到一股来自心灵深处的肃静，没有再往前走，只在最后一排坐了下来。从会场另一边进来的人，似乎与她有相同的感受，也在最后一排随便找了位置坐下。

　　离得稍近些，程逢察觉到一抹视线停留在她脸上，顺着看过去才发现，原来是柴今。

　　柴今朝她点头示意。

　　中间隔了三个位置，灯光昏暗，她压低声音靠拢过去："好巧，你也来看演奏会？"

　　柴今说："卡洛琳同我说把票转送给了别人，没想到这个人就是程老师。"

　　"听你的语气似乎不太高兴在这里看到我。"

　　柴今摇摇头："我不是这个意思。"

　　"好了，我逗你的，其实我是无聊，刚好经过这里就进来了。"说话间，通道里光线一暗，有人从另一侧走进来。

　　柴今听到脚步声匆忙回头看去，一时抓紧了手包："那个，程老师，不好意思，我突然想起来还有点事情，就先走了。"

　　说完不等程逢回应，她猛一起身，飞快往来人走去。座椅掀起的"哗啦"

声让前面两排的听众不由自主地向后看来，柴今一面致歉，一面往前冲。到了正在张望寻找她的男人面前，她捂着肚子说："我突然很不舒服，可不可以先送我回家？"

"怎么回事？"

"可能吃坏了肚子。"她窘迫地不敢抬头。

"也好，先回去吧。"男人半扶她的手臂往外走。

麦斯基的演奏忽而进入高潮，男人脚步一停，回首看向舞台，视线不自觉从后排座椅掠过，微皱了皱眉头。

察觉到柴今已痛得发抖，他没再探究，开门走了出去。

大提琴低音环绕四周，现场陷入无边无际的黑暗。

程逢缓慢地找回了头绪，在下一首曲子结束前离开了音乐厅。如同当年在芬兰街头漫无目的地走了几个小时，而今她魂不守舍地游荡在洛杉矶的夜市，脑海不停闪现着开门的一瞬间，从亮光处看向她的那双眼睛。

太像了，不，不只是像！

就是他。

他看到她了吗？认出她了吗？还是不想再见她？他为什么和柴今在一起？她头痛欲裂，理不清的思绪越解越难缠，不知不觉间已彻底失去方向，只好打电话给秦振。

秦振好不容易借着看球赛的由头和初恋来了个八年后的重逢，结果刚亲热上就被程逢叫走了，憋着一肚子火到加油站，远远看到一个单薄的身影双手插在口袋，站在路灯下，那个样子要多落寞有多落寞，到嘴边的气焰顿时灭了个一干二净。

"怎么了？一场演奏会魂就丢了？难道在那里遇见了前男友？"秦振不着调地调侃道。

见程逢脸色更加阴沉，秦振暗道不好："不会被我说中了吧？在芬兰那个？"

那年在芬兰他刚好有一场活动，当晚消失已久的火线女王更新 Facebook 的动态，只有一句话：I never left（我从未离开）。

以为是对爵士舞的缅怀，引来不小的轰动，几乎搅动半个欧美舞圈。他当时就在赫尔辛基，热血沸腾地按照定位去找她，结果还真误打误撞地找到了。

秦振难以忘怀入眼的那一幕，她醉成一摊烂泥，眼睛里满是迷雾般的伤痕。

少时一起练舞，他知道她自制力有多惊人，哪怕没有灵感，也只会一整夜一整夜地熬着，绝不会像其他人一样去寻找酒精刺激和烟草麻痹，因此她身上的气息总是最干净，可眼前的人哪里还像曾经的火线女王？他不得不重新定义那条动态，最终判断，应该是为情所困。

后来从她的醉话中，他验证了自己的猜想。

"是叫阿颠吧？你的前男友？他到底是个什么样的人？你从来不肯提起他。"秦振对她屈指可数的醉酒经历印象深刻，连带着姜颠这个名字也深入人心。

程逢情不自禁陷入回忆："我认识他的时候，他还是一个孩子。"

"What（什么）？"

"不是你想的样子，那时他已经上大学了。只是在我眼里，还是太幼稚了。"

秦振极力控制自己的面部表情，讪笑两声："你继续，不过我真的很想补充一句，和学生谈恋爱，真刺激！"

刺激吗？

晚自习下课后，经常有学生来书吧买奶茶，他往往会装模作样地排在最后，点一杯牛奶，在书架前徘徊。等到学生们相继散去，他们则一前一后上楼，假装漫不经心，假装只是误入一片秘密花园。

漂亮的野猫钻进小姐的闺房，夜里的灯时常亮至天明。

偶尔也有女生为了偷看他，跟着他徘徊在一行行书架间，这个时候他会先出门，往前走两个巷子，站在一盏大灯下等她。等不到她的时候，他会转到书吧后面的一条街，往二楼的窗口丢石子。

那时他总是很依恋她，很黏人，不常笑，却很好哄。

她常常想，如果他的生命失去了爱和期待，就会像一条河流失去了鱼，河流依旧会流动，却了无生机。他依旧会活着，只是徒增沧桑。

每当这时，她就怀疑自己当初的决定究竟是对还是错，他会不会怪她自作主张？他还会回来吗？他恨她吗？应当恨吧。到最后什么都不敢想，只希望他好好地活着。

程逢苦笑道："你相信吗？我可能要孤独终老了。"

"看你为他守身如玉的样子，不是没有这个可能，不过我真的想问一句为什么？虽然很刺激，但为什么偏偏是他？"

"我也不知道。"

可能那只风筝飘过来，刚好落在她面前。

离开之前，Moon 工作室几个老朋友为程逢践行，秦振特地选了一家地道的中餐馆，还开了两瓶茅台。酒过三巡，这几个在欧美舞圈响当当的人物总算见识到中国酒水的威力，脑子一热，竟就在人来人往的中餐馆大厅即兴舞起来。

店里正在放《Crash》，乐感劲爆，程逢起初还有几分理智，没有跟着搅和，后来不知被谁拉了进去，稀里糊涂搭着秦振的腰扭动起来，肩挨着肩，臀与大腿摩擦，到最后浑身起了火，眼神直打飘，只是感觉身边有很多人围观，说话声、掌声如潮水一般相继涌来。

她累脱了，撑着最后一丝力气离开包围圈，人流还在往前挤，她背道而行，备受阻碍，一不小心踩到一双脚，连忙向对方致歉。

对方顺手扶住她，低声道了句："没关系。"

兴许酒意上头，她没有注意到对方是个中国人，径自离开，站在门口吹风，没一会儿脸上的热度就降下来了。

秦振也追了出来，搂着她的肩膀笑道："那几个已经玩疯了，咱不理他们，去我家续场？前阵子我搜罗了两瓶绝版葡萄酒，想不想尝尝？"

"不去了，明天还要赶飞机。"肩上仿佛压着一座大山，程逢推了一下没推动，用胳膊肘撞他的腰，他一缩，整个人蜷缩成虾米。

"让我靠一靠嘛，这酒实在太烈了，我现在感觉整个世界都是倾斜的。啊！你看，路是斜的，灯是斜的，你也是斜的！"说完他半壁身子往旁边倒去，程逢赶紧揪了他一把，他趁势把头搁在她肩上，奸计得逞般笑成一个傻子。

程逢无奈，到路边拦车，将秦振丢进去，想了想还是不放心，跟着上了车。他们离开后，中餐馆内出来两个男人，沿着街道顶风往前走。

走了一会儿，其中一个男人实在憋不住了，问道："为什么不上前去？刚刚你们离得那么近！"

姜颠盯着脚尖，月影勾出高跟鞋的鞋印，有浅黄色的灰尘。

"离得那么近，她踩到我没有抬头，我说没关系，她没听出我的声音，在音乐厅我一直看着她，她也没有追出来……"

"NO！你不能这么想，她已经喝大了，音乐厅又黑漆漆的，或许她根本没看到你！"

"是吗？"

"唉，我只是觉得太遗憾了。芬兰有多大？你们竟然能在赫尔辛基同时看到极光。洛杉矶有多大？你们还能在同一场音乐会相逢！这还不够明显吗？爱之神眷顾着你！你光想着她上前，这样不行，太小气了！"李斯答是他的大学同学，知道他们全部的过去，着急得快要抓狂，"你应该冲上去抱住她，疯狂地吻她！男人必须霸气一点。"

姜颠唇边有淡淡的弧度："那样会吓到她。"

"刚才在餐厅，你看见那些男人的目光了吗？我敢说如果她没有提前离开，还有同伴，她今晚一定会被人尾随！我真为你捏一把汗，你再不加紧点，她就要被抢走了！"

"不会的。"

他想到那个和她贴身热舞又亲密搂着她的男人，眉头微皱，神色间浮起明显地不悦，可他依旧笃定，她没有跟那个男人在一起。

"你凭什么笃定？"

姜颠侧目看他："就凭，我爱她。"

程逢很喜欢拥抱的感觉，她常常给他一种想要把他揉进骨子里的错觉，总是抱得很用力，手指发白，手背几乎青筋暴跳。可刚才她对自己的同伴，敷衍到不屑一顾。

洛杉矶昼夜温差大，姜颠被李斯答临时拉出来打牙祭，只穿了一件衬衫，咖啡色格子，戴着一块黑色腕表，单手抄进口袋里，露出的手腕影影绰绰泛着红。

他体质依旧很差，一受凉或是正在发烧期间，身上的皮肤就会泛起一层薄薄的红。

李斯答惊讶于他的肯定，却迟迟听不到他肯定的强有力依据，就凭"他爱她"，狗屁！他难道看不出来吗？李斯答懊恼地推了他一下，隔着衬衫手感粗糙，却还是感受到火球一般的体温。

"你又发烧了？"

"这两天在剪片，盯得紧。"

"身上带药了吗？"他一边说一边熟练地从姜颠裤子口袋里掏出一袋中药包，见怪不怪地撕开包装，递给姜颠。

"之前柴今问我，你上大学时加强锻炼，身体不是已经好多了吗？怎么后来又变差了？我能告诉她实情吗？当然是你不好好爱惜自己，故意糟蹋身体！"

当初他没能参加 IPHO 竞赛，并非是给领队的借口，而是真的病了，因从心里深处溃败而生了一场重病。可哪怕如此，他仍偷偷跑去赫尔辛基，当时他们离得很近很近，只要她一句话，他可以不顾一切地找到她。

可惜，她只是说：别等了，阿颠。

姜颠将药袋扔进垃圾桶，当作短暂失聪，忽略李斯答喋喋不休的抱怨。好在李斯答很快转到其他话题，讨论最近在忙的项目。

姜颠提到新片《听我说，阿特姆斯》，李斯答问："阿特姆斯的定义是什么？"

"精神独立。"

"具体点？哪方面的精神？"

"梦想。"

李斯答来了兴趣："《夕阳男孩》呢？精神是什么？"

"希望。"

"可我看到的更多是渴望、颓丧、黑暗、流浪、自我规整和孤独……总之很多很多，唯独没有希望。"

姜颠想了会儿，说："活着，就已经是希望了。"

第二章

思狂

落地时正值晚下班高峰期，还赶上一场说来就来的大暴雨，程逢刚一下飞机就打了个寒战。

助理大金已经在等她，听见敲玻璃的声音，忙落锁开门，程逢像只敏捷的小鹿蹿上车，抖着嗓子说："我现在又冷又饿，快晕过去了，赶紧回家。"

"不吃饭了？"

"叫个外卖吧。"她骨子里仍旧散漫，下雨天就爱缩在沙发里看电影，谁知一觉醒来还在路上，她已然累得没有脾气，吩咐司机把车开去书吧。

书吧去年重新装修过，很有小资情调，是学生和情侣最爱逗留的地方，哪怕周末也座无虚席。

现在书吧的老板是黎青，黎青毕业之后和男朋友问家里借了一笔钱，两人开了一间咖啡馆，可惜因为选址不佳，生意萧条，咖啡馆勉强撑了半年就倒闭了，亏了一大笔钱。

当初的启动资金基本都是黎青的，男朋友拿出的不多，店铺倒闭后恩爱变成了油盐酱醋茶的悲哀，绕在钱眼里走不出来，最终一拍两散。正好书吧生意不景气，程逢也无心打理，就问黎青愿不愿意接手。

小丫头感动万分，拍着胸脯说一定会好好经营书吧，程逢也没指着书吧发财，但看她那样也说不出打击人的话，就把书吧以转让股份的形式转给了黎青，自己当起甩手掌柜。

没想到小丫头看着文秀，却很有生意头脑，知道学生们喜欢什么，市场流行什么，总是配合节日做各种活动。去年还盘了隔壁的铺子，将书吧扩大重装，现在生意比之前好了很多，每年进账不少。

程逢心里感慨万分。

车在门口停了一会儿，等人走得差不多了，她才进去和黎青对账，全程打着瞌睡左顾右看，时不时望着通向二楼的入口，心思全然不在账目表上。

黎青无可奈何，没有一回对账见过程逢上心，也不怕她坑大股东的钱。末了提起两件事，一是月底雪冬和萧晓成结婚，让她挪出时间参加；二是残障儿童康复中心给她打过电话，她在国外没接到，安因亲自来了一趟书吧，话里话外的意思是康复中心现在有点困难，希望她能施以援手。

安因开口，程逢肯定是能帮则帮，随即从书吧的收入里拨了五十万，并让黎青转交给安因。

几乎是书吧大半年的盈利了，黎青有点不高兴，忖度着说："残障中心应该有补助吧？我查了一下，他们的日常活动也有社会机构的帮助，里面的护工是有点辛苦，工资也不高，但也用不着这么多。哪怕每个月给孩子们买东西送过去，也好过一下子给他们这么多现金吧？"

程逢急需倒时差，脑仁疼，迷糊地看着她："给安因她还能乱花了不成？你这傻丫头担心什么？怕我没钱啊？"

"我不是这个意思，你这几年陆陆续续已经给很多了。"黎青越说越小声，"他们走之后第二年，她旧伤复发，你送她去国外做矫正手术，那么一大笔钱说给就给，就算是弥补好了，也犯不着……"

程逢知道她想说什么，趴在柜台上朝小丫头勾勾手。

黎青凑过去，她一把将她的头发揉得乱七八糟，掩着嘴轻笑："我问你，安因现在在康复中心是副主任吧？"

"副主任又怎么样，还不是你出钱……哎呀！程逢姐，你好讨厌，头发都乱了。"

"傻丫头，她高兴就成，这些都是我欠她的。"程逢敲敲她的头，"以后这话不许说了，你要是觉得作为二股东，看不得我大股东乱花钱，就再动动脑子，多帮我赚点呗。"

她在书吧停留了大概半小时，大金驱车送她回家。她现在住的地方就在姜颇以前的高档小区里，有一对年轻夫妻移民，她买了对方的房子，两室一厅，日系装修，家里有二十三盏黄管小灯，一打开满满的温馨气息。

至于之前郊区的那栋别墅，为了给安因做手术，她已经咬牙卖了。早年买的时候花光了她所有的比赛奖金和积蓄，千挑万选，谋中一套心头好，确实不舍，毕竟是在自己最想停泊的时候，唯一容纳她的港湾，可惜世事无常，房子转手又被她卖了，自己也重新漂泊。

仔细想想，也许是老天爷觉得她还年轻，仍有拼搏的资本，所以收回了房子，收回了心爱的少年，倒还给她一颗十八岁时万死不辞的"胆"心。

她收回思绪，将接下来一周的行程在脑子里过了一遍，脑容量几乎告罄。车进入小区，程逢急着回家休息，叮嘱了大金几句，大金却没听见似的，一直盯着后视镜看，滂沱雨幕中有微光倒映在透明玻璃内。

程逢纳闷："怎么了？"

"我觉得后面那辆车好像从机场出来就一直跟着我们了，刚我们在书吧外停了多久，他们就在对面马路停了多久，会不会是记者啊？"大金视力好，虽然雨下得超级大，但她还是依稀能辨别出对方车辆型号，黑色幽灵，低调豪车。

"现在记者都能开得起这么好的车了吗？"大金咬手指，"程姐，要不要我下去看一下？或者，会不会是你的某个追求者呀？"

程逢被"某个"字眼逗笑了，好奇在小助理眼中她究竟有几个追求者，想了想周尧不是这款车，就也没有多心了。

"可能刚好顺路吧。不早了，你赶紧回家，明天我要倒时差，你下午再过来接我。"

大金应声，送程逢进了电梯，直到十八层某个房间亮起了灯，大金才重新发动汽车，这时对方已掉头离开。

大金越想越不对劲，一种沉重的使命感令她跟了上去，结果刚到繁华地段，她就被兜晕了头。回想之前下车时朝黑色幽灵看过去的景象，车内漆黑一片，隔着哗啦啦的暴雨，有种说不出来的诡异。

大金浑身一个哆嗦，随即驱车回家。

在她离开后，隐藏在阴影下的黑色幽灵重新驶出，回到原先的小区。

同一时间程逢洗完了澡，换上睡衣，拉开窗帘，静静地望着对面。

从芬兰回来后不久，一次很偶然的机会，她重新踏入这个小区，在物业那里得知姜颠和陈慧云出国了，房子却没有卖，这几年一直没有卖。后来小夫妻要移民，她才买下现在的这套房子。

隔得不远,能够看到对面楼层的屋子。她隐隐期待着,有一天当她拉开窗帘,那一户能够亮起灯来。

第二天安因收到账款,打电话向程逢致谢,她插科打诨地揭过这茬,又聊了一会儿挂断。先前她因为《舞林》名声大噪,如今录制还剩最后一期,她将和其他两位决赛入选人同台比拼。

按照赛制规则,每个人至少要准备两支舞,但未必都能用上。一轮之后,总分最低的人位列第三,不必再进入最后比拼。也就是说,如果她第一轮就被刷了,后面那支舞就用不到了。

她知道自己和对手之间的差距在哪里。一个是潮舞男孩,在香港出道,先火遍了国外,再火到国内,精力旺盛得令她咋舌。另外一个是从小失明的天才少女,视力的缺失为她打开了其他感官的窗户,对于音乐的捕捉非常敏锐,表演极具感染力。

这两人正当韶华,均不乏话题度和热点,不出意外的话冠军应该在他们之间。而节目组之所以邀请她,纯粹只是一个噱头。

一个摘得BOD桂冠的年轻女人,一个在演艺圈几度沉浮颇具谈资的前辈,更重要的是和周尧有着剪不断的关系,如果她输了,不知会引发多少有趣的话题。

程逢不是消极的人,从头来过,对所有事情都已做好最坏的打算。大金在车上同她对行程,下午彩排,晚上录制。末了看她眼睛发黑,担心她没有休息好,会影响发挥。

果不其然,彩排时两支舞都表现平平,没有爆发力,副导演同她谈了很久。大金紧张得说不出话来,这个时候一点也不敢说错话,生怕影响她的比赛情绪。倒是程逢自己看得开,被骂了也就一笑而过,听到私下的编排也没有什么反应,直接钻进休息室补眠。

到了晚上,所有人都在严阵以待地准备总决赛的录制,大金的心也几乎跳到嗓子眼,而程逢还在睡觉。就在副导演捉住在角落里瑟瑟发抖的大金时,外面一声高喊,原来是节目组的领导们提前来巡场了。

这是从来没有过的事,领导们有什么想法一个电话就能交代,就算这个节目收视率高,也不至于亲自到场吧?总导演立刻丢下麦克风上前迎接,副导演则恶狠狠瞪了大金一眼，让她赶紧把程逢叫出来，不然吃不了兜着走。

大金气得浑身发抖，正准备去叫程逢，谁知一转身她就靠在台柱后面，目光幽幽地盯着门口。

总导演正陪同大小领导们走过来，一边环顾舞台布置，一边介绍录制流程。为首的"土肥圆"她认识，是《舞林》的总监制，旁边是一位很年轻的男人，虽然侧脸隐在高光中，容貌不清，却可以判断大致的年纪，年轻到让人有种错觉。

大金正想偷偷去看一眼，谁知程逢从台柱后踱了出来，直接从半米多高的台子跳了下去。

她还穿着高跟鞋！

大金亦步亦趋地跟在身后，眼看她朝领导的方向走了过去，副导演拼命给她使眼色，程逢眼皮抬也不抬，站定在一行人的半米外。

"土肥圆"皱起眉头。

要不是看在周尧的面子上，怎么会邀请她，还让她一路进入总决赛？收视率不错，才给她脸一起去庆功会，结果她清高得很，酒不喝，笑不陪，真把自己当回事，原本半决赛时打算好好地挫一挫她的锐气，谁知重要投资人忽然关注了《舞林》的播出，他只好任其发展，没想到还真让她进了总决赛。

现在知道过来讨好了，晚了！

"土肥圆"冲总导演挥了挥手，总导演忙走到程逢身旁，拧着她的胳膊咬牙道："程老师，还有个细节要跟你再对一下，你方便过来吗？"

程逢岿然不动，总导演眼底不耐："程老师，马上就要录制了，现场这么多观众呢，出错可不好。"

"是吗？"程逢缓慢地收回视线，抬起手臂，"导演，你就是这么和我对接细节的？"

她穿着雪纺纱，胳膊一抬，泛红的皮肤若隐若现。

现场气氛当即凝固，离得近的工作人员明显感觉到四周气压低沉，纷纷缩着脑袋往后退。

这家伙脾气躁得很，在片场打人也不是一次两次了，十几个跟拍摄像师，资历低的没有一个不被他摁头往机器上撞过，助理小妹们也都不同程度地被他骂哭过，现在倒好，竟要对参赛老师动手了。

程逢丝毫不惧，扬起脸微微一笑。

"土肥圆"怕底下人丢脸，忙把总导演往后一塞，堆着笑脸对旁边的男人介绍道："姜总，这是我们总决赛的入选人，今晚的录制……"

他还没说完，已被打断。

"我知道。"年轻男人上前一步，手缓慢抽出，放在身侧。似乎有些紧张，他先牵起一丝笑，方才说道，"我回来了。"

短短几分钟，程逢的心里不知已经历了什么，小腿微微打着寒战，倘若他再晚一秒，她恐怕就要落荒而逃，可他到底来了，还揉了下她的脑袋，又是一句："我来看你比赛。"

她下意识道："看完全程吗？"

"嗯，等你回家。"说完他回过头，征询对方的同意，"张总监，可以吗？"

一直在问总导演什么情况的张总监忽然被点名列，吞吞吐吐道："当……当然，您能留下观赛是我的荣幸，只是没想到姜总和程老师是……"

张总监迟疑地看着姜颠，后者掠过她的发丝，似是意犹未尽般捉住一缕，放在掌心，过了会儿目光一偏，看着总导演徐徐说道："我是程老师的追求者。"

由于姜颠的出现，这场总决赛的投票环节，保持了绝对的公正透明。毫无意外程逢和失明的天才少女进入最终角逐，天才少女的票数略高于她。

中途休息戴宝玲打来电话，为她加油鼓气。程逢摇摆不定，不知该不该告诉她姜颠回来的消息，几番欲言又止。

时隔多年没见的人突然出现在总决赛现场，她自己尚不能平复，说给旁人听恐怕更添波澜，让自己无法平静吧？思来想去还是止住了话头。

大金拧开水递给她，小声提醒她时间不多了。

程逢点点头，深吸一口气就去候场。

她的票数偏低，要先开始表演。

到舞台备选区，副导演谄媚示好，程逢淡淡回应两句，视线一偏，就看到台下坐着的人。

"土肥圆"也在同他说话，他看起来难掩疲倦，态度敷衍，只一味盯着手里的矿泉水，忽然抬头，视线穿过舞台，逡巡而过，定在黑暗中的她身上。

简直神了。

时间一到，程逢钻出幕布，一团柔光打在头顶。

全场寂静，灯光、音乐、摄像均已做好准备，他却忽然起身，走到她面前，手上正是刚在把玩的矿泉水。

"想喝水吗？"

他半是弯腰，将瓶盖拧开，递到她面前。

程逢神经紧绷，从未有过的紧张爬上头皮，让她声音发涩："我不渴。"

"那润润嘴巴吧，好不好？"

他只记得以前她跳完舞总要喝很多水才能补充体力，否则脸色会有显见的苍白，但是在比赛现场，情绪遮盖了她生理的需求，厚重的粉也掩饰了她的苍白，他看不出她真实的状态，心惶惶的，总想为她做些什么。

程逢不得不抿了一小口，低声说："口红会掉。"

"好。"

他满意了，这才走回嘉宾席。

总导演朝众人比手势，耳麦渐出提示。

程逢准备了一会儿，以旋转的姿态进入舞台中央。

她穿一件黑色紧身吊带裙，裙摆贴近大腿，光是那么看着，那样旋转起来，就已经像是一团乌云在拨弄清光。伴随着音乐渐入磅礴，缓而低沉，交叉演绎人山人海的繁华与寂寞时，她的舞蹈如同川流不息的城市与孤独的内心并行而走，盘旋在每一个矛盾的都市人心头。

渴望自由而又恋慕爵士，是选择离开还是坚持追梦？

之所以选择在总决赛跳这支舞，她经过了深思熟虑。当年告别演出时，因被内定她满心落寞，一心逃离，就想将十多年不休不止热爱的爵士停留在它最美好的样子。在某种意义上，那支《人山人海》演绎的是一个失败的程逢。而在今天这个舞台上，《人山人海》被重新定义，再次演绎，有了全新的解释。它呈现出的更多是一种在泥泞中挣扎且向上的生命力，哪怕孤独，哪怕寂寞，哪怕与梦想背离，她也选择沿着黑暗的方向一路走下去。

披肝沥胆十几载，想要的不是站在山顶，而是热爱山顶。

是那些少年教会她的。

这一刻，感动大于所有情绪。她忘我地演绎，动情地诠释，到最后意外地哭了。

全场哗然，她却在黑暗中静静谢幕，回到后台。

似是料到他会来，程逢已早早地收拾好情绪，撑着头微笑，神色一如既往地温柔。

"我跳得还好吗？"

他点头："以前我在网络上搜过这支舞。"

"什么时候？你没和我说过。"

"在你终于肯松口让我追你的时候，在我第一次抱你的时候。"他的记忆很清晰，清晰到能回忆起来那一晚所有的细节，萧晓成和雪冬在书吧上演天雷勾地火的一幕，正好被他们撞个正着。他左顾右盼，心神全然不在，说话的时候眼睛离不开她，就是想抱她。

那时，空气中有很甜的柑橘味。

程逢看着姜颜，仔细地审视面前这个大男孩，不，应该是男人了。他彻底长大了，面容变得成熟，鬓角有了凌厉的弧度，眼睛黑亮深邃，不再像从前那样一眼看得到底。

程逢违心地得出一个结论，她的阿颜变了。勉强挤出一丝微笑，她斟酌半晌，问道："那现在呢？亲眼看到这段演出，是什么感觉？"

"很震撼，也很感动。"

"感动什么，我觉得太糗了，居然没忍住哭了，回头肯定要被宝玲笑死。"她假装熟络的样子，只字不提过去。

"什么时候出结果？"

程逢辨别幕前的响动，看时间猜测："估计快了。"她才想起来他根本没看另外一个选手的表演，脸上浮起一阵潮红，"要是输得很惨，你别笑我。"

"不会。"他拧开水递给她，"你一定可以夺冠。"

"这么肯定？"

想到之前"土肥圆"对他的态度，她有了可疑的猜想，姜颜摇摇头："这是现场观众投票，还要加网络票选，就算我想，也得事先费点功夫，短时间内怎么做到？再说，我知道你不喜欢黑幕。"

程逢点点头，喝完水递过去，动作却是一怔。

她惊讶于某种刻在骨子里的习惯，仿佛并没有随着时间的变迁发生任何改变。过去也是这样，他替她拧开瓶盖，用左手递给她，她用右手接过来，喝完再递回去，瓶盖在他左手，正好合上。

姜颠也发现了这一点，唇角微扬，随后主动拿回了她手里的瓶子，拧好后放在一旁。

"应该结束了，我先出去。"

末了，他习惯地摸着她的脸颊，指尖带有微热，蹭了下她下巴的软肉。程逢愣了会儿，点头："好。"

结果不出所料，程逢成为年度《舞林》的霸主，将会作为被挑战者，直接进入下届《舞林》的五强争霸。

等不到颁奖环节结束，姜颠临时接了一通电话，先行离去。

程逢接了两个采访，结束时已近凌晨，总导演留她吃夜宵，她婉拒了。上车后才发现微信消息沸腾，原来大金已经把这个好消息散播了出去。

雪冬：天啦！我们的火线女王简直太棒了，我为你骄傲！为你自豪！月底的婚礼你一定要来哦，我已经和萧晓成打包票了，你一定会到场！我还让他准备了十人伴郎团，个个品貌俱佳！怎么样姐妹们，我对你们好吧？

黎青：你是醉翁之意不在酒吧？想为程姐做嫁衣就直说，拉上我们做什么？不过程姐，恭喜你，你快回来多签点海报明信片，我好像又发现了一个商机！

裴小芸：程程，为你高兴。

陈方：哎哟！我的女王，什么时候来酒吧和我一起直播啊？拯救一下失足男青年好不好？

无一例外都是恭贺的消息，戴宝玲和廉若绅在台北赶完活动还发了短视频过来，除此以外就是周尧。临散场前送了一束花去棚里，一大捧红玫瑰，惹来无数张望的目光。

大金使出了吃奶的劲，才把花抱上车。

程逢想到这花，对大金说："待会儿你拿回去吧。"

大金讶异："这是周尧给你的呀。"

这几年周尧经常送花给她，起初程逢都直接扔给大金，后来实在太麻烦，有的就自己随手处理了，有的就被忘在家里慢慢地枯萎，可大金看着，就以为她接受了周尧的追求。

直到，今天那个男人突然出现。

大金眨眨眼睛："程姐，你跟周影帝真的没戏啦？"

程逢扶额："你天天跟我一起，什么时候看过我们有戏啊？不是你想的那样，他只是朋友。"

"这样呀，那花我就拿回去了。"大金笑嘻嘻地补充，"对了，刚刚你在接受采访的时候，有几家经纪公司打电话过来，还有一些想找你合作，我都留了联系方式，回头整理好再给你看，这样行吗？"

"这么快？"

"哎呀，你别看现在节目还没播出，但谁家还没几个探子呢！"

车停在十字路口等绿灯，大金几番犹豫，还是忍不住好奇："程逢姐，刚才在录制棚里的真的是你的追求者吗？"

程逢瞥她一眼："憋了一路吧，嗯？"

小丫头刚跟她不久，同她还有点生疏，平日行事小心翼翼，但心思简单，想法藏不住。

程逢无意瞒她，直言道："不是。"

"啊？"

程逢点点她的脑袋，认真地说："是我该追求的人啊。"

一周后《舞林》总决赛正式播出，程逢再度成为话题人物。原本是件皆大欢喜的事，结果却因一张照片，让她实至名归的冠军头衔疑似成为潜规则的产物，让诸位网友发散出了许多匪夷所思的猜测。

潮舞男孩在个人社交平台上传了几张照片，其中一张非常模糊，被技术员修复后呈现出来的画面是，一个男人倾身揉程逢的脑袋。不知道从哪个角度拍摄，灯光处理糟糕，姜颠的脸没有入镜，反倒是他旁边的"土肥圆"入了镜。

借位一看，就像她和大领导有什么亲密的举动。网友立刻炸锅，纷纷指责节目组有黑幕，冠军内定，暗指她与大领导关系匪浅。半小时后潮舞男孩删除照片，但为时已晚，各大博主和娱乐平台已大肆转发，造成极度恶劣的影响。

真相在桃色八卦面前，立刻变得无足轻重。

说实话,程逢已经习惯了。对于这些网络暴民,她的处理方式一般是不管不问,任由他们去,骂个几天就消停了。没想到过了一夜,事态演变得越发严重。网络投票的十个选区公开数据后,随机抽选的几个版区,恰好获得高票数的都是程逢,而没选中的几个版区,倒是天才少女票数更高。

无独有偶,真是巧了。虽然十个选区总票数统计下来,仍旧她更高一点,但这个巧合已经击碎观众对节目组的信任了,令他们无法不质疑节目的公平性,受害者自然是失明的天才少女,而她则成了用非法手段上位的恶毒老女人。

程逢的女王人设崩塌。

然而这个当事人,天塌下来还在当被子盖。一觉睡醒后,她摸了下脑袋,又开始思考姜颠出现的真实性。已经一周了,他没有再联系过她,倘若不是有那张被疯狂转载的照片,倘若不是手机一直振动,她真该怀疑自己眼花了。

好在《舞林》的风波越闹越汹涌,给她带来一层真实感。她咧嘴一笑,乐得出门去打牙祭,准备再去超市买点东西。

下了楼,一辆黑色幽灵刚好从旁经过,她低头看路,余光瞥见一抹黑,并没有在意。

下一秒,整个人停在原地。

这不是几天前那个暴雨夜被大金判定为可疑记者的车辆吗?她悄悄回头,却见车门拉开,一道熟悉的身影走了出来。

"你……"

她话还没说完,一双手径自将她抱了起来,车门很快再度合上。车内升起挡板,与驾驶座完全隔离起来,她不安地动了一下,抬起脸看向他。

"你……你怎么在这里?"忽然想起什么,她带着一丝迟疑问道,"那天在机场一路尾随我回来的,是你吗?"

他点点头,不知这些天去了哪里,眉眼间难掩倦容。

程逢满腹疑惑,一时不知从何开口,想来想去只有一句:"阿颠。"

明明已经做好十足的准备,可再次与他相逢,她还是恍惚,还是难过,还是不知道如何待他。

她攥紧了手指,想从他腿上下去,却被他反手抱得更紧。

她嗓音发涩:"我……"

"那天晚上，洛杉矶的合作项目出了岔子，我连夜飞了过去，这一周大大小小的会议不断，就一直没找到合适的时间给你打电话。程程，我一整夜没有合眼，满脑子都是你。"兴许疲惫，兴许等待太久，他情不自禁地说出了实话，被某种尘埃落定的欲望彻底击败，抚着她的脸颊问，"你想过我吗？"

怎么会不想？她想他想得快要发疯了。

程逢张开手抱住他的后脑，离他很近很近，能够闻到他每一次吐息之间的气味，和记忆里一模一样。

"想，很想很想你。"

"我也是。"他迫切地问，"你还在等我吗？"

程逢眼眶泛酸："如果我没有等你，你还会回来吗？"

"会。"

"如果我已经爱上别人，又或已经结婚了呢？"

姜颠低下头，声音闷沉："我还是会回来，总要看到你，这些年才算数。"

说完他目不转睛地看向她。

他长成了一棵参天大树，是她没有参与成长的参天大树，这棵树枝繁叶茂，硕果累累，却仿佛早已跟她没有关系。她强忍捶打他的冲动，强忍质问他"为什么现在才回来"的欲望，被真实的、再度相见的踏实感填得满满的，难受地捂着他的眼睛。

"我不是和你说别等了？"

"你还记得在小旅馆那一晚吗？你说过不管我去多远的地方，你都会来找我，在芬兰是这样，在洛杉矶也是这样，所以，我没办法不等你。"

你敢相信吗？

不管她说了多少残忍的话，他只相信他切身的感受。在那个墙体剥落的破旧小旅馆，当她抱住他痛哭失声的那一刻，他已经预感她将要离开他。

她看着受伤的他，满目心疼无法掩饰，她明明那样爱他，怎么舍得离开他？如果一定要分离，让她走的理由只有一条，那就是更好地保护他。

这么多年，他唯一的恐惧只有她不再爱他。

那晚在洛杉矶的中餐馆，他们明明近在咫尺，却屡次错过，他辗转一夜终是追着她回了国，谁知又被项目突然横插一脚。

当他把原本应该半个月甚至一个月处理的琐事压缩到一周内解决时，他终于深刻地意识到，他不能再一次失去她，想好的徐徐图之，计划的步步为营，到了她面前全都化为乌有。

"程程，我……"

"你先别说，听我说。"

她已经哭得不成样子，抱着他死活不让他看到自己狼狈的样子，一想到没能参与他成长的这些年，就会不由自主地被一种"差点失去他"的恐慌彻头彻尾地占据。

"阿颠，可以给我一个机会吗？让我来追求你，好不好？"

姜颠一震，缓而笑了："要给我叠纸飞机吗？"

"好。"

一直到现在两人才破涕为笑。

姜颠拂开她脸上的发丝，仔仔细细端详着他喜欢许多年的女人，还是一样性感美丽，让他不可自拔。

车内温度逐渐升高，程逢嘴角的得意藏也藏不住，调皮的手指在他下唇触摸，脸缓慢靠了过去，忽然一阵急促的铃声响起，她吓了一跳，险些从他身上翻下去。

姜颠忙拉住她，一看来电眉头又蹙了起来。

程逢赶紧大方地说："是不是有事要忙？你去吧，不用管我。"

"好。"姜颠不舍地送她下车，她让他等两分钟，飞快地回到楼上，没一会儿一只纸飞机盘旋着从窗口落下。

她笑着说："阿颠，刚忘记跟你打招呼了，好久不见，好久好久不见。"

姜颠接住纸飞机，掌心一收，回道："好久不见。"

数年前，一个少年误打误撞闯进了她的舞蹈教室，从那以后他们约定，只要她能折叠出一模一样的纸飞机，他就会离开她。

后来，他如约远走。

而今，她带着他的纸飞机回来了。

姜颠临上车前，隐约察觉到灌木丛中一抹闪光，但并未在意，一心都在纸飞机上。一步步拆解，直到字字清晰入眼：

阿颠，我爱你。

黑色幽灵离开后，程逢接到大金的电话，才知道事情演变得更加严重了。之前《舞林》五强中被淘汰的一个参赛者今日发了微博，虽没有明确提到她的名字，却里里外外暗指节目组不公。网友捕风捉影，自然联想万千。

《舞林》同一层一层海选进入决赛、半决赛和总决赛的赛制不一样，参赛者均是由节目组的邀请，且大多是小有名气的编舞老师、教练和舞团红人，统共也就十五人。发声的这位是近年来当红男团御用的舞蹈教练，身份持重，不会无缘无故发声。所谓一石激起千层浪，而今观众被欺骗、被愚弄的怒火已远远压过了节目本身，程逢成为众矢之的。

节目组让她前去开紧急公关会议，结果大金载她到了现场，却被晾在一旁，一下午没有人理会。她也不着急，一直等到黄昏，秘书才把她叫进去。

会议室只剩正副导演两个人，一脸仇大苦深地陷在椅子里，仿佛天都压了下来。

程逢不说话，对方也不开口，就这么干瞪着眼，直到副导演忍不住，开始唾沫星子横飞。

"程老师，我想你也看到目前网络上一些不太好的谣言了，说到底，这件事完全因你而起，我觉得……"

"我觉得你们应该去找那个潮舞男孩，我相信他手中有更加清晰的照片，可以证明当时和我有亲密举动的并不是贵方领导。其次，你们也应该去找五强淘汰的那位参赛者，很明显贵方上次的户外真人秀活动得罪了他的上司，这次抹黑《舞林》也是冲着你们来的。"

程逢知道他们有意刁难，光是晾着她数个小时就足以证明在这件事中她的站位了，一个要用来背锅的真正受害者。

副导演始料未及，被噎住了。

总导演嫌恶地瞪他一眼，转而对程逢道："程老师，大家都是一条船上的人，要死一起死，要活也一起活。现在节目组正处在谣言风口，稍有不慎就会被媒体记者捉到把柄，大做文章。我的意见是由你出面，先发一通道歉声明，向公众承认错误，取得他们的原谅。之后我们节目组会帮你处理后续事情。"

程逢讥笑："什么错误？"

"买票。十个选区的票数都是你事先安排好的。"

"那我和贵方领导那张疑似亲密的照片又怎么处理？"

导演耐着性子说："网民都是一时兴起，你只要承认在投票这件事上动了手脚，就能转移他们的注意力，不再抓着照片不放。等新鲜感一过，网上的资料一删除，谁还记得这些？后面的事儿你放心，节目组会为你负责到底，顶多再录一次总决赛，再让他们投一次票，冠军还是你的。"

"这么做有什么意思？你以为我会在乎你们这个破冠军的头衔？"程逢突然起身，从高处俯视着导演，唇角紧抿，"当初副导演来找我，口口声声向我承诺这是一个绝对公开透明的平台，参赛者实力相当，我才会答应，为的只是能和舞者有更多的交流，进而帮助自己找回竞技的水准，现在看来，真是瞎了眼！"

她一气不停道："你们不找真正犯错的人，不抵抗卑鄙的行业竞争，却要我承担莫须有的罪名，怎么？连做人最基本的底线都不要了？你们未免欺人太甚了吧！"

说完她转身往外走，正要开门，副导演忽然扯着嗓子大喊道："你不要敬酒不吃吃罚酒！说到底，要不是你好端端地突然走到那人面前去，会被人抓拍到这么有争议性的照片吗？我不妨告诉你，本来我们大领导有合作想和他谈，才把他奉为上宾，但他已明确拒绝了领导，那就没什么好说的了，在这件事上你必须负责到底，除非明年的《舞林》你不想参加了。"

"我还怕你不成？就这破节目，还有参加的必要吗？"程逢淡淡回头，唇角浅笑。

"程老师，容我提醒你，在总决赛现场你已经签了明年的合约。如果你违约，要支付巨额赔偿金。"

"你！"

副导演得意地"哼"了一声，总导演跷着二郎腿，姿态悠闲看也没看她。只是到了这会儿，一个唱完红脸一个又开始唱白脸，扮起好人了。

"程老师，你听我一句劝，咱国内市场不比国外，光有实力哪能够啊？最重要的是得有后台。据我所知，你现在连一家经纪公司都没有，请问你拿什么来和我们节目组斗？程老师是个清高的性子，应该低不下曲意逢迎的头，否则跟老板吃个饭，什么事情不能解决，你说对吧？我们也算是国内首屈一指的制作团队，你觉得在这件事上和我们作对，谁会比较吃亏？我相信你有自己的判断，年轻人不要冲动，万事得为将来做好打算，你从头再来毕竟也不容易，是不是？"

"确实不容易，所以更该好好珍惜这次的热度，打一个漂亮的翻身仗！"一声哼笑从外面传来，玻璃门被推开，秘书连三阻拦也没挡得住身形壮硕的男人。

他一进来就冲着程逢打了个响指："程老师好呀，还记得我吗？"

程逢愣住："李……李子坤？"

"难为程老师还记得我，来，站累了吧？快过来坐会儿，我来帮程老师教训这俩孙子。"

程逢心里没谱，将信将疑地坐了回去。

副导演眼看自己被一个愣头青骂"孙子"，脸顿时涨得通红，撩起袖子就要冲过来，被总导演拦着了。

副导演没见识，总导演却吃过江湖饭，认识面前的男人。

"李董怎么？"

"别！别跟我套近乎，老子现在在这边也不是什么李董，就是程老师以前的学生。你把刚才和程老师说的话再跟我复述一遍，刚才隔着门，没听太清楚。"李子坤一边抖腿，一边朝愣在门口的秘书招了招手，"傻站着做什么？还不快去给我和程老师买两杯咖啡，要热的。"

秘书就这么被使唤走了。

眼看大小导演乖得和小鸡仔一样，动也不敢动，程逢的愤怒瞬时得到了抚平。

导演斟酌半天，尝试解释道："不是李董理解的那个意思，只是出了点问题，刚好在和程老师商量而已。"

"我不太清楚，你说说哪里出了问题？"

"就是现场照片泄露……"

"哦，你也说现场照片，也就是在录制棚发生的事儿，应该是你们的问题，我理解得对吗？"

总导演擦着额头的汗，诺诺应是，李子坤甫一站起，指着他的脑袋道："既然是你们的问题，找程老师商量什么？嗯，你们不想办法快点解决问题，却找程老师顶罪，还敢在这里狐假虎威，谁给的胆子？"

"没，我们哪敢呢。"

"那行，让张小子，哦，不！让张总监回头打个电话给我。请你们就程老师在《舞林》这档节目中所受的委屈和不公平待遇，以及这次垃圾到我完全没眼看的公关过程给我写份一万字的认错书。我希望今晚之前，网上的骂声全部消失，明白吗？”

不等总导演应声，李子坤腿一支，单手举起面前的会议桌，砸了个稀巴烂，随后护着程逢离开，独留大小导演在门口凌乱。

一出门，阳光普照，春风和煦。

程逢忍不住大笑出声：“究竟怎么回事啊？你不会装的吧？总导演怎么认识你？”

李子坤噘着嘴，一脸哀怨：“程老师，程女王，你也太不关心我了，竟然不知道我的真实身份。你还记得当年我的梦想是什么吗？”

“嗯，做大老板？”

“没错，我开了一间公司，刚好他们几个已经启动上线的大项目都是我投资的，所以里面两个尿包都怕我。这几个月我一直在国外，没太关注《舞林》的比赛，不然哪能任他们随便欺负？哼，真当我们程老师没有后台啊？”

走到路边一辆车前，他对着车门踹了一脚，车门自动打开。

程逢吸了口气，真够财大气粗的。

“不过这事功劳不在我，要算在阿颠头上，要不是他及时通知我，我也没法赶来救场。”

“阿颠？”

“嗯，你不知道？我会不会又说漏什么了吧？”李子坤眨眨眼，看向车后座的男人。后者听见声响，从文件里抬起头来，眼神满含警告意味。随即一偏，将程逢拉上车。

李子坤随即做了个闭嘴的手势，识趣地爬进副驾驶。不过一秒又忍不住笑了起来，嘚瑟地说：“我最喜欢欺负这些混蛋了，真好玩儿，以后有这种事一定得叫我。”

程逢揉揉额头，总觉得李子坤有钱之后，整个人的气质都不对了，特别土。

不过姜颠没主动提起这件事的曲折始末，她就没有问，关于柴今，关于李子坤，关于洛杉矶种种。她所有无从参与的这些年，虽然不清楚发生了什么，但她相信他。光看他疲惫忙碌的样子，她就舍不得追问了。

一路上李子坤叽叽喳喳问东问西，又嚷嚷着让程逢请客。

程逢想了想，提议晚上一起去她家里吃火锅，李子坤自然没有不同意。和他们约好时间地点后，半路被姜颠赶下车去处理《舞林》的相关事情，姜颠则陪程逢去超市买东西。

程逢开心地挑选食材，买了一整车，回去后匆忙清洗。

姜颠一看摆出的菜样远远超过了三人份，不禁好奇："你叫了其他人？"

程逢眉眼弯弯："哎呀，你怎么过了这么久还跟以前一样聪明？猜猜都是谁？"

姜颠看她在厨房热闹地忙活着，一副狡黠又淘气的样子，忽然被这有趣的、生动的、富有生命力的时光深深打动，并产生了陪她游戏人间的耐心。

"是你的助理大金吗？"

"你竟然知道她？"

"下雨那天晚上，她一直追着我的车到市区。"

"真的？"

"嗯。"

"哇，大金也太可爱了吧，我要给她涨工资。"

看她的神色，似乎不对，姜颠只好另想："黎青？"

那一晚他到过书吧，当时隔着一条街，光影模糊，只依稀判断送她出门的人，好像是黎青。

程逢一听，反身抓住他的肩膀："天呐，你竟然还记得黎青的名字！我一定要告诉她，她肯定非常高兴。不过她是个事业奴，把书吧当成命根子，一天，哦，不！一分钟都不想关门，恨不得二十四小时不打烊，所以今晚我没有邀请她。"

见他屡猜不中，她高兴地晃起脑袋，一回眸，捕捉到他促狭的目光，她抬高下巴走过去："你笑什么？"

他握住她的手，轻轻松松将她拽到胸前，低头看她的眼睛："这么高兴？"

"嗯。"她毫不掩饰。

"高兴什么？"

"你明知故问。"

姜颠装傻："我不知道，想听你说。"

"阿颠，你变坏了。"她得出结论，象征性地捶了他一下。年纪大了，脸皮倒是一年比一年薄了，轻易就红了脸，声如蚊蝇般承认道，"你回来了，我真的特别特别高兴，别提有多高兴了！啊，比中五百万的大奖还要高兴。"

他自然是笑。

其实这几年也找过她，实在按捺不住思念时，几度连夜飞回国内，在书吧门前徘徊到天亮，可等来的却不再是她。有过失望，也有过绝望，还动过复杂的念头。每每从噩梦中惊醒，也总是喊着她的名字，那时就暗想：这辈子哪怕吃再多的苦，受再多的难，只要还能回到她身边，就什么都认了。

他弯腰靠近她的唇畔，吐露着暧昧的气息："你说想我，到底有多想我？"

程逢扬起下巴，刚要开口，门铃忽然疯狂作响，李子坤拍着门大喊："阿颠！是我！快来开门！老子快累死了！"

姜颠眸色一暗，并不想搭理他。

过了一会儿，拍门大军又加入一个，扯着嗓子阴阳怪气："我的女王大人，你在屋里沐浴更衣吗？要不要这么久啊？我还抱着箱酒呢，重死了！你俩要有什么还没解决的事情，就给兄弟我吱个声，我又不是不识趣的人，对吧？"

李子坤捧腹大笑。

姜颠听出声音："陈方？"

"嗯。"

程逢理了理褶皱的衣襟，忍笑瞪他一眼，把他推出去开门。

果不其然，门一开，两小子捉贼一样把她屋子里外看了个遍，随后就一直冲着姜颠笑。

陈方的酒吧开了三年，在网络直播大半年，都在一个圈子，李子坤偏就没瞧见过他。刚毕业那会儿他俩还有联系，时不时打电话唠两句嗑，可自打李子坤当兵就彻底断了联系。

李子坤退伍后一直在北京混，年初刚来上海。世事皆是如此，有那样的巧合，就有这样的不巧合。

不过好在兄弟情深，聊两句就又熟络了。

以前的"四剑客"只差一个。

李子坤感慨道："老大当年不告而别，也不知道现在怎么样了。"

陈方听见廉若绅的名字，不知从哪里冒出的心虚，一口水全都喷了出来。正好程逢从厨房里端了菜出来，他就给她使眼色，大概是征询她的意思。

"你想说就说，看着我做什么？"

程逢放下菜又回厨房，陈方一个起身挡在她面前，殷勤地说："我去我去，哪能让女王亲自端菜呢，你留下来陪他们说说话。"

李子坤看出猫腻，狐疑地翻着眼睛："你们打什么马虎眼？偷偷摸摸，还不让我们知道？"

"喂，当着阿颠的面你可别瞎说啊！我跟女王大人能有什么秘密，就是老大回来了，前不久我刚见过他。这事你们问女王吧，她一直和他们有联系。"说完他一溜烟躲进厨房，留下程逢面对两个一头雾水的人。

当年廉若绅和他们几个关系是真的好，没想到走得突然，后来听说他家里的变故，一个个气不打一处来，到如今气早就没了，只剩下遗憾。

程逢简单交代了一些，话没说完，门铃再次响起来。她不动，其他几人光看着，慢慢地从她眼神中读出更深的意思，像是猜到来人是谁，一个个紧张激动起来。

这回换廉若绅哭了。

戴宝玲进厨房帮忙，给客厅里长大的男孩们留了空间，怕当着她们的面，不好意思哭鼻子。

男人之间的情义有时候简单得很，你推我搡地弄两拳头意思意思，十年云烟一笑泯然。

"我是真没想到你居然安排了这么一出，太让人意外了。"戴宝玲摘了菜叶，洗净之后，从冰箱里翻出两瓶苏打水，和程逢一人一瓶，无所事事地聊起天来。

程逢擦了下手，说道："临时起意，没有早做安排。也就你们回来得巧，否则再晚一天，还不知什么情形。"

磨砂玻璃透进橘黄色的暖光，依稀能听见客厅疯魔的笑声。

戴宝玲说："他今天一定很高兴。"

"那你高兴吗？"

"他高兴，我就高兴了。"

程逢莞尔，略显不赞同地摇摇头。

戴宝玲话锋一转，又道："你藏得够深啊？姜颠什么时候回来的？竟然没有告诉我。"

"算时间是和我一起从洛杉矶回来的，不过我们也是这两天才真正联系上。"

戴宝玲挑眉，意味深长地凑到她耳边："我怎么觉得不太像，看你俩的架势好像比之前还猛。我进门的时候，姜颠看你那眼神，啧啧，还需要我细说吗？"

"什么架势，你眼花吧？他看我了吗？我怎么不知道。"

程逢把苏打水放在一边，装模作样地整理调料。

戴宝玲看她害羞一直笑，戳着她后肩打趣："别装了啊，你们的进展也太快了吧？"

"真看出来了？"

"嗯，你一脸幸福根本藏不住好吗？"

"哦。"

进展确实挺快的，跟做梦一样。

程逢拍拍脸："宝玲，你掐我一下吧，我到现在还觉得不真实，好像从来没有跟他分开过一样。"

纵然他的身体、口味、穿衣习惯、面容都发生了改变，但他给她的爱情好像没有变过。如果一定有什么变化，那就是更浓烈了，仿佛一瓶陈年老酒，能品出更多的香味来。

戴宝玲当场被塞了一嘴，气呼呼地道："别得了便宜还卖乖啊，气人！"

程逢高兴地转了个圈，戴宝玲又来抱她。

"看见你幸福，我才是真的高兴。一切都值了，五年、十年，光阴又算得了什么？"她似自嘲，又似自我安慰，情绪转瞬即变，给自己比了个加油的手势。

程逢也抱住她。

两人在厨房磨叽了好一阵，直到陈方喊着肚子饿了，她们才把菜都端出去。火锅汤底一直在火上加热，放进电磁炉即能吃。

一整晚，他们聊的都是以前的糗事，越聊越高兴。

程逢发现姜颠一直没怎么动筷子，劝他吃了几口，但很勉强，后来李子坤跟她进了厨房，她才知道实情。

他两年前做过一次手术，切除了一小部分胃，身体有了变化，口味不得不跟着改变，已经很少再吃火锅。

程逢想劝他不要再喝酒，话到嘴边还是咽了回去。他比任何人都清楚自己的身体，应当非常高兴吧？才会一直一直放不下手中那只酒杯。

闹到后半程，实在怕他难受，程逢给他单独开小灶，煮了碗粥。

其余几个都是人精，眼睛装着雷达，随便一扫就瞧见了，嚷嚷着："不给单身狗活路，"然后又道，"一醉解千愁！"

程逢也有些微醺了，身边耳边尽是笑闹声，满屋子的灯都亮了起来，一团团橙黄的柔光撑起灰霾的天，一举扫去多年积淀的灰尘，她的心里既干净又明亮，填满温情与生机。

人处在极度的安全和幸福当中，容易松软，从头到脚每个细胞都膨胀了，灵魂仿佛飘在半空。

隔着桌子，她紧紧攥着他的手，声音低到只让他一个人听见。

"阿颠，我一直不敢问你，这些年你在国外过得好吗？"

姜颠莞尔："学习很紧张，压力很大，身体总是出岔子，最主要是总想起你。"他歪下头，靠在她肩上，声音里透着疲惫，"程程，我总是很想你，很想很想你。"

她将手张开，紧紧地与他交缠。

"阿颠，我不知道这些年发生了什么，不知道你除了胃做过手术以外，身体还有哪里不舒服，哪些习惯发生了改变，如果不适应、不喜欢，你一定要和我说，今后我会仔细注意。阿颠，我一定能保护好你，相信我好不好？

"阿颠，缺席你生命最重要的这些年，真的对不起。

"不要再离开我了，好不好？"

⋯⋯⋯⋯

程逢醉了。

第二天醒来的时候家里一个人也没有，所有垃圾、酒瓶和吃食都被收拾干净了。

戴宝玲给她留言，告诉她昨晚姜颠收拾了一切，还把陈方和李子坤带走了，她则带走了廉若绅；锅里有醒酒汤，让她早起加热喝一碗。

　　程逢脑子没醒透，迷迷糊糊走到厨房。

　　窗帘忘了拉上，阳光透进来，她被刺得几乎睁不开眼，忽然不知看到了什么，眼睛猛地瞪圆。

　　阳光下，一只纸飞机躺在鹅黄色的大理石台面上。

第三章
海誓

　　不久，潮舞男孩公开道歉，《舞林》官方发布追讨造谣者的法律责任，勉强将此事平息，很快风头调转到另一项真人秀中。

　　程逢收到《舞林Ⅱ》的解约合同时，正在家里悠闲地打游戏，大金替她打抱不平，疯狂吐槽网民善变、见异思迁、只见新人笑不见旧人哭云云。本来总冠军花落她家，是个攒人品的好时机，谁知出了那档子丑闻，水花到底没掀起来。

　　"之前给你打电话想签我、想和我合作的那些人呢？底下没有安排了吗？"

　　大金摇摇头，一脸委屈："之前还天天追问我你接下来的打算，这两天电话都打不通了。"

　　"真势利。"

　　"是吧？太势利了，太过分了！"大金气得脸颊涨红，"程姐，这件事从头到尾你才是受害者，为什么现在明明已经解释清楚了，他们还是不相信你？"

　　"傻瓜，相信我值几个钱？"

　　见小丫头还闷闷不乐，程逢拍拍她的脑袋："谁叫他们瞎呢？"

　　大金顿时被逗乐了。

　　下午她去见 HA 的负责人，商谈和周尧拍摄杂志封面的事宜。在洛杉矶时，她已经和 HA 的高层视频通话聊过这次合作，彼此相熟，说话敞着来。对方明确指出 HA 公司将和池风集团强强联合，共同打造新风尚，所以这次拍摄将以池风集团为首，她要见的负责人也是池风集团的总经理林旭阳。

　　林旭阳却不看好她，一方面《舞林》最近负面新闻缠身，从节目组到参赛选手都被扒了个底朝天，无异一个哗众取宠的笑话；另一方面她本身名气不足，作为新风尚打响市场的首发阵容，实在有点差强人意。

　　只是听说她由 HA 总部高层直接任命，不得不给对方几分面子罢了。

　　林旭阳转而想起她和节目组那位"土肥圆"总监的桃色传闻，上下一打量，暗地里摇了摇头，不一会儿他就让秘书进来，与程逢对接细节。

三月春上，空气中还带着料峭的寒意，她穿着新款春裙，肩背都露在外头，冻得直哆嗦。

林旭阳的秘书提着拍摄用品，眼看程逢冻得脸色发白，踟蹰片刻还是不加理会。

到了影棚，周尧责备了秘书两句，将程逢领到自己的休息区，脱下大衣披在她肩上，程逢摇摇头，拒绝了他的好意，来迟一步的大金适时递来一杯咖啡。

周尧盯着她颤抖的身躯，眉头微蹙。这些天《舞林》风波他大致有些了解，找人打听当天的情况，看到现场照片才知道在她身旁的那个男人，究竟是谁。

他，回来了吗？

"最近一直在剧组，没太关注外面的事，合同纠纷解决了吗？"

程逢点点头，周尧抿唇："你知道吗？《舞林》的幕后班底在制作圈一向有裹脚布的骂名，难嚼又难缠，那位张总监虽有实力，却一直不上不下，主要是情商过于感人，常常得罪上级而不自知，难得他们竟然这么轻易就放过了你。"

程逢想到那天与大小导演的会面，深有所感："多亏了我朋友帮忙。"

"朋友？"周尧含笑，"什么时候有了这么厉害的朋友？"

程逢舔了下唇。

姜颜没回来时，她笃定和周尧再无可能，不管她怎么拒绝，他始终若有似无陪在身旁。而今姜颜回来了，也是时候同他说清楚了。

"周尧，其实那个朋友你也……"

正说着话，秘书朝他们招手，要正式拍摄了。

周尧似乎有所预感，拍了下她的肩，顾自道："工作要紧，其他的等收工了再说也不迟。"

程逢弯了弯唇角，没有勉强。

HA总部御用摄影师，早年还没大红大紫时就同程逢有过交情，念着当初程逢对他的提携，这次十足用心，为她打造惊艳的形象。中场休息时几人坐在一起聊天，周尧直言打趣，大摄影偏爱明显。

对方话不多，腼腆地笑了笑。

拍摄到收尾阶段时，林旭阳来到摄影棚，在电脑后面看原片，高清镜头下的程逢皮肤细腻，美得不露锋芒。相比近年出道的女明星，她眉眼间有岁月积淀的温柔，似经筛下沉的细沙，让人不由自主想要抚触。

结束后林旭阳邀请摄影团队和两位模特一起用晚餐，摄影师犹豫不决，见程逢答应才欣然同意一起前往，林旭阳这才知道他们早就相识。

一路上程逢和老朋友相谈甚欢，林旭阳见插不进话，则和周尧低声交流起来。

"以前听说你们在一起过，后来因为乱七八糟的事情分开了，还一度闹得关系紧张，我以为你早就翻篇了，没想到还这么殷勤，难道确如传闻所说，旧情难忘？"

"注意你的措辞，说殷勤多难听，显得我不是好人。"周尧朝旁递过去一眼，颇是感慨，"现在就算我想殷勤，也要看她给不给机会了。"

林旭阳欲言又止："容兄弟我冒昧，有一句话不知当不当讲。"

"你和我还藏着掖着？"

林旭阳拍拍他的肩："听朋友说她以前在舞圈玩得很开，你们当时异地恋，通讯又不像现在发达，你确定那些只是传言？前阵子《舞林》的丑闻，你当真没有过怀疑？"

"怀疑什么？"

"咱们这个圈子，上位者手段层出不穷，你见识得比我多，还需要我说得再明显一点吗？"

周尧脸色蓦地一沉："你这是在踩低她，还是侮辱我？林旭阳，大家朋友一场，今天的话我就当没有听见过，再有一次就别怪我不客气了。"

车到饭店门口，周尧率先推开门，林旭阳忙从另一旁绕过去，搭上他的肩膀："好了，都是我的错。下午多有怠慢，待会席上我同她好好赔个罪，总不能坏了你的好事儿，对吧？"

周尧闷不作声，却没再绷着脸。池风集团正大军挺进，林旭阳是开荒使臣，总不能闹得太难堪。

后来林旭阳态度一百八十度大转变，让程逢十分受宠若惊，但一看他处处为周尧说好话，随即回过味来。临了周尧送她回家，提起林旭阳还特地替他道了个歉。

"他就是那样儿，听风是雨，不过没有坏心。"

程逢淡淡一笑："习惯了，这有什么，值得你专门摆这么大一桌酒吗？"

"值得。"周尧喝了不少酒，眼睛里水蒙蒙的，流淌着某种呼之欲出的情意，"毕竟当初是我的错，害得你承受了那么多莫名的谴责。我知道已经无法弥补安因，但对你，我总要尽十一分的力，尽管弥补不了伤害，但至少让你不太后悔曾经喜欢过我。"

程逢愣了愣，坦言道："周尧，我们之间没有可能了。"

"和我没有可能，和他，就有可能了吗？"

他们一同坐在车里，彼此之间的距离小到手指可以丈量。当下他泛着红的眼呷笑，单臂一撑，半拢住她的肩头。

大概和她耗了这么久，他有些疲软了，因此借酒装醉，说一些没有营养又不用负责的话。

"我知道，你不拒绝和我来往，是因为我当初帮了那几个男孩，但你也不要忘了，我用那张底牌，看的不是你的面子，而是我的心意。我想再和你试试，想对你少一些亏欠，想要你不再厌恶地看向我，想博得你再一次的心软，甚至心动……难道我犯了一次错，就完全不值得原谅了吗？"

"周尧，你醉了。"

程逢用力推他，他反倒压得更紧，整个人欺身覆在她上方，一双平静温和的眸子难得显露出痛苦的神色来。

"我利用庞婷对我的爱，揣着明白装糊涂，伤她至此，她尚且肯将底牌交给我，我一面觉得自己可笑，一面又深感作茧自缚的后果，程程，一定不可以了吗？不可以原谅我一次吗？"

他呼吸的热气吹拂到面庞上，引来异样的战栗。程逢推不开他，只好别过脸，厉声道："周尧，你真正亏欠的人不是我，是安因，是庞婷！既然你知道庞婷……"

"别再说了！我不想再听你说这些，程程，我也不相信你对我已经一点感觉都没有了。"周尧忽然一把抱住她，滚烫一吻烙印在她白皙的颈脖。

程逢一惊，立刻挣扎道："周尧，你清醒一点。"

一双大手在她后背游走，强烈地试探着分寸，周尧的声音渐渐嘶哑："程程，我只是做错一件事，你为什么……"说完他不管不顾地压了下来。

程逢大喝："周尧，你疯了吗？"

"是，我是疯了，我快被你逼疯了！你知道林旭阳当着我的面羞辱你的时候，我心里是什么滋味吗？他凭什么？他有什么资格？"周尧双眼猩红，染着危险的色泽，痴迷地盯着她。

也许在他内心深处，他真的追悔莫及。年纪小的时候，一脚踏进令人炫目的名利圈，被不可捉摸的欲望和野心彻头彻尾地掌控，失去理智，也失去了爱人，等到千帆历尽，回过头看，即便是参天大树，独木也难以成林，无人相伴的日夜，该是怎样的凌迟。

这些年明明同她走得越来越近，却日益感受到一股无力，如同当年渴望登顶却遥不可及的无力一般。当他重新拥抱她，他终于明白，努力了这么多年，不过又再次回到了原点。

视线跃过车窗，他看到花园一角的人影，一时愤怒、失望、焦灼犹如洪水猛兽将他吞噬。他狠狠地吻住程逢，疯狂地吮吸着她唇齿间的味道，失去好像一张网，让他奋不顾身地为此一搏。

忽然，重重的一巴掌扇到脸上，周尧僵住。

与此同时车厢被重力踢踹，程逢转头一看，浓郁的黑勾勒出一道熟悉的身影。她赶紧解锁下车，姜颠推开她，一记重拳挥到周尧脸上。

周尧似目的得逞，露出一丝微笑。他得体地收拾好所有狼狈，重又展现出无懈可击的一面，对程逢道："今天的事对不起。不过，你一向知道我预感有多准，我还是那句话，不可能的。"

程逢下意识拦住姜颠，周尧这才抽身离去。一回到家程逢就被推到洗手间，姜颠挤出牙膏给她刷牙，她拼命阻挠，口腔仍被搅得生疼，忽然被一口泡沫噎住，她剧烈咳嗽起来，捧着水喝了两口，才刚平顺呼吸，又一捧凉水兜头浇下。

她木然地望着姜颠："你知道你在做什么吗？"

他陡然抽搐了下，手颤抖不止地按停开关。

程逢轻笑一声，抹去脸上的水珠，拿过纸巾擦拭嘴唇。应该是被牙刷刺伤了口腔，纸上落下一丝血迹，她平静地问："满意了吗？"

见她飞快地往卧室走，他随即追上前去。

"我……"他强自忍耐着即将失控的怒意，牙齿间挤出破碎的一句，"程程，对不起。"

"如果你想要的只是这些，阿颠，只要你开口，我没什么不能给你。"

"不……不是，我……"

"如果不是，现在立刻给我出去！我不想看到你。"

她从来没有向他发过火，如果说早些年身上还有骄傲的戾气，懒起来的时候可以完全不理人，但这几年锋芒都被磨平了，哪还剩什么脾气？对他更是丝毫没有，恨不能将所有都给他，以此来弥补缺失的这些年。

只是一直到刚才那一刻，她才确定，错过的光阴是无法弥补的，他再也不是从前的姜颠了。

门在面前合上的那一刻，一阵凉风飘过，覆在皮肤上，冷冽入骨。

程逢迷迷糊糊睡了一觉，时间不久，之后就是漫长的失眠。盯着对面楼层的某个窗户，越看脑子越清晰，到早上五点实在没了睡意，干脆起床跑步。

今天没有安排，她打算跑完步，再回来补个回笼觉，结果刚要洗澡就接到电话。

是陈方打来的，说不上是不是失落，她电话一摔没有接。

谁知陈方却来劲了，一个不接又打一个，到第十三通时她终于接了。

程逢正憋着满肚子火无处发泄，陈方却抢先开了口："女王你终于接电话了，我还以为你也昏迷不醒了呢。"

程逢头皮一紧："什么意思？"

"我是不知道你们闹什么别扭，但闹得也太夸张了吧？吓死人了，阿颠昨天来酒吧喝酒，我当时在直播也不知道，后来散场才发现他醉倒了，就找人把他抬去休息室……"

"说重点。"

"好吧，就是他胃病犯了，半夜疼得痉挛，刚抢救回来。哦，对！在市医院。"

程逢到的时候，陈方和李子坤都在，坐在长廊上低声交谈，看见她点了点头，没多说什么。她推开门走进去，脚步放得很轻。

姜颠睡着了，很安静，没有攻击性。日光温暖，照射在他的脸颊上，使得他酗酒后苍白的肤色一览无余，连血管的纹路都能看得一清二楚。因为穿着病号服，胸口微敞着，锁骨深陷，在阳光下发亮，刺得人眼眶发酸。

前几日看他，里里外外穿戴整齐，根本看不出他与瘦骨嶙峋竟只差一步。

似乎有所察觉，他的睫毛动了动，很快醒了过来。一夜的时间已经够他反省自己，表情里写着虔诚的"我错了"，借病行凶，还带着一丝撒娇的意味。

程逢赌气地说："我来看你，不代表已经原谅你了。"

他微微掀唇："对不起。"

程逢不搭理他，见他作势要起身，连忙将枕头垫高。他看上去分外虚弱，哪怕微小的动作也轻喘不停，单手搭着腹部，看似在忍耐疼痛。

程逢鼻尖微酸，问他："想喝水吗？"

他摇头，她又问："饿不饿？想吃什么？医生怎么嘱咐你的？是不是只能喝粥？"

"不用，陪我说会话吧。"他拉住她的手，程逢不敢用力，只得顺着他的意坐下来。阳光扫过她的耳腮，乌黑的发丝散发着柔和的光泽，更衬得她皮肤如雪。

他忍不住伸手捉了一缕："程程，你真好看。"

"休想讨好我。"程逢斜他一眼，"阿颠，你还记得我比你大几岁吗？"

他只是笑。

"笑什么？我已经奔三了，身边的同学要么已经结婚，要么已经有了孩子，速度快的小孩都上幼儿园了。"

之前有一次在商场，偶然碰见高中同学，孩子已经上小班，甜甜地叫她"阿姨"。她摸摸脸，很是羞赧，给孩子买了一堆玩具。

这几年家里不是没有催过，不过都被她挡了回去。有一次除夕夜，趁着亲戚们都在场，徐丽探她口风，她被逼得无路可走，只得承认心有所属。徐丽一听，凭着整天看偶像剧的头脑，联想了一出又一出惊人的剧情，可不管过程如何发展，结果都只有一个——她在犯傻，等一个不知归期的人。

母女俩因此大吵一架，那一整个年假徐丽没再和她说过一句话。

今年过年倒是脾性温和的父亲拐弯抹角问了一句，她含糊不清，又叫徐丽生了两个月闷气。

想想也是好笑，她从小到大不管跳舞还是学习，从没让他们烦心过。没想到人近三十，倒因婚姻大事让二老愁得夜不能寐，有时候真怕他们气坏身体。

她笑靥从容，不过只字片语，就将数年煎熬一笔带过，姜颠却觉口中泛苦，一丝笑也挤不出来。

"你怪我吗？这么晚才回来？"

程逢握住他的手，想了想说："阿颠，说实话在去洛杉矶之前，我以为自己还要再等一年、两年，甚至五年，又或者我等不到你了。可即便如此，一年、两年以后，我还在等。你要对我有信心，我等得起。"

他更觉愧疚："是我努力得不够。"

"你把身体熬成这样，还不够努力？"

酗酒到需要急救的程度，他应该不只有李子坤说的状况，程逢担心他有所隐瞒，正好趁机问道："阿颠，你的身体到底出了什么问题？"

姜颠转头望向窗外。微光扫过他的眼尾，将睫毛照得发颤，他陡然收回视线，低下头来。看起来有些难以启齿，程逢一时心软，刚想就此作罢，他却开了口。

"之前有大概一年半的时间，我什么东西都吃不下。"

真要追溯起来，就在她决意离开他之后，当时陈慧云还在病中，他每天往返于家和医院，自然也没时间顾得上自己的身体。后来因为公司事宜，他再次去找姜毅，冷冰冰的律师文件彻底击垮了他对亲情的最后一丝念想。算是病来如山倒吧，一场高烧之后，他的心态崩溃了。表面上，他康复了，烧退了，可他吃的东西却越来越少。

他并不排斥吃饭，可不管吃多少，后面都会吐出来。吐的过程往往最为痛苦，需要催吐，否则胃里翻江倒海，难受得根本闭不上眼。

陈慧云吓了一跳，想过带他回国来找她，但他自己怕了。怕撑不下去，怕活不了多久，反成为她的负担。

"IPHO 比赛时，你怎么会在赫尔辛基？"

"我看到你和一个小男孩喂鸽子。"

他不确定她会不会去芬兰，唯一能做的就是跟着赛队一起走，否则偌大的芬兰，他不知该去哪里找她。后来他果真在赛期第二天看到她，一路尾随至赫尔辛基，那一晚有极光和流星，她站在缓坡上，而他就在不远处的玻璃房后。

当时他身体十分消瘦，脸色枯黄，戴着口罩，虚弱到一阵风就能吹倒。他终于按捺不住思念打电话给她，能做的却也仅有这样。

心理医生尝试为他疏导，让他学会放下，接受她另结新欢的可能性。这个心理暗示一直扎根在他内心最深处，这些年每当颓废、黑暗、孤独、失望和恐惧将他笼罩时，源于内心深处的暗示就会跳出来，提醒他、刺激他、逼着他尽快康复，重新回到她身边。

不是没想过，如果她确如心理医生所言，已经往前走，和周尧在一起又或者身边有了其他人，他会怎么做？就在昨夜，他知悉了答案。

那是他完全陌生的一面，是丑陋得无法面对的一面，将他内心的胆怯与懦弱赤裸裸地表露出来，由她看着，那样触目惊心。

说到最后，他几乎不敢看她，眼睛不自主地下垂、躲闪着，身体不由自主将要蜷缩成一团。

程逢忽然捧住他的脸吻了上去。

干燥的吻，没有唇齿地交缠，只有皮肤地厮磨。她贴着他的唇，将他的唇由冰冷熨烫，笑着渡他至灵魂深处："阿颠，这辈子除了你，我不会再有其他人了。"

等到姜颠再次睡着，程逢才离开病房。

陈方见她姿势别扭，走得小心翼翼，才知她洗澡的时候接到电话，匆忙摔了一跤，胳膊和腿都摔肿了，手臂里侧更是蹭破了一大块皮。

好在穿着外套，里面的衬衫浸了血，姜颠也没看出来。

李子坤无话可说，从口袋里抽出一根烟，猛吸了两口，看着她直发笑："我说你俩吵起架来也太猛了吧？这才几天就伤筋动骨，往后是不是还要拆房子？"

程逢笑说："滚你的。"

"我说真的，照你俩这种伤敌一千自损八百的吵法，千万要长长久久在一起，可别去祸害其他人了。"话是这么说，陈方掐了烟丢进垃圾桶里，还是任劳任怨地当起司机，把她送回家拿东西。

想起李子坤，程逢问道："他去哪了？"

"哦，接了个电话匆匆忙忙回公司去了。他现在可是大老板，哪像我闲人似的，一整天跟你俩身后耗呢？"

程逢忍俊不禁："您就别跟着埋汰了，还嫌我不够乱？说起来，我还不知道他公司叫什么名字？"

"你不知道？"

"我应该知道？"

陈方寻思了会儿，摸着后脑袋支支吾吾道："新风驰国际影业。"

"名字很霸气。"程逢由衷感慨，不愧是李子坤的审美风格。

陈方从后视镜里端详她的神色，似乎有话要说，转念又收住了，没再开口。程逢左右无事，拿出手机搜索新风驰国际，这不搜还好，一搜顿时吓了一跳。

新风驰国际影业，电影界的黑马。之前投拍的《暴走兔斯基》开创了中国民营企业与好莱坞大制片公司合作的先河，按照份额参与全球票房分账，稳赚十几个亿。各大娱乐媒体不免对新风驰国际影业进行了深度调查，从三个合伙人到得天独厚的好莱坞资源，无一不扒到见底。

其中李子坤是新风驰国际影业的董事长，曾经在政府部门和部队工作过，有难以言说的背景，刚开始就与中国电影集团合作了几个大项目。在外资谈判中，雄厚的好莱坞资源更是让人震惊，这在国内电影圈一度是个传奇。

新风驰的传媒总监，也就是项目制片人，据说是个女人，名叫柴之言，眼光独到。还有一个合伙人，据说是个老外，对外公布的名字叫梅耶，非常神秘。有小道消息称，李子坤的好莱坞资源很可能是这个神秘老外一手提供的。

年初新风驰大动作地收购了 GG 娱乐公司。GG 旗下拥有独立的新闻网站、数字音乐平台和网络视频平台，以及多个衍生类似于直播、漫画、小说网站等集线上娱乐为一体的平台，看起来是想全面进军数字领域。

随着网络科技的发展，跨界联合打造全资源平台势在必行。新风驰拥有庞大的资金支持和雄厚的跨界资源，被认定为国内首发的全资源平台，势将代表娱乐圈发展风向标。

说得简单直白点，有钱、任性。所谓的资本进入，首屈一指的代表就是新风驰。更难得的是，李子坤这样的土财主，行事却很低调，几乎从不接受媒体采访，其他两个合伙人就更不用说，至今没有在任何场合公开露面，因此新风驰就像一支突然崛起的奇兵，神秘而又让人期待。

当某一天程逢正在病房给姜颠削苹果，李大财主拿着一份文件甩在她面前，提出要和她签约，且签约金额那一栏空着意味着价格由她决定时，她忽然觉得新风驰这支奇兵，真可爱啊。

程逢强忍着心动，转而征询姜颠的意见。

"你觉得李董靠得住吗？"

李子坤一听跳脚："不是，我的女王大人，签约金一栏空白还不够显得我非常靠谱吗？"

程逢才不搭理他，只是依稀觉得签她不单是他的意思，应该和姜颠脱不了干系。李子坤一看就知道某人还没揭开庐山真面目，摸摸鼻头先退了出去。

姜颠讨好似的拉住她的手，一时也不知从何说起，想了想问道："你之前了解过新风驰国际吗？"

程逢理直气壮地点头："网上好长一篇介绍，我看了一路才看完。"

他的嘴角压不住笑："那你知道新风驰有一个合伙人叫梅耶吗？"

"梅耶？"程逢蹙眉，怎么觉得这个名字有点熟悉。联想李子坤接连的几个动作，她忽而觉醒，"你别告诉我，这个据说是老外的合伙人是你？"

姜颠在她难以置信的眼神中肯定地点了下脑袋："我为李子坤提供资源和资金，帮助他成立了新风驰。对外他是董事长，我是执行 CEO，所以之前在《舞林》的录制现场，那位总监才会对我比较客气。"

"我听总导演说过，后来你们的合作没谈成，不会是因为我吧？"

她说起来还担心自己过于自恋，结果还真是。

姜颠笑得肩膀微抖："有一部分，但不全是，新风驰刚成立时，为了打开局面，曾给他们投资过几个项目，如今新风驰不再需要他们原本的发行资源，自然就不必再合作了，而且他们还欺负了你。"

他话说得好，不一味捧着，偏私的态度却又昭然若揭，让人好生受用。

程逢还是第一次尝到有后台的甜头，忍不住翘起嘴角："那你之前出现在录制现场，是巧合还是？"

姜颠点点她的脑袋："怎么不自恋了？你录制那么多期，总监有去过一次现场吗？"

偏偏总决赛去了，还是陪他去的。

"你找人查我的行程？"

她仔细一想，他从机场就已经跟她回家，为什么直到录制现场才露面？

姜颠似乎猜到她的困惑，笑着揽住她，贴住她耳郭道："我掐指一算，知道你那天会需要我。"

"切，司马昭之心。"她轻"哼"一声，将切好的苹果塞到他手里，"阿颠，我发现你变了，真的变了，从头到脚，写满心机。"

姜颠拿起一块苹果，反倒先喂到她嘴里，笑容里满是殷勤的味道。

真要说心机，他的心机都用来谋算她的爱了。

"那年在家里，当我看到《人山人海》的告别演出时，其实内心充满遗憾。这样璀璨的你不应该离开舞台，应该让全世界都看到。我也一直期待着，有一天可以在你的比赛现场，为你加油鼓气，看着你一步步上高台。"

她不只是他心之所爱，更是火线女王，是偶像，是他遥不可及的梦。

为了这一天，他一直努力着。从今往后，那些远去的青春时代的梦想，他都要帮她重新追回来。

期间，廉若绅来过一次，他是一个人来的，戴着一顶鸭舌帽，把惹眼的黄毛遮盖下去，一路低着头，倒也没人认出他来。

程逢惊讶他的发色，这么多年一直没有改变。

据戴宝玲说，之前在台北，节目组还曾因为发色的问题和他争吵过，他当场直接扔了话筒停止录制，节目组为了赶进度才勉强不同他争执。

这几年，谁要动他的头发，他就跟谁急。

戴宝玲说这是初恋情结，因为遇见裴小芸的那一年，他就是一头黄毛。也许在别人不知道的故事里，他们彼此有过特殊的怀念吧？

程逢不甘心，曾旁敲侧击地问过廉若绅，借着玩笑打趣他还做着临南大学"浩南哥"的梦，谁知他竟然哭了。

当时戴宝玲不在场，只有他们两个人，在明灭的光里，他眼眶湿润，用委屈的口吻申讨她："漂亮姐姐，你还真的是偏心啊。我听说她和宝玲都是你的朋友，她还自小就跟你玩在一起，但是在我的事情上，你似乎更偏袒宝玲。难道你就没有想过，我留头发是因为还想再见到她吗？"

"她"自然是裴小芸，而他对戴宝玲的称呼也从宝玲姐变成了宝玲。一个是连名字都不敢提起的"她"，一个是看似熟悉却始终隔着距离的"宝玲"，他的偏心也未免太过明显。

程逢尝试劝说："小芸回老家了，现在在老家的学校当初中老师，生活很平静。她从来没和我提起过你，我想也许你们的关系早在大一那年就已经结束了。可宝玲不一样，她一直陪在你身边，你根本不知道她为你付出了多少。我不是偏心谁，只是在这件事上，我觉得往前看，对你们三个是最好的选择。"

廉若绅哼笑了声，眯眼睨她。他的眼神里有一种说不清道不明的戏谑，仿佛在笑她站着说话不腰疼。随后，他果然说了出来。

"周尧也一直对你很好，一直陪着你，你会选择他吗？"他肯定地说，"你不会，因为爱一个人无法将就。"

他的态度坚决而凉薄，程逢刹那间想起戴宝玲，预感这将是一场迟来的伤害。兴许他不会像周尧那样利用庞婷，可宝玲却会像庞婷那样，倾尽所有地为他付出。

廉若绅摘下口罩和帽子，坐在窗边和姜颠说话。他们聊了很久，或许姜颠太过于安静，廉若绅闹不起来，也显得整个人沉了下来。他仿佛熬过几个通宵，胡茬蓄在下巴，眼角有难以掩饰的乌青，对着阳光时喜欢撑着下巴，懒懒地笑。

姜颠从不和他追忆过去，他觉得没有压力，因此他们相处的姿态最为融洽。离开的时候程逢去送他，问宝玲怎么没有一起来。

廉若绅神色疲倦，恹恹道："这几天我一直在家里写歌，找过她，但没找到，她的电话怎么都打不通。其实我已经习惯了，每隔一段时间她就会人间蒸发一次，然后什么事情都没有发生一般，再次出现。"

廉若绅苦笑："怎么会什么事都没有发生？但我也真的好奇，她究竟瞒着我在做什么。"

他走后，程逢一人僵在原地。他被保护得太好了，一个喜欢他的女人突然躲起来，能有什么好事？

戴宝玲电话关机，社交软件亦如一潭死水，没有任何动态，像是凭空消失了一般，程逢不得不开始担心。这种浓烈的担忧一直延续到姜颠出院这日，才得以终结。

程逢结算完住院费用，经过护士台时听见两个小护士在讲话。

其中一个说："你听说妇产科那个大出血的女人了吗？"

另一个小护士皱着眉头："怎么没有听说，都炸开锅了！听说这已经是她的第三个孩子，之前两个也是在我们医院做的。当时医生就跟她说过，她情况特殊，不能再流了，没想到这次还大出血，命都差点没了。"

"唉，也是挺可怜的，每次都一个人来，连个陪同的朋友都没有。你说她会不会……"

"嘘，别瞎说。"

当年为了帮廉若绅争取最好的宣传资源，戴宝玲委曲求全找 DK 帮忙，不料被他耍了一道，什么东西都没拿到，反倒还丢了自己的底线。当她站在妇产科门口，看到里面气息奄奄的女人时，她的脑海里忽然闪过廉若绅离去时那一瞥，带着欲言又止的忧思，却终究止于沉默。

戴宝玲躺在床上，毫无生气，像一朵枯萎的蔷薇花，让人忍不住心痛。这是普通病房，里面还有很多病人，中间一张帘子相隔。不比旁人周边热闹，她的床头只有一杯水。

水凉了，她伸手够旁边的水杯，支着身子强忍伤口的痛，咬着牙，额头出了一层细密的汗，却仍够不到。就在她力竭跌回床上的一刻，程逢及时握住她的手，抱住她急速坠落的肩。

"你是不是傻？宝玲，你是不是傻？"她完全控制不住眼泪往外流，戴宝玲见她出现，料想她猜到什么，一时怔忪后反倒安慰起她来。

"没事，你瞧我不是好好的，哭什么？"

"为什么不告诉我？为什么……"

其实不是第一次了，前年有一回她连夜坐飞机从台北回来，还是大金去机场接的她，直接把她送去医院。当时程逢正在录一个节目，走不开，结束的时候已经半夜，戴宝玲说她是急性肠胃炎，没有大碍，让程逢不要过来探望了。

她不肯，执意要去，戴宝玲却说已经出院，正在机场准备飞回台北。她顿觉荒唐，连夜赶去机场见了她一面，当时她看起来要多憔悴，就有多憔悴，裹着厚厚的毛毯仍不时地颤抖。她看得眼睛发酸，以为她肚子疼，没往其他方面想，给她买了热牛奶，陪她在机场等了两个小时，最后送她登机。

以为她拼到不要命，只是为了工作，哪想到……如果她当时多存个心眼，会不会就没有今天的事了？一想到护士说她差点丢了性命，程逢更加控制不住，潸然泪下。

哭了很久她才平复过来，握着戴宝玲的手问："是……是他的吗？"

戴宝玲微笑："你以为是廉若绅？"

"那……"

272

"不是他，他没有碰我。"

之前在台北举办《Cry Cry》的单曲庆功宴，他喝多了，不知怎么和她抱在了一起。他意识模糊，不肯撒手，她任由他抱了一夜。

早上睁开眼一见是她，他见了鬼似的立马松手。

说真的，廉若绅那人对谁都可能混账，唯独对她，非常正人君子。

戴宝玲苦笑："你说，他怎么做到的，防我防成那样？"

程逢不说话，她笑得更是起劲："我知道了，他防的是我，照顾的是你的情面，顾及的是和小芸的过去。他啊，从头到尾只把我当经纪人看待，我真是傻。"

程逢不忍心看她难过，安慰她不能流泪，会影响身体。

戴宝玲没再坚持，仰面躺了下来。

程逢一边掖被子一边说："这次听我的，先在医院好好观察几天，之后搬去我家住。你身体太差了，一定要好好调养，我这就回去给你煲汤，晚点送过来。"

戴宝玲揶揄："又是甜汤啊？"

她还记得当初程逢为了照顾姜颠，那一锅又一锅拿她当小白鼠送到面前的汤，一时口齿生凉。程逢轻捶她一下："我现在厨艺大有长进，好不好？"

戴宝玲望着她，良久说道："你真好。"

"别卖乖，我好不好你不知道啊？怎么不早惦记着我的好？如果不是偶然知道，你是不是打算继续瞒着我，瞒着所有人？"

戴宝玲摇摇头："别告诉他，这件事只有你知道，好吗？"

"宝玲，你不能再这样下去了，他必须得知道你为他付出了多少，他……"

"有意义吗？难道还能拿这个威胁他对我负责吗？你情我愿的事，谈什么回报？"戴宝玲拉住她的手，眼里早已泯灭了希冀，只剩下迷惘，"别告诉他了，好不好？给我留点尊严吧。"

程逢鼻头一酸，强忍着才没在戴宝玲面前掉眼泪，生怕她再触景生情。可她也能想到，一次、两次、三次，在没有人陪伴的日夜里，她该怎样以泪洗面，才能度过煎熬的这些年？

戴宝玲出院后，程逢把她接回家里。她要照顾两个病人，每天忙得像只陀螺。一大早去菜场买新鲜的猪肚，换着花样搭配红枣枸杞和银耳猪脚，一边帮戴宝玲术后恢复，一边帮姜颠养胃。得了空就去见老中医，把两个病人的情况详细讲给对方听，衣食住行该注意什么都记在本子上，严格按照老中医的嘱咐行事。

如此两周之后，戴宝玲和姜颠均不约而同地胖了一圈。戴宝玲还有工作要忙，程逢留不住她，只好准备食材和中药，让大金盯着她服用。时间一长，廉若绅发现了不对劲，有一次拦着大金要看戴宝玲在吃什么药。

大金事先有过程逢的嘱咐，一直避着廉若绅，陡然被捉个正着，吓得落荒而逃，勉强算逃过一劫。之后戴宝玲行事变得小心起来，瞒着瞒着，那件事翻了篇，廉若绅没再问过。

倒是姜颠心思细腻，看程逢整天忙活，有一次似是而非地问了句："猪肚汤是大补，我听说很适合给孕妇补身体？"

程逢始料未及，愣在原地，好半天怔怔地问他听谁说的，他又不肯回答，不过以他的聪慧程度，知道是早晚的事。

程逢只好如实交代，叮嘱他不要告诉任何人。

他揉揉她的脑袋，提醒她："廉若绅不是以前的廉若绅了，你当真以为他不再追问就忘记这回事了？"

"我……"

"说到底是他们之间的事，你也不要太担心了，顺其自然吧。"

很快到了雪冬的婚期，程逢和戴宝玲结伴同去。

到了现场才知道萧晓成请了姜颠当伴郎，陈方和李子坤也在其列，廉若绅本来因为有活动推拒了，但不知是谁从中拉线，还是被硬拉了进去凑数。

说好的豪华阵容伴郎团，果真没让程逢失望，捧花刻意送到她手上的时候，她才反应过来，敢情这是场"鸿门宴"，专门为她而设立。幸好姜颠没有当场求婚，她方才松了口气，但心里滋味难言，不知是失落多一点，还是庆幸多一点。

后来现场玩起配对游戏。

姜颠"名花有主"，没人敢乱来，如此一来十个伴郎就剩九个了，任由伴娘来挑的话，总要有一个人同时被两个伴娘选中，享受左拥右抱之福。好巧不巧，这个人就是廉若绅。

他长相英朗，眉宇间有岁月无法磨灭的少年之气，一挑眉，端的还是桀骜不驯的风采，倒真惹得两个伴娘争抢起来，拌嘴拌到火药味漫天。

戴宝玲眼睁睁看着，表面不动声色，到底情难自禁，独自一人喝起闷酒。

到了晚上闹得更凶，萧晓成研究院的男孩子们不知是仗着年轻有资本，还是整天困在实验室做研究，难得放飞自我，酒当水喝，伴郎团生生硬扛。好在有千杯不醉的陈方在，一夫当关万夫莫开，喝趴下一桌学生，自己却也醉得差不多了，女方这边自然只有戴宝玲在挡。

散场时，雪冬和萧晓成在门口送客，人走了一波又一波，最后只剩下他们几个。

陈方烂醉如泥，抱着李子坤的脖子死活不肯松手，李子坤一边嫌弃一边把他往外抱。廉若绅叫了计程车，送戴宝玲回家。

程逢本不放心，被姜颠拦了一道，两人四目交接，意思明了，宝玲故意买醉，她就算护得了一时，还能护得到永远吗？

廉若绅扶着戴宝玲下车。这套小公寓是戴宝玲还在皇朝时买下的，当时她是金牌经纪人，手上资产不少，可自打他出事，她辞职离开公司之后，读书、买资源、做活动，手上的钱就所剩无几了。可不管多潦倒落魄，她都没舍得卖掉这套小公寓。

用她自己的话来说，公寓是她的家，是她在这个城市唯一的安全感，也是她最后的退路。但就是这样的退路，后来也变成了他的音乐工作室。她把书房改成录音间，把卧室让给了他，她自己住客房。

他们一直维持着亲密又陌生的关系，同时，这种关系对廉若绅来说，也是最后一层窗户纸。

他将戴宝玲抱进房间里，拧了热毛巾给她擦脸，给她盖好被子。漫长的时间里，他审视这间狭小的客房，仿佛第一次发现它竟然这样小，床小、柜子小，办公桌小，连窗户都有一点小。甚至于他从过道走过的时候，连手臂都伸展不开来。

就是这样狭小的空间，她生活其中，把最好的都留给了他。他不是傻子，即便真是傻子，也该看得出她的心思，只是他该如何接受？

溶溶月光拂在她耳畔，这一刻的戴宝玲温柔且无助，他迷茫而复杂地看着她，问她怎么傻成这样。

戴宝玲睫毛颤了颤，眼角湿了。

他转身要走，她忽然拽住他的手。他似乎早就猜到她没有睡着，因此并不意外，转身看向她，神色一如往昔。

戴宝玲哑着声说：“傻小子，你就不能抱抱我吗？”

廉若绅没动，她已经从床上挣扎起身，半托半拉地抱住他：“你怎么能这么对我？你能别老是这样吗？别对我这么冷静，好不好？”

黑暗中她捧着他的脸，胡乱地印下自己的吻。她的皮肤是热的，手是热的，嘴唇也是热的，带着她独特的芬芳。廉若绅浑身发烫，酒的后劲上来，让他浑身无力。他轻轻地拧了下她的胳膊，戴宝玲没站稳，往下摔，他又去抱她，手穿过她的腰，触碰到一片温软。

理智顿时不受控制了一般，他咬住她的唇，喘着气不停地问她到底想怎么样，她用行动证明了她到底想怎么样。

不知究竟怎么到的那一步，她被他压在身下，两人的眼睛里盛满酒气，身体酝酿的燥热将这层酒气催发到极致，他不受控制地呻吟了声，难受地闭上眼睛。她的手攀在他肩头，使劲地绞着他的皮肉，抓破的指痕暴露在月光下。她处于一片水深火热中，他长久的停止让她的意志始终处于某种清醒当中，以至于无比清楚地感受到来自身体某处的空虚，让她几乎难以启齿。可到这一步似乎已是极致，仿佛不管怎么样他都没有办法再深入了。

忽然他颓唐地翻过身，捂着脸哭了。

“我是疯了吗？我怎么可以这么对你？你是宝玲姐啊……”他抬起手给了自己一巴掌，响亮的一声，在寂静的夜里如同哗啦啦碎掉的瓷器，清脆无比。

他自责地说：“我是混蛋，我真是混蛋。”

戴宝玲无力地转过身去：“你没对我做什么，是我想对你做什么。”

只是她已经如此主动，结果仍旧未遂。她自嘲地弯起唇角，声音冷淡：“不早了，回去睡吧，明天还要去谈《蒙面天王3》的合约细节。”

《蒙面天王》前两季大火，收视率很高，是国内近年来最火的一档音乐类综艺节目，许多歌手挤破脑袋都上不了，哪怕带资进组，也要经过严格的审核。他之前只是听说她在接洽节目组，但没想到已经到谈合约这一步。

廉若绅哑然：“你前一阵忽然不见是……”

“是。”戴宝玲说完，转过头来对他笑道，“傻小子，忘了这一晚吧，没什么大不了的。你还有很远的路要走，快回去睡觉，明天好好表现。”

廉若绅一动不动，仔细地观察她的神色，像是要从她的脸上挑出刺来。但是戴宝玲无懈可击，让他根本察觉不到一丝异样，最终，他点了点头。

房门关上后戴宝玲闭上眼，长久的压抑让她疲惫不堪。她抱着胸口蜷缩成一团，泪水再次顺着脸庞无声地滑落。

这一夜就这样过去了，戴宝玲看起来和往日没有什么不同，照旧为他准备早餐，挑选衣服，在车上不停地打电话，和不知道什么样子的人谈笑风生。

她仿佛天生有这样的本事，天塌下来依旧可以自如地周旋在各色人物当中，他看到的永远是打不倒的女强人的一面。

也许就是因为有这样的从容和强大吧，廉若绅总觉得没有人能降得住她。她飞得再高再远，那根风筝线也不会在他的手里。

转瞬进入四月，春天的气息更加浓郁。

Moon 舞蹈室正式开张，秦振早两天从洛杉矶赶了过来，程逢去接他，没想到他还拖了一只"小尾巴"。

卡洛琳素面朝天，戴着墨镜和口罩低调出现，像是被邻家哥哥偷偷带出来玩的小妹妹，一路上对陌生的国度表现出了十万分的兴趣，坐在车上没有片刻的安静，一会儿扒着车窗大喊大叫，一会儿捏秦振的脸逗他笑。

一个月不见，她和秦振之间的角色好像互换了一般，从对他避之不及到缠人精，一口一个"秦振哥"，叫得无比甜。

程逢玩味的目光在两人之间逡巡，秦振急于解释，说她最近行程不紧，非要跟着过来玩几天，他甩不掉。

程逢宽容一笑，眼神里写着"我懂，你不用解释"。

秦振生不如死。

晚上程逢挑了一家私房菜馆，为他们接风洗尘。恰好碰到娱乐记者，第二天她和秦振、卡洛琳三人热聊的图片就上了热搜。

众所周知，卡洛琳在好莱坞是出了名的朝天椒，能和她相谈甚欢，关系定然很亲密。

媒体追得紧，卡洛琳原本计划的一日游泡了汤，只得窝在酒店里。第二天一大早她的经纪人赶过来把她接走。临行前她礼貌性地给程逢打了一个电话，咬牙切齿地说感谢她那天晚上的招待。

程逢哭丧着脸澄清，绝对没有借她炒作的意思。好在卡洛琳不是不讲道理的人，没把这点小事放在心上，末了提起柴今。

"柴前几天也回国了，可惜这次没见到她。你们是朋友吧？我马上就要登机了，之前给她买了一份礼物，寄存在酒店前台，上面有她的名片，但我不知道她在哪里，也不知道怎么寄快递，麻烦你替我转交，并且替我说一声抱歉，可以吗？"

程逢答应下来，她原本正和秦振布置 Moon 舞蹈室，通话结束后她赶去卡洛琳下榻的酒店，取了她寄存的礼物，也看到柴今的名片，然而名片上的人却叫柴之言，新风驰国际的传媒总监。

柴今改名了吗？

程逢皱起眉头，隐约觉得有些奇怪。

回到 Moon，秦振已经运用高超的学习能力叫了外卖，正在吃麻辣香锅，一边吃一边咂嘴，掏出手机又点了一份。程逢惊讶："你不是素食主义者吗？"

秦振摇摇头："素不素食的，不重要！"

随后程逢和他提起柴今，秦振肯定地说："她确实改过名字，据说是为了一个男生。"

"你怎么知道？"

"她和卡洛琳大学就认识了，卡洛琳告诉我的，怎么了？柴之言不好听吗？我觉得比你给我起的名字好听多了！"

程逢没再听他的下文，心烦意乱地拿出名片，又问："因为一个男生改名字？"

"没错，卡洛琳说她追一个男生，从国内追到国外，为了他甚至转读电影学院。当时学校突然掀起一个什么征集中文名的热潮，因为对方选择了'之言'两个字，她就把自己的名字改了，疯狂吧？"秦振眼睛放光，"真是太痴情了！那天在机场接她的应该就是这个男生吧？卡洛琳说，这就叫守得云开见月明。"

"守你个大头鬼？"程逢神色一冷，直接把香锅端走，"满屋子都是味道，别吃了。"

"为……为什么啊？我正吃得起劲呢！"

"我看八卦已经让你饱了。"她愤恨地瞪他一眼，随即想到剥夺一个人对美食的爱好，实在是大错特错的事，不仅将香锅还给他，还重新下了一单，皮笑肉不笑地对秦振说，"中华美食，回味无穷。你慢慢吃，待会儿还有一盆，不够的话我带你去吃夜宵，串串、火锅、烧烤，应有尽有，保管你明天多长十斤肉。"

秦振晃着脑袋，满怀无限憧憬："胖十斤我也认，太好吃了！"

程逢一拳头打在棉花上，只好独自生闷气。联想之前在洛杉矶时柴今的反应，当看到车里来接她的姜颠时所表现出来的惊讶与小心，当卡洛琳开玩笑姜颠是她男朋友时的羞涩，当在音乐厅她害怕姜颠认出程逢时的紧张和语无伦次，忽然一切就都解释得通了。

柴今就是柴之言，不惜为姜颠改名字，成为他的合伙人。那天提到新风驰时，姜颠为什么没有告诉她？她噘了噘嘴，越想越觉得烦闷。

姜颠来接她前，她正和秦振坐在门口的玻璃房晒月光。

秦振自说自话："先生，有什么需要帮助吗？"

"开个账户。"

"你的姓名。"

"马马马马克里·登登登登维奇·杰杰杰杰西。"秦振张着嘴，故意扮出口吃的样子，程逢没听完就笑了。

秦振继续说："先生你口吃？"

"我不口吃，但是我父亲口吃，并且那个给我进行出生登记的官员简直是个白痴。"

程逢非常给面子地笑了下，笑意却不达眼底，秦振叹了口气，问她："怎么突然闷闷不乐？我吃香锅的味道冒犯你了吗？"

程逢忍俊不禁："再讲一个。"

秦振正准备继续，一抬头，见门外出现个人，笑着笑着不敢笑了。

秦振摸着后脑袋，一句话还没说，就见她被姜颠揪到车上去了。

什么破笑话！程逢挥着手和秦振告别，声音飘散在风中："你自己回去吧，明天早上我去接你，不要……"

话还没说完，车已绝尘而去。

姜颠明显不高兴，程逢心里也有气，两人互不相看，各自转头看一旁。

回到家，程逢径自下车，姜颠跟着进电梯，进门换鞋。门一关他陡然拧住她的手臂，将她压在墙上，神色冷淡地盯着她。

程逢忽地心虚："你……你做什么？"

"你说我做什么？"

"吓我啊……你让开。"程逢推他，他不动，她气急败坏地咬他手臂，他照旧不动，她不敢真用力，尴尬地松了口，气呼呼地说，"我问你，你为什么不告诉我柴今就是柴之言？"

姜颠眸色一沉，逐渐回过味来。

"你没有问我。"

"我没问你你就不告诉我？"她更加气了，"我怎么知道另外一个合伙人就是她？"

他改换用双手抱住她的腰，抵着墙，弯下腰看她的眼睛："你吃醋？"

程逢转头不想看他，又被他转回来，她再转，如是两次，她不想再跟他玩无聊的游戏，闷声说："没有。但是如果你认定我吃醋的话，姑且就当作我吃醋吧。"

他点点头，一脸意味深长："就是吃醋。"

程逢眼睛一闭，不再理他。

过了一会儿，他近在眼前的唇瓣溢出一声笑，隔得近，笑声里淡淡的酒气无以掩藏，她忽然睁开眼，朝他身上闻了闻，更加生气了。

"你喝酒了？"

"晚上应酬，总不能都让李子坤挡，只喝了一小口。"

程逢一把推他，气上心头，委屈也涌了上来："你去念电影学院不跟我说，柴今追着你到国外，这几年一直和你在一起你也不跟我说。好，就当这些都是过去的事，你不想说，但现在你的胃才刚刚养好一些就又去喝酒，还是不跟我说实话，你……你怎么这样？"

她真是温柔的人，再重的话也仅限于此，一句怎么这样，软绵绵的，饱含无限的爱意。

姜颠顿时笑了，连哄带骗将她抱在怀里，再三发誓以后喝酒必先汇报，她才消了气。

末了，他解释说："我有个同学叫丹尼尔，当时征集中文名的活动是他一手操办的，我被他强行拉去。至于'之言'，是我闭着眼睛随便选的。柴今的心意我知道，但我从没喜欢过她，她只是我的合伙人兼普通朋友。"

"有多普通？普通到你车接车送？"

　　他俯身，柔软的嘴唇含住她耳郭："程程，我喜欢你因为我吃醋，哪怕无理取闹。"

　　"真的有很酸吗？"

　　"一点点，还可以更多。"他的嘴唇往下游移到颈脖，留下暧昧的烙印。他几近于痴迷地说，"姐姐，今晚可以让我留下来吗？"

第四章

浅情

第二天，程逢醒来时，姜颠已经离开了，不出所料，客厅的窗台上有他留下的纸飞机。

今天，他的留言是：

姐姐，你什么时候让我成为男人？

看起来语气有点酸，还有点哀怨。

一想到昨晚某人在客房委屈了一夜，程逢乐了。

Moon 正式开张这一天，洛杉矶几个合伙人过来参与剪彩仪式，各大娱乐媒体闻风而动，将 Moon 围了个水泄不通。直到这时，Moon 海外平台才正式公布程逢将作为亚洲区第一位外聘的爵士舞老师，加入他们这个大家庭。

紧接着，几日前程逢和 Moon 头牌教练秦振、好莱坞影后卡洛琳一起热聊的图片再次被顶上热搜，当时讽刺她攀高枝的网友们，这回都被打脸了。

于整个演艺圈来说，Moon 开拓亚洲板块，这个首发教练的含金量不容置疑，也就意味着她将拥有强大的工作背景，可以无缝对接好莱坞资源，而这时新风驰对于 Moon 海外新闻的转发，更是一石激起千层浪。

这一天，涉及"火线女王 Crazy"这个名字的相关话题连上四条，让国内大众再一次认识《舞林》中实至名归的冠军——程逢，Moon 巨擘唯一认定的爵士舞殿堂级编舞大师，新风驰对外公布的第一个签约艺人。

程逢的电话从早上开始就没断过，熟悉的不熟悉的人都给她发来祝贺的消息，连一心扑在偶像剧上的徐丽都发来贺电，酸溜溜地问她把事业做这么大，是不是还不死心？

程逢高兴，和她闲扯了一会儿，结束时含糊不清地说了句"我等到了"。

徐丽掏掏耳朵，让她再重复一遍，她说她等的人回来了，徐丽即刻下达军令，让她火速带人回家。

　　程逢感慨徐丽是个行动派，不过眼下琐事缠身，她和姜颠暂时都没有时间，没想到第二天就收到徐丽女士发来的户口本，里面夹带一张纸条，大写着：别让人跑了。

　　她看看身边的姜颠，顿时哭笑不得。

　　Moon 走上正轨之后，她又回到当初的忙碌状态，每天要给七八个学生上至少三小时的课，其中还有廉若绅。廉若绅基础本就不扎实，这几年也没有进行系统地练习，高强度的舞蹈节奏跟不上，只能先从简单的动作练起。好在他耐心十足，别人跳两个小时，他就跳四个小时，慢慢地追赶进度，再加上程逢偏心，经常给他"开小灶"，所以他在这一期的学员里不算最差。

　　Moon 每个月有考核，严重不达标的学生会自动退学，因此他压力非常大。程逢担心他扛不住，中场休息时都会和他聊聊天。

　　这一天戴宝玲带了修改后的合同来找他，廉若绅皱着眉头，只看了一眼就放在旁边，去换衣间洗澡。戴宝玲苦恼地叹了声，程逢一问才知道原来合同里有几项霸王条款，限制了他的人身自由。

　　比如在合同期间，他不可以参加任何同类存在潜在竞争的节目，又比如他在比赛中即兴创作的曲目或者个人歌曲，相关的网络传播版权都将无条件归属节目组，他们有权帮他发布到任何线上平台，并且参与分账收益。

　　出于保密协议，戴宝玲不方便透露太多，点到即止。

　　程逢纳闷，问戴宝玲为什么要签这份合同。

　　"就你刚才说的那几条，就已经挺让人难接受的，还不知道有多少更霸王的条款，也难怪他不肯签字了。"

　　戴宝玲说："《蒙面天王》前两季非常成功，节目组对可能会出现的问题制定了严密的条款，所谓霸王，其实是在出现问题时才会生效，如果一直没有出现问题，霸王也就不存在了。这个平台很好，可以将他的歌声与天赋放大到最大，比起能在一流的舞台唱歌，吃点亏又算得了什么？"

　　廉若绅不肯签，多的是人争破头去抢这个位子。这是一个很现实的问题，得看你更在乎什么。

　　戴宝玲无奈说道："他们当年那一群兄弟，陈方有了自己的酒吧，李子坤成立了公司，姜颠更不用说，你再看看他？他的收入可能连他们一个手指头都够不上。他心里肯定不好受，虽说都是兄弟，没必要在乎面子上那些东西，但是男人嘛，都有自己的骄傲和底线。就算他不说，我也知道他在乎什么。"

戴宝玲抬起头，失神地望着某个方向，缓缓笑了。

"他拼着一口气离家，至今没有给小芸，给他的父母打过一通电话，比起音乐本身，他应该更在乎功成名就吧！"

说完，廉若绅从换衣间走了出来。他身上还是湿的，衣服也没有换，神色郁郁，一言不发地往外走。

程逢担心情况，想追出去看看，戴宝玲轻拍她的手背，示意她不用担心，末了只说一句："之前姜颠以新风驰 CEO 的名义，跟他谈过，想签他做公司艺人，但他拒绝了。这么多年过去了，他知道自己想要什么。放心吧，他总会想明白的。"

世事若要仔细追究，必能凿出残忍的痕迹。

音乐曾经是他所向披靡的梦想，可到了如今，被现实压弯了腰，连当初所向披靡的荣光都蒙了一层灰，遑论初心不悔的梦想，难免血迹斑驳。

程逢走到拐角，看见地上晕染开来的水花，料想之前她和戴宝玲的谈话他都听到了，无可奈何地叹了声气。

后来，程逢和姜颠提起，他说在医院时就已经遭到廉若绅明确地拒绝。

不管他在新风驰的身份是什么，廉若绅都只拿他当兄弟看，兄弟要赏他一口饭吃，他无不欢喜，只是胸间一口气，积郁多年始终撒不出去，骨子仍旧执拗，这时若进新风驰，只会给兄弟添麻烦。

同为男人，姜颠知道他的那股子气在哪里，因此没有勉强。随后他又跟程逢说，年初收购的新公司借着网络视频平台也自制了一档节目，叫作《爱舞之城》。

这是一档挖掘真正艺术者的节目，起初他有做《爱舞之城》的想法，只是因为她，后来伴随着节目思路的明晰，他的想法越来越深。

"我想为你，还有和你一样真正热爱歌舞艺术，真正可以为此奉献终生的艺术者搭建一个平台，让更多的观众看到和了解你们。他们可以不懂艺术，不懂商业价值，不懂文化传承，但他们必须懂'克制'和'严谨'，这正是我想传达给当代年轻人的一些能量，在艺术演绎当中，克制和严谨是最佳的表演姿态。你不要笑话我，这是我第一次做节目，理想未免有空谈的嫌疑，但我会努力把它做到最好，只是……"

严格算起来，《爱舞之城》与《蒙面天王》都属于音乐类综艺。换句话说，同期上档，就意味着存在竞争。

过了几天，当戴宝玲告诉她，廉若绅已经签约合同决定上《蒙面天王》的时候，她忽然产生一种妙不可言的预感。《蒙面天王》制作一流，但新风驰自成立以来从未打过败仗，而于公于私她都是新风驰的人，仿佛一夕之间，她就和廉若绅成了对手。

不，是昔日好友，成了对手。

六月是音乐综艺的爆发期，各大媒体公司竞相争夺暑期档。提前两个月节目就已进入紧张的筹备中。

廉若绅的选曲和舞蹈将决定他在《蒙面天王》到底能走多长的路，而程逢注定要成为对手，仔细一想，似乎不太方便再做他的舞蹈老师。

她找到秦振，和他商量廉若绅的事情。之前秦振欠了她一支编舞，相比较起来，秦振对男性身体构造及柔韧性的掌控比她更有优势，而且他名气大，如果他能担当廉若绅的编舞老师又或者同台表演，应该会引起不小的反响。她存了这个心思，拐着弯儿给秦振挖陷阱，这个被中华美食俘获的纯洁男人瞬间就掉进了坑里，信誓旦旦说要和她比拼一回。

《蒙面天王》在前，《爱舞之城》在后，戴宝玲先前已经和程逢沟通过曲目，算是违反了保密协议，而今她要参加同档竞争节目，担心自己立场尴尬，惹来无端地猜疑，想要同廉若绅解释，不想他的反应完全出乎她的意料。

他平静得仿佛根本没有把《蒙面天王》当成翻身仗放在心上，还跟以前一样，练完舞浑身大汗地坐在地上休息，和程逢毫无保留地聊天。

"以前天天都在书吧混日子，没觉得哪里不好。现在想正经地过生活了，却发现处处都难，人人现实，不如以前开心。不过我心里是满足的，不管怎么说，大家都还没散，对吗？"

突然煽情，他害羞地抓了抓自己的黄毛。

"在台北的时候，应该是我人生最艰难的一段时光了，那段时光我都熬过来了，现在还算什么？程逢姐，我真的挺开心的，能回到这里，再见到你们，你们还跟以前一样好，我觉得很满足。剩下的东西急不来，求不来，慢慢来吧。"

他说完不等程逢多说什么，拧紧瓶盖就又去练舞了。

他坦然地接受了秦振的指导，努力地按照秦振给他制定的计划锻炼肌肉和呼吸，总是练到很晚，最后一个离开。

程逢慢慢地发现他似乎不再和戴宝玲同出同进，他拼命的同时，也在名正言顺地脱离宝玲的视线。她不知道他们之间发生了什么，可他们彼此表现得无关紧要，她作为朋友也不便多说什么。

转瞬到了五月，节目进入录制。

《蒙面天王》属于大型音乐挑战类真人秀，参加比赛的歌手必须以面具遮面，观众无法辨别歌手身份，所有的评分标准必须得以歌声作为考量依据。这是一场把音乐交还给原始感觉的比赛，更具公平性。赛程分半决赛、总决赛和突围赛三部分，参赛选手不局限于流行音乐制作人、天王天后又或是正冉冉升起的新星，但都经过重重筛选才具备参赛资格。

这已经是赛事第三季，比前两季更受关注。戴宝玲收到内部消息，节目组这次竟然邀请了两个传奇天王来参加比赛，他们将会在后期作为压轴出场。

廉若绅的次序算不上差，也算不上好，排在靠前的位置。而周尧，赫然是本季度《蒙面天王》的重磅嘉宾之一，也拥有票决权。

戴宝玲私下请周尧吃饭，不凑巧的是，程逢第一次正式将姜颜介绍给秦振，也选了这家私房菜馆，两个包厢正好门对门。

程逢一行来得早了些，秦振醉心淮扬菜系，口味偏甜，她就点了糯米糖藕、黑鲫鱼汤、玉米虾仁，都是普通的家常菜，不过因私房菜馆讲究工序和口味，哪怕只是家常小菜，也做得相当精致。秦振爱不释手，接连小酌，一高兴话就多了，拦也拦不住。

他说起很久之前和程逢一起跳舞的事。

"当时她所在的舞团很差劲，资金不够，领队带小女孩们出国参加比赛，只能住最廉价的地下室。冬天里热水一时有一时没有，房间又冷又湿，充满了怪味。有一回半夜我看见她蹲在便利店，就问她在做什么，你猜她跟我说什么？"

秦振听多了说书，讲话抑扬顿挫，还知道制造悬念。

"她说房间太冷了，便利店暖和。我吓了一跳，赶紧拎着她往外走。刚出便利店一群年轻小伙就从我们身边经过，第二天新闻说那间便利店发生了枪击案，两个收营员当场死亡。你说吓不吓人，她当时多傻啊，当在自己家门口呢？

哪里暖和蹲哪里，命都不要了。说真的，这么没有自我保护意识的一个小女孩儿，在国外那种环境想不出事太难了。"

秦振家庭条件优渥，对女性很是尊重，对待感情也相当专一。他们认识的时候还很小，在不同环境的舞团里，从天南地北的城市而来，参加了数不清的比赛才走到最后的舞台。

那一场比赛，秦振拿了冠军，她是亚军。他们约定第二年再来比赛，于是一年又一年。

秦振笑着说："她那会儿真的很笨，光长年纪，也不长脑子，我跟她说晚上不要一个人出去乱跑，她偏不听，大半夜打电话跟我说她的舞伴生病发烧了，领队的门敲不开，她很着急，想去买药。"

程逢打断他："不是发烧，她有哮喘，很严重的。"

"哦，对，我想起来了，是哮喘，药很难买。她那回倒好些，知道外面不安全，还想着找个垫背的，天知道我有多怕那些整天在外面游荡的小伙，不过良好的教养又不允许我放任她一个女孩子独自上街，只好舍命陪她了。那天晚上她抠出了身上所有的零钱，我也把经费都给她，跑了三个街区才买到哮喘特效药，结果回去时她的舞伴竟然在烂醉如泥的领队的行李包里翻出药吃了，而我和她在接下来的比赛中将近十天吃不饱肚子，饿了只能喝水，回程的时候什么东西也买不了。"说这话时，秦振似乎对她还留有怨愤，恶狠狠地瞪着她，"我看我喝水都能长胖的毛病就是那时落下的。"

程逢哭笑不得："这也怪我？"

她回想起来也觉得自己很傻，傻到根本想不到去敲领队的门。国内外文化、教育环境不一样，出国比赛的那些年，除了一开始的新鲜感外，剩下的就是大片大片的空白、慌张和迷茫，想家，想念某种习惯性的安全感，想要世界对她的认可，但是那几年真的太难了。

"记不清当时究竟有多大，十五六岁的时候，听舞伴说其他舞团的女孩子去国外参加比赛，十三个人去，回来时只剩十二个，还有一个根本不知去向。我觉得不可理喻，也不敢相信，还曾经试图通过各种关系去打听里面的事，可惜没有得到肯定的结果。"

她说到这里，转头看着姜颜："你相信吗？我不是好奇，我只是害怕。在很小的年纪背井离乡出国比赛,我有时候也不清楚是不是真的在追求梦想,但就是停不下来,好像前方有一团光正在吸引自己。我想那个走失的女孩也许就是去追这团光了,我只能这么安慰自己,和自己说世事总是无常的,好比我跳了三百场,但没有人知道程逢,忽然在第三百零一场有人叫出了我的名字,然后全场都在叫我的名字,我好像就这样一夜成名了,你说是不是很奇怪?"

说完她自顾自笑了起来,往事提起来容易,轻描淡写十几年光阴,可那种刻在骨子里的惶惑,却将伴随终身。

姜颠卷起袖子,取了红酒替她倒上:"那就敬过去的你,勇敢的你,追梦的你,完整的你。"

他以茶代酒,半卷的袖口下一截小臂修长如竹,这段过去被她讲出了几分惆怅,但这杯茶却被他喝出了几分豪迈。往事如烟,一杯酒权当敬过去了。

程逢笑着喝完,秦振高兴地拍拍手掌。她取了红酒还想再倒,姜颠却拦着她:"慢慢喝,你可以慢慢讲。"

秦振支着下巴看他们一来一往的动作,忽而想起了说书中的"平淡自如",男女之间关系最难达到这个地步,平淡中有爱,自如中有尊重和理解。就一个眼神,他就知道姜颠懂程逢,正如他知道爵士在程逢心中是一个曾经用十几年光阴去追逐、最后却落满灰尘的梦,后来因为一些人,灰尘被吹散了,她鼓起勇气想再追一次梦,这一次她可能会用一个十年,两个十年,甚至于整个下半生去追那团光,但是一旦再蒙尘,她的梦就将永远尘封了。

人的一生可以勇敢很多次,但是勇敢需要意义,没有意义的勇敢,只是伤害。

她把梦交给了姜颠,如同把灵魂和生命的意义都交给他,她要告诉他程逢是一个舞蹈工作者,她可以穷尽一生去演绎爵士舞,却没有办法再经历一次凋零,这对她来说,无疑是最大的打击和否定。

秦振以前问过她,为什么不单纯做一个爵士舞老师,这样她可以永远保持激情,热爱爵士,简简单单地抱着干净的梦过活。她说她当初回去的时候,想的不只是自己一个人的梦想,如果只有她一个人回来,那真的太可惜了。

她和他讲那个书吧的男孩们女孩们,讲他们的天真和无畏,讲得他热血沸腾也想一同去看看,再走一遭闯南走北的路。不过,羡慕归羡慕,说到底他没有程逢勇敢,也没有那股子劲,能为了那些男孩女孩们,再次闯入五颜六色的社会。

秦振拍拍姜颠的肩："你要相信，她原本可以有更好的生活方式。"

姜颠点头："我知道。"

他做影业，做节目，做音乐，都有一个商人的身份在，可是在她面前，他永远是她的聆听者。他握住她的手："我知道你在害怕什么，你相信我，《爱舞之城》没有黑幕，一切源于艺术，一切终止于艺术。现在的我，已经有这个资本可以随时为你叫停，只要你高兴。"

他甘心交出他全部的爱与诚。

"程程，在我身边，你可以开心地、尽情地跳爵士，没有人能挡你的路，包括我。"

程逢笑着闭上眼，感动地抱着他："阿颠，你真好。"她整个人飘了起来，高兴地和他讲悄悄话，"阿颠，怎么办？好喜欢你啊，你怎么这么好？"

姜颠浑身一僵，半是恼怒地捏了下她的耳垂，口不择言地说去外面抽根烟。

秦振捂着肚子大笑："程逢，你老实交代，到底怎么搞的？也太纯情了吧！"

"喂，注意你的用词，你的中文表达怎么时好时坏？"

程逢挑起一只草莓放进嘴里，咬了一口，满是甜腻的汁水，甜得她心快化了。

正和秦振说着话，对面包厢门被推开，林旭阳走了出来。紧跟着服务生送了一瓶白酒进去，程逢漫不经心地一瞥，直接愣住了。

是宝玲和周尧，他们怎么会和林旭阳一起吃饭？

程逢正纳闷，姜颠回来了。他似乎洗了把脸，额前的头发湿了两缕，见她这个祸首毫无自省的知觉，他径自掐了下她的脸颊，继续和秦振讲以前的事。秦振侃侃而谈，甚至提及当年在芬兰捡到她这个醉鬼的事，恨得牙痒痒，说她这么多年从不长记性，到现在都不懂得独身在外好好保护自己。

程逢心不在焉，时不时应两句，一直注意对面包厢的动静。直到周尧出来，她也同时起身，拍拍手走了出去。

自从上次不欢而散后，他们没再联系过。

周尧没想到她也在此，若有所思地蹙了蹙眉。

程逢先开口问道："真巧，你也在这边吃饭？"

周尧将门掩实了："嗯，你也是？"

他自然而然看到包间里的姜颠和秦振，微微点头示意，问道："来多久了？"

"有一会儿了，怎么，想邀请我们一起吗？"

"今天可能不太方便，我有事要先走了。"

程逢看他搭在手臂上的外套，想到里面只剩下宝玲和林旭阳。

林旭阳那个人她虽然不太了解，但盛传好色。她有些担心："不用陪里面的人了吗？"

周尧拿不准她的意思，沉吟道："有点不舒服，只能改日谢罪了，都是合作伙伴，我想他们不会同我计较。"

他这一句似是而非，可程逢太了解他了，他一旦不愿意说真话或者想隐瞒什么事情的时候，就会故意绕弯子。

"我刚才已经看到了，宝玲怎么和林旭阳一起吃饭？他们没有过来往吧？"

周尧解释说："你也许还不知道，池风集团是本季度《蒙面天王3》的最大赞助商和投资方。今天的会面是宝玲自己提出来的，我只是作为一个中间人帮忙牵线，至于她想和林旭阳说什么，你应该清楚。"

"池风集团？"

程逢不由自主地回看姜颠，难道《爱舞之城》选在这个时节上线，还有更深层的含义？一个是池风集团，一个是新风驰国际，父子两厢对阵，是彻底撕破脸了吗？

姜颠低头抿了口茶，神色淡然，眉宇间毫无起伏，仿佛早就知道《蒙面天王3》的投资方是池风集团。可当日提起《爱舞之城》，他分明再三保证，绝对不会有任何利益性的目的。

程逢不敢往下想，眼下也根本顾不得那些。一想到戴宝玲为了廉若绅什么事都做得出来，现在还跟林旭阳独处一室，她整个人变得六神无主。

忽然里面传出了一声尖叫，酒瓶应声落地。程逢立即绕开周尧，冲了进去。林旭阳已经失去理智，一巴掌狠狠落在戴宝玲脸上，直将她摔打在地。程逢挡了一下，林旭阳的另一巴掌则擦着她的下颌甩向酒桌，满桌的狼藉，乱倒的啤酒瓶滚作一团，他顺手抄起最近的啤酒瓶，二话不说就朝程逢头顶上砸去。

一只手及时地握住他的手腕，继而又是一脚踹在他的小腹。这一回，林旭阳软趴在地上，好半天没有动弹。

程逢吓住了，下巴留了几道印子，火辣辣的感觉往上升，她用手捂着，去拉旁边的戴宝玲。戴宝玲的脸也被扇肿了，可以想见林旭阳下手有多重。

程逢一时激愤，冲到林旭阳面前骂道："你有病吗？"

说着拿出手机就要报警，戴宝玲手忙脚乱地拦着她，连说算了。

程逢皱眉："他打你，为什么要算了？宝玲，你别怕，是他先动手的，去了警局我们都可以给你作证。"

戴宝玲依旧摇头，环视在场几人，一股强烈的耻辱感袭来，她低着头说："不是，我不是怕，我只是不想把事情闹大。"

"你当然不想闹大了！这事传出去你还有什么脸，要是被媒体曝光，别说是你，就你带的那个什么廉、廉若绅也休想再在圈里混了。你当我林旭阳是什么人？想搭就能搭上，就你这样的女人，送上门我都不要！"

"我去！你怎么可以打女人？"林旭阳刚说完，秦振就补了一脚。

林旭阳捂着肚子，脸色发青，蜷缩着仍不忘放狠话："你们、你们都给我等着，我一定要报警抓你们。"

他雷声大雨点小，说要报警却不拿手机，转而又骂程逢："你最好给我闭嘴，别以为我不知道你干的那些龌龊事，往日我看在周尧的面子上才……"

"够了。"周尧听不下去，蹲下身一把揪住林旭阳的衣领，沉声道，"刚刚介绍的时候，我跟你说过吧？宝玲不只是我以前的经纪人，更是我的朋友！林旭阳，以后不用看我的面子，因为我们不再是朋友了。"

"你疯了吗？就为了这个女人？"林旭阳疯狗一般扑腾而起，推开周尧朝着程逢冲过去，指着她的鼻子骂道，"她跟那什么破节目组的领导光明正大地调情，你眼睛是瞎的吗？就她这样的一抓一大把，我都不知道你痴情个什么劲！你要真喜欢，让她陪陪你能有多难！"

"你闭嘴吧！"饶是秦振这个法国佬都听不下去了，一拳挥向林旭阳，"不要侮辱我的朋友！"

林旭阳早喝大了，酒精上头，毫无分寸可言。他发足了劲从秦振手下挣扎出来，同他撕扯在一起。秦振常年练舞，肌肉紧实，林旭阳一身肉膘，啤酒肚大成锣鼓，三两下就被拧倒在地。

戴宝玲一看情形不对，上前阻止："不要再打了，我……"

她强忍着耻辱，向林旭阳低头，请他别再追究。奈何林旭阳蹬鼻子上脸，又想动手，被姜颠狠狠地教训了一顿。很快李子坤赶了过来，瞅了眼软瘫在地上的林旭阳，嘴唇一勾："怎么结束得这么快？都不用我动手了，没意思。"

姜颠说："剩下的你来处理，不要传出去风声。"

"嘿，兄弟我办事你还不放心？快带女王和宝玲姐走吧。"

李子坤拉过椅子，跷着二郎腿坐下了。

程逢心有余悸，扶着戴宝玲起身，到了门口忽然想起什么，转头看向周尧。

周尧也正看着她。

"你出来的时候应该想到了吧？"

周尧苦笑："我……"

不等他说完，她已经错身离去。

回到家程逢先把戴宝玲安顿好，随后下楼去药店买消肿药膏。

姜颠还没走，索性陪她一起去了。

两人一路无话，程逢现在静下心来，想到姜颠之前的举动，越想越后怕。原来刚认识的时候，就听说他跟陆别动过手，但没见过，今天看他出手，处处避开要害，还不留下伤痕，好像特地练过一般，难免震惊。

姜颠看她皱着眉头，挽过她的手抄进口袋，边走边说："我小时候身体不好，我妈为了让我强身健体，送我去练过五年跆拳道，出国以后偶然的机会，又重新捡起来，练了西洋拳，一方面还是为了锻炼，另一方面算是为了保护我妈吧。"

他很少在她面前提起陈慧云，程逢见他语气淡然，料想他们母子现在的关系应当不错，心下也很欣慰。

"有一次家里遭遇入室抢劫，对方拿了长匕首，我妈被割伤了手臂，后来她在家总是有点害怕，我为了让她放心，就去学拳。"

程逢舔了舔唇："是在洛杉矶的时候吗？"

"嗯。"

"你们一直住在洛杉矶？"

姜颠微微一笑："嗯，她很喜欢洛杉矶的天气，常年温和，很少会有大风大雨。"

陈慧云前半生看过太多风雨，经历过人生最辉煌的时刻，也曾走投无路到想要结束生命，没想到如今洗尽铅华，开始享受平凡人的生活。

程逢以为如此，姜颠却摇摇头，目视着前方说道："她不是的。"

有些人甘于平凡，有些人却终将在烈火中燃烧，陈慧云是后者。

"你不想问我吗？我在这个时期做《爱舞之城》的真正目的。"

程逢停下脚步，仰头看他："阿颠，你不说我也知道，当初放弃大提琴时，你心不甘情不愿，被迫听从父母的意愿。后来学物理，你终于可以追逐自己的梦想，却最终选择了电影行业，如他们所愿成为一名商人。有时候我也想不明白，为什么你放弃了，可当你和我说要我把梦想和前途交给你的时候，我忽然间什么都懂了，你从未放弃过，只是选择了更好的方式去实现它。我相信你对艺术有敬畏之心，不会亵渎每个艺术者的梦想，可是综艺节目有它必须要呈现的商业价值，所以如果你和我说，你会尽可能地在艺术之外将《爱舞之城》做到利益最大化，我会赞同你。同时，我也相信你不会为了同《蒙面》竞争，而把《爱舞之城》置于尴尬局面。"

所谓的尴尬局面，说得难听点，就是沦为他报仇的工具，成为商战牺牲品。她承认之前对他有过一瞬间的揣测和怀疑，但是冷静下来想一想，她依旧无条件相信他。

月光朦胧，将夜捻出蔓草般的温柔。

姜颠将她抱在怀里，声音很低也很轻："这几年的发展，我妈帮助了我很多。你也知道，她曾经在金融街叱咤一时，她教给我的东西很宝贵。回国之初我和她聊过一次，她对池风集团的感情很复杂，有爱也有恨，当初池风是她和姜毅一手创建的，最后却……她并不想要毁掉池风，但她必须要毁掉姜毅。"

"那你呢？"

姜颠的眼神有些迷茫："我对他已经没有感情了，但是我也不知道，不知道将来在一些场合看见他的时候，我该怎么表现才能算作不太失礼，又不太幼稚，毕竟过去十几年他虽然未必尽心，但也是我认真敬爱过的人。"

他如今绝口不提"父亲"的字眼，想来确实对姜毅失望透顶。池风集团和新风驰国际的对垒，是不久的将来必然会呈现在她眼前的商业之战。周尧的工作室与池风集团关系紧密，《蒙面天王3》也是池风赞助投资，这里面涉及的人有他们共同的朋友，有她曾经的恋人，不管怎么说，她都不想让他们卷入其中。

姜颠同样有这个期待，但他们同时清楚，现实有多残忍。

"《爱舞之城》只是一个节目，哪怕做得再成功，哪怕《蒙面天王3》收视率再怎么低，对池风来说，充其量只是进行了一笔失败的投资，那个人也许连眉头都不会皱一下，所以你要知道，我想要的绝不是这些。节目只是第一步，后面的或许更残酷，涉及其中的人和事我未必能够兼顾。姜毅身败名裂了，我妈才会咽下这口气，所以……如果真的有那么一天，如果不幸真的要以伤害昔日的朋友为代价，你还会赞同我的决定吗？你会恨我吗？"

程逢胡乱地抓着头发："我不知道，我也不知道……阿颠，你真的那么恨他吗？"

恨吗？

姜颠苦笑："程程，如果没有你，可能这个世上早就没有姜颠了。"

姜毅毁掉的，不是只有陈慧云。池风集团的财富对于他而言无足轻重，他想要的，或是陈慧云想要的，从来都只有那口气而已。

"几十年的陪伴和等待，他无视的是爱一个人的本能，是一个感知爱与被爱的能力，也许他应该停下来，好好地看一看我妈和我。"姜颠用力将她抱在怀里，"程程，你会一直支持我吗？"

他经历过梦想低谷，曾与死亡擦肩而过，更差点失去爱一个人的能力，如今的他内敛不失锋芒，他矛盾地追索着过去与将来，他几乎让她焦灼不安，又情不自禁。

她根本无法拒绝面前的"参天大树"，程逢踮起脚，反手抱住他："阿颠，我不确定将来会发生什么，但我，一定不会再离开你了。"

也许她无法拥抱永恒的月色，但她可以选择将月色装进瓶子里，永恒地留住这一晚，这一晚月色里她为之沉沦的男人，该是她多么魂牵梦萦的一个个日与夜啊。

程逢回到家已经很晚，戴宝玲还没有睡，她穿着一件单衣坐在冰凉的飘窗上。程逢拿出药膏，挤出一颗黄豆大小抹在她脸上。

戴宝玲吃痛，咬着牙低吟了一声："我还以为今晚你要跟姜颠走了。"

"怎么？舍不得我？"

戴宝玲抱住膝盖，点点头："是啊，至少今晚想让你陪陪我。程逢，我不敢一个人待着。"

"这么大年纪，还怕一个人待着啊？"程逢放下药膏，抱出毛毯，盖在戴宝玲身上，她自己也跟着钻进去，坐在飘窗另一边看城市的夜景。

夜晚的寂静，贯穿的是寂寞人的空窗。

戴宝玲依稀还是笑："人就是这样的，小的时候百无禁忌，胆子跟熊一样壮。越是长大，越是懂得人情冷暖和世事百态，就越觉得处处寒冷，处处充满致命危险。心脏变得脆弱了，心智也变得不堪一击，一点点小事就惆怅难受，觉得生活很难。你说我怎么脆弱成这样？"

程逢心酸："过去你从不在意失败，不怕世人眼光，潇洒自在，独善其身，现在脆弱，是因为终于有了害怕失去的东西。反过来想，其实这是很幸福的事情，你害怕失去的同时，也正拥有着。"

"说不过你。"戴宝玲直起身子，伸出手臂，索抱。

程逢弯起身，实打实将她抱了个满怀。

戴宝玲头靠在她肩上，偷偷地抹去眼角的湿润，声音带着一丝颤抖的凉意："程逢，谢谢你不问我发生了什么。"

程逢抚了抚她的后背，戴宝玲又说："但你是个明白人，就算我不说，你也猜到发生什么了，对吧？这个圈子的一些人，有钱有权，更有无数人摇尾乞怜想要的资源，花样多得很，总之我无法控制，也不会拒绝，但是……"

但是这一晚，她似乎总能闻到廉若绅身上的气息，总是想起他月色下发光的皮肤和紧实的肌肉，想到他大汗淋漓坐在床边的背影，一次次闭上眼睛，根本无法入戏，因此只能拒绝林旭阳，但她没想到的是，林旭阳有动手的习惯，更没想到程逢就在对面。

戴宝玲深吸一口气，双手插进头发，抓着发麻的头皮："你说我到底怎么了？我明明看到庞婷的下场，为什么还……"

"宝玲，你累吗？"

戴宝玲高昂着头，拼命地仰着头，却还是忍不住低下脑袋，说了句："累，好累。"

"你会瞧不起我吗？"她又笑了，"他如果知道了，会瞧不起我吗？"

"宝玲，你一向活得清醒，是个明白人，我不知道你究竟怎么走到这一步，难道就因为……"

"就因为在他第一支单曲发行失败的那个晚上，他在大排档街口对我唱了首《心事》，他还说这辈子只要我不散，他就不散。程逢，你要是觉得我傻，那我就傻吧，我愿意为他这么一直傻下去，愿意一直做那个梦。"

程逢看她这副飞蛾扑火的模样，想到之前姜颠那番话，无数苦楚往喉头上涌。她几乎是求着戴宝玲，抱着她的手臂恳求她："你的身体支撑不住的，停下来休息一阵子吧，好不好？"

"休息吗？"

"嗯。"

"不行，还不行。"戴宝玲几乎就要妥协，转念不知想起谁，又变了主意。将脸上的头发拂到耳后，她挤出一丝微笑，"至少等《蒙面天王》结束吧，也许那时他的情况就变好了。"

"那……假如没有变好呢？"

又或者更糟糕呢？

"程逢，你相信我，他在唱歌方面很有天赋，他一定会成功的。"

程逢勉力扬起唇笑了笑。她不知道该不该和宝玲说池风集团和新风驰国际之间的恩怨，一方面，她担心宝玲会无法抽身，另一方面她不愿意将姜颠的伤疤揭开，袒露在众人面前，哪怕是最好的朋友，也不行。

一夜之后，风起云涌，暴雨将至。

不知道李子坤用了什么法子，平息了林旭阳的怒火，之后在《蒙面天王》的录制筹备中，林旭阳没有再找宝玲的麻烦，深入打听才知道，李子坤确实背景雄厚。

之所以走上经商的路，纯粹是因为柴今。

当年在那个午后布满阳光的书吧，当他说梦想是成为大老板，给喜欢的人想要的一切时，他的目光一直追随着柴今。机缘巧合得知柴今在洛杉矶，李子坤就不顾一切地追了过去，后来才知道她心里只有姜颠。

为此他还很幼稚地同姜颠干了一架，很长一段时间处处和他作对，不再拿他当兄弟对待。姜颠学什么，他就学什么，想要样样都比他好，却一直闹笑话，反倒惹来柴今的嫌恶，他终于心灰意冷，想要回国，这时姜颠找到他，提出合作，之后才有了新风驰国际。也因此，他和柴今几乎断掉的缘分，又重新续了起来。

只是程逢一直纳闷，网传新风驰背后有条神秘的资金链，不仅供给了不少好莱坞资源，还帮助新风驰国际一路乘风破浪，从国内许多影业资本中杀出血路，成为一颗闪闪发光的新星。

她问起这条神秘的资金链时，李子坤似笑非笑，只一味地看着姜颠。后者权当没有察觉，不加解释，她就没再刨根问底。本来这场饭局是戴宝玲做东感谢李子坤，碍着廉若绅也在场，不想让他有太多心理负担，就没有深入聊下去。

饭后，一行人转场去陈方的酒吧。

陈方正在吧台进行他的事业，直播吹酒瓶，远远瞄见一群人往地下室的方向走去，他不知是醉了还是喝得太高了，手舞足蹈地朝他们挥手，对着直播和现场的观众大声地介绍，他们是他的好朋友。

然后，就看到他拿着手机，穿过人潮屁颠屁颠地跑了过来，先是揭开了李子坤的帽子，指着他的脸说："这是我的好兄弟李子坤！好到什么程度，我们那会念大学的时候一起偷进过女厕所，革命情谊不用细说，我最好的兄弟之一。"说完捧着李子坤的脸大声地啵了一下，亲得李子坤脸都变形了，根本来不及拒绝。

紧接着就是廉若绅，他倒没揭墨镜和帽子，只是搂着他一直傻笑："我老大，我老大，也是我的好兄弟。临南大学的一哥，试问有谁不认识我老大？我跟你们说，当年我老大在学校横着走，我还帮他写过情书追学姐，拦截低年级的学妹，晚上在巷口对人吹口哨，那时做过所有荒唐的事都是我老大带头的，现在想起来真是怀念啊……"

说着说着，眼泪和着鼻涕流了下来，陈方用袖子随便一擦，捏着廉若绅的脸又想啵一口，戴宝玲眼疾手快地拉了一下，陈方一个没刹住，往前一个趔趄直接摔姜颠怀里。他也不在意，照旧笑得跟个傻子似的，头搁在姜颠肩上："我的阿颠，我的男神，除了我老大之外，我唯一认可长得比我帅的男人，宇宙第一帅。"

李子坤一巴掌拍下来，怒喝道："放你狗屁，老子排第几？"

陈方被拍得清醒了一些，脸一板，直接将李子坤从镜头前推开，跳到程逢面前，仰着脑袋笑嘻嘻地说："我的女神，宇宙第一美，配我男神刚刚好。"

程逢入门时摘了墨镜，还来不及重新戴上，就被对准了镜头，于是直播间刷起了礼物。

陈方还嫌不够，脑袋挤过来看弹幕，一边指着她一边说："什么？你们连她是谁都不知道？灯光太暗？等等，我去开灯，让你们看看宇宙第一美长什么样。"

陈方左右张望，突然看到旁边的墙柱上有个开关。他离得近，谁都没来得及阻止，灯光瞬间大亮。程逢第一时间转身，被姜颠搂在怀里，敞开大衣将她护了个严严实实，所以镜头下，直播间，只有姜颠的脸堂而皇之地暴露在众人面前。

直播间瞬间崩了。

他身上有一种从骨子往外长的干净，拥有精致的五官和内敛的气质，粗粗一看没有什么杀伤力，却让人越看越沉迷。现场沸腾，一波热浪扑面而来，李子坤见状，赶紧将他们几人往里推，自己则抢过陈方的手机，恨铁不成钢般吼道："你知道你刚刚做了什么愚蠢的举动吗？"

"我知道，我说你长得没我帅。"

"呵，蠢货。"

李子坤不想跟酒鬼计较谁更帅这件事，按住他的脑袋，往柜台一放，怒气冲冲地往里走。李子坤走到一半，仍不甘心地回头，重新点开直播间，举起陈方烂醉的脑袋和他自己放进镜头，一本正经地问道："就这张猪头，还第三帅？你们来评评理，我和他谁更帅？"

全场爆笑，直播间又开始陆陆续续地进来人，五分钟将近两百万人在线观看。李子坤咂摸了一瞬，忽然预感不妙，打开微博一看，糟糕，刚才他们几人站在这里的画面截图全都传开了。

事情发展到这一步，即便不清楚当时暗光下的人就是程逢和廉若绅，但就算奔着姜颠的脸和李子坤这个新风驰国际的董事长身份，也根本拦不住，许多人都正往酒吧赶。

李子坤刚进酒窖就接到家里的电话，硬着头皮被骂了二十分钟，挂完之后柴今的电话就进来了。她让他们赶紧出来，谁知动作快的记者已经赶到，举着相机一通拍。

柴今看了眼局势，一辆车带不走这么多人，想了想，还是在姜颠的眼神示意下先把程逢、廉若绅和戴宝玲三人带走了。

李子坤则一人当关，强行把姜颠塞进后来的车上，自己挡着车门被迫接受了一次采访。

他尽力维持风度，含笑道："都是好朋友，刚刚那几个是素人，不想被公开，请大家理解，不要过多揣测。"

　　记者个个都是人精，哪会看不出他在搪塞，倘若真是素人，戴什么墨镜和帽子来酒吧？不过碍着李子坤的身份，他们不敢逼得太紧，只是在姜颜究竟是谁这个问题上纠结了一阵。末了李子坤像是忽然有了什么主意，乐呵呵道："你们不知道吗？他是池风集团的大少爷呀！"

　　反正闹了这么一出，就算姜颜刻意隐瞒，依照陆琳的性子也绝对不会善罢甘休，姜毅早晚会知道，还不如他们先主动出击，煞一煞陆琳的威风。

　　要知道陆琳虽然为姜毅生了一个儿子，但时至今日，仍旧没有进姜家的门。以前陈慧云保护得紧，许多媒体不知道姜毅还有个这么大的儿子。现在倒好，全国都知道了，不止是大少爷，更是姜家名正言顺的接班人。

　　第二天，陆琳看到消息，几乎气炸双肺。不出所料，她很快代替姜毅找上了门。

　　同一时间，柴今也约了程逢见面。

　　女人之间的关系大抵如此，藏不住、躲不了，只能迎面而上，只是程逢没想到柴今约定见面的咖啡馆，就在新风驰大楼下面。

　　她比约定时间早到一些，在等柴今的时候，看到陆琳下了车，从旁边上了大楼。她打电话给姜颜，对方显示正在通话中，没有接通。她难免坐立不安，担心陆琳上楼后看到姜颜，会联想他和新风驰国际的关系，毕竟对外而言，他只是一个神秘的外国合伙人梅耶。如果现在就将新风驰国际与池风集团的对立关系公开，恐怕会不利于《爱舞之城》的上线。

　　就在她准备起身上楼时，柴今走了进来。顺着她的视线看过去，柴今猜到她的疑虑，说道："你放心吧，他今天不在，否则我也不会约你在这里，不是吗？"

　　程逢点点头，重新落座："我给你点了咖啡，你看看喜不喜欢，不喜欢的话可以换一杯。"

　　"没关系，就这个吧。"

　　柴今放下包，轻抿了一口咖啡，随后看向程逢，视线相交，又一闪即过。

　　她说："程老师，你以前教过我跳舞，所以到今天我还是称呼你为程老师。"

　　程逢说："称呼不重要，你想叫我程逢也可以。"

　　"我不是这个意思，我只是感慨人和人之间的关系，如同我和你，你和姜颜，好像一开始就注定了，不会有任何改变。"柴今转头望向窗外，快到"六一"

儿童节，商场已经挂上促销活动的招牌，来来往往的人走了进去，又走了出来，生活就在这样的往复中没有发生一丝变化。

将日子过成"原地踏步"的结果，她也始料未及。

"当年从舞蹈教室离开的时候，我以为你们在一起了，也已经放弃了，谁知后来他突然出国，陈阿姨还发生那样的事情。程老师，我没有想过横插一脚，只是后来听说你没有在他身边，我才……"柴今说到一半，似是而非地笑起来，"我是不是很可笑？有没有横插一脚又能影响你们什么，反正他从来没有喜欢过我。"

程逢说："柴今，或者我应该换个称呼？抱歉之前在洛杉矶，我不知道你改过名字了。"

"不，就叫我柴今吧，柴之言这个名字大概是我这辈子闹过最大的笑话。"

"你别这么说。"程逢想了一下，缓慢说道，"姜颠离开的时候，我们的确分开了，那个时候我也想过，不再见面的结果。说真的，我心里很没有底，在接受他以前，我一直认为他年纪太小了，对我只是一时的迷恋，将来他会认识其他女孩子，会看到更加真实的花花世界，并不会对我有怎样的长情，所以我拿不准未来会是什么样的，也无法说服自己他一定会回来，一定没有变心，而当这些烦恼涉及他的生命时，我唯一希望的就是他能健康地活着，哪怕他忘了我，不再爱我，这些都没关系，只要他能活下去。所以在当时来说，你没有离开他，我很感激你，是真的。"

柴今眼眶一热，借着喝咖啡掩饰了泪意："如果我真的这么重要，哪怕只有一瞬间，让他觉得并不是所有人都离开了他，让他有活下去的信念，我也知足了。程老师，我想放手了，之前在洛杉矶对不起，我不是故意瞒着你的。"

"我明白。"程逢握住她摆在桌子上的手，轻轻地拍了拍，"柴今，谢谢你。"

"不用，不用说谢，我说完这些心里好受多了。"柴今深吸一口气，终于笑了起来。在漫长又短暂的光阴里，在她一生可以说是最为美好的青春里，她抛弃了从小学习的古典舞，一路追着他到国外，不止如此，她更是放下了一个女孩该有的矜持，疯狂地追求他，为他改名，把生平最荒唐无聊的事都做尽了。如今漫漫长途，蹒跚至此，只余一声浅笑。是释怀，亦是认命。

约莫半小时后，陆琳从大楼出来，李子坤一步三晃地跟在后面，看似送她离开，可眼神却一直往咖啡馆瞄。柴今知道他的心思，没再多坐，跟程逢告辞。

程逢看了眼外面寂寞寥寥的身影，会意一笑，放她离去。

柴今忽然想起什么，又说道："有件事我一直没有和姜颠提过，但我总觉得奇怪。那个时候我喜欢他，想尽办法以同学录的方式要到了他的电话号码，也给他留了我的，所以陈阿姨曾给我打过电话，询问你和他的事，我当时很害怕，但也一口否决了，可陈阿姨第二天就……所以，我一直很好奇，到底是谁告诉了她你们之间的关系，毕竟当时知道的人并不多。"

陈方和李子坤即便是嗅到非比寻常的气息，也绝对不会出卖姜颠。廉若绅更不可能，当晚就和姜颠在一起。陈笑然虽是女孩子，神经却异常粗大，根本没察觉出半丝姜颠和程逢的关系。那么，除了和程逢关系亲密的裴小芸和戴宝玲，就只有当时在书吧打工的雪冬和黎青知情。

而且那一晚陈慧云还去过书吧。

这件事已经尘封了很久，程逢原先猜想的是，陈慧云听到她的电话，自己猜了出来，可柴今却摇摇头："姜颠生病的时候，我陪在身边，曾听陈阿姨说过一次，她很后悔听信了别人的话，以为你是个很差劲的人，担心你会伤害姜颠，所以在看到他受伤之后，才会突然受不了刺激自杀。"

原来，她不想姜颠再跟程逢有所瓜葛，便一直隐瞒此事，现在说出来，也算了却一桩心事。

晚上同姜颠吃饭，程逢提起这件事，仍在暗暗心惊。照陈慧云的意思，应该是有人告诉了她，还添油加醋抹黑了她，到底是谁？她这些年疏于应酬，朋友少之又少，留在身边的都是她豁出真心相待的人。

姜颠沉吟片刻说道："你不方便出面，交给我来处理吧。"

"可是你……要怎么处理？"

姜颠看出她的迟疑，她害怕中间真的有人出卖了她，无法想象背后的目的。她朋友不多，对戴宝玲自是不用多说，对残障儿童康复中心的安因更是有求必应，哪怕是对如今渐行渐远的裴小芸也时常问候关心，黎青和雪冬更是得到过她诸多照拂。

人与人之间的影响是潜移默化的，有情有义的人更让人感觉温暖和踏实，姜颠一直在想令他眷恋的到底是什么，是最初相遇时看到的那场热舞，还是在他生病发烧时陪他一起夜飞，又或是在他决定放弃梦想时在江边的一场谈话，抑或她拆纸飞机时苦恼又无奈的模样……直到这一刻，他才明白，他眷恋的是她正直而温暖的人格。

姜颠索性放下筷子，将她抱进怀里："你这么博爱，有没有想过我会吃醋？"

程逢刚咬了一块咕咾肉，嘴巴里还酸溜溜的，忍不住笑了："醋王，这可怎么办，我已经把真心都给你了，你还要吃醋的话，我就只能任你吃了。"

"吃哪里？"他眉眼都是笑，巴巴地看着她。

程逢这才发现刚刚的话有歧义。知道他想歪了，她俯身附在他耳边说："阿颠，你变坏了，这都是谁教你的？李子坤吗？"

"不是，我没有变坏，我只是……长大了。"他将她腾空抱起，让她切切实实地感受他已经长大这个事实。六月的天，黄昏微热，穿的衣服实在单薄，她完全能感受到他皮肤的滚烫。

程逢脸一燥，耳根通红，扶着他的肩头嗔骂："我们不是在说正经事吗？"

他满含委屈："我忍不住。"

这潜台词太明显，程逢想忽略也忽略不了。转眼望了望四处，虽然是在包厢里，但好歹外头就有服务生在走来走去，环境也太不合时宜了。

满桌子菜还没怎么吃，两人却都没了兴致，相拥着往外走。

他们一出门，刚好碰到李子坤和柴今。

李大爷难得收敛起财大气粗的气势，憨傻地跟在柴今身后，殷勤地开门、拿包，推荐新出的菜色。迎头碰见两个熟人，难掩羞涩地摸了摸后脑袋。

谁知下一秒，后脑袋就被一只手敲了。李子坤一回头，见是冤家陈方，下意识跳脚，又顾及在柴今面前的形象，咬碎银牙忍了下来。反观陈方，完全没有身为电灯泡的自觉性，硬挤在李子坤和柴今中间，一手搭一个，特别兴奋地和他们聊天，假装没有看到姜颠和程逢。

程逢气得发笑。之前酒吧的事，新风驰国际公关部花了好大一笔重金才把图片都删除，但网络世界一向没有秘密，就算李子坤说他们是素人，以前的同学也不是瞎子。网络上还特地开了一个帖子，深度探秘几人的关系。好在因为热度和关注度都不够，很快被压了下去。

这里面唯一的受益者就是咧着大嘴笑得和傻子一样的陈方了，这个险些过气的网红酒吧再一次死里逃生。

　　说起陆琳，那天去新风驰国际，压根连姜颠的面都没碰上，那半个小时就在前台撒泼，李子坤一边嗑瓜子一边打游戏，任由她气鼓鼓地把圈内朋友电话都打了一遍，指着他的脑袋放话一定不会放过他。

　　李子坤巴不得陆琳来惹他，只要招惹，必能留下把柄。

　　《蒙面天王3》和《爱舞之城》都已进入筹备后期，即将开始正式录制。

　　程逢近日来一直在排舞上课，偶尔一天回来得早了些，想起账目的事，便去了趟书吧。

　　黎青正在整理东西，大金先过来打招呼，等店里的顾客离开，程逢和姜颠才一前一后进入书吧。

　　黎青好整以暇地盯着姜颠看了半分钟，认真点评：“原来之前陈方在直播间的爆料都是真的。”

　　“什么？”

　　“果然是临南四剑客第一帅。”

　　程逢忍俊不禁，敲她的脑袋：“你这是什么意思？讨好的意味未免太明显了吧？”

　　“我这不是在拍未来老板的马屁嘛。”

　　姜颠笑着说：“谢谢，马屁我收到了。”

　　“小意思啦。”

　　担心还有其他客人过来，黎青将“CLOSE”的门牌挂上，关了书吧。

　　程逢揶揄道：“难得小财迷大方一回，真让人受宠若惊呐。”

　　黎青说：“那是自然，毕竟火线女王正当红，小店的前途可都在你手上呢，你难得忙里偷闲来巡店，怎么着都得给你清场子的。”

　　“就你嘴贫。”

　　程逢两句话没说完，就被黎青押着去审账了。

　　姜颠在一旁等她，黎青泡了杯咖啡递给他，趴在桌上和他聊天：“什么时候办正事啊？”

　　姜颠说道：“我随时都可以，还在等她表态。”

　　“已经求过婚了吗？程逢姐没答应吗？”黎青瞬间燃起八卦之魂，急吼吼道，“她怎么这么沉得住气？你不在的时候她三天两头往书吧跑，好不容易等到你，也不知道磨蹭什么,可把我们这些热心群众急死了。"

说完她压低声音,担心被程逢听见遭骂:"早上雪冬给我打电话,大概明年就能抱上孩子了,萧晓成的动作可真麻溜!唉,要是你没有离开,也许、也许今天的情况会有所不同吧?"

姜颠若有所思地点点头,一边问道:"那个时候我妈有没有……"

他的意思很明了,黎青也不傻,当即点头:"有的。你们出事那一晚,你妈妈来书吧询问过你的下落。虽然当天是雪冬值班,不过出了那么大的事,她铁定告诉我的,我印象也很深刻。"

就在那一晚之后,陈慧云自杀了。

现在想起,黎青仍觉得后怕,倘若陈慧云一走了之,倘若不是恰好有事和雪冬调班,当晚在书吧看到陈慧云的人,或许就是她了。

"我问过雪冬那晚的事,想看看她是不是说错话,惹得阿姨怀疑,结果雪冬说一句也没有。"见姜颠陷入深思,黎青担心她怀疑雪冬,摆摆手道:"不会是她,她特别崇拜程逢姐,可维护她了。当初你俩的事,她都快憋出病来了,都没有告诉萧晓成。"

姜颠微怔,又问:"那晚除了雪冬,书吧还有哪些人?"

"程逢姐接到电话离开后,书吧只有雪冬、小芸姐,还有安因。"

姜颠双手支在下巴,神色渐沉。他不说话的时候,整个人冷淡遥远,无半分显见的温和。当初事发突然,他们都没有深究其中的弯弯绕绕,而今冷静下来回想,确实疑点重重。

姜颠放下杯子,转而望向旁边,橘黄色的灯光下蜷缩着一个身影,正咬着笔抓耳挠腮地敲打计算机,他起身说道:"这些话别和她说了。"

"你放心,我不会告诉她,程逢姐太善良了。说真的这些年唯一陪伴在她身边没有离开过她的人只有我,我绝对有资格替她和你说这些。阿颠,请你别再离开她了,好好地保护她吧,她为了等你回来顶着很大压力,吃了很多苦,受人白眼,入不敷出,最难的时候跟我挤在书吧吃泡面,连空调都舍不得开,她什么时候这么难过?我真的希望你们能一直好好地在一起。"

姜颠郑重地点头。

不用黎青提醒,他也知道她有多难。一个几乎已经完全退圈的人,为了守住他们的梦想重回演艺圈，不只要被流言蜚语攻击，还要在国内爵士舞低迷的大环境中忍受莫大的屈辱。这几年她卖房帮助安因，毫不吝啬借钱给戴宝玲渡过难关，更是大方地转让书吧的股份给黎青，又用仅剩的积蓄买下他家楼对面的房子，抠抠搜搜只为省一顿餐点。

她对钱当真一点也不在意，只为守住曾经那点美好。

话及此，姜颠不再多说，走到程逢身后，笑道："别对了，你看得都快成斗鸡眼了。"

"不行，我今天看不完，小辣椒不会放我走的。"

黎青听到她的抱怨，将杯子收好往桌上一扣，勾起钥匙说："看在未来老板亲临书吧的份上，小辣椒今儿个就不跟你计较了，先走一步，你们慢慢叙旧情吧。账慢慢算，算到天明都没关系，反正二楼的休息室还一直为你们留着。"

她特地咬重"你们"二字，羞得程逢从姜颠怀里跑出去，要捉她的小辫子。黎青跑得快，一溜烟就不见了踪影。

程逢回到书吧，看姜颠已经在帮她对账，乐得轻松，冲了一杯奶茶，光明正大地偷懒。

他看账速度快，书吧又是一月对一次，数目说多不多，说少也不少，他看了半小时，差不多把账对完，随后跟程逢说起电子记账的事情，回头让公司的财务来教黎青做账，这样一笔笔看下去真要看成斗鸡眼了。

程逢连声附和："我就说嘛，这种记账方式太落后，小辣椒每次还笑话我。"

姜颠挠了她一下，两人闹到楼梯口，回想起过去的一点一滴，相视一笑。程逢笑着说："要不要上去看看？"

"好。"

书吧二楼的这间休息室，对别人来说是程逢的私人领地，对姜颠来说却是藏满回忆的潘多拉盒子，那些高兴的、伤心的、平静的和绝望的时刻都由它见证，因此这几年每当他徘徊在书吧门口，都不敢直视二楼这个窗口，不敢看月色下它朦胧的轮廓，不敢碰触它布满尘埃的墙头。

近乡情怯，大概就是这个意思了。

再次进入休息室，当他发现里面陈设、布局没有过一丝改变，哪怕书吧整个翻修，角落这间屋子依旧分毫未动，一种淡淡的伤感便更清晰了。

他几乎被某种巨大的感动淹没，庆幸如今还活着，拥有爱一个人的能力，无法对命运胁迫的分离加以责备，只能用余下的生命加倍珍惜。

他和程逢沉默地相拥着，在月色下，在窗台口，在循环播放无声影片的沙发旁，他流连忘返，为她痴醉。

程逢忽然觉得什么都不重要了，时间、苦难、等待统统变轻了，被一场雨扫荡而空。她踮起脚，纤细的手臂攀过他的肩头，迎上去，用她细长的脖颈、光亮的黑发、柔软的胸口，容纳他宽阔的身躯。

狭窄的空间里，他们彼此之间再无距离。

程逢声音泛着磨砂质感，含着温存的笑意："我今晚可以让你留下来了，弟弟。"说完便是笑，想到那一晚他在房门外无可奈何的神情，笑得肩头发颤。

"你总是欺负我。"

程逢辩驳："我哪有欺负你，你两回都给我留言同一句话，你说，是我欺负你了吗？难道我还会错意了？"她这么说着，佯装将他往外推。

他抬起手，抚摸她的下颚："你在想什么呢？"

程逢摇摇头，想继续刚才的事，却被姜颠打断。他太了解她了，她只有龟缩成小白兔，才是怦然心动的程逢。

姜颠按住她的脑门，屈指敲了下："还在想那个事？"

"又被你知道了？"她翻身坐起，索然无味地望着窗外，慢慢道，"你知道吗？我原来以为只要我坚持，就可以保留这些年的美好，让一切尘封不动。现在想起来，我活了三十年倒像白活了，怎么可以蠢到这种地步？"

姜颠坐在身后，透过瘦削的肩头可以看到她白皙的下巴。笑起来的时候，她下巴的软肉会平展开来，均匀地分布在两腮。

她带着一丝自嘲的笑意说："阿颠，你回来了，但你也不再是以前的阿颠了。宝玲脱离了皇朝娱乐，混得还不如过去。廉若绅长大了，却不再快乐。陈方过去一直得过且过，如今也不得不盘算起未来，为酒吧的生计伤透脑筋。李子坤变成了大老板，却一直没有追到喜欢的女孩。我呢？我回到了演艺圈，重新感受到爵士舞的激情，却好像越活越回头，越活越傻了，也不知跟谁在较劲，较的什么劲，有意思吗？"

"那天廉若绅提起，我才发现自己确实偏心，一直向着宝玲，无形中可能伤了小芸吧？我们这几年联系少了，偶尔回家见面，似乎也不再和以前一样无话不谈，我们中间有了一道横沟，彼此都跨不过去。你知道吗？去年我回家她主动来找我，知道我一直拿钱给宝玲和廉若绅后，她给了我一张存折，里面有二十万，是她从小攒的。"

程逢转过头，目光里有闪动的泪花："一直以来我以为她根本不懂廉若绅的理想和抱负，结果她说每个人都会成长，她也变了，变得开始理解我们，却做不到像我这样。阿颠，你说我是哪样的？我逼着陆别成长，去奔事业，却没有好好保护他，音乐工作室才刚开始就……大伯对他大失所望，他原本就不自信，很容易就被打垮的吧？可我当时根本无暇管他，等我再去找他时，他却已经……"

陆别变成一摊烂泥，比过去更加惶惶不可终日。起初她找过他几次，后来他换了地方，也换了手机号码，连家里人都找不到他。

去年，陆别外公去世，他也没回家。关起门来，大伯痛哭流涕，到最后竟哭着请求她打听他的下落，也不指望他能成材成器了，只想确认他还在这个世上。

难过的事情太多了，有时候她根本不敢回忆，一回忆就像开了闸的水，怎么都止不住。数年的分离，怎么会没有遗憾？她的生命注定充满遗憾，疏远了从小关系匪浅的好姐妹，弄丢了最亲的表弟，到这一步竟然还开始怀疑身边的朋友。

她怎么把生活搞得一团糟？

程逢心里闷堵着，认清回不到过去的现实，躲在姜颠怀里大哭。

姜颠忽而感受到一股深深的恐惧，她的心还在那个午后的书吧，可书吧里的人却已经走远了，包括他。

程逢睡着后，他脱下外套盖在她身上，在窗边站立良久。等到天边泛起鱼肚白，他才幽幽转身，眉宇间俱是斑驳的困乏和冷淡。

清晨，书吧外空无一人，他在巷口抽了根烟，给远在洛杉矶的陈慧云打电话。洛杉矶这时是中午，陈慧云正在用餐，问他有什么事。

姜颠沉吟良久，说道："我和程逢在一起了。"

陈慧云轻笑："你们不早就在一起了吗？"

"我是指将来。"

"阿颠，妈妈不是傻瓜，看得出你的心思。"陈慧云思忖着说，"虽然我依旧不赞同，但你回国之初我们说好的，除了池风集团，其他的事我不再左右你，也会尊重你的选择。"

　　姜颠听出来陈慧云话语间的妥协，这种妥协是以他的生命为代价换来的。他又从口袋里掏出一根烟，打火机啪嗒一响，陈慧云问："现在国内应该才四五点吧，你没有睡？在抽烟吗？"

　　"我想知道，当初是谁告诉了您我和她之间的事。"

第五章

分飞

程逢醒来已近九点，对着镜子里肿成核桃般大小的眼睛看了两分钟，终于记起昨晚的事。她哭丧着脸走下楼，姜颠已经做好早餐。

她早上要去 Moon 上课，下午还要参加《爱舞之城》第一期录制，两人匆忙吃了几口，程逢就上了大金的车。看姜颠停在窗口，似乎有话要说，她让大金等一等，细声问："怎么了？"

姜颠握住她的手，放在掌心里捏了捏，意有所指道："程程，你后悔吗？"

程逢一愣，料想昨晚的哭诉影响到他了，赶紧摇头撇清："我不后悔。阿颠，之前分开是对你最好的选择，回到演艺圈也是我想做的事。虽然很辛苦，但我不后悔，让我重新来过的话，我还是会这么做。"

只是，她不会再那么大意，丢掉裴小芸，又丢掉陆别了。不过现在说这些也没用了，她还没有放弃，会努力往前看。

"你不要受我的情绪影响，我就是发发牢骚，真没什么。"她指着自己的黑眼圈说，"你看我的脸，太惨了，不知道得扑多厚的粉才能盖掉了。"

"你怎么样都好看。"姜颠颔首，探过身吻她的额头，"抱歉，今天不能去看你录制了。新风驰国际正在筹拍一部新电影，我马上要回洛杉矶一趟。"

突然得知他要走，程逢难掩失望："去多久啊？"

"半个月。"

程逢咬住唇，反抓住他的手，恋恋不舍："那你记得看直播，也早点回来。"

"好。"

到了 Moon，她刚换好衣服就被秦振逮了个正着，他以亚洲区总负责人的身份针对她的迟到作出了"严肃批评"，末了酸溜溜地埋怨她出去玩不带他，显然听说了酒吧的事。实在一言难尽，程逢不想多提，拉着他调整上课计划，中午一吃完饭就赶去演播室录节目。

《爱舞之城》的赛制是根据舞种类别制订的，两人一组，每期三组，分数最低的淘汰，其余两组晋级半决赛。具体的呈现模式是随机播放音乐，参赛者同台竞舞，非常考验临场应变能力，因此节目组挑选的参赛者基本是国内外大大小小有名气的舞者。

爵士舞作为当代流行舞，是第一期的主秀。

节目组在正式录制前一直处于保密状态，程逢也直到这时才看到自己的竞争对手，除她以外的五个人，三男两女都是圈内前辈，更有一个是曾经教过她的老师——萧楚音，真正的爵士舞神级大师。

程逢惊呆在原地，到中途休息才和萧楚音说上话。

"老师，怎么是您啊？您这口风也太紧了吧，多少年没出山了，平时想找您喝个茶都难，怎么突然心血来潮参加节目了？"

"没大没小，什么叫作我口风紧，你以为我想瞒着你？和节目组的保密协议，你又不是不知道。"萧楚音板着脸训了两句，程逢讨饶似的给他捶肩。

萧楚音话锋一转："不过我猜到你应该会参加这个节目，正好瞧瞧你有没有长进。"

"在您面前我有多长进都没用啊！唉，导演组一定是故意的，将我和您排在一组，我一定输得很难看。"

"瞎说，当场抽签决定的，导演组可事前向我保证过这个节目绝对没有黑幕，所有环节都要公开。再说，别以为我年纪大，就不知道看新闻，你是投资方的签约艺人，导演组哪敢故意编排你？"萧楚音说话板正，浑身透着老艺术家的气息，平生最厌恶"黑幕"二字。

程逢被训得一个屁都不敢放，乖巧附和。

萧楚音岂能不知道她的玩心？敲敲她的脑袋，严肃道："难道和老师同台你不愿意？依咱俩的默契，至少能进半决赛吧。"

萧楚音人近中年，约莫半生从事演艺事业，专注舞蹈精研，整个人看起来颇有风骨。虽然表面看着性格一板一眼，但一跳起舞来，绝对当得起"如妖似魔"四字。

程逢能抽到和他一组，心里别提有多高兴了，哪怕第一轮就被刷下去，也不枉来此一遭了，毕竟和萧楚音同台竞技的机会不多。哪怕小一辈的年轻舞者有许多叫不出他的全名，但是只要提到"Jazz 王"，他们就会热血沸腾。

节目组对所有参赛者的要求只有两个——真实和生命力。

程逢和萧楚音是第三组，在他们前面还有两组，刚好也是一男一女的搭配。左右都是经过考验的实力派选手，对输赢并不很看重，反倒都很珍惜同台比舞的机会，在场下凳子一拢，随便一靠就能侃大山，从欧美舞圈到国内舞圈，从国际最高秀场到普普通通的广场舞，无一不是他们的兴趣所在。

《爱舞之城》采取"转播＋直播"形式，下午简单彩排，初步了解自己的合作拍档，晚上八点开始录制，评委会提前半小时入场，八点半在主持人的热场后正式开始。录制会通过快速剪辑，二十分钟后网络同步在线直播。

这也就意味着，内容的可操控性不大，也没有剧本可言，舞者们的风姿会在镜头前一帧帧展开。这是《爱舞之城》所呈现的新型综艺的一大噱头，它所展现的大舞台更加简单，简单到不需要太多刻意地安排，只有聚光灯下那一个舞台，只有临场竞技，可能会很惊艳，也可能会很糟糕，任何意外都有可能发生，任何失败他们都必须承受。

这是艺术最原始的模样，也是《爱舞之城》最想让观众感受的真实和生命力。

录制结束后会有二十分钟的点评环节，全网直播正好结束，有一个投票机制，采用随机滚动模式，抽取在线观众的票选意见。抽五千筛选四千，四千再筛选出两千，经三轮筛选，最后会选择八百位直播观众，比对票选。三轮筛选的规则，让暗箱操作的概率大大降低，也增加了真实性。

再加上五十位专业评委的最终票数，决定由谁晋级。

这正是他们都喜闻乐见的参与方式。

姜颠没到现场，李子坤倒是来了，没有惊动导演组，一个人低调地出现在观众区，挑了最后的位置坐下。程逢和萧楚音在台下候场时，李子坤远远送来一个飞吻，碍着有萧楚音在场，她没好直接笑出声来，抿了抿唇算是同他打过招呼。不想萧楚音没错过他们的小动作，训斥道："你处的对象根本不是这个小伙子，怎么能随便接飞吻。"

程逢"扑哧"一声笑了："老师，'处对象'都多少年前的词了？"

"我不管这个，你们现在的词是多，意思能有我的直接明白吗？你虽然舞跳得不错，长得也勉强入眼，但是女孩子要矜持，不可以随便交朋友。"

程逢点头如捣蒜："老师您说得是，不过您怎么知道我处的对象不是他？"

"那个小伙子来请我出山，他和我说很喜欢你，想要帮你圆梦，还想帮许多舞蹈艺术家搭建一个平台。他来见我三次，每次都和我聊很久，我认为他是个实诚的孩子，被他的诚心打动，才答应参加这个节目。"

萧楚音说完，意味深长地看了她一眼："他看起来年纪不大，应该比你小吧？"

程逢不敢说在他上大学的时候就看上了，怕萧楚音会当场拂袖而去，只敢小心地点了下脑袋。萧楚音瞪大眼睛，指着她半天，脸气得发青，只挤出干巴巴的几个字："莫要辜负了人家好孩子。"

程逢眨眨眼，怎么听着她像是个负心汉？

萧楚音又问："他今天怎么没来？"

程逢有气无力："他要出差。"

"不来也好，省得你分心。"萧楚音看一眼舞台，主持人冗长的介绍已经结束，第一组参赛者正要进场，他赶紧结束谈话，"打起精神，好好比赛，不许丢我的人。"

灯光、摄像、音乐已经全部就位，程逢也不由得紧张起来。她深吸一口气，调整到最佳状态，将视线投向舞台。

另一边，灯光彻底暗下来之后，李子坤的手机准时进入一条消息。他觉得好笑，某些人查岗的敬业程度真是令人发指。

李子坤：已经来给女王镇场子了，您放心吧。

姜颠：多喊几声加油。

李子坤：需要我用扩音器吗？

姜颠：不用，别吓到她。

李子坤：滚！《听我说，阿特姆斯》拍摄还顺利吗？你准备什么时候给女王这个惊喜？

姜颠：All be back（都回来了）。

当代爵士舞拥有更大的包容性和可塑性，可以接收除爵士音乐以外的流行音乐、蓝调音乐、摇滚音乐又或者迪斯科音乐，它可以在任何时候延展开来，配合不同的音乐爆发不同的舞蹈特性。

爵士舞没有成形的轮廓，只有舞者急需雕琢的灵魂。

一组比赛会突然转变三种音乐，基本囊括了 Morden Jazz（现代爵士）、

New Jazz（新潮爵士）和 Jazz Funk（放克爵士）三种时期的主流风格配乐，区别在于 Morden Jazz 以肢体的性感动作和各种道具的配合为主，New Jazz 则强调音乐与动作的配合，Jazz Funk 强调力量的爆发和控制，对于肌体协调性、肌肉控制和动作的速度要求比较高。

第一组参赛者，一个是后现代的快节奏舞者，一个是注重肌体协调性的速度派舞者，两人的配合默契度很高，除了在第二支性感的舞曲中稍稍有一些不适之外，并没有失水准。反而那点不适，还为两人的互动增加了一丝趣味。

第二组参赛者同样如此，在三个时期的音乐中变幻自如，不过由于彼此不相识，没有过磨合，表演更偏向个人，缺乏互动。

轮到程逢和萧楚音上场，她几乎紧张得快要窒息，不停地抚摸胸口。萧楚音看她这样没忍住笑了，仿佛看见了以前跟着他跳舞的小程逢，每次上台比赛前都会这样，用抚摸胸口的手势为自己加油鼓气，而他则会摸一摸她的脑袋，跟她说两个字——去吧。但是这一回不一样了，他要和她一起上台。

萧楚音微微弯腰，弯起手臂放在她眼前。程逢心领神会，挽住他的手，与他并肩走到聚光灯下。音乐率先流泻而出，光圈笼罩在他们头顶，在第一个破音冲上舞台时，程逢探出右脚，身子行云流水般划了出去。萧楚音顺势收回手臂，双手虚搭在一起，如同拄着一根无形的拐杖，身子微微前倾，凝神注视着前方。

前方并无一物，但他的灵魂似乎已经跳出躯壳，程逢在他身后亦保持着静止的姿态，手臂呈斜线展开，双腿弯曲，凝视着脚尖。她嘴边含着一缕黑发，犹如古时驰骋沙场的女子叼着一柄剑，眼神射出狂野的杀气。

他们都在等。默契和自如地演绎，在第二个破音冲上舞台时，两人动了。

Jazz 王是如妖似魔的典型，曾有资深点评家说他是史上最看不透的舞者，因为无人能猜到他下一个动作会是什么。动作快到最激烈时，几乎只剩下一团影子，根本看不清具体的舞蹈动作，但偏偏有他独特的气势在其中。

程逢是他最得意的学生，身上很难没有他的影子，但她是北美男孩心中的 Crazy 女王，之所以有这个称呼，是因为她天生体态柔软，可以做出许多高难度的动作，更可以将普普通通的小动作跳出无限风情。动作快到成影时美感张扬，慢到拆解每一个动作时，连呼吸都性感十足，所以每场主秀都会令全场疯狂尖叫。

她与萧楚音的结合，就像是一只火烈鸟在和雄鹰逐食，从身体到眼神，从每个动作的转换到每次呼吸的起伏,都能碰撞出火花。最后一个高音蹦出后,程逢旋转着回到舞台中心,手自然而然地穿过萧楚音的臂弯,挽住他青黄色的衣角。

灯光四起,台下掌声如雷,他们共同谢幕。

直到这时,灵魂才缓缓归窍,彼此开始感受落在实地的感觉。她和萧楚音相视一笑,后者满意地点点头,既是对这个舞台的肯定,又是对程逢的认可。有他这个眼神,程逢感动得快哭了。

萧楚音是个严师,夸过她的次数一只手都数得过来。在她无数次摔倒又爬起,爬起又摔倒的时候,在她最需要老师耐心的教导和扶持的时候,萧楚音从未向她伸出过手,他只会冷漠旁观,说着事不关己的风凉话,把她逼到无路可走,不得不咬牙重来。

如今想来,也许这是萧楚音独特的教学方式,也是他与众不同的温柔。他从不体罚她,从不控制她的饮食和睡眠,还教导她学习知识的重要性,告诉她一个人的品行绝对和读书无法割离。

她跟着萧楚音跳了十四年,在她十八岁那一年,师母突然重病,萧楚音便彻底告别了舞台。

这十多年里,他们偶尔还会联系,逢年过节她都会打电话问候,却很少见面,更不用说同台跳舞了。

萧楚音亦感慨万千,拍了拍程逢的肩,一切尽在不言中了。

等待票选结果的二十分钟里,他们一起接受了专业评委的点评,和主持人互动。李子坤蹦跶着进入后台,捂着胸口说:"我快不能呼吸了。"

程逢笑他心理素质差,他反驳:"万一那些网络观众审美有缺陷怎么办?"

"你这是双标,小心让别人听见。"

李子坤左右看看,见几位舞者已经谈笑开来,知道他们对最终成绩不甚在意,自然不会将他的玩笑话放在心上。

李子坤佯装痛心疾首:"我还不是为了某人来给你撑场面,好心当成驴肝肺啊!"随后他向休息室的其他舞者鞠了一躬,致以感谢,"各位老师辛苦了,真的很棒,我为《爱舞之城》能邀请到各位老师而感到荣幸,接下来让我们一起期待它成为今年最真实且最有力量的一档节目。"

李子坤用了"力量"这个词,很有意思。

作为一个经验老到的商人，他已经预料到《爱舞之城》首播会遭遇滑铁卢，但他又笃定好的口碑和绝佳的演绎绝对经得起时间的考验，所以他有足够的耐心等待，等待《爱舞之城》在《蒙面天王 3》的车轮碾压下强势逆袭。

《蒙面天王 3》采取提前录制的模式，廉若绅参赛次序比较靠前，第二期就上了，所以在《爱舞之城》录制第一期的时候，恰好是《蒙面天王 3》录制第二期。程逢在等待最终结果时，戴宝玲也在台下等待廉若绅的结果。

好在，他们都晋级了半决赛。

《爱舞之城》一期淘汰的是第二组，《蒙面天王 3》二期廉若绅以神秘而陌生的歌喉、天生的爆发力略胜"白鸽"一筹，获得车轮战第三名，入选半决赛。

《蒙面天王 3》积聚两个季度的影响力，首播收视率超高，网络点击数一小时超过千万，然而第一期节目中曾经蝉联各大音乐金曲榜第一位的香港天王因为身体不适，在车轮战中仅以一票之差被刷下去，揭面之后引发观众强烈的不满。

第二天《蒙面天王 3》成为霸屏话题，一时间观众都获悉了这个火爆节目第三季的开播，点击量再创新高。而《爱舞之城》只在小范围内掀起了一丝水花，很快恢复平静。

舞者们尽情演绎，已经尽力，剩下的是节目组的事。

程逢和萧楚音一起吃庆功饭，说是庆功，不过一个由头，还是程逢死皮赖脸同萧楚音求来的，末了被扣上一顶好大喜功的帽子。依他的性子，剥了戏服就该回家陪家人，程逢只好请他和师母一道吃饭，萧楚音不想拂了爱徒的脸面，勉强应下。

到了包厢看到安因也在，萧楚音愣了一会儿，被师母从后推了一把，勉强挤出一丝笑容，朝迎面走来的安因打了个招呼。

萧楚音性子孤高，虽然教过的学生不少，但真正入门的弟子只有程逢一人。当时安因曾几次拜访，他始终没有允准，许是岁数大了，被岁月磨出了人情味，眼下再见安因，他略感歉疚，可一想到她母亲曾因他拒收安因而几度大闹舞蹈室，还给他泼脏水就感到憋屈。

师母睿智，当然能够理解每一个母亲望女成凤的迫切之心，也能理解程逢特地摆下一桌和解酒的意图，说到底还是为了解安因的心结。她朝安因微微一笑，体贴地问道："腿现在还好吗？"

安因抚了抚拐杖，强颜笑道："不要紧的。"

程逢给大家满上茶水，安因给萧楚音递去："萧老师，我母亲年前过世了，以前的事我替她同您说声对不起，影响了老师的声誉，我很羞愧，这些年一直想要找个机会上门谢罪，但就怕您不肯见我……"

萧楚音怔怔地想着，原来她母亲已经过世了，上一辈的恩怨怎么样都不能牵扯小辈，否则岂不是太小气？萧楚音接过茶喝了一口，徐徐说道："好了，事情已经过去这么多年了，我早就忘光了，你也不用放在心上。"

萧楚音到底还是好面子，脸不红心不跳地扯了个谎，惹得师娘和程逢相视一笑。安因见气氛融洽，一颗悬着的心缓缓放下，也跟着笑了。

萧楚音平常话少，问一句才答一句，唯独提起爵士舞就停不下来，滔滔不绝，安因起初还能接上几句，到后面只能干巴巴地看着，无从参与。倒是心细如发的师母发现她眉目间的低落，随即给两个舞痴抛了一个眼神。

萧楚音神经粗大，尚且不知，严词驳斥一句，程逢却瞬间了然，话锋一转问起残障中心的事。

饭后师母同安因约定时间去探望孩子，安因希冀地望着萧楚音，萧楚音轻咳两声，答应会同师母一同前去。

送走二老，程逢陪着安因走到江边。

安因拄着拐杖，难掩落寞道："偶然看到消息才知道萧老师重回舞台了，还跟你一起上《爱舞之城》的节目，可见他有多疼你了。程逢，我真羡慕你。"

应该每个学生都有过这样的幻想吧？得到老师厚爱，在同学之间拥有小小的骄傲，好像被命运眷顾一般，从天而降一个关心自己、爱护自己的亲人，那种感觉别提有多安心了。

可是，如果被眷顾的那个人不是自己，羡慕与不甘就会逐渐变成一头黑色的野兽，吞噬一个人的善心。

从小到大，她一直都是程逢的陪衬。她知道自己的嫉妒很无理，只是难免钻进死胡同，想要质问命运为什么如此不公？为什么受伤的总是她？为什么老天爷不肯多赐她一分半分的天赋？为什么萧楚音从不肯多看她一眼？为什么她有一个丢脸的母亲？为什么偏偏是程逢？

她这一生有太多的遗憾，遗憾到根本无法释怀。她站在江边，久久地凝视阑珊夜景，一池碧水。偶尔转过眼眸，程逢离她很近。这样近的距离，这样安静的夜，假如把她推入滚滚江水，应该不会有人看见吧？

念头一闪而过，安因浑身激灵，往前趔趄一步。程逢眼疾手快地拉住她，安因腿一软，跌坐在地上。

她捂着脸不知该哭还是该笑，失魂落魄地盯着程逢。

程逢不知道发生了什么，想要安慰她，她却冷冷说道："你知道吗？我一直以为你会和周尧在一起，因为他看起来对你那么痴情。"

程逢微微皱眉，试图攥住安因的手臂，却被她剧烈地反手挣开。

"我真的以为你们会在一起，但是幸好，幸好没有。"安因扬起头，挤出一个破碎的笑，"可是为什么，你们没在一起，我仍旧觉得自己像一个笑话。"

为什么所有的爱与瞩目都是程逢的，而她一无所有？

安因抹着眼泪又哭又笑："对不起，我今天实在太高兴了，也太荒唐了。你知道的，我很喜欢萧老师，我只是……只是太羡慕你了。程逢，请你别介意，我真的感谢你，能够再见到萧老师，我真的很高兴。"

程逢想起临走前萧楚音那一个无奈的眼神，一时间五味杂陈。

她知道过去安因很仰慕萧楚音，还曾为名字里有和他一样的"音"而窃喜万分，可已经过去这么多年，她应该已经放下了吧？

程逢隐约有些不安，这种不安一直延续到周五，在师母打电话提出想见一面时，不安感被放大到极致。

这一天，满城都是风雨。临近七月，蒸腾的热气带来一场史无前例的暴雨，电闪雷鸣，将盘龙一般的城市路线搅得乱七八糟。

这种天气师母仍决意见她，程逢心里一个咯噔，半点不敢耽搁，不料车在中途抛锚，正踌躇间，她接到通知，师母出了车祸。

一股深深的恐惧钻入心头，程逢立刻让李子坤找人帮忙，驱车前往医院。萧楚音比她早到一步，得知师母情况凶险，一夕间宛若苍老十岁，跌坐在病房门口，任凭程逢如何劝说，始终不肯离去。到第二日，师母被转至重症监护室。

医生言说病人情况有所好转，但仍需观察，程逢好说歹劝，才将萧楚音扶到椅子上休息了会儿。萧楚音这才问起前因后果，程逢也一头雾水，只说："师母的口吻听起来有些凝重，我问她发生了什么事，她说一定要见面谈。"

时光与你，
别来无恙

　　萧楚音陷入一阵沉思，随后望向她，声色俱厉地问道："那天我和你师母去康复中心，听说你这几年一直在援助康复中心，前后赞助了有三百万，是不是？"

　　程逢不疑有他，点了点头。

　　萧楚音神色一变："那你知不知道康复中心的主任因财务问题，前不久被抓了。"

　　"什……什么意思？"

　　"你哪来那么多钱？"

　　程逢不敢隐瞒，老实交代："我把郊区的房子卖了。"

　　"蠢货！"萧楚音极少失态，骤然抬起手臂像是要打她，程逢吓得闭上眼睛，可等了半天也没见他落下。

　　她声音又是一紧："老师，到底出了什么事？"

　　萧楚音沉着脸，思来想去只吐出一句："你做得已经够多了，欠她的也补偿了，以后不许你再打款给康复中心。"

　　"可是那些孩子很可怜。"

　　"孩子的确可怜，可你的钱确定用在刀刃上了吗？"

　　程逢一惊，那些款项都汇入了安因的个人账号，按理说不需要经过康复中心的财务，可萧楚音为什么提起主任？难道……

　　萧楚音恨铁不成钢地瞪了她一眼："你以为，安因为什么能坐到副主任的位置？"

　　程逢听懂了萧楚音的弦外之音，舔舔唇，尝试解释："康复中心的孩子每年都会有新的复健器材，春秋两季服装，营养也跟得上去。"

　　"那你知不知道，中心主任在被调查前，账上刚入一笔五十万的款项。你师母与社区联系紧密，应该是知道五十万款项的来源，才着急想要见你。"

　　程逢颓然一倒。

　　萧楚音长长地叹了一声气："多行不义必自毙！别说是她，早晚你也会受到牵连。程逢啊，我是真不知道你竟然、竟然拿这么多钱去补偿她！就算为了当年比赛的事，也已经够了，够多了！"

　　得知周尧窃取她的编舞，欺骗她的感情，萧楚音大骂她有眼无珠，软弱无能。之后亲自致电赛方，为她解释，说了一箩筐好话，才压下这件事。

318

他千言万语拥堵在胸口，不知如何提起，当时心痛绝不比她少。眼见她如今重回舞台，他内心别提有多高兴了，可谁能想到，她居然还一叶障目！

萧楚音痛心疾首，几欲倒下。

这场暴雨来势凶猛，两天两夜依旧没有缓解的趋势，医院人流不息。

李子坤联系了一位权威的外科医生，对方刚好在上海开研讨会，百忙之中抽身过来，和众多专家一起会诊，最后调整了治疗方案。到第四天晚上，师母的情况基本稳定下来，程逢的心才缓缓落地。

把萧楚音送回家后，她一个人留在医院守夜。这几天有一顿没一顿，勉强靠巧克力维持体力，迷迷糊糊间闻到粥香，她还笑自己贪嘴，直到有人轻声喊她的名字，她才惊醒。

原来一切不是梦，真的有粥香。瞌睡虫一下跑光了，她坐直身子，欣喜地问："你怎么回来了？"

姜颠没答，把香菇粥取出来喂她。她亲昵地蹭他肩头："是李子坤告诉你的吧？我已经和他说不要告诉你了，这个大嘴巴。"

"为什么不告诉我？"姜颠拿下她的手，正色道，"你累成这样，有什么事能比你重要。"

程逢嬉皮笑脸："我的阿颠嘴真甜。"

姜颠无奈，只好同自己生闷气。师母出车祸那天，他分明打过电话给她，却没有听出来她声音的不对劲，第二天晚上接到李子坤的电话，才知道出了这么大的事。刚才在走廊看着她，她仿佛瘦了，蜷缩成一团，手里攥着巧克力的锡箔纸，明明很难受，却为了不让他担心，插科打诨，假装一切都好。

他知道问不出什么，索性不再问，督促她喝完粥，问护士台借了担架床，盯着她躺下睡觉。程逢好几晚没有合眼，早就累脱了，不久就睡着了。

这一晚她做了一个梦，在她十几岁时，因为备受萧楚音的关注而被其他同学孤立，只有一个小女孩不排斥她，每天和她一起吃饭、讲话、练舞，还毫不吝啬地夸赞她："程逢，你真棒！"

那个女孩，就是安因。

每当萧楚音出现时，安因就会格外努力。她们无话不说，她当然猜到安因的心思，看懂安因每一个迷恋的眼神。

萧楚音生日那一天，安因彻夜未眠，天还没亮就穿上了最漂亮的裙子，在泛着雾气的清晨，矜持地等待着萧楚音的到来。可她太大意了，那天是她初潮的日子，雪白的裙尾染上蔷薇花的红，同学们窃窃私语，她又羞又恼，在萧楚音严厉的目光下捂着脸跑了出去。

她不停地旋转，旋转，忽然她摔了下来，撞到灯架，成片的血迹从腿侧漫延。她痛苦地向她求救："好疼好疼，程逢，救救我。"

程逢猛然惊醒，像是刚从水里捞上来一般，浑身湿透。周围天色已亮，她穿起鞋，远远看见姜颠和萧楚音正在监护室门口谈话，她想了想，转身离开医院，前往残障儿童康复中心。

连日的暴雨将整座城市淹没，深陷于一片灰蓝的寂静当中。接待员告诉她，上级领导视察，主任们都在开会，程逢便和孩子们玩了一会儿。

会议室不断有争吵声传来，程逢无意偷听，奈何声音太大，她逐渐理清了脉络，忽而安因开门走了出来。

园子里绿茵茵的冬青，漫出雨季的香，程逢衣着单薄，坐在阴凉的石凳上，身上泛起一阵阵寒意。

会议室中仍有女人的哭声与骂声，程逢忽然问："她怎么了？"

安因语调平平："被调查了。"

"那你呢？"

"我？"安因讥笑，"关我什么事？她自己和上面的人关系不清不楚，活该被调查。"

程逢没见过这一面的她，微微皱起眉头。安因没有察觉，情绪处于一种极度的不安与烦躁中，手指越绞越紧，嘴唇也跟着颤抖起来。

"都怪她，手脚不干净，做事也不利索，现在牵连我们一整个中心，还不知道这样的调查要维持多久。"她接连发了一阵牢骚，直到听到程逢的轻笑声，猛地回神。

"我……"

"阿因，真的和你无关吗？"

安因脸色发白："当然，和我能有什么关系？哦，对！你今天怎么突然有时间来这里？"

"没什么，顺路。"

她口吻极尽冷淡，神色间难掩失望，安因似乎明白了什么，身体摇摇欲坠："程逢，你是不是有事要和我说？"

"本来有的，现在没什么想说的了。"

她转身就往外走，安因忙不迭地追上去。

"程逢，你等一下，你听我说……"

"事到如今你还想瞒我？"

程逢听得清清楚楚，会议室里那个女人对安因的指控，已经细化到每一笔款项具体的数字，倘若不是同安因一起，怎么可能知晓她的私人汇款？

"安因，你真的太让我失望了。"

"失望？就因为那五十万，你特地跑过来质问我？"安因丢掉拐杖，扶着石桌揭开自己的裤管，"你看看我，我是怎么沦落到这一步的？还不是拜你心爱的前男友所赐。"

"一码归一码，你真的没意识到自己做错了吗？"

"我哪里错了？你退出演艺圈，又重返演艺圈，冠冕堂皇地拿梦想做幌子，还不是出尔反尔。我是个残疾人，我不过是想要挺直腰板活着，难道错了？就因为我的梦想比你粗鄙吗？"

安因仿佛为自己找到一个硬气十足的理由，整个人癫笑起来。

"程逢，你没有立场指责我，你敢说当初给我钱，没有存着帮我站稳脚跟的意图吗？难道你就不是帮凶？"

帮凶？

是，她是帮凶。

程逢豁然抬头，神情复杂地盯着安因："我以为你放下了。"

"你以为？那都是你以为！你以为我忘记了当年的伤痛，已经走出阴影，接受我这辈子不能重返舞台的事实了，对吗？换作是你，你能放下吗？"

安因拖着残腿，一步步向她靠近。

"程逢，你放不下，如果你能放下，就不会一直同我装傻。其实你早猜到了，不是吗？"

当年与陈慧云同在书吧的总共几个人，只有她，有理由背叛她。

　　程逢失声一笑，手背擦过眼睛，泪水像是断了线一般，怎么都挡不住。

　　"为什么？"

　　"因为我的腿瘸了，不能保持平衡了。我的身体开始倾斜，我的心也失衡了。程逢，你懂吗？我的妒忌，我的渴望，我求而不得的恨，所有所有的一切，都因为失去的平衡而无法摆正了啊！"

　　师母醒来后，程逢病倒了。

　　那一天，当姜颠赶到康复中心时，她独自一人坐在公交站台的长椅上，雨水将她打湿，她浑然未觉，迷茫地望着湿润的天地。

　　她这一病，病了很久，一直在没日没夜的混沌中反复发烧。

　　《爱舞之城》进入第二期录制，这次的主题是古典舞，很冷门的一个舞种，依旧没有爆发点，但在小范围的讨论里，已经可以看到观众的认可与期待，并渐渐有口口相传的趋势。同时《蒙面天王3》第二期上线，代号为"沉默的狮子"的廉若绅引发观众热烈地讨论。

　　四个人的车轮战，每个人会唱一首歌，他选的是英文歌《There You'll Be》，电影《珍珠港》的主题曲，一首超越了影片本身更让人刻骨铭心的歌曲，可以称得上是经典。他改编了高潮部分，让这首歌更具备爆发力，再加上他天生歌喉低沉，极具迷惑，使得全场观众在猜疑他的真实身份的同时又被歌声深深吸引，令他更加神秘莫测。

　　第二天"沉默的狮子"改编过的这一首《There You'll Be》登陆各大在线音乐平台，与《蒙面天王3》相关的音乐点击量惊人。

　　同档节目中，《蒙面天王3》可以说是完胜《爱舞之城》。

　　《蒙面天王3》的营销团队为了彰显其优秀，故意发通稿踩低其他节目，却因此惹来了一大波关注。

　　李子坤说起这件事时，还同姜颠打趣："要不咱们也自黑吧？说不定是不错的营销方式？"

　　姜颠没有表态，李子坤抓抓脑袋，略显着急。虽然早就做好准备，《爱舞之城》在前期不会得到太多关注，但实际的数据摆在面前，还是不免令人担忧。

　　李子坤几乎已经做好《爱舞之城》"凉凉"的准备，只怕砸了新风驰的招牌。

姜颠看他在病房打转，担心吵到程逢休息，将他拉到走廊上，想了想说道："换个新玩法吧。"

李子坤一听两眼放光，翘首以待，结果听完他说的新玩法，整个人都傻了。

"你觉得有可行性？让爵士舞和古典舞对撞？音乐怎么搞？那些老师能同意吗？你确定不是在砸招牌？"

姜颠拍拍他的肩："所以得靠你聪明的头脑解决这些问题。"

"你现在倒晓得我聪明了？老子蠢得很，想不出办法！"

李子坤被气走了。

回到病房，程逢不知道什么时候已经醒来，呆呆地站在窗口。

姜颠拿起披肩，单手将她搂进怀里。这些天戴宝玲、廉若绅、雪冬和黎青都来看过她，她一直故作寻常，和他们东拉西扯，却只字不提那天的事。

医生说，她将自己藏了起来，龟缩在自己的空间里，不愿意往外走。心情阴郁，才导致病情反复。他尝试了许多办法，最后还是回到最初，用纸飞机同她交流，偶尔她会主动和他说一两句话。

比如他留言：

今天天气很好，你想出去走一走吗？

她会说："冬青要开花了，我想去看看。你知道吗？康复中心的花园里也有冬青，还是我找人送的树苗，一晃眼都长得半人高了。"

又比如他留言：

洛杉矶Moon舞室新派来一位舞蹈老师，现在接手了你的部分学生，他说学生们都很想你，希望你能快点康复。

她会拿起平板，在网上搜索Moon的相关编舞，一边看一边给他介绍。提起康复中心，她最多只说一句："我觉得有点难过。"

她当然会难过，正是猜到她会难过，他才没有告诉她实情。早在他致电陈慧云时，就已经知道背叛程逢的人，是安因。

一个心有亏欠，倾囊相助的好友兼舞伴，她这么多年付出的绝不仅仅是物质上的东西，他猜到她会难过，很难过，但没想到她难过得把自己圈起来。

也许感受到他的无力，他的沉默，程逢难得先开了口，问道："《爱舞之城》的收视率很惨吗？"

"有点。"姜颠笑了起来，"但还在掌控中，有挽回的余地。程程，你还想再跳舞吗？"

她茫然地看着他，很久才点了下头。距离第三期《爱舞之城》的录制还有三天，时间比较紧张，姜颠先和李子坤连夜开会敲定了新的规则，随后说服了萧楚音。

到真正录制那一天下午，程逢还在发低烧，姜颠和医生商量后将她带去录影棚。除她和萧楚音之外，另外一组晋级的爵士舞老师也在，还有四名古典舞舞者。

这是正式比赛前第一次也是唯一一次彩排，因为是新的规则，为了防止出现差错，所有流程都要走一遍。当程逢站在舞台上，看着底下各路摄影、导演和陌生人群时，她大脑里忽然一片空白，手足无措地不知道该怎么办，可当现场背景音乐一响起，她忽然哭了。

萧楚音跳的是她的成名舞——《孔雀》。在被周尧背叛之后，再也没有一个时期可以比那时更让她颓唐，又让她激愤，《孔雀》应时而生，既有高雅傲慢的美丽，又有无以匹敌的自信张狂，更包含被关在笼子里的无望，哀哀泣鸣的期望。

萧楚音当着她的面将《孔雀》改编，跳出了一种平和的姿态，一种收放自如的悲伤。程逢哭得瘫倒在舞台上，姜颠把她抱了下去。

师母尚在休养当中，无法亲自到场，给她打了一通电话。姜颠不知道她们说了什么，起初程逢一直哭，后来慢慢没了声音，却在比赛正式录制前，程逢打开了门。

姜颠忽然生出一股感动，冲上前一把抱住她。

她轻声说："对不起，让你担心了。"

他摇摇头。

程逢又说："那个时候，有人抱你吗？"

姜颠忽而望向别处，一丝湿润淹没眼眶。

在洛杉矶，那个时候有很多人陪伴他，医生、护士、陈慧云、柴今，还有他的大学好友李斯答。他们关心他，爱护他，都曾拥抱过他。

可是他知道，不一样的。

程逢收紧双臂，将脸靠在他平展的肩头，深深说道："阿颠，谢谢你。"

对《爱舞之城》而言，这无疑是一场漂亮的翻身仗。古典舞与爵士舞的碰撞，让整场演出处于一种胶着状态，从灯光到音乐，从台前到幕后，所有工作人员的心都被揪紧了，现场气氛可以说是剑拔弩张，艺术家之间的较量举重若轻，既气势如虹，又大快人心。

场外直播间持续高热，差点让视频网站崩盘，全线点击量直逼《蒙面天王3》。

这一晚，《孔雀》火了，"Jazz王"唤醒了一代人对爵士舞的记忆与情怀，火线女王Crazy惊艳了半个演艺圈。这是艺术家们的殿堂之夜，是舞者们梦想苏醒和崛起的地方。

这是一场对碰赛，没有输赢，没有边界，只有舞蹈原始的张力和生命力，在场八位舞者都热泪盈眶。追溯他们生平的演艺经历，有些默默无闻，有些曾轰动一时，有些坚守在编舞一线长达三十年，有些则是著名电影、音乐短片、舞台剧的舞蹈顾问。但他们都有一个相似点，生活中普普通通，低调谦虚，可一上了舞台就如妖如魔，疯狂又热烈。

既像那狂风暴雨，又像那涓涓细流，数不清的温柔细致，看不完的惊艳生动，都在《爱舞之城》这个舞台。三期下来，无一不是好口碑，好制作，最重要的是评委们频频提起"克制"与"严谨"，而这正是节目的初心。

到第四期，踢踏舞整齐的节奏和神一般速度的演绎，又掀起一股复古风潮，各界人士开始讨论《爱舞之城》，其中不乏对《孔雀》编舞的细致分析，从当年的一炮而红到如今的十年沉淀，《孔雀》的演绎已经算得上几近完美的艺术。老一辈艺术家们的肯定，更让《爱舞之城》以一种正能量的基调走入大众视野。

相反，《蒙面天王3》自第三期开始，到第四期，陆续陷入投票作假的丑闻，再兼参赛选手在舞台上翻唱的歌曲，在音乐平台上线后收费所造成的侵权行为，引发原唱歌手的不满，收视率一片惨淡。

连续一个月《蒙面天王3》话题热度不减，点击率却很惨。

程逢知道，这里面必然有新风驰国际在做推手。

戴宝玲就算反射弧再长，到《蒙面天王3》第五期上线时，也猜到了什么。那一天她在录音棚帮廉若绅预约时间，林旭阳正好有事经过，和她一道出门。

等电梯时，林旭阳客气地笑道："听说你和火线女王是十多年的好友？"

戴宝玲心存提防，瞅了他一眼，林旭阳一副坦然的君子做派，任由她打量。

"那你说她知不知道新风驰国际在故意抹黑《蒙面天王3》啊？"说完，他勾起嘴角冷冷一笑，率先离去。

晚上戴宝玲同程逢吃饭，提起林旭阳酸里酸气的一通话，她笑道："他脑子有病吗？我俩关系好，谁不知道？还特地跑我面前来一出挑拨离间，闲得没事做了？"

程逢神色正经，没有接她的话茬。

戴宝玲叹了声气，放下筷子："这么说都是真的？你早就知道了？"

"嗯，一开始就知道。"

戴宝玲思索片刻，笑了："你最好给我一个有力的理由，否则我可能没办法说服自己，原谅你隐瞒我的这件事。"

程逢明明知道《蒙面天王3》是廉若绅和戴宝玲的一场翻身仗，却没有告知他们实情，为什么？

"新风驰国际实际要对付的不是这档节目，而是背后的池风集团。"

"为什么？"戴宝玲皱眉，"池风集团惹到李大财主了？"

她还以为新风驰国际是李子坤做主，程逢解释道："池风集团是姜毅的，新风驰国际是姜颠的。"

"什么！"

惊讶过后，戴宝玲回过味来。当年陈慧云、姜毅和陆琳的事闹得满城风雨，再加上姜颠是当事人，她比外界更加清楚真相，也更能理解。换作是她，她也一定会韬光养晦，等到羽翼丰满的那一天，夺回属于自己的一切。

"没想到啊，我千挑万选，到头来却挑了一个姜家父子战争中的牺牲品。"

这话多少有些怨怪的意思，可真要怪，也怪不起来。

早在从台北回来之前，她就已经相中《蒙面天王》第三季，程逢不是没有提醒过她，是她太急功近利，没有听劝。

任何一项节目都有风险，在此之前，她们都不知道谁是输家，谁是赢家，同台对垒也不是单凭小动作就能裁决，说到底还是《蒙面天王3》本身有问题。

戴宝玲握住程逢的手，安慰她："你可千万别自责，这事跟你没关系，我也就发发牢骚，气自己做错了选择，好像又拖累他了。"

"廉若绅知道这件事了吗？"

"知道什么？他的好兄弟李子坤、姜颠刻意打压他正在参加的节目吗？"

戴宝玲摇摇头，"我不敢告诉他，他那臭脾气，我有点怕。不过就算我不说，能瞒得了多久？林旭阳本来就和他不对付，遇见这种事还不上赶着去惹他。"

程逢无话可说，戴宝玲又笑："你说新风驰国际那么大一个公司，整人的手段怎么也不高明点，这都能被林旭阳那蠢货查出来？"

"这部分好像是柴今在负责。"

"什么？柴今？"戴宝玲揉揉额头，"果然成大事者不拘小节，柴今那姑娘也够拼的。"

程逢被她逗笑了，夺过她手里的杯子，不准她再喝酒，追问道："你和廉若绅到底什么情况？雪冬结婚那天发生了什么？你们是不是在互相躲着彼此？"

戴宝玲反问："那你和安因又是怎么一回事？吵架了？吵得很凶？"

程逢："我不想说。"

戴宝玲："我也不想说。"

"那我们还是都不说吧。"程逢想了想仍旧憋闷，将酒满上，自己豪饮一杯，"宝玲，你说我是不是很笨？"

戴宝玲戳她的脑门："你才发现？你岂止是笨，就是个傻子，好吗？"

她往旁边挪，挨着沙发靠在程逢肩上，酒精催发让她忽然有了倾诉的欲望，她用手肘撞程逢的腰，眯着眼睛说："这样，你一句，我一句，谁也不亏，好不好？"

程逢想了想，点头："你先来。"

戴宝玲捂着脸，哀号了声，趴在她耳边说："我和他差点……"

"什么？"

"你说呢？好了，到你了。"

程逢撇了撇嘴："我给安因的钱，她没有给孩子们买复健器材，拿出去送人了。"

戴宝玲似乎并不觉得惊讶，很平静地接受了，抿着唇说："上次你要给她五十万，黎青那丫头急得电话打到我这边来，我就差不多已经猜到了。真想帮孩子们，是不会直接问你要钱的。你是愚善，帮人不该这样，我再说得直白点，要帮值得帮助的人。"

"你猜到了？"

戴宝玲哼笑："还以为你碰到什么过不去的坎，原来就这事，至于吗？能用钱买来的教训，已经非常廉价了。你的真心错付了一时，但不会错付一世，她应该要自己站起来。"

那天师母给程逢打电话，说的也是同一件事。原来程逢放不下，可经过《孔雀》那一场舞，她释然了。人活一世，千千万万过客从旁过，能留下的不需要挽留，一定会在，想要离开的，哪怕拼尽全力也无法留住。

握得越紧，流失得越快。

师母说，安因不是谁手里的沙子，她有自己的流向，有想要的活法。她倾斜了，你再怎么拨弄，她也无法挺直，除非她自己想直立行走。

程逢思及此，更加淡然了。接着好奇地问："别转移话题，你和廉若绅，怎么会到那一步？我一直以为只有你单方面有那个心思，没想到他……"

"他没有，是我主动的。那个傻小子以为欺负了我，这阵子看见我就绕路走，正好我也挺尴尬的，还是眼不见心不烦吧。"

活到这把年纪，连一个男人都搞不定，她深感无奈，把头发抓成了鸡窝。两个女人心事重重，索性敞开肚皮喝。

夜半时分，正是酒吧嗨翻天的时候，酒保忙得站不住脚，没多在意，任由两个醉酒的女人相携着走了出去。酒吧的地理位置偏僻，出门后一条小路通到底，马路左边是高墙大院的富人区，掩映在参天大树之间，右边是奢华又高调的酒吧一条街，音乐声震耳欲聋，喧闹点燃了整座不夜城。

程逢和戴宝玲互相拥着彼此，跌跌撞撞地朝前走，忽然前方出现几双脚。程逢一抬头，见三个男人人墙似的堵着她们。

尚存一丝理智的她，很快反应过来。

戴宝玲浑然不觉危险，扯着嗓子就喊："干什么？老娘今天心情不好，别挡道啊。"

"心情不好正好啊，让弟弟们来陪陪两位姐姐，怎么样？"男人们哄笑着凑过来，程逢赶紧翻包，不料却被对方劈头夺过，手机掉在地上。

程逢眼尖，看到电话已经接通，慌忙喊道："阿颠，我在陈方酒吧，你快来……"

话音戛然而止，手机被一只脚踩了个稀碎。

程逢拉上戴宝玲转头就跑，酒吧街的格局混乱，街道两侧都是车，戴宝玲跑得慢，程逢脑子也稀里糊涂，两个人东绕西绕进了一条胡同。

　　戴宝玲总算清醒了一些，与程逢对视一眼，欲哭无泪。

　　怎么出来喝个酒还能遇见神经病？

　　就在男人们一拥而上时，戴宝玲拿起手中的包，疯狂地朝对方砸去。她一边喘气一边推程逢，程逢不得不钻空子往回跑，忽然撞上一人，对方手拎半只酒瓶，一瘸一拐地进入了包围圈。

　　"哐哐"几下，男人们都跑了。戴宝玲随即扑过来抱住程逢，两人心惊肉跳地平复了一阵，刚想同对方道谢，他却先一步低下头，从旁走过。

　　程逢喉咙发痒："等等，你……"

　　那人忽然跑了起来，程逢随即追上前去："陆别你站住！你要再敢跑，我就马上撞墙。"

　　见那人没听见似的继续往前走，程逢咬着牙就往墙上撞。

　　戴宝玲吓了一跳："你疯啦？说撞还真的撞？给我看看，有没有伤到哪里？"

　　程逢一声不吭，死死盯着前方。

　　那人总算停了下来，缓缓转身。他的脸被斑驳的光影笼罩，看不清样貌，可程逢却一万分笃定，不会错，就是他。

　　那人忽而一笑，声音夹带一丝懒散："我说程逢，都这样了你还认得出来？"

　　程逢咬牙："你化成灰我都认识。"

　　"也是，你就不能放过我？"

　　"我做鬼也不放过你！"程逢气急了，忍痛朝陆别冲过去。陆别单脚踢过来一只纸盒，挡住她的去路。他头发蓬乱，衣服不整，整个人看起来十分邋遢。

　　"你就不能当我死了吗？"

　　"你胡说什么？明明就活生生地在我面前，我为什么当你死了？"程逢手忙脚乱地把面前的纸盒扔到一旁，一边收拾一边盯着他，"你不准走，陆别我警告你，你要是敢走，我今天就一头撞死在这里。"

　　陆别定定地看了她一眼："以后要买醉，千万别再让我看见了。不救你们吧，对不起我的良心，救你们吧，又要惹你生气，所以呢，还是别见了。"

　　说完他潇洒地挥挥手，消失在胡同，远处有警笛声驶近。

　　程逢身子一晃，晕倒在地。

　　她起先病了很久，身体还没完全恢复就陪戴宝玲解愁，之后又是惊吓，又是刺激，整个人又瘦了一圈，不过见到陆别的喜悦冲散了近日的阴霾，她精神大好。

《爱舞之城》大热之后，她多了许多资源，大金和公司为她进行了首轮筛选，减少了工作量。再加上营养师量身定制的热汤喂养，她很快生龙活虎。

程逢自嘲不是一个敬业的舞者，距离《爱舞之城》半决赛只剩一个月，她还被关在家里专心养胖。说这话时，姜颠正端着鸡汤从厨房出来，听出她的抱怨，他大方地妥协："如果一个月你能长胖十斤，以后我就不逼你喝汤了。"

"十斤？"程逢哭丧着脸，"你为什么不直接给我来一刀痛快点。"

姜颠将鸡汤送到她面前，板着脸一副没得商量的样子。

汤是好的，只不过喝多了难免嫌腻，她心理上抗拒，喝汤比喝药还难。

姜颠顺势拿了一块切好的苹果放进她嘴巴，含笑问："甜不甜？"

"甜。"停顿一会儿，她又说，"没你甜。"

难得他今天有空，喝完汤又督促她下楼在花园走了两圈，回来睡午觉。半醒半睡间听见有人在客厅讲话，她的意识在逐步听清谈话内容后变得清晰起来。没了睡意，她索性从床上爬起来，披着薄毯走出去。

"找到陆别了？"

姜颠晃了晃刚挂断的手机，没有隐瞒："酒吧街附近有家烧烤店是他朋友开的，他有时候会过去。"

程逢揉揉脸，有些沮丧："我都不知道该怎么面对他了，他看见我就跑，也不想让家里人找到他。"

那天在巷子里，他一直站在暗光下，她差点……真的只差一点就没认出来，他变化太大了。

"交给我吧。"姜颠将她的身子转过来，直视她的双眼说道，"程程，我知道你并不柔弱，但还是想帮你分担烦恼，更何况陆别也是我的朋友。"

她的性格总是更软一些，不管是对待安因还是陆别，都太感性了。人的感性是有极限的，他希望她能一直这么温暖下去，但同时也害怕，在这之前伤害会先来临。

一场漫长的雨季，撕扯着盘根数年的友情，暗波下，伤害的种子似乎已经生根发芽，之后又将带来怎样的结局？

程逢见他神色凝重，一副欲言又止的样子，反身抱住他："这么好，一大早就过来献殷勤，应该是有话要跟我说吧？"

姜颠沉吟片刻，才说道："安因被调查了。"

程逢心里一个咯噔，心情微妙地在松了一口气和提起一口气之间徘徊，让她不知所措。

姜颠说："具体我也不太清楚，要看律师怎么说。"

"她的钱都送出去了，哪还请得起律师？"程逢下意识想说什么，姜颠拂开她脸上的头发，她顿时哑然，吐出了这口积压已久的气。

"帮她找个律师吧。"

姜颠点头："好，这件事我来处理。"

程逢期期艾艾地看着他："当初如果不是她，也许你妈妈不会……我们也不会……你恨她吗？"

姜颠莞尔一笑："我说不恨你信吗？"

说不恨都是假的，陈慧云抢救了多久，他就恨了多久。程逢离开他多久，他就恨了多久。一直到如今，他依旧恨那个告密者，恨她从中作梗，无中生有，恨她恩将仇报，无情无义。

"但是，我更想要你好。"

陈慧云说，那天晚上在程逢离开后，安因追着她走出了书吧。

她对他们的事所知甚少，却编撰了一个曲折离奇的故事，更撒下弥天大谎，称他们之间曾失去过一个孩子，这才一举将陈慧云击垮。

师母说，人与人之间的命运是互相影响的，因果循环早有注定。倘若没有程逢当年坚持要让安因当自己的舞伴，也许萧楚音从一开始就不会教安因，这样也就没有后来为了功成名就，借口帮程逢而去总决赛现场跳舞，继而不幸摔倒了。

是的，萧楚音在帮程逢向赛方解释的时候，评委曾委婉提到安因一个人上台的原因，当时安因的说辞是，虽然她只是一个伴舞，但也渴望成为一个发光的人，不甘心永远做一个配角，希望赛方能给她一个机会。

关于这些，他不会告诉程逢，但他会深深铭记，恩与债，爱与恨，都在人世的循环里。

程逢肩头耷拉下来，轻声问："阿颠，因为爱我，你累吗？"

她说："和我在一起，要分担我所带来的重重压力，你累吗？"她眼睛湿瀇瀇的，不想让他看见，反投进他的怀抱，"我都快累了。"

姜颠情不自禁地亲亲她的嘴唇："我不累。"他附在她耳边，话还没说，倒是自己先笑了起来，"你要是想补偿我，可以以身抵债。"

"你能不能正经点？"

"谁先不正经？"

她轻捶他，反被他握住手。阳光洒满窗台，铺在洁白的被子上，交映出两人的人影。

晚上十点多，姜颠带她出去吃夜宵，回来后推她去洗澡，自己则将房间全都收拾了一遍，换上全新的床单和被子，将窗帘拉开，对着月光拥抱她入眠。很多个夜晚他如此幻想过，那时分离，对他而言没有边界，他只能凭此幻想，度过一个个难熬的夜。

陆别出现的时间不固定，有时晚上收工会去烧烤店吃夜宵，有时白天路过，也会进去喝瓶啤酒。烧烤店的老板——他的朋友都不知道他在做什么，他从不提过去，也不想未来。

烧烤店老板对姜颠说："别看他吊儿郎当地混日子，但我看得出来，他不想这样，他心里其实也很难受。去年冬天下了好几场雪，有一个晚上几个学生在我店里撸串，吃到一半不知道因为什么事吵了起来，吵得很凶，到最后还动起了手。当时他也在我店里，要放在平时他肯定懒得管，但那天他居然反常地插了手，把那群学生狠狠地教训了一顿。"

当时室外白雪皑皑，天地间月色透亮。

陆别拎着领头小子的衣领，指着远处某个东西说："你看看那，看见了吗？那是什么？"

那小子扯着嗓子喊："我看不见，看不见，被你打瞎了还看得见什么！你给我等着，我……我一定弄死你。"

陆别含着烟嗤笑了声，没理会那小子的鬼扯，抬头望向前方，忽然说道："你懂什么？"

"我不懂？那不就是一排路灯吗？一个臭痞子还装文艺！"

"呵。"

确实是路灯，一排橘黄色的路灯。

　　姜颠顺势看过去，那条路很像临南大学校门外的林荫道，旁边种满香樟树和梧桐树，到了夏天会有浓郁的香气。学生们骑着自行车从里面穿行而过，铃铛丁零零作响，树影婆娑，回荡的都是蓬勃的笑声。

　　那排路灯的尽头，是归家的路。

　　姜颠收回视线，刚好一个穿着破牛仔衫，头发乱糟糟的人弓着背走进来，从他身边走过，径自在角落坐下，嗓子粗哑地喊道："阿虎，给我来瓶啤酒，一袋榨菜，两碗米饭。"

　　阿虎在柜台收账，一边给客人找钱一边说："又米饭？我让后面给你炒个小菜吧。"

　　"不用，算了，今天吃蛋炒饭，给我多装点。"

　　"行，还不知道你的饭量嘛。"阿虎去厨房下单。

　　姜颠起身走向角落，拉过凳子，坐在对面。陆别不悦地皱起眉头，刚要发难，在看清对面的人后愣住了。他回过神，拿起桌上的帽子转身就要走，姜颠身子没动，只是说道："难道你能跑一辈子吗？"

　　陆别脚步一顿，艰难地回过身。

　　"坐下来聊一会儿吧，我又不是她，你怕什么？"

　　陆别嘴唇干裂，没什么血色可言，脸色蜡黄，显然生活得不好。

　　姜颠招手，他犹豫了一会儿，走回来坐下，身子斜靠在墙上，摸出一根烟点上。

　　"你怎么找到我的？"

　　"守株待兔，在这儿蹲了好些天了。"

　　陆别哼笑："我一个废人，费那么大劲做什么？"

　　"有手有脚，还活得好好的，怎么就是废人了？"

　　姜颠拿起玻璃杯，翘掉瓶盖，给他满上。气泡嘟嘟冒了一会儿，恢复平静，陆别抬起手一饮而尽，手指浸满厚重的油渍，交叉横布着伤口。

　　追随姜颠的目光，他看到自己的手，忽而一笑："你说我这双手，还能再弹钢琴吗？"

　　"不是没有可能。"

　　"别搞笑了好吗？"陆别自嘲道，"姜颠，她想事情简单，你也跟她一样吗？难道你以为我们还能回到过去？真的，别费劲了，我认命了。"

当初姜颠出国，廉若绅失踪，口口声声说着永不散伙的兄弟情仿佛一个笑话。他望着支离破碎的音乐工作室，惆怅地想了许多，最后将砸坏的设备一件一件拾进箱子，把工作室打扫干净，关上了门。

也不是没有想过再来一次，不过没人再相信他了。他父亲生养他二十年，拿出一笔不小的积蓄给他创业，谁想才刚开张就被砸了个稀巴烂。父亲大骂他一事无成，是扶不起的阿斗，整天庸庸碌碌不知道究竟想做什么，还不如一条狗。

虽说醉话不能当真，可他当真伤了心。回到最初，他发现还是做个混子最开心，无拘无束，一身轻松。

他对姜颠说："我现在生活得也挺好的，打打零工，有时候帮人洗洗车，有时候去大学城摆地摊卖玩具，那些小女孩可喜欢我了。赚的钱不多，可我心里舒坦啊，这个干不了就干另一个，还能把我饿死不成？阿颠，我说真的，你别费那嘴皮子了，老子回不去了。"

"你小子别装啊，不着调的工作哪来的安全感？男人一定要干出点事业，心里才会踏实。"阿虎端出来炒饭，正好听见这话，附和了两句。

姜颠随手点了两个菜，阿虎心领神会，又进厨房了。

陆别望着阿虎的背影，陡然失笑："安全感是什么？踏实？我这样活着才踏实，谁管得了我？"

"你心里真的踏实？"

陆别不应声，姜颠抽出一根他放在桌上的烟，他一手夺过，耸着肩笑："别，这烟你抽不惯。"

"为什么？就因为这烟十块钱一包？"

他把话说得太敞亮，直戳陆别命门，陆别一时激愤，被烟雾呛了个正着，连连咳嗽，一把掐灭烟头踩碎在地。

姜颠没再开口，两人相对无言喝了一瓶啤酒，吃了两碟菜，两碗炒饭。

结完账出门，陆别在墙根下等他，顺手递过去一包烟，已然是从十块钱一包的双喜换成五十块一包的中华。姜颠瞥了眼旁边的小卖部，没多说话。

自从病后，他就戒了烟。他嘴唇干涩地吮吸着陌生又熟悉的味道，望着面前陌生又熟悉的男人，仔细地判断着，在陆别的脸上，他看到的究竟是陌生多一些，还是熟悉多一些？

他想，应该还是熟悉多一些。

"新风驰国际年初收购了 GG 娱乐，旗下有 GG 音乐平台，音乐公司刚起步，正在吸纳这方面的人才，如果……"

陆别打断他："阿颠，你在可怜我吗？"

姜颠不置可否："我是一个商人，不会做亏本买卖。那会儿你能写歌，如果现在写不出来了，我也不会留你。陆别，这个世上没有人能可怜你。你内心踏实与否，只有你自己知道。"

陆别没作声，借口还要上班，转头走了。后来，姜颠又找过他几次，他仍旧一副油盐不进的样子，仿佛一摊烂泥糊在地上，怎么拉都拉不起，直到他在汽修公司看到老父亲，还把他爸气得血压升高中风，陆别才有了那么一丁点反应。

他悄悄去医院看了两回，担心再惹老父亲生气，在门外没有露面。后来，听说程逢找了权威的医生，老父亲病情也逐渐稳定下来，他就没再去过，电话也不接，就这样继续混下去，连父亲最后一面也没有见到。

程逢的这位大伯，因老来得子，对陆别溺爱异常，又相当望子成龙，没想到一次醉酒赶走了儿子，心中愧悔万分，却始终拉不下面子去道歉，这才一错再错。

他年近六旬就已经苍老得不成人样，重病在院，心情阴郁，在夜里做着梦就走了，家人发现时他眼角还是湿的。

程逢找到陆别时，他刚和几个朋友在烧烤店打完牙祭，几个人勾肩搭背笑着往酒吧街走。她二话不说，上前扇了陆别一巴掌。陆别蒙了一瞬，火立即烧到头顶，瞪着眼睛骂道："你疯了吗？别以为比我大几岁，就能随便打我！"

旁边的朋友交头接耳，程逢没理会，将陆别拽出人群中间，陆别不肯，红着脖子冲她喊："你干什么啊？老头子又死不掉，别整天给我打电话，知不知道这样很烦？"

程逢被他推得往后退了两步，刚站稳就又冲上前，不管不顾地往他身上砸。

"你说的什么话？你说的是人话吗？陆别你还是人吗？"一巴掌又落在陆别脸上，指甲刮破了他的下颔，她失控地大喊道，"大伯走了，大伯走了你知不知道？"

她身子一软就要倒下，姜颠及时出现，将她抱进怀里。

陆别脸颊火辣辣地疼，双目眦裂。

"你说什么？你再说一遍！"

"大伯昨夜走了。"

"去哪了？"

他被自己问住了，停顿了一会儿，抹去满脸的汗水，反笑道，"怎么可能？医生不是说他就是中风吗？不是已经好转了吗？"

程逢冷冷地盯着他："身体好了，心能好吗？你知道他等了你多久吗？他一直……一直在等你！陆别，大伯直到死都在等你！你就这么迫不及待地要让他失望，让所有人都放弃你吗？"

整个丧期漫长而煎熬，陆别在灵堂前跪了三夜，作为独子帮着日渐衰老的母亲处理各项琐事，应对亲戚好友的指指点点，忙前忙后奔波多日。

丧事告一段落后，程逢带着陆别回了一次书吧。站在路口，隔着巨大的落地窗看里面正在写作业、聊天和打闹的学生们，看他们脸上朝气的笑容，她冷静地问他："你还记得那年在这里，你信誓旦旦说起的梦想吗？"

陆别喉头哽咽："我记得。"

"你的梦想是什么？"

"成为一个著名的作词家，给更多的音乐人写歌。"

字字句句，历历在目，刻在骨子里的痛，时时刻刻提醒着他，他不能忘记那一天。

程逢强忍泪水："陆别，你没有忘，我没有忘，我甚至相信那天在这里的所有人都没有忘，可是为什么大家都越走越远了？"

"也许是，我们都长大了吧。"

第六章
好合

现实总算在岁月的见证下现出了裂痕。

陆别没有办法再写歌了，他的生命被斑驳的青春堵满，被亲人的失望、遗憾和愤怒填充，他余生注定要用更多的时间去修补与家人之间的裂缝，哪还有当年一往无前的冲劲？

心乱了，还怎么写干净纯粹的词？

梦想似一个美丽的泡影，曾在他的生命里出现，短暂地绚烂过，让他毕生难忘。他对程逢说：“你相信我，我已经很幸运了，至少我见过它的样子。”

他曾问过阿虎，有什么梦想吗？阿虎笑了笑：“挣钱过日子就是最大的梦了，太遥远的，咱谈不起。”

他的醒悟让程逢追悔莫及，她明明看到他心里还有一团火，却只能眼睁睁地看着，任由他一步步走远，带着那摇曳的火苗，独自一人守着熄灭。

姜颤说：“你不能还站在原地，我们都在往前走，程程，你也应该往前走。”

程逢哭了，那些日子真的回不来了吗？

一如当初想不到《心事》的编舞，在《爱舞之城》半决赛来临之际，她再一次陷入了瓶颈。她仿佛坠入一个深渊，灵魂跳出躯壳，漂浮在半空中。

她时常想起许多人，还会反复地做噩梦。梦中安因蜷缩在逼仄的房间里，周身漆黑无光，与外面的联系只剩一扇天窗；陆别醉倒在臭气熏天的巷子，老鼠捣翻了啤酒罐，而他无家可归；廉若绅顶着一头黄毛在电影院门口苦苦地等待小芸，小芸却始终没有出现，他一转身，宝玲就在不远处，消瘦得摇摇欲坠……

她和平常并无两样，就是跳不动了。最早发现她不对劲的是秦振，有学生私下向他反映程逢在上课时精神不佳，已经好几堂课没有跳新舞。他去观摩了一堂课，就发现了症结所在。

他尝试同她沟通，她一味推脱是因为劳累，可几天之后依旧跳不出新舞，神经系统像是瘫痪了一般，脑子根本转不起来，身体只是下意识地摆动，却没有任何节奏和编排可言，慢慢地她也认识到自己的问题，根本不是累，而是灵感枯竭了。

这时距离《爱舞之城》半决赛只剩半个月。

秦振在学生们离开后把程逢留下来，手把手带她跳舞，她努力地配合，却仍旧频频出错，不是手放的位置不对，就是节奏错乱。

秦振不断地鼓励她："加油！你可以的，再试一次！"

程逢摇摇头，推开他，筋疲力尽，倒在地板上："算了吧，我想我真的不行了。"

秦振拿起一旁的毛巾丢给她，故作轻松地笑道："没关系，今天累了就先休息，我们明天再继续，反正我多的是时间。"

"秦振，别再浪费时间了。"程逢舔了舔干燥的唇，忽然一把将毛巾揉成一团，发泄着挥之不去的烦躁，"我还能不能跳，自己不知道吗？"

随后，她低下头道歉："对不起，我想请几天假。"

她满身都是汗，晶莹的珠子顺着后脊往下滑，漫过蝴蝶骨，最终落在地上。

秦振看得失神，直到一阵冷风从门外穿进来，走廊的暗光下立着一道身影，他才反应过来，抚着胸口干咳了声。

程逢冲完澡换上衣服出来时，秦振已经离开了，姜颠独自坐在招待处的沙发上。他弓着背在看手机上的时讯，眉头微微皱着。

程逢不想打扰他，干脆倚在门边大大方方地打量他，过了会儿，也许是眼睛酸了，他收起手机揉了揉眉心，忽然察觉到什么，准确无误地找到她的位置。

程逢笑着迎上前去："有没有吓到你？"

"没有。"姜颠顺势起身，接过她手上的包，"故意吓我？"

"哪敢，你可是我的老板，还要请你赏饭吃呢。"

姜颠忍俊不禁："那你什么时候赏我一口饭吃？"

"你饿了？"

"嗯。"

不过姜颠也确实饿了，和李子坤开新电影的战略会议一直到晚九点，结束后就过来接她了。两人随便找了一家餐馆对付晚饭，程逢精神不济，一方面不想自己的事让他担心，另一方面又实在提不起劲。

吃完饭已经不早，她想早点回去休息，不料姜颠却把车开去了郊区，那里一家有名的酒庄正在举办红酒节，世界各地的品酒师和商界精英受邀来参加这场盛会，新风驰国际也收到了一份邀请函。

程逢和姜颠到达时，正是红酒最香浓的时刻。他们被引入花园泳池边，四下搭着几张桌台，人很少，大多沉浸在自己的世界中。昏暗的灯光攒聚，古典音乐漫入心田，让人不自觉地放松神经，跟着节奏沉缓下来。

姜颠要了一瓶价值不菲的白雪香槟，这是瑞典潜水员在一艘被鱼雷击沉的货轮上偶然发现的，在寒冷的海水中沉睡了近百年，很值得一品。

程逢不懂红酒，至少没有品酒师专业，生怕喝砸了好酒，犹豫着要不要换一瓶。姜颠却早就让人醒酒完毕，直接为她斟上半杯。

"鲁米说过一句话，Either give me more wine or leave me alone。翻译过来就是：要么再给我一点葡萄酒，要么让我一个人待着。我不想让你一个人待着，所以只能给你一点葡萄酒了。"

程逢心念一动，莞尔道："果然什么都瞒不过你。"

"要是你真的想瞒我，我应该也猜不到吧？"

虽然他不能像秦振一样早晚陪伴在她身旁，但相处久了，总会有一种默契，能让他直观地感受到她的情绪，或高兴，或悲伤，有时候不需要语言表达。

"你这几天常盯着橱柜里的奖杯发呆，刚才在教室还一直踩秦振的脚。"

程逢对秦振感到抱歉："希望他晚上回家，脚没有肿起来。"

"这个时候还有心情开玩笑？"

正是因为深知爵士舞对她的意义，才更能领会灵感枯竭对一个艺术演绎者的打击有多沉重。他握住她的手，放在掌心里揉了揉。

"开心点，好不好？"

她的理想和物理试题不一样，舞蹈没有正确答案，虽然思路很多，但没有前人的公式推理，亦是徒然。

程逢走过去捏他的脸："你才应该开心点，我真的没事，没你想得那么夸张，只是对自己有点失望，有点气馁，仅此而已。我也在想要怎么告诉你才好，毕竟我很可能会搞砸《爱舞之城》的半决赛。"

"那些都不重要。"

走了商人的路，他却依旧不善言辞，不知如何安慰她，只能劝她喝下眼前的美酒。草地里不乏和他们一样亲密的男女，隔着灯光，隔着蔓草，似在品酒，又似在谈情。他讲红酒故事给她听，讲在洛杉矶发生的事，提到生病的大半年里每天吃的学名很长的西药。

他们偶尔碰杯，偶尔相视一笑，偶尔又彼此相拥红了眼眶。

美酒陈年味更醇，程逢整个人都飘了起来，勾着他的下巴打趣道："男人如酒，碌碌无为者慢慢化为陈醋，而卓尔不群者则越老越香。"

他揽着她的腰："我老了吗？"

程逢笑问："我老了吗？"

"没有。"他说，"我正值年少，有心有力，你芳香馥郁，恰到浓时。"

"你脸皮真厚。"

"我是爱你。"

爱你，才愿意拿出生命奉承你。奉承你，才真的把自己放到尘埃里不计输赢。

姜颠很少会醉，醉到不可收拾的地步，拥着她醉语哝哝，反复说道："程程，嫁给我吧，我好喜欢你，我从第一次见你就喜欢你了。"

程逢觉得稀奇，趁势套他的话："为什么喜欢我？"

"因为活着。"

在书吧二楼的舞蹈教室，当他第一次见到她时，她独自一人在黑夜中跳舞。她动作大胆惹火，眼神慵懒痴迷，仿佛自暴自弃，又仿佛凤凰涅槃。她将一个人徘徊在奋进和退缩两地之间的复杂心情演绎得无比浓烈，浓烈到让他恍惚。

是学物理，还是听从父母意愿从商？

是继续往前走，还是干脆就此放弃，让温馨的三口之家成为一场梦幻泡影？

是为爵士舞再战一次，还是认命地被圈内潜规则打败，彻彻底底地退圈？

是藏好心房不再轻易去爱，还是相信他，相信一次少年的长情？

是向现实的残酷低头，还是为温暖的人格折腰？

程逢渐渐醉了，迷失在他的温柔中。她不记得后来去了哪里，隐约在车上颠簸了很久，经过一片倒挂月钩的山峦，听到远处凉凉的钟音，恍惚间回到了曾经的家。

她喝醉了，像一个精灵在四面透亮的落地玻璃面前旋转，攀着月色不知疲愆地旋转,耳边细痒如麻,听见盈盈笑声,便拉着笑话她的人一起旋转。

跳累了,她赤脚打开酒柜,惊讶地发现这里藏着更多的酒,抱着几瓶酒跑回去,继续跳,跳完继续喝,也不知颠倒了几个日夜,终于累得睡着了。

她做着荒唐而大胆的梦,可当她睁开眼,细细地打量身边的环境,四面镜墙、凌乱的衣服和酒瓶、低到几乎沙哑的音乐声、阳台上举目可望的层峦叠嶂,回过头来枕在她的臂弯里酣睡的少年,才发现,一切不是梦。

程逢拍拍脸,试图让自己清醒一点。她被阳光照得出了一层汗,拿起衣服裹住自己,拉开窗帘,打开窗户,从里到外走了一圈,最后停在一楼十几人座的长桌旁。

所有陈设均没有变化,就好像这些年她从未离开过这间房子。

但是,她明明已经卖出去了。

她的身体忽冷忽热,处于一种酒后失调的恐慌中,迷茫地打量四处,直到睡梦中惊醒的少年慌慌张张地跑下楼来,提着半敞的衬衫套进臂弯。

见她傻傻地看着他,他揉揉额头,笑意绵软:"本来想等求婚的时候再带你回来的,没想到喝多了就提前……"他处在一种宿醉未醒的可爱中,挠挠头,满怀期盼地看着她,"你喜欢吗?"

程逢朝他小跑过去:"你重新买回来了?"

"嗯,你喜欢吗?"

他的声音还很沙哑,反应有些迟钝,剥去一层无懈可击的冰冷,当下的他看起来多了一丝柔和,柔和中更有一种不知不觉的依赖和眷恋。程逢想说很多,不知怎么开口,反反复复,最后目光落在他系纽扣的手上。

他瞬间反应过来,一把拢住衬衫的衣领。

他回想起昨夜热情奔放的她,脸腾地烧起来,手足无措地说:"你等我一下,我先去换件衣服。"

"别换了,我又不是没看过。"程逢笑了起来。

他身形一怔。

"我只想让你开心。"

"嗯,我很开心,我很喜欢,我知道你为了让这一切复原,一定做了很多努力,所以我真的很感动,很想和你说一声谢谢。不,要说好多声谢谢。"

姜颠笑了："不着急，你还有几十年，可以慢慢和我说。"

"谁要和你过几十年？"

他立刻鼓起腮帮子，眼睛里闪过一道危险的目光："你再说一遍？"

"你真霸道。"

姜颠抚着她的后背轻声说："只要你开心，我做什么都愿意。程程，任何时候你都不要怀疑你自己，不要气馁，不要害怕，因为我永远都会在你身边，你想要的我都会给你。请你记住，我是你的，我只属于你一个人。"

他可以很低，低到藏起自己的灵魂，在任何时候成为她的附属品，这不是卑微，不是放弃自我，而是因为他愿意为爱情做出任何改变。

他以前从来没有想过，他会爱一个人，爱到这样心满意足的地步。在这一夜翻来覆去的纠缠中，他闭上眼睛，睁开眼睛，想的都是——他爱她，很爱很爱她。

我是你的，我只属于你一个人。

一瓶价值连城的白雪香槟，一场神秘的午夜酒会，一夜疯狂地索取与尽情地释放，让程逢在陷入瓶颈之后，意外地又有了一些新的收获。

她跳得很慢，几乎是在不太理想的情形下进行了半决赛，但她没有再想过放弃。半决赛中，她重新演绎《人山人海》，在最后三分钟呈现出对爵士舞又进一步地理解，舞蹈节奏犹如海上风浪，起起伏伏，沉静而又深邃，让人忘记呼吸。

很惊艳，却很遗憾，三分钟的爆发没有挽回前半程的失误，她暂别了舞台，萧楚音和另外一个舞者进入总决赛，而她还拥有一次复活的机会。

也许是因为状态不佳，给对手找到了抹黑她和《爱舞之城》的由头，她与周尧的一段情史再次被挖出来炒作，将她推到风口浪尖。

晚上一群人在私房菜馆吃饭，李子坤一边刷微博一边读网上关于程逢的黑料，笑得前仰后翻。

"这个网友说，她不就是靠一张脸吃饭吗？她要没有那一张脸，周尧能喜欢她吗？啧，我女王能靠脸吃饭，你能吗？瞎嫉妒，你说林旭阳哪里找的人，怎么就这点煽动力？"李子坤往下翻，又看到一条念了出来，"别整天叫她火线女王，你们知道她私底下有多 Crazy 吗？人家在北美一夜的时候，你们还没长大呢？周尧算什么，总监又算什么，你们忘记她之前出入小旅馆的照片了吗？"

李子坤忽然爆了声粗口："这家伙和 DK 是一伙的吧？还有照片？等等，这里面怎么有我……"

往下翻，就能看到以前他们在书吧买奶茶、写作业、玩闹的照片，个个人脸清晰，除了姜颠。李子坤乐了："少爷，您瞧这狗腿子干的好事，生怕别人不知道是池风集团在背后捣乱呐！"

他被模糊指认为程逢刚攀上的新贵，什么新贵，早就认识了，好吗？不止他，廉若绅也遭了殃，暗指他和程逢曾经相恋，却成为女方事业的垫脚石，落得和周尧同样的下场。

总而言之，什么传闻都有，偏偏没有提到姜颠这个正牌男友。

很好，可以说是很顺利地把某位醋王惹恼了。

之后他们加快了对付池风集团的进程，李子坤瞬间被没休没止的工作淹没，程逢也感觉到姜颠周身的低气压。《蒙面天王 3》负面消息缠身，已完全超过观众们的底线，从黑幕天王到恶意踩低国外歌手，从侵权到官方直接下场加入战斗，无耻地秀下限和暴露低智商，不止让《蒙面天王 3》雪上加霜，也让节目组背后的资方受到了严峻考验。

在观众的质问下，《蒙面天王 3》面临录制中断的威胁。

《蒙面天王 3》由林旭阳一手策划和推进，被逼到这一步，他已完全失控，像条疯狗到处咬人，后来咬到程逢身上，好在周尧及时赶到，狠狠地教训了林旭阳一顿，才让程逢逃过一劫。

他们已经很久没有联系过，年中庆典时在同一个场合出现，她没有上前打招呼，他就没来找她说话。落在媒体眼里，自然引发缘薄情尽的多方揣测，之前《爱舞之城》半决赛的失利，更连累他上了几次热搜。

两人相顾无言许久，还是周尧先开了口。

"他托我向你求情，想和新风驰国际止战，我知道你们不会答应，所以拒绝了他，没想到他还是找到你。"

程逢揉揉眉心："谢谢你，不然不知道今天他又要做出什么疯事。"

"何必和我这么客气。"周尧揉揉手臂，不动声色地绕过了她，一个人站了起来，不想扯到伤口，龇牙咧嘴地倒吸了一口凉气。

真是连面子都顾不上了。

他被自己逗笑，反过来还安慰她："没事，都是皮外伤。"

"不用去医院吗？"

"闲得慌啊？上赶着送新闻给记者？你还嫌我最近热搜上得不够啊。"像是为了向她证明他真的不要紧，他抬起手臂活动筋骨，还做了一个高难度的抬腿动作，末了笑道，"你看，真的只是皮外伤，回去涂点药膏就行。"

程逢总算放心，点点头："那你这几天可能不太方便开工了。"

"正好落得休息，我高兴得很。"他弯下腰帮她拿在拉扯中掉在地上的包，背过身时，抹了抹额头上的冷汗，一手扶着肩，咬着牙将骨头碎裂的痛忍了下去。

程逢没有察觉出来。

"宝玲的事，替我和她说声对不起。"

程逢低头检查包，忽然动作一顿："你应该自己跟她说。"

事情过去这么久，该和宝玲说的，他早就说过了。如今重提，只是想和她找点话题罢了，周尧苦笑道："程程，你对我很失望，对吗？"

程逢将头发到耳后，轻轻一笑："我哪来的立场对你失望？周尧，我们以后就这样相处吧，不要再往前走，不要再靠近，不要再关注，就这样慢慢地疏远吧。"

"程程，我……"

"不是你的问题，是我的问题。真的，我已经不恨你了。安因、你和我变成现在这样的关系，不是一个人的错，我们都做错过，也无法再回头了。我什么都认了，可我没办法再心无旁骛地把你当朋友了。"

她态度坚决，周尧的心跟着狠狠地抽痛起来。他艰难地维持着风度，挤出一丝笑容："看来这些年同我相处的，的确让你很为难。也好，就这样吧，不再往前走，不再靠近，不再关注，就这样慢慢地疏远吧。"

周尧鼻尖一酸，陡然笑了："程程，我终于还是失去你了。"

其实何曾得到过？哪怕当初两人情意绵绵的时候，他也没觉得他真正拥有过她。她对他的感情，和安因对萧楚音的感情很像，学妹迷恋优秀的学长，仰慕、喜欢、小鹿乱撞，有一点点爱。

"庞婷结婚了，男方是地产公司的经理，比她大两岁。"他笑着说，"我去参加了她的婚礼，她现在很幸福。"

程逢没有回头："你后悔吗？"

周尧望着远方："程逢，再见。"

担心林旭阳还会找茬，大金把这件事告诉了姜颠，没有多久他赶了过来。程逢被他翻来覆去地检查，确定没有受伤，他才松了口气。

姜颠让大金先带她离开后，来到一辆车前。

周尧左手搭着右臂，重心微微向前倾，拉开了车门。

姜颠上下一打量："伤得严重吗？"

"好像骨折了，我叫了助理过来，应该在路上了。"

姜颠点点头，从口袋里掏出一包烟："要吗？"

"手疼得慌，来一口吧。"

姜颠取出一根烟递过去，周尧弯下身含在嘴里，两个男人背着风口点火，姿态娴熟，远远看着倒不像情敌。

周尧想了一会儿，顾自笑起来："我第一次见你的时候，是真的没想过你会成为对手。"

"我想过。"姜颠说，"那年校庆，她带我们去台里选服装的时候，你和她在前台讲话，当时我就已经想过了，我一定要打败你。"

周尧莞尔："很幼稚。"

"是事实。"

"你还想过什么？"

"打败她身边出现的所有男人。"

周尧重重地吸了一口烟："你那时才多大？心思这么深？"

姜颠失笑："只是没有想到，在那个年纪就遇见了她。在遇见她之前，我从没想过这方面的事。"

在遇见她之后，所有可能想到的事，他都想过了。

"我很羡慕你，你在那时遇见了她，而我，太早了。"

周尧揉揉手臂，身体的疼痛感几乎让他麻痹，他积极地审视着面前的男人，想要从他身上窥破一丝漏洞，可惜他年轻英俊，拥有许多资本，最重要的是，他是她爱的人。

认清这个事实似乎并不太难，也不必很用力，细细想来这些年在与她点点滴滴的相处间，似乎早已习惯。抽完一根烟，周尧释然了，上前拍拍姜颠的肩膀："好好对她。"

姜颠掐灭烟头，直视他的眼睛："你还是先管好自己吧。"

周尧骨子里还是温和，不跟幼稚鬼计较，只说："我受伤的事不要告诉她。"

"你放心，我并不想让她对除我以外的任何一个异性伤脑筋，哪怕只是想一想。"

醋王。

由于是旧停车场，监控设备形同虚设，抓不到林旭阳挑衅的实证，姜颠只好作罢，加速对《蒙面天王3》的进攻。

这一期的比赛里，刚好有代号为"沉默的狮子"的选手。到这一步，已经完全没有隐瞒的必要，廉若绅深知自己处于一个怎样为难的境地。戴宝玲和程逢都为他捏了一把汗，生怕他会一蹶不振，没想到他兢兢业业地走完了全程。

他甚至对李子坤和姜颠没有一丝态度上的变化，他们所想象的声嘶力竭和咆哮统统都没有，如同戴宝玲所说，他活成了一个彻彻底底的人，将兄弟和职业梦想分割得一清二楚。

他一个人平静地改编了歌曲，和秦振对接编舞，从早到晚耗在舞蹈教室和录音室里，看起来像是一只打不倒的小强，但戴宝玲知道他已经到极限了。

最后一场比赛，他终于把多年没有换过的黄毛，染成了黑发。

这些年他在希望和绝望中反复，被生活的艰辛、追梦的残酷和现实的凉薄重击，但总在等待昔日午后微风的相逢，为友情浴血重生。可《蒙面天王3》的散场还是成为压死骆驼的最后一根草，将他的自尊踩碎在地。他每一分的沉默和忍耐，都在等待最后的消亡。

台北场，他终于说了累。

上海场，响起了《Tell Me Why》，他终于和过去的自己握手言和。

Tell me why

（告诉我这是为什么）

Every day

（每天）

I ask myself

（我扪心自问）

what will I have to do to be a man

（作为一个人，我要去做些什么）

Do I have to stand and fight

（我是不是要站起来反抗）

to prove to everybody who I am

（向所有人证明我是谁）

Is that what my life is far

（这是不是代表我的一生）

to waste in a world full of war

（将浪费在一个充满战争的世界）

　　没有人知道那个在台上唱到动情处，哭得像个孩子一样的"沉默的狮子"究竟是谁。

　　下场之后，廉若绅没有卸妆，没跟任何人打招呼，背起包去了火车站。

　　同一天夜晚，戴宝玲在空荡荡的录播室坐了半宿，而廉若绅了无声息地在一栋旧楼的楼下站了一夜。

　　第二天早上，裴小芸因赶着去学校批改昨天剩下的试卷，提前半小时出门。

　　当她走出楼道，看到逆光站在花坛上的男孩时，脚步顿了顿，恍惚间回到了几年前。

　　那时她还是初出茅庐的职场新人，顶着巨大压力赶鸭子上架，当上班主任，每天紧张得大气也不敢喘一下，还要时时提防天不怕地不怕的少年，生怕一不小心惹上祸事。

　　那是记忆里的少年，这是现实中的男孩。好像什么都没有变化，唯独他的头发乌黑发亮，变得规矩。

　　她停顿了会儿，拾步上前："你怎么来了？"

　　廉若绅说："我想看看你。"

　　裴小芸舔了舔唇，挤出一丝笑容："那你看到了？我有什么变化吗？"

"没有。"廉若绅说，"你和以前一样。"

说话细声细气的，看人的眼神很柔和，目光中还透露着一丝胆怯。他们明明相处的时间并不长，远比分离的这些年要短许多，可那种藏在记忆深处的感觉完全没有变。

廉若绅想着想着笑了起来。

他想不起来当初凶巴巴地说"你真蠢"的那个裴小芸是什么样子了，他竭力地想，想得胸口闷疼，眼眶发酸，还是没想起来，可她说的每一句话，都像刀子剜在心口一般让他刻骨难忘。

"我真的很蠢，我以为我一定能行的，但是过了这么久我依旧不行。你说得对，你说得真对，我太蠢了。"

裴小芸这才意识到他很不对劲，担心道："你……你怎么了？你不是应该在比赛吗？"

"已经结束了。"

"啊？"

"再也没有比赛了，我廉若绅的这辈子，结束了。"说完他抬起手，伸到裴小芸面前。不知他想要做什么，她下意识地躲闪了下，无可避免地撞见他眼底闪过一丝受伤的神色，她又赶紧摆正身子。

廉若绅笑了，手放下来，揉了揉她的发顶。

"裴老师，你相信吗？你曾经是我的信仰。"

他眼眶通红，眼泪不停地打转。他一直自诩是顶天立地的男人，只流血不流泪，于是捂着眼睛一通揉，眼泪便都顺着掌心的纹路，流走了。

同一时间，戴宝玲看着只有"我想休息一阵"的简短交代，把手机砸了。

她终究还是变成了庞婷。

"程逢，你说我是不是自作自受？很早的时候我就开始害怕，害怕最终会落得和庞婷一样的下场，一无所有，完完全全地被抛弃。你看，我害怕的事终于成真了，明明从一开始我就在铤而走险，可我怎么就那么不甘心呢？我不是自作自受是什么？他对我不屑一顾，我还执迷不悟，非要撞了南墙才肯回头。可是，怎么可以连一句再见都没有，他到底把我当什么？"

　　戴宝玲一直活得很清醒，唯独在廉若绅身上迷失了，千金散尽，血泪交加。她的青春与情感，似篝火中的火星，无声地湮灭之后，终究变得冰凉。

　　程逢惊讶于她恢复的速度，一场大醉，一场痛哭，短暂的三天假期，她便收拾好了心情，重新全副武装地回到战场。她伪装得百毒不侵，人前人后不管是谁再提起"廉若绅"的名字，她都能一笑置之。

　　后来，约是这一年年尾，姜颠为她们带来一个好消息。

　　有人看见廉若绅在南非唱歌，他在当地很火，会翻唱和改编许多英文歌，但他只唱一首中文歌，就是他出道的第一首单曲——《心事》。

　　翻来覆去，总在夜深人静的时候，抵达内心深处。

　　唱到动情处，他依旧会流泪。

　　姜颠还为她们带来一张照片，照片中廉若绅戴着黑色线帽，穿着牛仔衣，抱着一把破吉他，坐在一群咧着嘴笑的黑人孩子们中间，黄种人的面孔显得特别突出。他扬眉笑着，发尾依稀泛着金光，特别帅气。

　　他背后有一张掉色的水洗台布，上面是孩子们的手印，围着中间一串奇奇怪怪的符号。

　　是用当地文字写的他们的名字：姜颠、程逢、戴宝玲、李子坤，陈方。

　　后面还有一句：I'll be back（我会回来的）。

　　那时戴宝玲才好像被刺痛了，捧着照片泣不成声。她重新振作之后，退无可退地加入新风驰国际。

　　李子坤为有她这么一个实力超群的帮手加入喜极而泣，新风驰国际目前只签约了程逢一个艺人，大金也在学习经纪人之道，戴宝玲没有带新人，利用圈内资源帮柴今一起做风险管理。

　　程逢问姜颠新电影是什么，他嘴严，不肯透露，她很想识大体地不再追问，却实在按捺不住好奇，偷偷向戴宝玲打听。谁料戴宝玲的嘴比姜颠还严，她软磨硬泡只得出一点消息，这部新影片和他们的故事有关系。

　　一个月后，《爱舞之城》成为暑期档最大赢家，这档节目开启了一个属于舞者们的新时代，同时也超越了利益、奖项、比赛，仅限于艺术本身。

　　这个平台，如同赋予它生命和温度的投资家——梅耶先生所言，它所传达的克制和严谨，是艺术最真实的样子，也是历史的样子。

林旭阳作为《蒙面天王3》项目的主要负责人，自然是吃了不小的苦头。意外的是，他并没有如姜颠所预料的那样，被姜毅直接开除。

依姜毅原本的性子，《蒙面天王3》涉及庞大资金的投资，一夕之间全部付诸东流，林旭阳绝不可能逃过一劫。还是戴宝玲无意地提了一嘴，程逢才想到关键之处，向姜颠求证，果不其然是他做的手脚。

他和李子坤一步一个陷阱，将林旭阳骗到坑里，而陆琳又陷了进去。就在前不久，陆琳在林旭阳家里过了夜。

林旭阳本就野心勃勃，想要的岂止一点蝇头小利？于是哄得陆琳耳根发软，处处都由着他来。

剩下的就交给李子坤来活动了，很快，姜毅从一个饭局上偶然听到陆琳和林旭阳的事。不久后，林旭阳被免职。但是这一切并没有伴随林旭阳的离开而结束，陆琳反倒与姜毅撕破了脸，带着小儿子离开姜家，在外面躲了起来，而池风集团的大部分股票都在一夜之间被抛售给第三方。

池风集团被迫重新洗牌，换了新的大股东。姜毅一夕间白了头，姜颠也终于有机会和久违的父亲见面，刚好是在大股东加入的第一次董事会议上。

姜毅仍觉得不可置信，当着众董事的面强忍怒气没有发作，只待将董事们轰出去之后，豁然拍桌道："姜颠，你反了天了！"

姜颠漠然地坐着，没有应声。

姜毅很快反应过来，浑身颤抖地指着他大骂道："原来是你，原来是你这个狼崽子在背后搞小动作，是你通过其他人买了陆琳手上的股份？新风驰国际和你到底是什么关系？"

姜颠说："我是梅耶。"

姜毅愤而捶桌，悔不当初！

他叱咤商场这么多年，虽不说火眼金睛，但最起码的识人眼光还是有的。他曾和李子坤在一个场合会过面，听他谈吐，足以断定李子坤不是新风驰国际的真正掌舵人，不管是《暴走兔斯基》还是《爱舞之城》，应当都是那个叫作梅耶的男人在幕后操控。但他万万没想到，那个人就是姜颠，是他的亲儿子！

姜毅渐渐平复心情，换成谈判的姿态："直说吧，你到底想怎么样？"

姜颠抬起头，望着面前的男人，吐出几个字："替我妈拿回池风集团。"

"你做梦！"姜毅怒极生笑，"姜颠，我告诉你，我好歹是你父亲，就算陈慧云现在在场，也不敢这么跟我说话！"

"你不是。"

姜颠平静地打断他，从口袋里掏出一张名片放在桌上，推到姜毅面前。

"当初我来求你去见她一面你都不肯的时候，你就不再是我父亲了。我来只是通知你，不是和你商量。你将夫妻情分踩碎的时候就应该想到，她绝不会善罢甘休。姜毅，你不觉得讽刺吗？你们做了二十年夫妻，可时至今日你仍旧不懂她……这是她的电话，有什么话你就直接和她说吧，我尊重她一切的决定。"

姜颠走了出去，池风集团的前台秘书早就换了新人，然而仍旧不认识他，但这已经不重要了。他站在马路边，抬头往上看。

小的时候他觉得这栋七十八层高的大楼，被钢筋水泥锻造的模样同姜毅一般，是他心目中的巨人，现在才明白，巨人头顶的阳光其实并不温暖。

他度过了漫长的严寒，最终重获新生，懂得爱与被爱，这不是父母的恩施，而是盲人夜行，跌得满身伤痕之后，才幡然醒悟，是自己给自己的回报。

回到家，玄关的灯是亮着的。

程逢从厨房探出脑袋，笑着朝他招手："你回来啦，快洗手，吃饭了。"

他换上拖鞋，缓慢地朝她走去。

她叽叽喳喳地说："我再炒一个青菜，你想吃香菇还是木耳？"不等他回答，她又说，"还是香菇吧，你喜欢吃香菇，不过木耳也很好，男人要多吃黑色的食物。"

她将水调到合适的温度，让他洗手，又拿起锅铲，转来转去："我很快就好了，你饿不饿？饿的话锅里有汤，我早上开冰箱看到里面有根筒子骨，想着你最近工作太累了，要多喝点汤补补身体，还有……"

姜颠忽然默不作声地抱住她。

她动作一僵："怎么了？"

"没事。"他闭上眼睛，"程程，嫁给我，好吗？"

玄关口摆放整齐的拖鞋，餐桌上的双人碗筷，散发着油烟气的厨房，她的喋喋不休……这是他在很小的时候，就极度渴望的一种温馨。

他曾为此撞得头破血流，却终究没能换来一个和睦的家，但是这一刻，这一刻他屈从了现实的温暖。原来回到最初，所求所愿不过如此简单平凡。

他真的不想再等了。

程逢却久久没有回应，他忽然开始害怕，为自己的唐突道歉："对不起，我知道我准备得不够充分，也没有很正式，甚至还没挑到合心意的戒指，我只是……"

"我愿意。"程逢抢白道，又重复了一遍，"阿颠，我愿意。"

她都知道。情到深处，不能自拔。

其实在她心里，她早就答应了，那晚在郊区别墅他喝醉酒抱着她不停地撒娇让她嫁给他的时候，她就已然答应了。她在最好的年华遇见正当少年的他，爱情已超出了时间、地域、年龄的界限，她已经完全确定，这世上再也不会有第二个人，可以给她这样干净纯粹的爱。

"你知道吗？我时常会记起陪你去参加物理竞赛的那年，是个很冷的冬天，我们沿街走了很久，手冰冰的，你忽然从口袋里掏出一只烤红薯递到我面前来。那一瞬间我真的很感动，阿颠，我享受和你在一起的每一个时刻，我想要头发花白的时候，你还在深冬的街口给我买烤红薯，想要每一次旋转的时候，你都在身旁，想要家里有成双的影子，有你弯腰抱住我的动作。"她踮起脚，轻轻地含住他的唇，"作为回报，我答应你，我会给你一个全世界最温馨的家。"

姜颠眼眶一热，赶在流泪前将她拦腰抱起，关了火，大步朝卧室走去。

"还有一个宝宝。"姜颠附在她耳边说，"程程，你不觉得……"

你不觉得，当你甘于平淡，当我享受世俗，当我们身边充满欢声笑语，当每一个炎热的午后，每一个严寒的冷冬，每一次点着灯的夜晚，等待归家的亲人时，那种生命充满烟火气吗？

这一年的八月到九月，整个演艺圈都在讲《爱舞之城》，讲"Jazz 王"萧楚音的回归带给他们的爵士舞盛宴，讲《孔雀》和《人山人海》的艺术，讲全球最强舞蹈工作室 Moon 中国区的特邀编舞大师程逢，讲这个在北美舞圈火了近十年直到此时才在国内崭露头角的火线女王 Crazy，讲她平淡闲适的生活态度和一跳舞就疯魔的艺痴通病，偶尔茶余饭后，他们会提到被腰斩的《蒙面天王 3》，提到遗憾离场的"沉默的狮子"，口吻间不无可惜。

十二月，新风驰国际与池风集团达成战略合作，隐藏在硝烟之下长达三个月的战争终于结束，最终姜毅被逼退位。

后来节目组公布了《蒙面天王3》中所有离开而未揭面的选手身份。

直到这一刻，"沉默的狮子"才浮出水面，他的《心事》《Cry Cry》等多首原创单曲相继在新风驰旗下GG音乐平台上线，此事被多家媒体争相报道，而"沉默的狮子"疑似为新风驰国际第二位签约艺人。

一向很少接受媒体采访的李子坤，破天荒地接了一档访谈，在节目中他被问到与姜颠的关系时，他认真地想了很久，笑了："我更乐意听见你们问我，我和新风驰国际的宣传总监柴之言小姐是什么关系，如果是这个问题，我非常愿意在此做出回答，我在追求柴之言小姐。从我看到她的第一眼起，我就喜欢她了，一眨眼已经快八年，距离跨年只剩不到十二个小时，我希望能在第九年娶她进门。"

在"新风驰国际总裁公然求爱宣传总监"这条搜索上热门时，李子坤转发了官方微博，写道："希望我的新年愿望能够成真。"

Pearl陈方转发："我不同意！你忍心让我成为唯一的单身狗吗？"

我是大佬们背后的小老板（黎青）转发："陈老板，你不是一个人。"

程逢转发："举手，还有我！"

姜颠转发："你已经不是了，姜太太。"

我是大佬们背后的小老板（黎青）："坚决拥护法律意义上的姜大老板，请给我多发点年终分红，抚慰单身狗幼小的心灵。"

未来最厉害的经纪人大金："我也要。"

戴宝玲："姜老板的属性应该是开空白支票吧？数字随便填，膝盖已经做好准备。"

我是女王的脑残粉（雪冬）："女王，对不起，为了红包我屈服了。"

Pearl陈方："同献上膝盖。"

秦振："带带我！"

卡洛琳："讨厌，为什么你们都知道，却没有一个人告诉我？"

李子坤："喂喂，不是帮我求爱吗？你们是不是搞错了重点？今晚的焦点难道不是我吗？姜老板，你太无耻了，为什么要蹭我的热度？"

柴之言："李董，你再不下线的话，我就要危机公关超过十二小时了。"

评论区网友大呼信息量惊人，锁定关键词"法律意义"展开充分联想，各

大版主连夜搜集消息，总算在隔天清晨整理出三大证据。

1. 他是新风驰国际传说中神秘莫测的合伙人之一梅耶，同时也是池风集团的正牌少爷，姜颠。

2. 女神和男神已经悄无声息地结婚。

3. 原来那些年的八卦都是假的，正牌在这里，姜老板的属性确认无误——亚洲醋王。

第二年春，《听我说，阿特姆斯》进入拍摄后期。

卡洛琳请求程逢帮忙再排一段舞，程逢不疑有他，特地飞去洛杉矶陪她排练，结果却作为特别鸣谢出现在电影花絮中。

程逢惊讶不已，见过世面的网友们纷纷表示，心脏还能承受。

好莱坞制片厂的后起之秀，被誉为"小梅耶"的英俊男人，在奥斯卡颁奖礼上成为最终赢家的《夕阳男孩》的独立制片人，被欧美各大媒体认定为对爵士舞有特殊癖好的疯子，原来就是挚爱 Crazy 女王的姜颠。

他在花絮的最后坦白："程程，虽然你已经答应嫁给我，但我一直认为自己还欠你一个庄严的求婚仪式。我曾经想过不下一百种求婚的方式，但都被我一一否决了，后来我想也许只有《听我说，阿特姆斯》才最适合。这部影片凝聚了我对爵士舞的想象、理解和构思的全过程，在分离的这些年里，每当我因为想你而辗转反侧难以入眠时，我就会构思它的样子，很庆幸，我最终创造出来，并以故事的方式呈现给你，同时也给亿万爵士舞爱好者和追梦者，让他们感受到阿特姆斯独立的梦想精神，我想这正是命运让我们相遇的原因。"

这部影片在全球播放，于各大影院上线，北美票房高达八亿人民币。

史上最年轻的电影人，一个会拉大提琴的艺术家，高调地当着全球观众的面示爱，带火的仅仅是这场万众瞩目的求婚仪式吗？

不，不止这样。他的成就还可以用很多事实来说明，《听我说，阿特姆斯》的女主角卡洛琳小姐一举夺下年度奥斯卡影后；各大配角均有提名，在继《夕阳男孩》后，这部影片同样成为各大颁奖礼上的大赢家。

最后，影片主题曲《All Be Back》创作者一栏，出现一个中文名字。这是好莱坞大影片时代第一个出现的中国作曲人，实至名归，他获得了奥斯卡最佳原

创歌曲奖。

这一年奥斯卡的年终颁奖礼上，程逢见到了久违的朋友。在进后台之前，程逢曾经无数次问过姜颠，他究竟什么时候把廉若绅找回来，还背着他们所有人准备了这首《All Be Back》？姜颠没有回答，但就在廉若绅上台领奖的前五分钟里，他说了实话。

廉若绅在去南非之前曾经联系过他，他们在机场匆忙见了一面。当时机场人来人往，不停地有飞机起航和降落，有无数分离和重逢正在他们身边上演，实在有太多的感触，可是时间匆忙，他们甚至没有找一个咖啡馆坐下，仅仅只是站在巨大的落地窗前聊了十分钟。

说的话很少，姜颠没有挽留，廉若绅也没有说再见。只是当廉若绅真的转身离开时，他忽然喊住他，说了一句对不起。

廉若绅不是涉世未深的少年，岂会不懂？

他只是不想再拖累戴宝玲了。留着仅剩的那点美好，趁早走，走得干净利落，对谁都好。

他回望过去，兄弟朋友、亲人故土，所有的欢笑与泪水都在这里，今日之后，就要一一别过了。

"阿颠，你这么聪明，帮我做一个选择好不好？我已经输了，输得一塌糊涂，我早该离开这个伤心地，可我为什么……为什么……"

为什么不舍？

姜颠注视着他，肯定地说："因为这些年，你并不是在追梦，只是在追求一个功成名就的执念。"

他想证明给裴小芸看，给去世的奶奶看，给父母看，给他们看，唯独不是给自己看。

他追着一团遥远的光，蛮横地生长，急速榨干着年轻的灵魂，终于累了，想停泊靠岸。

渴望温暖，畏惧分离，怕痛，也怕希望。

"我还能行吗？"廉若绅问，"我已经结束了啊。"

"你的一生才刚刚开始。"

这一刻，当廉若绅站到颁奖礼的舞台，握着话筒时，闪过他脑海的只有两句话。

第一句是：感谢这世上所有给我话筒的人，还要特别感谢那些我爱的人和爱我的人，没有你们不会有今天的我，谢谢你们。

第二句是：希望将来我垂垂老矣时，还在唱歌，还有人听。

《All Be Back》是他在南非时写的，去了一个遥远的国度，才真正尝到想家的滋味。他唱：为什么狂欢之后人总寂寞，为什么你我总不甘心，为什么老天的安排总是出乎意料，为什么我爱的人不爱我，爱我的人我不敢爱。

戴宝玲在台下泪流满面。

程逢也听得泪眼蒙眬，她相信这一定是最好的演绎，将他们的青春、梦想和一路上收获的、失去的故事都唱得淋漓尽致，而"back"更是唱出了他们的心声。

不管是这一刻在电脑面前循环收听这首歌的陆别，还是仍在温书批改试卷的裴小芸，或是奔波在去机场的路上的周尧，又或是在四四方方的天地里凝望着窗外的安因，都向过去投降了。

尘埃落定，岁月静好。

歌声至高潮，程逢忽然转过脸，附在姜颠耳畔说道："有一句话，我一直忘了和你说。"

现场掌声如潮，姜颠握住她的手，笑了起来。他很少会这样笑，心满意足的，无怨无悔的，仿佛要将一生的爱都透支，以回赠她这一句话。

我爱你。

——It's my pleasure（这是我的荣幸）。

番外

一生

　　阿颠和我提起《听我说，阿特姆斯》真正的创作初衷，只有三个字——想见她。剩下的东西是在这三个字之后逐渐酝酿丰满的，关于爱、梦想、友情，很多东西，难以用只言片语说清楚。

　　有时候我会想，我的人生才过去二十几年，三十年还不到，为什么时常会有疲惫不堪的感觉，为什么觉得自己已经度过漫长的一生，后来我想，也许是因为声嘶力竭想要的东西始终不来，豁出一切想爱的人终究难得，所以生命显得炽热又寂寞。

　　不过在那一晚，当我站在台上看到底下坐着的阿颠、程逢姐、宝玲，那些熟悉的面孔跌入眼帘，而我的感觉竟是踏实胜过一切时，我忽然感觉人生并不那么寂寞。

　　散场之后我们在一家清吧喝酒，阿颠话很少，宝玲只一味买醉，只有程逢姐一直在和我聊天，缓解我不辞而别后的愧疚和尴尬。

　　我同她讲在南非的经历，那里的孩子热情好客，学习带给他们的压力就像弹簧床，蹦一蹦就松弛了。他们很喜欢唱歌跳舞，有些没有听说过中国，却知道北京故宫；有些不认识周星驰刘德华，却知道火线女王，还拿录制的比赛影像给我看，拉着我一起跳舞。

　　我跳得很不像样，心里总是发虚。

　　之所以选择南非，只是机缘巧合，离开时没有想好目的地，刚好最近的班次是非洲。在科特迪瓦时差点丢了命，那里很乱，在边境倒霉地遇见一次持枪袭击，流弹擦着小腹穿过，皮肤火辣辣的疼，当时真的以为自己要死了，好在有个战地记者把我拖到山坡后面，才勉强捡回一条命。

　　记者说，如果我想留在非洲，得去南非，那里安全一些。我问她为什么不去，她望着远方，只说了两个字——使命。

　　程逢姐好奇流弹留的痕迹，我掀起衣角给她看，阿颠这个醉鬼挡着她的眼睛，我笑着去拨他的手，谁知被宝玲握住。

　　她说让她看看，于是她放下酒瓶挑起我的衣服，手指凉冰冰地碰了碰。后来阿颠和女神走了，清吧里只余下她和我。

　　我知道，这是我逃避不了必须要面对的局面，我和宝玲说对不起，她喝得半醉，抚摸我小腹的伤口说你怎么不干脆死在那里。

　　她眼眶泛红，支起身子看我。她俯身吻我的脸，我的眼睛，嘴唇冰凉，说着："傻小子，你再叫我一声宝玲姐吧，这样……也许我就能甘心情愿地回到最初了。"

　　我欠她的实在太多了，如果她想要，我什么不能给？我对她说："宝玲，在科特迪瓦差点死掉的时候，我脑子里不停地循环着一句话，是你曾经劝我的那句话。奶奶过世后，他们放弃了我，我无颜面对朋友，胆小地想要逃离的时候，只有你陪在我身边。你说，'傻小子，你知不知道你很幸福？像我这样的人啊，都不知道梦想长什么样呢。'"

　　我当时就哭了，心疼她，更心疼藏起了自己的梦来帮我造梦的她。

　　她这些年总是很瘦，一段时间更是形销骨立地瘦，苍白的脸，映着倔强的眼，染着酒水的光泽，全身都是香气，我紧紧地抱着她不肯松手。

　　她说："你怎么不叫我宝玲姐了？你快叫我一声吧！"

　　我不肯，我知道回到最初的位置，和她之间就彻底结束了。可我才刚刚找回他们，找回丢失的自己，我心田里满是朝阳一样充满生机的情感，我怎么舍得就这样同她告别？

　　她似乎察觉到我的意图，仰起头让我看她眼角的纹路，拉着我的手说："我已经不年轻了，耗不起等不起，也没有力气再疼一次了。"

　　她眼睛依旧明亮，可惜里面再也没有我的倒影。她忽地推开我，笑着说："傻小子，我已经不喜欢你了。"

　　我问她："你不喜欢我，为什么亲我？"

　　宝玲不擅长说谎，但她意志坚决，从不拖泥带水。

　　我垂头丧气地问："就一晚都不行吗？"

　　她哼笑着："廉若绅，你和那些欺负我的臭男人有什么不一样？"

　　我想她一定误会了我的意思，一晚的时间应该够我讲清楚心里的想法，够她心软，并接受我为她准备的惊喜。在决定来领奖之前就已经准备好的，只给戴宝玲的惊喜。

可她转身就走，没有给我一丁点解释的机会。

回国后，我正式签约新风驰国际，抬头不见低头见，宝玲躲避不了，申请外派。她大概真的烦我，不想再见到我，迫切想要结束我们之间的一切，我怕她真的离开，自此不敢纠缠。

李子坤笑我窝囊，陈方也跟着埋汰我，我把日子过得浑浑噩噩，歌也写不出来，还是阿颠一棒子打醒我，问我到底爱不爱宝玲。

其实爱不爱，到我和宝玲那一步已经不重要了，我愿意用一生去守护她。

阿颠骂我傻，问我："你觉得她奉献了最宝贵的青春，只是为了得到一个委曲求全守护她的男人吗？换作是你，你肯将就？"

宝玲性格要强，爱就爱，不爱就不爱，决不妥协，决不勉强。可我不知道能不能给她想要的爱，我怕再次伤害她。

我和宝玲的关系就这么冷淡下去了，像一块逐渐融化的冰，最后化作一摊水，相见不似仇敌，却也不再似以前。

阿颠的第一个孩子在第二年年尾出生，八斤重，是个女孩儿。大家抢着给她取小名，李子坤说叫胖妞，陈方说叫仔仔，雪冬说叫安安，我说要不叫八斤吧，后来还真就叫上嘴了，连程逢姐都没改过口来。因为这事阿颠一直同我置气，认为八斤配不上他冰雪可爱的女儿，可依他护犊的属性来看，就算再换一千个小名恐怕也不会满意。

小八斤满月时，宝玲回来过一趟，当晚我要出席一个代言活动，没能赶回来，和她错过了，后来听说她特地从剧组赶回来，下大雪高速封路，她在乡间绕小路开了一夜，后来又连夜赶回去，还在路上差点出了事。

我听着后怕，想去剧组看看她，又怕吓着她，忍住了。

我们时常会去酒吧街阿虎的大排档吃饭，有时候碰到陆别，一起喝个酒，泡个澡，彼此打趣，好像还能回到过去，只是那间书吧，我们再也没有一起回去过。

过年时大家在群里发红包，她短暂地出现了一下，在我上线后忽然下线。就这么不咸不淡地疏远着，直到第三年夏天。

新风驰国际筹拍一部新电影，名叫《再见，象牙塔》，是以我们这群人为原型在临南大学取景拍摄的，书吧是里面的重要场景之一。

作为彩蛋，需要我们一起回去拍摄。导演让我们一起跳支舞，是程逢姐的《孔雀》，我被安排和宝玲一组。

《孔雀》是一首节奏缓慢爆发力却很强的舞，前半段极度压抑，后半段极度疯狂。我想这可能是兄弟们为我做的最后的努力了，不想浪费机会，又怕再冷淡下去，真的相见陌路，于是我攥住宝玲的手，吻了她。

现场都在起哄，导演连喊卡卡卡，这段不播，随后又说机器已经撤了，你们继续。

宝玲羞恼，推不开我反过来咬我的唇，我流了血还不肯松开她，她大骂我："廉若绅你属狗的吗？"

"我不是。"

"那你随便乱咬人？"

"我也不是谁都咬的。"

李子坤说："对对对，他不是那种随便的人，你看他就不咬我。"

陈方："哈哈哈……"

宝玲被气走了，我去追她，又哄又求，连带撒娇哭闹，她终于妥协，让我把落在她公寓的东西都搬走。

《蒙面天王3》结束得突然，离开之前我没能做太多准备，生活用品都还在她家里，原以为这几年她全都扔了，进了家门才发现，她一件也没舍得扔。

我的旧鞋、乱丢的背心、洗手间的牙刷、剃须刀，甚至于放在阳台忘记收的内衣，都整齐地待在它们的原位。

宝玲被我逼急了，无可奈何才妥协让我回来，没想让自己再度处于尴尬之中，我看到她的脸一阵红一阵白，嘴唇微微发抖，想解释却找不到有力的说服理由，最终只胡乱道："我很忙，已经很久没回家了，也顾不上收拾，大概是阿姨整理的吧，你不要多想。"

我才没有多想，我只是想，她现在长本事了，说谎眼睛都不带眨一下。

我说："既然要散，吃顿散伙饭吧。"

她说："好。"

我让助理送了一瓶酒来，果然宝玲在看见红酒时愣了一下，狐疑地打量我，似乎在揣摩我不怀好意的目的。

我表现如常，她也不好太自恋。提起阿颠去南非找我的事，我同她说，那一天在机场，我曾想过给她打电话。

宝玲颤声问："后来为什么没有打？"

"害怕。"

"怕什么？"

"大概怕你哭吧，你知道的，你很少在我面前哭，我没什么免疫力。我怕你一哭就舍不得走了。"

台北场，我终于说了累。上海场，响起了《Tell Me Why》，我终于和过去的自己握手言和，不再执拗地为着一个成功的结果和自己作对。

"那么你呢？宝玲，你放下了吗？你什么时候才能重新开始？"

她眼眶红了："我已经很努力地在重新开始，每天睁开眼就告诉自己，我已经不再喜欢你，我还是以前的戴宝玲，工作可以让我拥有十足的踏实感，把我的每一天填满，我不会再想起你，不会为你买醉。在剧组的酒店里，在没有任何你的气息和物品的房间里，我终于不再触景生情。我不用再吃安眠药，每天累得躺下就能睡着，梦里也渐渐没了你的影子，我告诉自己，戴宝玲终于活了过来，可是为什么，为什么你还不肯放过我？为什么要再出现？为什么让我喝酒？为什么和我一起跳舞？你知不知道，你让我好不容易营造的生活，一下子全都回到了原点？你知不知道，我……我真的很努力，很努力在重新开始了。"

"我知道，对不起，真的对不起。"

我从口袋里掏出一只丝绒盒子送到她面前："宝玲，在洛杉矶那一晚就想给你了，我还准备了鲜花，但你走得太快，我没来得及。这枚戒指是我在南非赚到的第一笔钱买的，它也许不够闪亮，但是它代表了廉若绅的新生，代表了作为一个男人，为喜欢的女人所做的第一次努力，请你接受它，好吗？"

宝玲泣不成声，我上前拉住她的手。

"宝玲，我想和你分享每一首新歌，想让你做我的第一个听众。你能为我遮风挡雨，我也能够为你上刀山下火海。你还记得当年在大排档的街头唱歌给你听时的诺言吗？"

宝玲扑过来打我："你说，只要我不散，你就不散，可你食言了！是你先散的，是你先离开我！"

遇见我之前，宝玲在声色犬马的欲望都市闯出了一片天地，活得干干净净，从不向任何人低头。遇见我之后，她舍弃过去从头开始，冰里来火里去，守着一缕干净的灵魂，渴望到白头。

她天不怕地不怕，唯独怕我先投降。

"对不起。"我问她，"宝玲，再赌一次好不好？只要你不散，只要……"

她喝醉了，用凄迷的目光看着我，我忍不住想亲她的脸，她抱着我说："我不散，我从来都没有散……没有你，所有开始都称不上开始。"

没有她，所有结束都称不上结束。

我终于发现，我爱她。